U0096834

茅盾研究八十年書系

錢振綱・鍾桂松◎主編

王嘉良◎著

56

藝術範型與審美品性

——論茅盾的創作藝術與審美理論建構

花木蘭文化出版社

國家圖書館出版品預行編目資料

藝術範型與審美品性——論茅盾的創作藝術與審美理論建構／王嘉良 著－初版－新北市：花木蘭文化出版社，2014〔民 103〕

目 4+280 面；19×26 公分

（茅盾研究八十年書系；第 56 冊）

ISBN：978-986-322-746-5（精裝）

1. 沈德鴻 2. 中國當代文學 3. 文學評論

820.908　　103010668

ISBN-978-986-322-746-5

茅盾研究八十年書系

第五六冊　　ISBN：978-986-322-746-5

藝術範型與審美品性
——論茅盾的創作藝術與審美理論建構

本書據上海文藝出版社 2008 年版重印

作　　者　王嘉良

主　　編　錢振綱　鍾桂松

總 編 輯　杜潔祥

副總編輯　楊嘉樂

編　　輯　許郁翎

出　　版　花木蘭文化出版社

社　　長　高小娟

聯絡地址　235 新北市中和區中安街七二號十三樓

電話：02-2923-1455／傳真：02-2923-1452

網　　址　http://www.huamulan.tw 信箱 hml 810518@gmail.com

印　　刷　普羅文化出版廣告事業

初　　版　2014 年 7 月

定　　價　60 冊（精裝）新台幣 120,000 元

藝術範型與審美品性
——論茅盾的創作藝術與審美理論建構

王嘉良 著

作者簡介

王嘉良，1942 年 7 月生，浙江省紹興市上虞區人，浙江師範大學教授，浙江大學兼職教授、博士生導師。曾任浙任師範大學學術委員會副主任、文學研究所所長，主持浙江師範大學省高校重點學科、重點研究基地負責人、省社會科學重點研究基地（江南文化研究）首席專家，擔任中國現代文學研究會理事、中國魯迅研究會理事、中國茅盾研究會副會長、浙江省中國現代文學研究會會長等。主要從事中國現代文學研究，發表學術論文 200 餘篇，出版學術著作 20 餘部，2012 年由上海文藝出版社出版《王嘉良學術文集》（12 卷）。1993 起享受國務院頒發的政府特殊津貼。

提　要

本書集中探討茅盾的創作文本作爲一種「藝術範型」的存在以及支撐此種「範式」的獨特審美理論建構，從創作實踐和理論形態兩個方面闡釋。上篇五章「藝術範型論」，梳理、總結茅盾創作的主要「範式」特徵：注重理性化敘事的藝術思維獨特形態、強調「社會批判」理實主義創作範式，從經濟視角切入的「社會剖析派」創作範型、體現現實主義獨創性的「茅盾傳統」等，由此顯示出茅盾創作作爲注重社會價值的一種藝術「範型」的存在，並對中國新文學產生範式意義。下篇七章「審美理論建構」，論述茅盾的文藝美學思想和文學思潮觀念，主要論其審美創造論、創作主體論、審美批評論，又從小說美學觀、散文美學觀兩種文體美學個案中深入剖析，以把握茅盾文藝美學思想的主要特徵及其獨創性意義；論其文學思潮的選擇及其蘊含的思潮論觀念，主要闡述其對現實主義文學思潮的執著堅守，又論及其早期對「新浪漫主義」（現代主義）的接受與認同，以及後來態度逆轉、堅定現實主義選擇的可取路徑。最後一章論茅盾的歷史文化貢獻及其文化思想探源，是對藝術範型的總結與評價，闡述茅盾文化思想的獨特品性與歷史貢獻，追尋其廣納博取中外文化傳統（包括地域文化傳統）是開闊其文化／文學思想的重要原因，藉以闡釋藝術範型生成的必然性。

目次

引　論

研究20世紀中國文學，對於新文學的開創者之一併長時期引領現代文學新潮，對中國文學歷史進程產生深刻影響的新文學巨匠茅盾而言，無論如何都是一個繞不過去的存在。其凸顯在中國20世紀文學史上，不獨具有「先驅性的存在」意義，而且還因此種存在不斷給後來的文學以強大的衝擊力而愈來愈顯示出無可漠視的價值。不論文學潮流如何潮漲潮落，也不論文學的發展如何起伏變遷，茅盾的存在意義與價值都不會消逝。日本學者筱田一士在20世紀末回顧總結20世紀世界文學時，有一個頗爲引人注目的觀點：如果「把20世紀小說看成是現代主義和現實主義兩派根據小說創造的原點而針鋒相對相互競爭的文學」，那麼現實主義文學依然有著「世界文學上的輝煌的位置」；基於此，他論定中國作家茅盾的《子夜》是「在同時代的世界文學上具有先驅性的存在」，「以想像全體社會的想像力而言，茅盾在同一時代的中國作家中可謂最傑出的存在」〔註1〕。儘管這一論斷並不怎樣新奇，但在世紀末貶抑現實主義、獨尊現代主義的文學時尚中卻顯出尖銳性。由此可以啓引我們思考的是，茅盾的存在及其爲代表的文學思潮與文學創作作爲20世紀文學「最傑出的存在」之一，已顯出無可置疑的重要性，不獨將其隨意輕薄並不可取，就是缺乏對其作深層次探討，從中總結出有益於文學發展的經驗與教訓，也很難說是對20世紀文學思潮的完整把握。

基於如此認識，切入茅盾的創作文本與其理論思路，研究、探討其爲20世紀中國文學提供的歷史經驗，便是題中應有之義。這裡，重要的是要探尋「茅盾範式」的規律性東西。

〔註1〕參見〔日〕是永駿：《茅盾小說文體與20世紀現實主義》，《茅盾研究》第5期，文化藝術出版社1991年版。

茅盾作爲中國20世紀文學的先驅性存在，其突出的價值是在於爲中國文學提供了一種重要的創作範式：即在現實主義文學思潮範疇內，注重理性化敘事和社會批判，開創「社會剖析派」創作範型，強化了文學參與現實、批判現實的力度。他的理論倡導和創作示範，顯示了繼承歐洲「正宗」現實主義的諸多特點，不但承擔了用文學進行社會批判的歷史使命，而且還提供了將歐洲現實主義在中國土壤上成功嫁接的範例，對現實主義在中國的發展起到了無可替代的作用；而以「茅盾傳統」爲標誌的現實主義文學範式，又對中國現當代文學的發展一直產生著持久而深遠的影響。從這一視角切入，不僅可以加深對茅盾發展現實主義的一個突出貢獻的理解，同時也將深化對中國現實主義文學豐富性和厚重性的認識。

與茅盾的現實主義範式在同一層面展開的，是其現實主義美學理論體系的建構。茅盾固然是作爲一個卓有成就的作家著稱於世，但他同時也是一位頗有建樹的文學理論家和文學批評家。在他專力於文學創作以前，就取精用宏吸收世界文藝新潮爲建構中國新文學理論體系而努力，長期致力於文學批評實踐又使他始終站在中國新文學理論建設的前沿。對於理論的敏感，使作家茅盾不會忘卻將文學創作活動進行理論的昇華，而其建構的具有獨特品格的文藝美學思想體系，又恰恰印證了其體現中國特色的現實主義文學的原創性和獨創性。因而，與茅盾創作範式相對應的審美理論範式，同樣是值得後世文學珍視的部分。

範式作爲作家創作思維與藝術經驗的沉澱與凝結，有著深深的歷史烙印，在顯示厚重一面的同時，也顯出其固有的沉重。對茅盾範式也應作如是觀：重要的應是對範式的歷史合理性和內在規律性的理解和吸收，並不是對範式本身的整體性搬用。歷史已經證明並將繼續證明：只有在範式的基點上跨前一步又一步，才能不斷獲得文學的新高度。

上　篇　藝術範型論

第一章　理性化敘事：藝術思維的獨特形態

這是一個耐人尋味又多少有些令人困惑不解的問題：慣常於用理性的眼光審視現實、分析社會是茅盾創作中一以貫之的基本色調，是使他的作品蘊含較大的思想深度和藝術力量的重要因素；然而，他的最鮮明的創作特點和優點在於此，他的最遭非議和責難之處也正在於此。人們提出，藝術創作是以形象思維爲特徵的，茅盾如此執著於偏重邏輯思維的理性分析，怎麼能避免創作的概念化呢？某些海外文學史作者，對此的批評就更爲尖刻。美國學者夏志清稱茅盾的《子夜》爲「失敗之作」，原因就在「茅盾的野心——要給中國社會來一個全盤的檢討——說明了一點：作者愈來愈『科學』（馬克思主義式的和自然主義式的）了」，並認爲這正是他「創作生命」中的一個「迷障」〔註 2〕。香港學者司馬長風既稱讚茅盾的創作「確未曾粗製濫造，他每一字每一句都用了千鈞之力」，但又批評他「由於才力太弱，『社會』要求太重，致文字往往被壓扁壓死，《子夜》是最好的證明，這是無可奈何的事情」〔註 3〕。這對茅盾的創作習慣於作社會學判斷的評論而言，可謂是一種觸目驚心的理論，作者傾向的鮮明性與尖銳性也莫此爲甚。一眼可以看到的事實是，這樣的評論包含著對茅盾創作較深的誤解和偏見，其間摻雜著因政治見解的歧義而難於避免評論的傾斜性。然而，仔細考量這類批評所包含的意義，籠統地

〔註 2〕夏志清：《中國現代小說史》，香港友聯出版社中譯本，第 136 頁、124 頁。
〔註 3〕司馬長風：《中國新文學史》中冊第 50 頁、下冊第 119 頁，香港昭明出版社 1978 年版。

把它們稱之爲惡意的誣罔，恐怕過於簡單；圍繞論點本身只作單純的辯解，也會顯得不著痛癢、軟弱無力——因爲排除某些政治因素以外，這裡實際上還牽涉著一些重要的理論問題，這就是：藝術創作中的形象思維是否完全排斥邏輯思維的？作家的「社會」要求和「科學」指導是否注定要成爲阻滯他「才力」發揮的「迷障」？看來，如果在這些問題上得不到肯定性的回答，就很難估量茅盾創作的全部藝術價值。（試想，連代表他創作頂峰的《子夜》都因此而「失足」，他還能有些什麼呢？）因此，要科學地實事求是地評價茅盾及其創作，這實在是需要認眞探究而絲毫迴避不得的問題。

我以爲，在這些問題的背後，集中反映著對這一個具有獨特創作個性的作家把握藝術世界方式的獨特性應作何理解，其中主要的又在於作家的藝術思維方式呈現出怎樣的獨特性形態，以及這種獨特性賦予創作以何等藝術上的意義。弄清楚這一點，那麼籠罩在茅盾創作表層的眞正的「迷障」，恐怕是不難得以廓清的。

一、理性化觀照下的藝術思維自覺性

綜觀茅盾的小說創作活動，的確存在著一種爲一般作家所少有的鮮明的創作個性，這便是：十分明確、不可違拗的創作思維自覺性。

文學創作，作爲主要運用形象思維手段去藝術地把握世界的一種形式，在許多作家看來，只是訴諸於形象，宣泄著感情，是無所謂目的性和自覺性的。以表現主觀感情爲重的浪漫主義作家，推崇直覺、靈感、想像在創作中的重要性，就認爲「凡是藝術品最不經意時得來的，便是神品」〔註 4〕，這實際上是強調作家在創作活動中的本能性、直覺性和藝術無目的性。郭沫若就曾多次描述過靈感襲來時單憑藝術衝動、借助於美妙想像馳騁藝術神思直覺地進行創作的情狀，他如此敘述作家創作的無目的性和藝術活動的非自覺狀態：

> 我想詩人底心境譬如一灣清澈的海水，沒有風的時候，便靜止著好像一張明鏡，宇宙萬滙的印象都涵映著在裏面；一有風的時候，便要翻波湧浪起來，宇宙萬滙底印象都活動在裏面。這風便是直覺、靈感（Inspirat），這起了的波浪便是高漲著的情調。這活動著的印象便是徂徠著的想像。〔註 5〕

〔註 4〕郭沫若、田漢、宗白華：《三葉集》，第 45 頁。
〔註 5〕郭沫若、田漢、宗白華：《三葉集》，第 9 頁。

在重視藝術直覺的作家看來，藝術活動完全是非理性的，只是作家直覺、靈感的產物，於是，郭沫若在「靈感襲來的時候」全身心爲「詩情」所主宰，可以一口氣寫下《女神》中的諸多詩篇，便都是可以理解的事情。

作爲堅定的現實主義作家，茅盾的創作主張與藝術實踐，與此截然不同。早在他尚未正式從事創作活動的 20 年代初期，就在其文藝評論中反對「作家太把小說『詩化』」，主張「小說要努力做」，甚至不妨有「中外古今的大文豪」總是「構思幾年，修改數次而成」大傑作那樣的「做」法。〔註 6〕他強調作家的社會責任感，強調創作的目的性，力主「使文學成爲社會化」的事業，因此作品應「是『血』和『淚』寫成的，不是『濃情』和『豔意』做成的，是人類中少不得的文章，不是茶餘酒後消遣的東西」〔註 7〕。在投入創作以後，他的這一觀點愈益強化和深化；創作的「社會化」要求是更加強烈了，用文學批評社會、寄託愛憎的目的是更鮮明了，尤其是特別強調了世界觀對創作的指導作用，提出在創作中必須揭示社會科學命題的直率主張，都表明著他的現實主義文學理論的獨特性。這種獨特性，貫串著一條鮮明的紅線，是文學必須服從於社會目的的明晰的自覺意識。同這種主張相呼應，體現在創作實踐中，則是創作思維的自覺性。概而言之，表現在下述兩個方面。

一是創作思維的有目的性。在整個藝術構思階段的思維活動中——從創作衝動的激發，到題材的擇取、開掘，主題的醞釀、形成，形象的孕育、成熟，茅盾都是「有目的」地進行的。這個「目的」，當然因篇而異，但最主要最根本的一點，的確如司馬長風所說，是「社會要求」。《子夜》的創作，意在參加一場社會性質的大論戰，擇取民族資產階級作爲描寫的題材、對象，以解剖當時中國社會的性質，提出資本主義道路在中國走不通的深刻命題，嚴格履行著「社會要求」，當然是最典型的例證。其實何止《子夜》，這實乃所有創作的共同特點。即使爲某些否定《子夜》的人所極力推崇的所謂「站在小說家的立場，說了小說家的話」、「蘊藏著個人深厚的情感」〔註 8〕的《蝕》，和所謂雖有「主題的政治任務如此露骨」的缺點但的確又是「一部相當結實的作品，顯示了非凡的筆力」〔註 9〕的《腐蝕》，又何嘗不是如此。《蝕》的創

〔註 6〕茅盾：《一般的傾向》，《時事新報・文學旬刊》第 33 期，1922 年 4 月。
〔註 7〕茅盾：《現在文學家的責任是什麼》，《東方雜誌》第 17 卷第 1 期，1920 年 1 月。
〔註 8〕夏志清：《中國現代小說史》，香港友聯出版社中譯本，第 136 頁、124 頁。
〔註 9〕司馬長風：《中國新文學史》中冊第 50 頁、下冊第 119 頁，香港昭明出版社 1978 年版。

作，如茅盾所說，也完全是「有意爲之」的，其「意」就是要表現「一九二八年以前那幾年裏震動全世界、全中國的幾次大事件」〔註 10〕。小說選擇一大群「時代女性」作爲描寫對象，表明了作家對探索整個一代（並非個別）小資產階級知識分子命運的濃厚興趣；而作品有意識地表現大革命時期三個不同階段「時代女性」的生活和思想面貌，更表明作家透過或一社會類型的描寫去把握時代脈動、總結歷史經驗的意向。在這裡「小說家的立場」和哲學家的思考同樣是交互作用的，滲透著作家不可抑制的社會目的。至於《腐蝕》，那更是一部「作爲緊急任務趕寫出來」的作品。所謂「緊急任務」，其中有編者催稿的緊急，而更重要的是爲人們所「不齒」的「政治任務」，即要給發生不久的「千古奇冤」皖南事變的眞相以藝術的表現。小說的整個藝術構思服從於這一目的，人物的設置體現了蔣汪合流，故事的急速發展說明著製造事變的緊鑼密鼓，作品的寓意是一眼可以看出來的。由是觀之，只說《子夜》有「社會要求」，那是便宜了茅盾；事實上，對茅盾來說，所謂「社會要求」、社會目的正是貫穿在整個創作思維中的一個不可掩飾也無需掩飾的鮮明特徵。

二是創作思維中自覺的思想參與意識。這裡所說的思想參與，還不只是指謀篇布局中的意匠經營，即通常所說的作家把生活素材鎔鑄成藝術品時的分析、綜合、概括、提煉等一般的思維活動，而是指某種思想觀念、理論觀念的直接參與。質言之，則是指社會科學理論對創作的滲透、干預，乃至自覺的指導、支配。這個特點在茅盾創作中有不同表現，思想參與的程度有強弱之分、隱顯之別，但就參與一點而言，卻顯示出不變性、一貫性。早期作品如《蝕》、《虹》、《野薔薇》等，雖然以客觀的「忠實描寫」爲主，並不如後來以提出社會科學命題爲目的那樣用理論去指導創作，但還是體現了他一再申述的對小資產階級知識分子作「階級的『意識形態』」〔註 11〕的分析，力圖使人物精神面貌的剖示不偏離爲階級本質所制約的軌道。思想參與的結果，使作品明顯留下了他當時思想認識水平的印記。他所把握的小資產階級知識分子在特定時期的思想、情緒表徵，如一定程度的革命性和相當程度的軟弱性等，是非常精闢的，但也由於他受到大革命失敗後的某些消極因素的感染，對他（她）們「灰色」的一面渲染得過於濃重。他在談到《虹》的創

〔註 10〕茅盾：《我的回顧》，《茅盾自選集》，上海天馬書店 1933 年版。
〔註 11〕茅盾：《寫在〈野薔薇〉的前面》，《野薔薇》，大江書鋪 1929 年 7 月版。

作時指出：「作家儘管力求客觀，然而他的思想情緒不能不在作品的人物身上留下烙印。梅女士思想情緒的複雜性和矛盾性，不能不說就是我寫《虹》的當時的思想情緒」〔註 12〕。其實在《蝕》和《野薔薇》中，也是留下了這樣的「思想情緒」的。因之，在這類作品中，思想支配創作，仍然表現出一定的明晰性。《子夜》以後的創作，思想參與意識那自然是更自覺、更明顯了。他已不滿足於只在作品中流露某些「思想情緒」，還直接求助於科學理論的指導，使思想的參與更科學化。寫《子夜》，仔細地研究了大論戰三方的觀點，搜集、分析了大量的經濟、政治材料，在得出一個科學結論以後著手創作，當然是最典型的例證。聯繫著《子夜》的現實圖景，繼續探索半殖民地社會本質特徵的短篇《林家鋪子》、農村三部曲及中篇《多角關係》等，也同樣體現了他一如既往的社會分析精神。即使反映抗戰的作品，如《第一階段的故事》對置身在時代大洪流中的人們「何去何從」的探索思考，也無例外地映現著作家用思想之力去透視社會各階層的科學分析精神。思想，不折不扣成爲燭照茅盾創作的火光。由上，我們看到，貫穿在茅盾創作中的思維自覺性，的確呈現著非常鮮明的色調。這種自覺性，固然主要取決於他的現實主義文學主張，文學「爲人生」的嚴謹態度使他特別重視文學的社會功能和盡可能正確反映人生的自覺意識。然而，就藝術創作而言，嚴格的「社會要求」和自覺的思想指導，即在形象思維過程中邏輯思維的積極參與，卻表現出一定的獨特性。因爲在茅盾創作中，邏輯思維乃至理論探索是作爲一種極其鮮明、活躍的因素顯現出來的，其參與的程度，幾至到了不能須臾離開的地步。這種現象，不獨同一般的浪漫主義作家（如郁達夫等）有著根本的區別，即使在現實主義作家中也是極爲罕見的。那麼，應當如何評價茅盾的這種獨特的創作個性呢？我認爲，進行藝術規律的探討和著眼於對作家執著的藝術追求的認識，這種創作特點是不應輕率否定的。

應當指出，創作的有目的性和思維自覺性，並不是一種怎樣拂逆藝術規律的現象。大量的作家理論家都從理論上、創作實踐上反覆證明過，在藝術創作中，思想性和形象性、邏輯思維和形象思維並非完全割裂、殊死對立的。最早提出形象思維的別林斯基，固然一度認爲創作是一種「非自覺性」現象，但他同時又指出：「直感性中可能有不自覺性，但並非永遠如此，——並且，這兩個詞絕不是同一個東西，甚至也不是同義詞。」「不自覺性不但不是藝術

〔註 12〕茅盾：《我走過的道路》（中），第 37 頁。

的必要屬性，並且是跟藝術敵對的、貶低藝術的。」〔註 13〕他還認爲，在堪稱爲「詩人」的條件中，不可缺少的是「創造性的想像」，但「他還須有從事實中發現觀念、從局部現象中發現普遍意義的深刻的智力」，否則就「不足以構成詩人」〔註 14〕。別林斯基的這一思想，愈是在其完整闡述形象思維的理論的後期，就堅持得愈充分，因爲他發現作家在思維活動中，形象和思維是完全「交融」在一起的，要想抽去其中任務一個方面都是不可能的。關於這一點，親歷過創作甘苦的作家也許體會得更深切一些。同茅盾的創作特點比較接近的魯迅，就一再申述過他的創作是自覺的、有目的的。比如他說過：「自然做起小說來，總不免自己有些主見的。例如，說到『爲什麼』做小說罷，我仍抱著十多年前的『啓蒙主義』，以爲必須是『爲人生』，而且要改良這人生」〔註 15〕。說到他的小說大多是表現「上層社會的墮落和下層社會的不幸」，則「願意其實只不過想將這示給讀者，提出一些問題而已，並不是爲了當時的文學家之所謂藝術」〔註 16〕。無需多加說明，這同茅盾的觀點是切近的。由此不難得出結論：創作思維的自覺性，其中包括思想觀念的積極參與，絕非不可思議，恰恰是一種帶規律性的現象；以形象思維爲主體的藝術創作並不排斥邏輯思維，而且正是作家「深刻的智力」的參與，才是構成眞正藝術品的不可或缺的條件。茅盾強調創作的有目的性，思想觀念的自覺指導、支配等，說的無非也是不能把創作看成是脫離社會要求的「純藝術品」，必須提出一些與人們聲息相關的重大社會問題；做的也無非是在深刻智力的支配下，使作品提出的觀念更合乎「科學」。這，同樣是遵循了藝術規律的，並沒有偏離正常的創作軌道。我們可以指出茅盾創作中邏輯思維參與的特別鮮明性，但不能因此認爲這樣做是非藝術的，或者說它是注定要同發揮藝術「才力」相阻礙的——這是我們認識茅盾創作個性的一個基點，一個不容漠視的基點。

不過，需要強調的是：雖然在一般現實主義作家中，創作思維的自覺性是一種帶有普遍性的現象，但體現在茅盾創作中的自覺的清醒的理性化特徵和濃厚的社會分析色彩，卻是遠過於一般作家，甚至也遠過於魯迅。他的幾

〔註 13〕別林斯基：《藝術的觀念》(1841)，《別林斯基全集》第 4 卷。
〔註 14〕別林斯基：《一八四三年的俄國文學》，《別林斯基全集》第 3 卷。
〔註 15〕魯迅：《南腔北調集・我怎麼做起小說來》。
〔註 16〕魯迅：《集外集・英譯本〈短篇小說選集〉自序》。

乎每一篇作品都有明確的「社會要求」和進行過科學的理論分析，顯然是把我國現代文學創作中由魯迅所開創的現實主義文學自覺性推進到一個新的階段。茅盾的社會分析小說，在中國現代小說的現實主義流派中就帶有開創性。對這種獨特性，我以為也應作兩方面理解。第一，它儘管獨特，卻並不出格。在由「五四」發端的現代小說中，「為人生派」小說始終是主流。作家創作的共同傾向是表現出對社會人生問題的關注。其中，以探索「人生是什麼」為主旨的「問題小說」，透過某種哲學觀念的解釋去分析社會的色彩，表現得最為明顯。冰心的「愛的哲學」，許地山的宗教觀念，都曾經是用以解釋人生、分析社會的武器，觀念支配創作的狀況也是一樣體現在他（她）們的作品中。如果僅就思想觀念的參與一點而言，不妨說，社會分析小說正是在「問題小說」基礎上的一個躍進。自然，就「問題小說」而言，由於作家社會認識面的褊狹和世界觀的局限，此類小說往往存在著內容淺薄和揭示社會問題時有只問病源不開藥方的弊病；茅盾的社會分析小說，不獨以反映社會生活的廣闊性、豐富性見長，尤其以精闢的馬克思主義分析揭示了社會問題的本質，而使作品獲得了前所未有的社會歷史價值，在這裡，既顯示出兩者的不同，也表明後者的進展。第二，這種獨特性，也反映了茅盾獨特的藝術追求，這就是刻意追求的現實主義獨創性。舊寫實主義作家雖有探索人生的願望，但畢竟由於思想力量不足，創作中理智的參與就難免顯得捉襟見肘，破綻百出。茅盾在早期從事文藝批評時，就一再指出過這類現象。更何況，創作同新文學第二個十年開始同步前進的茅盾，是處在社會革命愈益發展的新的時代浪潮中，文學進入了更深入的「自覺時代」，無疑他會更加認識到文學服務於社會、服務於革命的重要性，會更深切地體會到時代對文學提出的「較大的思想深度和意識到的歷史內容」的要求。這樣，他自覺用社會科學理論指導創作，正是順應了這樣的文學潮流的。這對於一個有過十年之久從事社會活動的豐富經歷和具有較高社會科學理論水平的作家來說，這樣做並不是一件煩難的事情，或者正可以說是揚其所長。他的作品以具有思想深度著稱，對社會本質的精闢分析顯示了文學特殊的社會功用，這恰恰反映了對舊寫實主義的突破，體現了現實主義的革新性。因此，完全有理由認為：茅盾的獨特創造，既承繼了前此「為人生派」小說的某些特色，又彌補了以往小說現實主義力量不足的弱點；其創作思維自覺性儘管獨特，也無論如何無法否認它正是現實主義的一個特點，甚至優點。

二、理性和形象：兩種思維的交叉與融合

現在需要進一步討論的問題是：茅盾的這種獨特創作個性，又是怎樣賦予藝術上的意義的？因爲用形象反映方式去把握對象世界的藝術創作，邏輯思維並不是一種主要的思維方式。它在藝術創作中的參與是有條件的，並非可以獨來獨往地孤立進行；具體地說，它必須依附於、滲透於形象思維中，豐富和深化形象思維的內涵，才能眞正發揮藝術上的作用。一些人貶低茅盾創作中的藝術成就，便只是看到邏輯思維起作用的一面，並由此斷言它必定是同形象思維對立的。因此，在論及茅盾創作中邏輯思維積極參與的同時，又能說明它同形象思維相交融而獲得了更爲顯著的藝術效果，便是至關重要的。我們在上一節中集中談他的思維自覺意識，只是爲了論述的方便，其實，自覺思維既包括邏輯思維，又包括形象思維，而且兩者是緊密地聯繫在一起的，這只要考察他的創作思想和實踐，就可以得到印證。

關於形象思維和邏輯思維的交互作用，茅盾也是認識得比較早的。寫於他從事創作前兩年的《論無產階級藝術》一文，就提出過一個藝術產生的公式：「新而活的意象＋自己批評（即個人的選擇）＋社會的選擇＝藝術」。對於這個公式，它的具體的解釋是：

> 新而活的意象，在吾人的意識裏是不斷的創造，然而隨時受著自己的合理觀念與審美觀念的取締或約束，只把那些美的和諧的高貴的保存下來，然後或借文字或借線條或借音浪以表現之；但是既已借文字線條音浪而表現後，社會的大環境又加以選擇，把適合於當時社會生活的都保存了或提倡起來，把不適合的消滅於無形。

如是表述，在概念的使用上也許不十分精確，但基本上闡明了形象思維的本質特徵。他所說的「意象」，是指外界豐富的社會生活現象在作家頭腦中所形成的表象，「意象」的不斷「創造」，就凝聚爲形象，是屬於形象思維的範疇。所謂「合理觀念與審美觀念」的約束，則是指兩種思維的交錯作用，從「審美」的角度言，即盡力選擇「意象」中的「美的和諧的高貴的」部分；從「合理」方面去要求，則是在理性認識的指導下，對「意象」進行分析綜合、選擇捨棄，其原則又是以是否合於「當時的社會生活」爲度，盡可能選取那些能充分反映社會本質的材料進行藝術概括。這樣，在整個創作過程中，主要是運用形象思維，同時也借助邏輯思維，在思維規律的認識上是並無片面性的。茅盾的這一認識，在他從事創作活動以後，是表現得更爲明顯，堅持得

愈益充分的。人們不會忘記，在二十年代末、三十年代初的革命文學論爭中，茅盾集中攻擊的目標是徒有「革命」名字的「高頭講章」。他對蔣光慈的作品、對陽翰笙的《地泉》三部曲的尖銳批評，幾乎都是圍繞概念化進行的，其中所指出的這類作品的一個重要失誤點就在於：只是「理智地」得出結論，而不是讓讀者「被激動而鼓舞而潛移默向於不知不覺」，即未能用形象用情感去潛移默化地影響讀者。爲此，他以更堅定的語氣提出藝術作品所必須具備的「兩個必要條件」：即「社會現象全部的（非片面）的認識」和「感情地去影響讀者的藝術手腕」。這樣，茅盾對創作中的思維特徵已闡述得相當清楚了：既強調了作家自覺的「社會要求」和對社會現象的全面認識，同時也不忽略創作主要是用形象思維的「藝術手腕」，把兩者如此協調而又和諧地統一起來了。

那麼兩種思維的交融，在茅盾創作中是以怎樣的方式顯現出來的？別林斯基曾經指出，在文學作品裏，思想觀念的參與往往可以「顯現」出兩種方式：一種是，「觀念延伸到形式裏面去，從而在形式的全部完美性中透露出來，溫暖著並照亮著形式，——這種觀念是富有生命力的，富有創造性的」；另一種是，「觀念跟形式漠不相關地產生在作者的頭腦中——形式被他另外單獨地製造出來，然後，再配合到觀念上面去。其結果是：一部作品，按觀念說來（也就是按作者的意圖說來）是很可取的，但在形式上卻一點也引不起人們的注意」〔註 17〕。這說明，單純強調兩種思維在創作中的並存，不注意兩者之間的水乳交融，其結果仍然是觀念歸觀念，形式歸形式，觀念仍將是枯燥無味、毫無生氣的東西。茅盾所運用的無疑是屬於前一種方式，做到了觀念與形式的完全融合、滲透。這可以從整個創作過程中看出來。

第一，在藝術構思階段，重視兩種思維相「伴隨」進行。

按照茅盾晚年提出的創作思維觀點看，在他的整個創作過程中，「邏輯思維和形象思維並不是自覺地分階段進行而是不自覺地交錯進行的」；即便是側重於分析、研究材料的構思階段，「主要是邏輯思維在起作用，但伴隨著，也有形象思維」。他以題材的成熟爲例：「作家的世界觀決定了他從最熟悉的社會生活中選擇其最能反映時代精神的部分，作爲題材，這便是邏輯思維」；但同時，「題材決不是以抽象的方式憑空跳出來的，而是作家在長期深入生活」，

〔註 17〕別林斯基：《符拉基米爾·菲里莫諾夫的〈難以理解的女人〉》，《別林斯基全集》第 5 卷。

充分感知了生活中的人和事，以至於「使他興奮，使他時刻難忘，甚至睡夢中也參加這些事件」，「作家渴望而且感到有把握進行寫作的就是這些人和事，從而進行了初步的構思，這便是形象思維。」〔註 18〕這樣說來，兩種思維的運用完全是呈膠著狀態的，是如此密不可分地聯繫在一起，實在很難分清究竟什麼時候用了哪一種思維。由這種特點所規定，作品題材的成熟，主要的孕育，當然不可能只是單純思想觀念的產物；即便是觀念的形成，也不是心血來潮，憑空產生，而是對生活中的人和事進行長期靜觀默察的結果，自然包含了作家對此的「形象化」的思考。

《蝕》三部曲的創作，最能說明這一點。這個作品的「有意爲之」，擇取作家所熟悉的「時代女性」去表現大革命時期的「時代精神」，反映了他自覺地在世界觀指導下對中國革命規律的探索，當然有明顯的邏輯思維的參與。同樣寫女性知識分子，在別的作家那裡，或者著眼的是愛情題材，或者注重於寫小資產階級的命運遭遇，而茅盾通過一群女性的描繪，去總結一場革命的得失，這在題材處理上的確有其不同尋常之處，或者說思想觀念的參與是特別鮮明、昭著的。然而，如果把《蝕》的題材成熟、主題形成，僅僅看成只是上述觀念支配的結果，則又大謬不然。其實，這個由作家「經驗了人生」以後創作成功的作品，其孕育過程卻要綿長得多。據茅盾自述，早在他寫這個作品前一、二年，他在上海、廣州、武漢從事革命活動的時候，那些對革命「抱著異常濃烈的幻想」的「時代女性」就給他以強烈的感受，使他久久難忘，經常在「意識上閃動，閃動」，寫小說的企圖也「一天一天加強」，有時甚至到了「文思洶湧」的程度。當大革命失敗的一幕降臨以後，這類女性的「發狂頹廢，悲觀消沉」給他的刺激益深，以往的種種感受「突又浮上」他的「意識」。終於，回顧往事，帶著對革命的深沉思考，「坐定下來寫，結果便是《幻滅》和《動搖》」〔註 19〕。不難看出，這個作品構思的成熟，也正是形象成熟的過程。在這裡，形象思維的參與又起了重要作用。而從總體上講，這兩種思維各在哪一個「階段」上進行，就連作者自己也未必說得清楚。因爲它們的確是「交錯」著進行，而且又往往是互相滲透、融合爲一的。當生活現象給他以創作衝動時，便有實現某種願望的意圖；而在「坐定下來」研究材料時，思考也並非抽象觀念的演繹，使觀念得以形成的

〔註 18〕茅盾：《漫談文藝創作》，《紅旗》雜誌 1978 年第 5 期。
〔註 19〕茅盾：《幾句舊話》，《創作的經驗》，天馬書店 1933 年 6 月版。

恰恰是「初步構思」時已感到「有把握」的那些人和事，觀念絕非同形象漠不相關地由作者的頭腦中「製造」出來。茅盾的其他創作，也基本上是遵循這一思維原則的，因爲我們還沒有發現有哪一部創品純粹只是作者思想觀念的圖解。

第二，在具體創作階段，特別注重形象思維的「回歸」。

誠然，在創作過程中，兩種思維的運用是不可分割的，但從思維的不同功用出發，在創作的不同環節裏，畢竟也有其側重點。一般說來，邏輯思維的作用是在於對材料的綜合、分析、研究，在創作的構思階段用得較多；形象思維是把研究所得的材料加以藝術形象化，則主要用於具體創作階段，同時也「伴隨」著邏輯思維。然而，茅盾認爲邏輯思維的參與是有條件的，即不能僅以綜合概括所得的結論「翻」成「文藝形式」爲目標，必須遵循如下藝術規律：「即當其開始，是由具體到抽象，由表象到概念，而後復由抽象到具體，由概念到表象，在這回歸之後，才是創作活動的開始」。這就是說，藝術創作所走的路徑，並不如人們想像的那樣簡單，只是循著「表象——概念——形象」這樣單一的道路前進，而是由表象上昇爲概念後，「還得再倒回去，從最初的出發點再開始」〔註 20〕，即仍然回到「表象」那裡，並在具體形象的思維中進入具體的創作階段。這樣，形象創造的「出發點」並不是「概念」，恰恰是「最初」給作家以深刻印象的「表象」；所不同的是，經第一次「概念」的昇華，對「表象」的認識更清晰了，在「表象」鎔鑄爲形象的過程中，經「概念」的參與、導引，能更本質地把握「表象」，塑造出具有更典型意義的形象。這一思維過程的闡述，是茅盾對藝術思維規律的本質揭示；充分注意這一點，對他的創作就有可能會理解得更深切一些。

通常人們認爲，茅盾的創作注重理性化，在得出社會科學結論以後進行創作，完全是從「概念」出發的，批評《子夜》因「愈來愈科學」而「失誤」，說的正是此。其實這是對他思維過程的臆測和曲解。固然，茅盾在創作中十分重視理性分析，其中主要的又是馬克思主義分析，寫《子夜》時的對社會本質的精細分析也是他幾次說及的。然而，重視理性分析，並不意味著創作是以理性爲「出發點」，恰恰相反，理性分析始終只是他本質地認識「表象」的一種手段，在具體創作階段，「再倒回去」把握「表象」進行形象思維，是

〔註 20〕茅盾：《談技巧、生活、思想及其他》，《奔流》新集之二《橫眉》，1941 年 12 月 5 日出版。

他所運用的更重要的思維方式。在《子夜》的創作中，其藝術思路的確是循著既定的主題進行的，但作品並非只是對主題作簡單的圖解，給人印象最深刻的是主人公的命運描寫，主題只是在人物的命運中透露出來——能夠做到這一點，就在於：在既定主題以後，又重視思維的「回歸」，用極大的精力去對他所搜集到的原始材料作形象的思考，特別是對「最初」活在心頭的各類民族資本家在未來的創作中如何動作的思考。可以說，一進入具體創作，在作家腦海中蜂擁而入的是那些鮮活的形象，他的注意力必然是在形象如何循著生活的常規走完自己應走的途程。有時候，爲使人物的行動更符合性格發展邏輯，甚至會改變原來的構思意圖，出現屠格涅夫所說的「這個形象卻明確到這樣，居然馬上進入生活，獨來獨往地任意行動起來，到頭來……作品歸作品，作者歸作者」〔註21〕的現象。據《子夜》的創作《提要》，原來設計的吳蓀甫的性格似乎要卑微得多，描寫其私生活的分量特別重。《提要》有如下專項設計：

> 吳蓀甫先與家中女僕有染，又在外與一電影明星有染，後交易所最後勝利之時（其實他並無多大錢賺進，因爲虧空亦甚大也），徐交際化忽又棄趙而與吳戀，二人同往牯嶺。

這類設計，在成書的《子夜》中已一概不見，不獨吳蓀甫沒有「最後勝利」，他在私生活上也並不怎樣糜爛，甚至表現得對此缺少興趣，連漂亮的吳少奶奶也因此得不到溫情。這顯然是人物獨特的命運支配著作家的創作，因爲他的主人公在走著一條險峻的道路，不但「勝利」是不可能的，而且他在事業上的追求也表明並非是位庸俗腐朽的資本家，不「容忍」把性格寫得太壞，就不能不改變原來的安排。這樣處理，更符合人物性格發展的必然性，表明作家在「形象化」的過程中對「表象」的認識更趨明晰，在某種程度上修正了原先的構思。由此看來，在整個創作過程中，邏輯思維的作用僅僅只是：在分析材料、確定主題階段時對人物的命運作了初步的設計，在具體創作時又盡可能使人物的命運描寫不偏離主題所規定的必然性（即使是後來的「修正」，也以不偏離作品的主旨爲原則），而更具體更大量的思維活動則是在如何豐富形象描寫和充分揭示人物命運的創造性思索上。我們感到，《子夜》的描寫十分「科學」，是在於人物的命運揭示同提出的社會問題高度一致，從而

〔註21〕屠格涅夫致波列索夫：信（1869年12月23日），《屠格涅夫作品書簡全集》第8卷。

產生了令人折服的力量；然而就作品感染人的藝術效果言，實不限於它的「科學」性，恰恰是人物的感人的命運遭遇和形象塑造的美學力量。能夠達到這一步，沒有形象思維的「回歸」是不堪設想的。

第三，邏輯思維的參與，最終目的是把「觀念延伸到形式」中。

文學創作對現實的審美把握，最理想的方式是滲入作者對現實的主觀評價而又不著痕迹，即創作者的主觀性不是以理性的形式直接表露，而是從直觀性上對讀者施加深層的影響，導致他們作出與作者沒有透露的本意相一致的判斷。別林斯基主張「觀念延伸到形式」中，就是基於這樣的考慮。他在另一處還提出過更高的要求，認爲觀念不僅要延伸在形式中，還「必須和它構成一體，消逝、消失在它裏面，整個兒滲透在它裏面」，〔註 22〕這恐怕是藝術所達到的最高境界了。茅盾也是盡力追求這種藝術效果的作家。在他的創作中，邏輯思維參與的意識是自覺的、明晰的，但他努力的目標是使這種參與只成爲灌注在作品中的內在血液，並不在形式的表層直接透露出來。像《三人行》等少數稍帶概念化的作品，爲他所最不滿意的，就是觀念的淺顯表露，這種單純按照觀念去複製性格，又讓作者意念中的「肯定」人物去直接「說出」自己的「覺醒」，其藝術效果的不能盡愜人意是可以想見的。因此，他在緊接著《三人行》以後創作的一大批社會分析小說，是特別注意著觀念在形式中的滲透、消融的。在這類作品裏，一般都提出了重大的社會科學命題，但茅盾把科學命題交給讀者的，卻不是靠空洞的說教，而是靠形象，靠形象本身「做什麼」和「怎樣做」來演示。中國社會更加殖民地化這個命題的突出，主要是通過吳蓀甫這類人物的現身說法的解剖來完成的，在描述這類形象的作品裏，作者注重的是冷靜的客觀描繪，都沒有直陳上述命題的評論，甚至也很少其他的議論。雖然茅盾小說在反映社會生活的宏偉性上最接近於托爾斯泰、巴爾扎克，但在議論性少這一點上，卻同這兩位作家的小說，「作者隨時隨刻都在說理推論，他的人物也隨時隨刻在說理推論」〔註 23〕，有著顯著的不同，或者說他的作品表達見解是更爲「隱蔽」的。而要指出的是，有人指陳茅盾小說的概念化，一般都是以作者談《子夜》、《林家鋪子》、《春蠶》等作品的創作動機推論的。司馬長風稱茅盾談《子夜》寫作

〔註 22〕別林斯基：《〈馮維辛全集〉和札果斯金的〈猶里・米格斯拉夫斯基〉》（1838 年），《別林斯基全集》第 2 卷。

〔註 23〕泰納：《巴爾扎克論》（1858 年），《文藝理論譯叢》，1957 年第 2 期。

經過的文章會使人們「直覺是馬克思《資本論》中的片斷」，有這樣的「寫作動機」，肯定寫不出「優秀的小說」，即是其例。其實，「創作動機」不會直接寫在作品中，這是常識範圍以內的道理。茅盾的精到之處就在於：創作動機乃至把握人物、主題的思想觀念，都是「整個兒」滲透在形式裏面的，人們讀完作品，「第一」印象是形象描寫的深刻性，透過形象的獨特性格和命運，自然也就「發現」了深藏其中的社會問題；茅盾自己的「點破」，只不過加深了人們對作品的理解。正由於觀念不是直接表述的，然而它的確已消融在形式中了，就很容易構成欣賞者和作者之間判斷的一致性。要說茅盾創作中兩種思維的交融所能達到的最顯著的藝術效果，恐怕是在這裡。

三、藝術思維特質：把「形象化」置於首位

如上，我們對茅盾創作中兩種思維的交融作了簡要的闡述，旨在說明：茅盾的由創作思維自覺性所帶來的邏輯思維在創作中的積極參與，並沒有脫離形象思維而存在，相反，它正是促進和深化形象思維的一種手段。事實上，像茅盾這樣有了充分的藝術積累以後再從事創作的作家，對創作思維規律的認識必然是清醒的。文學同社會科學不同，它「主要運用形象思維」，這一觀點他是自始至終堅持的。他的獨特性只是在於：意識到文學創作的「社會要求」，爲使形象思維有「合理」的走向，不致下筆千言，天馬行空，偏離了既定的「目的」，故而特別看重邏輯思維的指導、矯正作用；而就創作的總體看，形象思維卻是始終佔據著主導地位的。在創作的構思階段，邏輯思維運用較多，但「伴隨著」也有形象思維；而且，構思還只是作家的一種初步設想，要使構思成爲實際，還有賴於投入更大量的勞動，這當中，就主要是運用形象思維了。茅盾談到：「塑造典型環境中的典型人物，人物性格細節的描寫，社會環境和作品主角活動場所的具體描寫等」，都是「形象思維在起作用」〔註24〕。看來，形象思維是貫穿在創作的主要環節中的，不妨可以說，作用於茅盾創作的主要思維方式，是形象思維。因此，有必要專門就形象思維的運用作一番考察。考察的結果可以發現，注重理性分析的茅盾，藝術的形象化並不比一般作家遜色，至少在下述兩個方面，顯示出他遵循形象思維規律而使創作獲得藝術成功的寶貴經驗。

〔註24〕茅盾：《漫談文藝創作》，《紅旗》雜誌，1978年第5期。

1. 把塑造形象「尊爲第一義」

形象性是形象思維最本質的特徵，所謂「寓於形象的思維」，就規定著這種思維方式不能脫離具體形象而存在。思維是否寄寓在具體形象身上，是作爲思維結果的創作之是否具有藝術價值的前提。茅盾是一直主張小說創作以人物爲「本位」的，甚至把寫人「尊爲第一義」、置於「第一目標」的重要位置。這個認識，就根源於他對藝術把握生活方式特殊性的深刻理解。在他看來，文學創作也是對社會現實的一種「研究」，從中去揭示重大的社會問題，表明作家對問題的看法；但文學家和社會科學家相比較，在「研究」的對象和方法上是大不相同的：後者的研究對象是「那些錯綜已然的現象」，前者則是造成這些現象的「活生生的人」；在研究的方法上，後者主要是進行理論的「分析」，並通過「分析」而「達到了結論」，前者「卻是從那些活生生的人身上——從他們相互的關係上，看明了某種現象，用藝術手段來『說明』它」〔註 25〕。這正表明他對文學創作的思維主要是寄寓在「人」（或者說是形象）身上去完成有清醒認識的，並以此闡明了文學家之所以異於哲學家、思想家等等的根本區別之所在。

由於認識到思維是集中寄寓在「人」的身上進行的，茅盾對「人」的重視，也是體現在創作的全過程中的：在創作的準備階段「第一目標」是研究人；投入具體創作後，「第一目標」是描寫人。研究人，幾乎已成爲茅盾的一種「職業習慣」，如他所說，「把寫小說作爲一種職業」的作家，不研究人「是難以繼續幹下去的」〔註 26〕。他不但側重於「向活人群中研究」，即通過對生動活潑的現實生活的人的實際研究，以獲得對描寫對象的新鮮印象；也不排斥通過其他的方法去研究人，諸如在同朋友交談中獲取「第二手材料」，從報章記事中研究社會的動向特別是人的動向等等。《蝕》的創作偏重於前者，《腐蝕》偏重於後者，《子夜》則可以說是兩者的結合。無論是哪一種方式，都是在形象的「爛熟於胸」以後始入創作境界，表明思維的依託是在於具體的形象。描寫人，反映在人和事的關係處理上：「使故事服從於人物，不使人物服從於故事」〔註 27〕。他的作品一般不以曲折離奇的情節取勝，有的甚至連故事的「可讀性」也不很強，但能夠深深吸引讀者，就在於作品描述人物性格和命運的奪人心魄的力量。像《當鋪前》這樣的作品，只寫主人公王阿大一個浸透「生活的辛酸史」的包袱及其在當鋪前悲慘

〔註 25〕茅盾：《創作的準備》，上海生活書店 1936 年初版。
〔註 26〕茅盾：《談我的研究》，《中學生》第 61 期，1936 年 1 月。
〔註 27〕茅盾：《談人物描寫》，桂林《青年文藝》第 1 卷第 1 期，1942 年 10 月。

的一幕，就能重重叩擊人心，正是由於描述人物悲劇命運的深刻性。情節較為曲折生動的《子夜》、《林家鋪子》等，也不是那種追險獵奇式的曲折，只是按照人物性格的發展、變化來設置故事，人物性格的豐滿性自然是特別明顯的。在刻畫性格和描寫故事之間，茅盾顯然是偏重於性格。如果說，小說創作中有所謂「情節小說」和「性格小說」之分，那麼，茅盾的小說無疑應列入「性格小說」之列。這樣看來，由於認識到文學的特殊功能是在於通過對人的研究去研究社會，茅盾必然把「第一目標」定在「人」的創造上；在整個創作過程中，他用力最多的是在於此，他為文學所提供的是重要的創造也在於此。我國著名小說家老舍說過一段極精闢的話：「創作的中心是人物。憑空給世界增加了幾個不朽的人物，如武松、黛玉等，才叫做創造。因此，小說的成敗，是以人物為準，不仗著事實。世事萬千，都轉眼即逝，一時新穎，不久即歸陳腐；只有人物足垂不朽。」〔註28〕對茅盾創作的認識也應作如是觀。通讀他的作品我們所獲得的是對「社會」的百科全書般的瞭解，是他分析社會本質的觸目驚心的見解，是他對腐朽社會制度的切中時弊的針砭，但給人印象最具體、最直接、最生動，因而也最深刻的，卻還是那些栩栩如生的人物形象。這種感覺，隨著時間的流逝，而表現得愈益明顯。我們可以忘掉其中的故事情節，記不起哪一部作品表現了一個什麼主題，然而那些「足垂不朽」的人物卻將長時間留在我們的記憶裏，很難抹去，歷久彌新。像吳蓀甫、趙伯韜、老通寶、林老闆、趙惠明、梅行素、章秋柳等一長串閃耀著性格異彩的人物，莫不以鮮明、獨特的個性而獲得了久遠的藝術生命力，他們將永遠刻印在人們的腦海中，存留在這個生生不息的世界上。而這種「給世界增加了幾個不朽的人物」的創造，正是作家形象思維的結晶，從一個重要方面反映了他藝術思維的側重點。

2. 發揮創造性的想像

在思維活動中，是否有想像參與，參與的程度如何，也是區別形象思維與抽象思維的重要之點。高爾基曾指出：「有才能的文學家正是依靠這種十分發達的想像力，才能常常取得這樣的效果：他所描寫的人物在讀者面前要比創造他們的作者本人出色和鮮明得多，心理上也和諧和完整得多。」〔註29〕茅盾的作品達到了高爾基所指出的那種描寫人物所能達到的藝術效果，即作家所塑造的

〔註28〕老舍：《人物的描寫》，《老舍論創作》，第83頁。
〔註29〕高爾基：《論文學技巧》，《論文學》，第317頁。

人物比他本人感知過的還要「出色和鮮明得多」，在很大程度上是借助於他的「十分發達的想像力」。這裡，有屬於一般的形象塑造所不能違背的規律性因素，也取決於茅盾創作的獨特個性。從表現重大的社會主題出發，茅盾所選擇的描寫對象都同他自己的實際生活距離較遠。他所著重描繪的兩個形象系列——「時代女性」和民族資本家，很少有屬於他個人「生活圈子」以內的人物。在這種情況下，僅憑個人的一己生活體驗就遠不能濟事了。然而，正如茅盾所說的，「生活經驗是重要的，但也不可以為除了自己實實在在『經驗』過的範圍以外，便一字也不能寫，我們要知道『經驗』之外，還有『想像』。有許多心理狀態，作家是沒有經驗過的，就要靠想像。」他還舉描寫女性為例，「我們男人要寫各種女人的心理，當然不能去做一次女人再來寫，所以這是靠『想像』，但倘使我們生活在絕無女人的荒島上，就無從『想像』。」〔註30〕茅盾的這一經驗之談，正可以為他出色的「時代女性」形象描寫作出生動的注腳。其中最為突出的是細膩的女性心理解剖，如《虹》對梅行素打進「柳條籠」前一刻的既不打算為貞操所左右、又懷著某種莫名恐懼的少女所特有的複雜心情的剖析，《幻滅》寫靜女士初戀時對愛情的朦朧恍惚的「異樣」感覺，以致終因「本能的驅使，和好奇心的催迫」而失身暗探抱素，等等，都是極為傳神的筆墨。這種種獨特女性心理，當然並非作家本人所具有，他只能依據想像和推測，而想像的妙用，的確豐富了人物的性格內涵。《腐蝕》運用想像，恐怕更為奇特。小說描寫的那個「不是女人似的女人」趙惠明的獨特個性，固然不是一般男性作家所能體味，就連整個作品的背景——罪惡的特務生涯，也是作家本人所未涉足過的，只能得之於某些「聽人說」的間接材料。然而，作品描述特務間的勾心鬥角是何等有板有眼，寫趙惠明痛苦的內心世界是多麼鞭闢入裏：作家正是憑藉著想像這種活躍的思維能力，運用自己的某些生活經驗或旁人介紹的生活材料，充分展開由此及彼、由表及裏的藝術想像活動，從而完成了形象的再造或創造。這個事實本身說明，茅盾的小說創作過程，不是單純的邏輯思維所能解釋的，十分發達的想像力正表明作家形象思維的活躍性，也是使他足以稱之為「有才能的文學家」的重要藝術質素。

自然，同單純邏輯思維相對立的豐富的藝術想像活動，在茅盾創作中的運用也是有條件的，即想像不能離開對生活「透徹的觀察」而憑空產生。我

〔註30〕茅盾：《談人物描寫》，桂林《青年文藝》第1卷第1期，1942年10月。

們曾談到，茅盾是一貫反對創作僅憑靈感而得之的。作爲創作思維現象來看待，靈感和想像有某種相通之處，都來自於作家的自省感受，是形象長期儲存在創作者心頭，爲強烈的創作欲望所感染而突發或洶湧爆發的創作力。然而，當靈感被描繪成純屬作家主觀意念的東西，成爲一種飄忽不定的「空靈」感覺的時候，當然是爲注重寫實的茅盾所反對的。其實何止靈感是如此，想像也可能出現上述弊病。茅盾在批評創造社作家「太偏重於靈感主義」時就認爲，其「最大的病根在那些題材的來源多半非由親身體驗而由想像」，使創作成爲「『靈感忽動』時『熱情奔放』的產物」〔註31〕。因此，無論是靈感還是想像，茅盾都不願意把它們當作主觀隨意性的東西而任意調遣。上面說到的創造「時代女性」形象時想像的運用，仔細分析起來，就決不是完全脫離作家的實際生活經驗而存在的。他不但並非生活在「絕無女人的荒島」上，而且對她們還是非常熟悉的。在近年的回憶錄中他曾解釋說：由於他夫人從事婦女運動的便利，使他得以結識常來他家中的「女學生、中小學教師、開明家庭中的少奶奶、大小姐等等小資產階級知識分子」，他自己在大革命時的武漢「又遇到了不少這樣類型的女性」，因此他「漸漸與她們熟悉，對她們的性格有所瞭解」〔註32〕。看來，熟悉生活中的「時代女性」，肯定是他得以充分展開藝術想像力的基礎。他的創造性是在於：依據形象的獨特性格內涵，給予合理的想像，使性格表現得更豐滿、更典型。因此，他所運用的想像，仍然帶著濃重的寫實色彩，爲他十分明確的創作目的所激起、所決定、所支撐，並爲表現既定的思想而活動。想像受著理性的制約和調節，使它更具合理性和科學性，這是茅盾運用想像的獨特之處，也體現了一個注重理性分析的作家的獨特之處。然而，僅僅只是獨特性而已，想像，作爲形象思維的一個基本特徵，畢竟是體現在他的整個創作思維活動中了。

四、超越理性：情感與理智的交融

形象思維是經由作者的情感澆灌、滲透過的形象體現出來的思維活動。「科學通過思維直截了當地對理智發生作用，藝術則是直接地對一個人的情感發生作用。這是兩個完全背道而馳的極端」〔註33〕。這是一個界碑，一種

〔註31〕茅盾：《關於「創作」》，《北斗》創刊號。
〔註32〕茅盾：《我走過的道路》（中），第37、14頁。
〔註33〕別林斯基：《俄國文學史試論》。

分野；在這裡正區分出科學和藝術的截然不同，也區分抽象思維和形象思維的截然不同。這種分野，對於判定一個重視理性化的作家的思維方式時，是特別重要的。因爲在他的創作中，理智的因素常常表現得非常明顯，如果理智完全是以抽象觀念的形式顯露的，沒有經情感的滲透，交融，就會失卻藝術上的意義。因此，對他們來說，重要的是要把抽象觀念演化成別林斯基所說的「詩情觀念」。談茅盾創作的理性化敘事，不能不涉及其與情感交融的因素，因爲從這裡可以判定其思維活動是否遵循藝術表現規律，其藝術思維方式又呈現出怎樣的一種獨特形態。

冷靜、客觀，也許就是一般現實主義作家的創作特點，尤其是對於冷靜思索、細膩解剖現實的作家來說，更是如此。反觀茅盾的創作，在大多數情況下，也不表現爲情感的外在熱烈性。他注重的是冷靜的客觀描繪，很少採用抒情的筆致，當然更不可能像一般浪漫主義作家那樣抒發一種磅礡的激情。然而，仔細讀完他的作品，再慢慢咀嚼、回味，就會使人感到有一種難以抑止的情感力透紙背，叫你感動不已。這尤其表現在那些描寫人物悲劇命運的作品裏。如農村三部曲寫一個勤勞、善良的老實農民一再被命運所播弄，終於被折磨得咽了氣；《當鋪前》寫雇農王阿大「慘痛的生活史」，以及比他更爲悲慘的那些以典當度日而不可得的人們所演出的悲劇的一幕；《大鼻子的故事》寫無家可歸的「流浪漢」孩子過著比豬狗都不如的生活，等等，無不浸透了作者的辛酸和熱淚，流貫著他對勞動者、對下層人們的愛憐、同情的熱切感情。即便是寫吳蓀甫、林老闆等民族資產階級形象，當他把筆墨放在揭露其性格中的諸多弱質，包括這些有產者、小商人也有唯利是圖的一面時，固然不能掩飾他的厭惡之情，然而當他注意到這些處在特殊時代中的「不幸者」不配有更好的命運時，也不能不在他們身上寄託比厭惡爲多的同情心理。吳蓀甫和林老闆最終都逃脫不了破產出走的淒涼結局，所給予人們的是沉重的壓抑之感，不自覺地會對他們的遭際產生諸多同情，不正是作者情感渲染的結果嗎？儘管茅盾的創作多表現爲客觀描繪，但「客觀」並不意味著作家驅使筆端的形象純粹是取「旁觀者」的姿態，沒有摻入個人的褒貶愛憎情感，恰恰相反，創作爲某種目的所主宰，從形象的孕育開始，就注入了作家對它們的鮮明的態度和立場，此種態度和立場必然會以不同的情感方式折射出來。茅盾的創作中情感顯現的形式，頗接近於魯迅小說的外冷內熱，冷中有熱的風格，這或許正是沉靜、嚴謹的現實主義作家所常具有的創作特色。

在情感的傳達方法上，茅盾的創作具有以下兩個顯著特點。一是情感與形象的交融。作家的愛憎是文學創作的機緣、原動力，而文學創作的情感又離不開具體的形象，因此形象思維中的情感應是一種形象化了的情感。茅盾就十分注重情感的形象化，他的作品所表達的情感之所以含而不露，是因爲它是深深地寄寓在形象之中並同形象緊緊地交融在一起的。他很少在作品中直陳自己對生活的感慨，他的或愛或憎的情感態度只是通過對具體形象的肯定或否定中表達出來。形象的豐滿性由作家的情感澆灌而形成，反過來，豐滿的形象也必然襯托出作家情感的豐富性。《蝕》中「時代女性」性格的複雜性，反映了作家創作時「情緒」的複雜性——「我那時發生精神上的苦悶，我的思想在片刻之間會有好幾次往復的衝突，我的情緒忽而高亢灼熱，忽而跌下來，冰一般冷」〔註 34〕——這是他自己說及的，然而在《蝕》裏何嘗有作家自己的這種情感的直接剖露，但形象的本身卻的確「自然流露」了這種複雜情緒，這應當說是情感與形象相交融的一個生動例證。在《子夜》中，他通過對趙伯韜從思想到生活方式的盡情醜化，以寄託他對買辦資產階級的憎恨，描述吳蓀甫的「事業心」和大將風度，表現他對企圖有所作爲的民族資本家的某些讚賞之情，也一樣傳達出他的鮮明的情感態度。二是情感與理智的交融。這兩者本來是對立的，但在茅盾的創作中卻做到了自然渾成，有機結合。他並不否認情感因素的更爲重要：「因爲文藝作品不比社會科學論文，它是應該從情緒上去感動讀者」〔註 35〕。因此一旦進入具體的創作領域，情感因素就表現得更爲活躍；理智隱退到了形象的背後，只起到調節或整理情感的作用。在他的創作中，思想觀念的參與是明顯的，但並不採取直接參與的方式，而是寄寓在滲透著豐富情感的形象身上，思維觀念也可以稱之爲是地道的「詩情觀念」。像《春蠶》突出外資經濟入侵導致農民豐收成災的社會科學命題，既是生活形象化的，又飽含了作者的獨特感受，比任何一部同類題材的作品都要表現得觸目驚心，便是理智與情感交融的結果。自然，理智的參與也提煉了、調整了作家的情感，使其有合理的走向，提高把握現實、評價生活的能力。他的創作一般都能實現既定的目標，流露了豐富的情感又不表現得偏激，反映了對情感的準確、適度的把握。從這裡恰恰體現了一個注重理性化的作家運用形象思維的獨特和可貴之處。

〔註 34〕茅盾：《從牯嶺到東京》，《小說月報》1928 年，第 19 卷第 10 期。
〔註 35〕茅盾：《從思想到技巧》，重慶《儲滙服務》第 26 期，1943 年 5 月。

第二章　社會批判：現實主義創作範式

儘管對於現實主義已經說得很多，但總結 20 世紀中國文學的歷史經驗與教訓，現實主義依然是一個繞不開的話題；尤其是就論定現實主義作家茅盾及其創作文本的價值而言，更應是如此。而由於現實主義曾有過「定於一尊」的地位，過度的張揚必使人們對其由敬畏而入於冷漠，對其的研究也一度處於冷落狀態，如今它作爲一個早已被說爛了的名詞，很少再能引起人們多大興味，於是連帶著也影響到對一些卓有成就的現實主義作家的評價。這有礙歷史的公正。事實上，現實主義有著極豐富的內涵，在中國 20 世紀文學中，它佔有特殊重要的位置，這既取決於中國的「特別國情」〔註 1〕和中國文學傳統的深厚積澱，同時也同現實主義精神與文學應當承擔的使命要求相對應，所以即便文學發展到今天，現實主義依然是應當弘揚的「主旋律」。因此，不加區分地評說刻有現實主義標記的作家作品，離開歷史語境談論現實主義文學的是非功過，都不可能得出科學結論。本章從現實主義形態學視角認知新文學巨匠茅盾，就是意在探討「社會批判」型現實主義文學的獨特價值，從理論和創作實踐兩個層面揭示茅盾作爲此種文學形態典型代表的意義，由此可以判斷其堅守現實主義的合理性及其創作文本無可漠視的價值。

從形態論視角切入現實主義研究，旨在探討茅盾創作的另一範式特徵：即其領銜中國現實主義文學中一種形態的獨特意義所在。中國 20 世紀現實主義文學存在著多種範式與形態，各種範式與形態又具有不同的功能、特質與

〔註 1〕周作人在：《文學上的俄國與中國》（1921）一文中認爲，中國新文學應倡導現實主義的「社會的人生的文學」，就在於「中國的特別國情與西歐稍異，與俄國卻多相同的地方」。

價值取向。但以往的研究中，對現實主義本身所具有的豐富形態和複雜表徵卻未作出應有描述，這一文學思潮的內在規律及其多種走嚮往往含混不清，因而釐清其複雜樣態是非常必要的。另一方面，僅就具有批判性特質的現實主義形態而論，也由於存在許多理論上的誤區，導致人們對現實主義的諸多誤解。長期以來我們所理解與接受的現實主義局囿於從前蘇聯輸入的政治化現實主義，只是強調其教化功能和觀念宣示，同注重「批判性」本質的西方傳統現實主義相去甚遠，以至於建國初的現實主義一度成爲「頌歌」和「假大空」的代名詞，弄得現實主義的名聲很不好聽。事實上，就中國新文學現實主義演進看，其接受源並不單一，其中受歐洲「正宗」現實主義影響頗大〔註2〕，特別在注重「社會批判」性方面便很有可道處，籠統地將其視爲「僞現實主義」並不符合事實。從這個意義上不妨可以說，研究以茅盾創作爲範型的「社會批判」型現實主義特色，以此總結中國新文學的「社會批判」傳統，吸取其有益的經驗部分，不獨是對歷史的一種審視，對當代文學現實主義的開展也不失觀照價值。

一、現實主義文學的形態學意義

現實主義文學思潮研究的複雜性是在於：無論是作爲文學思潮或是作爲創作方法，「現實主義」都是一個最不確定的名詞。它在 19 世紀的歐洲興起，就是「悄悄地走上歷史舞臺」的，同 18 世紀掀起的狂飆突進的浪漫主義文學運動從而誕生浪漫主義文學呈現出完全不同的態勢，因而爲現實主義「正名」也就有了無窮無盡的爭論。看來，這樣的爭論是不可能有結果的，因爲現實主義固然有其基本的內涵，但的確又不是用幾條固定公式可以概括的文學概念，尤其不可用純粹的「寫作方法」之類去限定它。布萊希特說：「如果我們只原原本本地重複那些現實主義者的寫作方法，我們就不再是現實主義者了。」〔註3〕可見他似乎更看重把現實主義作爲一種精神去理解。

關於現實主義的定義，不在本書的討論範圍，我們無意於在名詞上再作糾纏，這裡只想指出：作爲思潮性的文學現象看待，現實主義不只是一種創

〔註2〕捷克漢學家普實克認爲，中國現代作家描寫現實大量使用精雕細刻及史詩性、客觀性敍事方式，「所用的是歐洲正宗的現實主義方法」。參見李岫編：《茅盾研究在國外》，第 737 頁，湖南人民出版社 1984 年版。

〔註3〕布萊希特：《人民性與現實主義》，轉引自柳鳴九主編：《二十世紀現實主義》，第 239 頁，中國社會科學出版社 1992 年版。

作方法，更重要的是一個哲學範疇、一種創作精神，甚至是一種人生立場、人生態度，其內涵應當是十分寬泛的。人們從不同角度把握現實主義，便有不同類型的現實主義文學，從而顯示出現實主義的豐富性和多樣性。如果說，19 世紀歐洲現實主義文學思潮初起時，相對於古典主義、浪漫主義等思潮而獨立存在的現實主義，其包括創作方法在內的思潮特徵還表現出較爲確切的特指性意義的話，那麼到了 20 世紀，隨著現代主義思潮的勃興，經現實主義作家長時間的積累、創造，又融合多種創作方法與思潮，現實主義的內涵無疑是大爲拓展了。有人認爲 20 世紀是「泛現實主義」或「無邊現實主義」的時代，這也許概括得不很精確，由此可能會產生不必要的歧義，但指出的事實是有相當合理性的。一位研究者僅據有限文獻，就羅列出二十九種現實主義的名號，據說這還是很不全面的，倘查閱更多文獻，不難列出更多現實主義的稱謂〔註 4〕。應當說，這並不是一種異常現象。從現實主義的基本精神出發，就一個特定角度去把握它，各自喊出自己的獨特的現實主義的聲音，這就有了現實主義豐富多樣色彩。提出「無邊現實主義」的羅傑 ·加洛蒂正是對固守一種現實主義——社會主義現實主義的理論發出挑戰。他固然並不認爲現實主義是一個隨意性很大的名詞，可以在它前面任意加上一個定語就成爲一種現實主義，但的確指出了現實主義應該呈現出開放性態勢。他是從發展的意義上對現實主義作出重新考量，說它是「無邊」的，是指現實主義是一個不斷發展著的概念，不要把其「邊界」劃得太死：「現實主義是無邊的，因爲現實主義的發展沒有終期。人類現實的發展也沒有終期。現實主義沒有確定的碼頭，沒有最終的港口，即使是以大衛、庫爾貝、巴爾扎克或者斯丹達爾這些威名赫赫的名字命名的港口，也非最後的停泊所在。」〔註 5〕加洛蒂的「無邊現實主義」理論是頗遭非議的，其令人難以容忍的是把一切文學思潮（包括現代主義）都包容在現實主義範圍之內，從而消解了 20 世紀文學思潮的豐富多樣性，但他針對社會主義現實主義的唯我獨尊，力圖打破其一統天下的局面，指出現實主義應呈現出「沒有確定」、「沒有終期」的開放性姿態，賦予現實主義以新的意義解釋，卻還是頗有道理的。

〔註 4〕周憲：《二十世紀的現實主義：從哲學和心理學看》，柳鳴九主編：《二十世紀現實主義》，第 15～16 頁。

〔註 5〕加洛蒂：《關於現實主義及其邊界的感想》，《現代文藝理論譯叢》，1965 年第 1 期。

20 世紀現實主義文學的豐富多樣性及其呈現的開放性姿態，表明這一股文學思潮的統領下，有可能出現不同的現實主義範式與形態。所謂文學思潮的「形態論」意義，是指從思潮本身所具有的豐富結構形態入手，對其細部結構作出不同特質的分類描述，從而探究出某一種文學思潮的複雜構成，進而完整把握這股思潮的基本特徵及其整體走向。借用美國學者托馬斯・門羅界定「審美形態學」意義範疇所說的，文學藝術的形態學研究是「用科學的方法對藝術進行分析、描述和分類」。〔註 6〕對現實主義定義的聚訟紛紜，說明這股「邊界」相對寬泛的文學思潮確實很難用一個既定的詞語去規範它，倒不如用科學的方法從各種文學形態類型中去找尋其切合現實主義基本特質的東西，從而對這股思潮的複雜內涵作出盡可能合理的解釋。以往我們對中國新文學現實主義思潮的研究，大多從宏觀的視角作整體性觀照，缺少對其作細部結構的分析，因而這一思潮的內在規律及其多種走嚮往往含混不清。對現實主義作形態考察，首先當然在於某種形態必須具備現實主義的質的規定性，即它必須符合現實主義的基本特質與精神，而透過此種形態作爲現實主義「範型」意義的被揭示，也就有了對現實主義特質的深層理解。因此，從文學形態的角度切入，的確是現實主義文學思潮研究較爲可取的視角。

事實上，對現實主義作形態特徵概括，由此去把握現實主義的不同特質及其豐富內涵，是許多研究者早就做過的。對於 20 世紀現實主義的發展有著深刻影響的兩位西方馬克思主義文藝理論家：盧卡契和布萊希特，他們的現實主義觀念是很不相同的，甚至還有相當程度的對立，有的研究者就從這兩種現實主義的不同形態特徵入手，剖析其各自形成的原因，指出其不同的價值取向，這對我們認識兩種重要的現實主義範型便很有意義。〔註 7〕我國學者闡述現實主義的源頭不在 19 世紀，在時間上還應提前，也作過這樣的論述：「眞正的現實主義是西方文藝復興以來資本主義社會的產物。不同時代又表現爲前邊加上不同修飾詞的內容。莎士比亞是人文主義的現實主義，菲爾丁是啓蒙主義的現實主義，巴爾扎克則歸入實證主義的現實主義，以後又出現了社會主義現實主義及二十世紀形形色色的新的現實主義潮流。」〔註 8〕這樣

〔註 6〕〔美〕托馬斯・門羅：《走向科學的美學》中譯本，第 239 頁，中國文聯出版公司 1984 年版。

〔註 7〕范大燦：《兩種對立的現實主義觀》，柳鳴九主編：《二十世紀現實主義》，第 79 頁。

〔註 8〕劉綱紀：《現實主義的重新認識》，《人民日報》，1989 年 1 月 17 日。

的劃界能否爲人們普遍認同，可以暫置勿論，但其用以印證現實主義的概括力極強的「修飾詞」來說明巴爾扎克以前也存在著現實主義的形態類型，應該說還是很有說服力的。在我國新時期文學研究中，也有論者對 80 年代一部分在創作上體現現實主義特色的作家劃分爲不同類型的現實主義：把蔣子龍、諶容、柯雲路等歸入「社會現實主義」，王蒙、茹志鵑、李國文等歸入「心理現實主義」，鄧剛、張承志、陸文夫、高曉聲等歸入「歷史現實主義」，鄧友梅、汪曾祺、阿城、賈平凹等歸入「文化現實主義」等〔註 9〕。這樣的劃分法曾招致較多非議，原因是在於 80 年代的我國文藝界已呈現出多種文藝思潮並存的格局，特別是現代主義文藝思潮的崛起已開始打破現實主義一統天下的局面，把當時著名小說家幾乎都包容在現實主義的範疇內，的確是有些問題。但我們依然認爲，就把握現實主義特質和作家創作的主導傾向而論，上述劃分還是有一定道理，特別是對於我們認識現實主義形態的多樣複雜性是頗有啓迪意義的。這一些都給我們一種提示：展開 20 世紀中國現實主義文學思潮研究，從形態角度切入，的確很值得一試。

二、現實主義範式的多樣複雜性

審視 20 世紀中國現實主義文學形態，我們必須面對的現象是，由於現實主義思潮的接受來源與接受方式並不單一，其文學形態呈現著多樣性與複雜性狀況，同一般意義上的現實主義有較大差別。如果從文學思潮（而不是創作方法）形成的角度看，中國新文學的現實主義主要來源於對西方文學思潮的接納與認同，其「傳入」的內容包括現實主義文學理論與創作實踐兩個方面。關於此種接受源與接受的途徑、方式等，已爲眾多的文學史家和文學理論家反覆論證過，此處可以不必贅述。這裡只想指出的是，由於處在特定的社會歷史背景下，因接受方式的特殊性而產生了獨特的接受效應，由此也必然形成中國 20 世紀現實主義文學形態的獨特性和多樣複雜性。

就總體而言，中國 20 世紀文學接受外來文學思潮是以快速切換方式進行的。也就是說，面對西方先進的文學思潮，中國人總有一種翹首以待、急切期盼的心理，因而無論對於哪一種新潮，從引進到接納到消化，都是在短時間內快速完成的。這突出地反映在兩個時期：新文學的第一個十年和新時期

〔註 9〕徐劍藝：《試論文化現實主義——新時期小說現實主義形態論之一》，載《當代文藝思潮》，1987 年第 4 期。

文學的頭十年。對此，曾有學者作過精當論述。創造社元老鄭伯奇在總結中國新文學第一個十年的文學成就時曾寫下這樣一段意味深長的話：「中國新文學的產生比日本相差還將近半個世紀。《新青年》才開始提倡白話文的時候，在西歐是象徵主義已經到了末期，即在日本，自然主義早已失了威權。而《新青年》諸君子所提倡的，和 18 世紀法國的啓蒙文學，英國的湖畔詩人所抱的思想並沒有大的差異」，「回顧這短短十年間，中國文學的進展，我們可以看出西歐兩百年中的歷史在這裡很快地反覆了一番」〔註 10〕。無獨有偶，半個世紀過去後，這樣的文學現象幾乎又重演了一遍。當代學者對我國新時期文學思潮急劇變化的描述，使用的幾乎是同樣的語言：「中國文學這十年的歷程濃縮了世界文學近百年的歷程，西方二十世紀所發生的文學流變，在中國近十年裏又發生了一遍。從二十世紀初葉的意識流、新感覺派到五六十年代的黑色幽默、荒誕派、直至七八十年代的魔幻現實主義，都在中國風靡一時，從傳統現實主義到現代和後現代思潮，從通俗文學到實驗小說應有盡有。」〔註 11〕出現這兩段驚人相似的歷史，都取決於一個特定的背景，即中國文學長期處在自我封閉的狀態下，因循守舊，無所作爲，已到了難乎爲繼的程度。於是，一旦外來思潮帶來催促文學變革的信息，勢必會產生強烈反響。以急切的心理，甚至用生呑活剝的方式去接受、消化以至於演繹西方文學思潮，也自在情理之中。在整個 20 世紀，西方文學思潮對中國文學的影響，各個時期都有所呈現，尤以「五四文學」和「新時期文學」爲甚，原由就在於這兩個時期「開放」度較大，在吸收、容納外來思潮方面也更會有所作爲。而這種快速切換的接受特點，便對中國 20 世紀各種文學思潮的形成產生諸多自身特點。

首先是全方位接受態勢造就的現實主義文學形態多樣性。由於「輸出／傳入」不是在一個固定的時空內進行的，恰恰是中國作家在「五四」時對西歐兩百年來的文學歷史「反覆了一遍」，在 80 年代又把近百年世界文學的流變「發生了一遍」，這就決定了接受也不會限於一個固定的視域，有可能形成四處出擊、全面開花的局面。自中國新文學誕生以來，包括現實主義、浪漫

〔註 10〕鄭伯奇：《中國新文學大系・小說三集・導言》，《中國新文學大系・小說三集》，第 2 頁，上海文藝出版社 1981 年影印本。

〔註 11〕張鍾：《八十年代與中國大陸文學》，《當代中國大陸文學流變》，第 4、5 頁，三聯書店（香港）有限公司 1992 年版。

主義、現代主義的各種文學思潮都有所介紹與演繹，新時期以來同 20 世紀世界文學進程接軌又引入了各種現代主義文學思潮與流派，足見顯出的是一種全方位接受態勢。以接受現實主義而論，情況也是這樣。歐洲 19 世紀的現實主義，傳入中國已有了近百年歷史；如果把歐洲 17、18 世紀出現的人文主義思潮也納入現實主義範疇的話，那麼已有了兩百餘年歷史。而在 20 世紀，現實主義又有各種各樣的流派與類型，諸如人生派現實主義、人道主義現實主義、新寫實主義、辯證唯物主義現實主義、社會主義現實主義、心理現實主義等等。令人稱奇的是，在這樣的廣袤時空內，面對如許複雜多樣的現實主義流派，中國新文學作家幾乎都是以「拿來主義」的姿態勇於面對，上述不同時段、不同形態的現實主義幾乎都作過介紹，且都在不同程度上影響過中國新文學創作。這說明了這樣一個事實：中國 20 世紀現實主義文學思潮形成強勁發展的勢頭，固然有傳統積澱的因素，但外來思潮的影響決不能低估，而且它在一個短時期內迅即構成現實主義的發展高潮，顯然主要取決於外來思潮的強力推進；而其所接受的又是國外現實主義作家們嘗試過的多種現實主義形態，這也決定了中國新文學現實主義形態的豐富性與多樣性，並為我們從兩者的對應關係中探討此種多樣性的建構格局提供了可能。

其次也應當看到因倉促接受帶來的現實主義文學形態複雜性。鄭伯奇在談到中國新文學「快速」接受西歐文藝思潮特點的同時也指出：「這不是說中國的新文學已經成長到和西歐各國同一的水準。落後的國家雖然急起直追也斷不能一躍而躋於先進之列。尤其是文學藝術方面，精神遺產的微薄常常使後進國暴露出它的弱點。」〔註 12〕此說信然。快速接受的後果，是在顯出一種氣魄與膽略的同時，也可能潛藏一種危機，即對於外來思潮缺少一個從容消化的過程，並沒有弄清楚其精神實質所在，學點皮毛，拿來就用，難免不變形走樣。茅盾之所以放棄他一度鍾情的現代主義文學思潮，其中一個重要原因就在於這股思潮在中國「移植」後，產生了許多貌合神離、半生不熟的所謂現代派作品，這與其倡導現代主義的初衷相去甚遠，於是不免使其大失所望，認為這「簡直是等於向瞽者誇彩色之美，彩色雖然甚美，瞽者卻一毫受用不得」〔註 13〕。然而，令茅盾始料不及的是，借鑒現代主義所產生的「食而不化」的問題，也同樣發生在移植現實主義文學思潮上。他自己「固守」

〔註 12〕鄭伯奇：《中國新文學大系・小說三集・導言》。
〔註 13〕茅盾：《自然主義與中國現代小說》，《小說月報》第 13 卷第 7 號。

現實主義後，就始終沒有走出「獨尊」現實主義的怪圈。平心而論，對現實主義文學思潮的吸納，同現代主義稍有不同，這可能是寫實的手法在傳統文學中也大量運用，在接受上沒有造成很大的困難，因此即使有所偏離，也往往習焉不察。但事實上，細究中國新文學中可以稱之爲現實主義的文學理論與創作，同本眞意義上的現實主義文學思潮依然有著很大的差距。中國新文學作家最初從西方引進現實主義文學思潮，在理論上還是相當模糊的，現實主義與自然主義不分，「寫實主義」與寫實手法往往混用，表明其時還沒有完全從思潮意義上去理解與把握它。「現實主義」這個名詞直到 30 年代才被廣泛使用，說明到這個時候才有大規模的現實主義文學運動。而且，對國外現實主義文學思潮的吸收，還有近距離觀照的偏差。所謂近距離，包括時間距離與空間距離兩個方面。時間上的捨遠就近，是指大量吸收的是近期現實主義文學理論與創作成果，而對於體現歐洲 19 世紀「正宗現實主義」的理論則缺少介紹與研究。空間上舍遠就近，體現在中國現實主義文學的最重要接受源是蘇俄與日本，所以無產階級文學思潮和社會主義現實主義在中國一直有著舉足輕重的地位，而對於 20 世紀的新興現實主義理論（包括像盧卡契、布萊希特這樣的西馬現實主義者的文學理論）卻影響甚微。這當然顯現著中國 20 世紀文學思潮的特色，但從嚴格意義上的現實主義文學去要求，也不能不說留下了諸多缺憾。這一特點說明了 20 世紀的中國現實主義文學呈現著相當複雜的面貌，各種現實主義文學形態存在著同西方現實主義文學若即若離的狀況，因而對其作形態描述，只能取其近似的一面，或者說是必須更多考慮中國特色的現實主義特質。

根據以上理解，從 20 世紀中國現實主義文學思潮的實存狀況出發，我們可以對這股思潮的複雜形態作出歷史的描述。對形態的劃分，是在現實主義的基本前提下，對各種類型的現實主義文學所具有的獨特功能、價值取向、創作方法等不同層面作出判斷，並盡可能在接受西方現實主義理念的多樣性中找到對應關係。各種形態之間有質地上的差異，但也不是截然對立的，有時可能是互相交叉的，我們只能取其個性特點最鮮明的一點予以概括與闡述。由於中國新文學現實主義的不完善性和新文學作家現實主義觀念的不確定性，同時也由於對現實主義內涵的理解不同，且因常常產生對這股主要來自西方的文學思潮的「誤讀」而在接受過程中出現變形與走樣，因而對中國新文學現實主義的複雜性必須進行認眞辨析，並對其作出實事求是的價值判斷。

就 20 世紀中國現實主義文學整體考察，各種現實主義文學形態是在 20 世紀前半段（即通常所說的新文學時期）就已逐漸成形的。對此，我國卓越的文藝理論家馮雪峰就曾精闢指出過：「中國現代文學的現實主義傳統分別由魯迅與茅盾各自開闢了一種傳統」〔註 14〕。這個論述僅僅指出兩種形態的現實主義或許有所不足，但提出的問題對於我們是頗有啓示的。其啓示意義是在於：一方面，它提出了兩種不同形態的現實主義，避免了對現實主義的「一鍋煮」現象，以便於我們從不同層面認識和把握現實主義，也有利於從不同角度總結中國新文學現實主義的經驗；另一方面，它涉及中國現代文學中兩種最有影響的現實主義傳統的比較，將它們放置在同一平臺上作不同的形態考察，它們各自的鮮明特色就會得到顯著呈示。作爲啓蒙主義思想家的魯迅同作爲社會革命家的茅盾，因作家思考問題、關注現實的角度不同，自會有不同的現實主義關注點；同樣，主要作爲「五四文學」代表的魯迅，同主要作爲「三十年代文學」代表的茅盾，在不同的歷史階段也會對現實主義提出不同的使命要求。這兩種形態作爲典型個案，恰恰體現出顯著的文學「形態學」意義，因爲它既呈現了兩種現實主義的不同特質，同時也顯示了現實主義的時代特徵及其在不同歷史階段的不同走向。

當然，中國新文學中的現實主義作家和現實主義文學創作遠不只魯迅與茅盾兩家。在主流意識形態話語主宰下，文學的思想價值和社會價值得到空前強調，我們很容易想到或者經常被提到的中國新文學現實主義作家，主要也就是魯迅和茅盾兩家。但事實上，新文學作家看取現實主義的視角是伸展得相當廣泛的，他們對文學的價值取向也並不整齊劃一，除追求思想價值、社會價值外，還有專力於探求人生價值、人性價值、文化價值或進行其他藝術探索的。因此，就現實主義的寬泛內涵考量，再對中國新文學作家的文學思想與創作實踐作細部分析，應當可以劃分出更多的形態類型。如果用現實主義的基本精神相對照，再聯繫現實主義的接受源，中國新文學中至少有以下七種最具代表性的現實主義文學形態。1、「思想啓蒙」型現實主義。這以魯迅爲代表，也包括一部分被稱爲「五四文化批評派」的作家，如陳獨秀、胡適、李大釗、錢玄同、劉半農等。其主要思想源泉是 18 世紀歐洲啓蒙思潮和 19 世紀歐洲現實主義。中國新文學作家最初從思想啓蒙層面接受現實主義，後來又以現實主義的理論與創作

〔註 14〕馮雪峰：《中國文學中從古典現實主義到社會主義現實主義的發展的一個輪廓》，《文藝報》1952 年第 15 期。

進行思想啓蒙，「思想啓蒙」型現實主義就是一個毋庸置疑的存在。2、「社會批判」型現實主義。社會批判曾是歐洲 19 世紀批判現實主義的靈魂，中國 20 世紀特定的社會背景要求作家「傾其全力於社會問題」〔註 15〕，於是這種社會批判的歷史理性就成爲中國現實主義作家的一種重要選擇，其在整個新文學中占的比重相當大，最典型的自然是以茅盾爲代表的「社會剖析派」作家。3、「人道關懷」型現實主義。這接近於西方的人道主義現實主義。中國新文學的人道主題一度被放逐，其在形態上不及西方文學完備，但注重「人道關懷」的理論與創作仍有一定表現。周作人闡述過完整的人道主義文學理論，部分「新月派」作家，及堅持「平民文學」立場的文研會作家如冰心、朱自清、葉聖陶等創作大量呼喚人道、尊重人性的作品，也使得此種形態得以成形。4、「人生觀照」型現實主義。亦可名之爲「人生派」現實主義，它是在西方尤其是在俄國「爲人生」現實主義文學的影響下逐步確立的。以巴金爲代表的一大批人生派作家，始終持守「爲人生」的立場，專注於「爲人生」而創作，他們對人生的觀照與批評不同於「社會批判」派對社會制度的變革與批判，他們不曾因時代思潮、政治風雲的變幻而有所改變，其創作始終保持著以自己的眼光探索人生、改良人生的本色，在現實主義文學中見出別具一格。5、「風俗文化」型現實主義。這可歸屬文化現實主義範疇。中國新文學作家如老舍、沈從文等從他們所熟稔的風俗文化（如北平風俗、湘西風俗）中尋找現實主義的切入點，觸摸到了鄉土中國的生存本貌和歷史變遷，爲現代中國文化重建和文學審美品格的提升帶來諸多啓示，這應當是文化現實主義中很有特色的一種。6、「心理體驗」型現實主義。這一由胡風領銜、「七月派」作家所秉持的現實主義形態，雖從創作方法命名，但仍有強烈的思潮意義：它是指在堅守現實主義精神的同時又加強心理體驗維度的開掘，其文學理念與創作實踐在與現代文壇的對話中凸現出強烈的「異端」色彩——強調主客觀的融合、統一，突出主觀戰鬥精神和深層心理體驗，形態的「個性」特色是特別鮮明的。7、「政治闡釋」型現實主義。政治對文學的介入，恐怕是 20 世紀中國現實主義文學的普泛性特點，但有一種文學形態卻顯示出絕對的「政治化」傾向，強調用政治性、階級性理念闡釋現實，如 30 年代的「普羅文學」、40 年代的「工農兵文學」等。上述種種，當然不一定是對現實主義文學形態的全面描述，但僅此足以說明形態的豐富多樣性，將

〔註 15〕普實克：《從中國的文學革命看傳統的東方文學與歐洲現代文學的衝突》，見賈植芳主編：《中國現代文學主潮》，第 134 頁，復旦大學出版社 1990 年版。

這一些彙聚起來，大體上可以反映出中國新文學現實主義的整體面貌。

三、社會批判：現實主義文學的重要形態

對中國新文學現實主義的多樣複雜性作整體觀照後，我們就可以對這一複雜圖景中凸現的「社會批判」型現實主義文學的形態特徵及其獨特意義所在作出恰如其分的描述了。

由於作家看待人生的立場、態度不同，對文學的價值取向不同，就會有不同的現實主義形態，於是就出現了品類繁多的現實主義名號。上文指出的研究者曾概括現實主義的分類有二十九種之多，這大都是就西方現實主義文學而論的。我國新文學的現實主義尚缺少嚴格的形態學研究，對其的種類描述也暫付闕如，筆者從源頭上作出梳理與探尋，認爲中國新文學至少存在著七種現實主義形態，也就是大略意義而言的；但有一點可以肯定：在這諸種現實主義形態中，創作量最大、影響最深的一種就是「社會批判」型現實主義。此種現實主義之特別青睞於中國新文學，顯然可以從接受源頭、其現實主義精神與中國作家直面現世的創作傳統相遇合等方面找到成因。中國新文學作家接受西方現實主義文學思潮的最初源頭是 19 世紀歐洲批判現實主義，正是那些現實主義文學大師理論與著作的引入，才直接引發了中國新文學，並長時期產生潛在影響，由此形成一種可名之爲「社會批判」型現實主義，現實主義的社會批判傳統也因此受到特別的推崇。

就中國新文學現實主義演進看，其接受源並不單一，其中受歐洲「正宗」現實主義影響頗大，以茅盾爲代表的一些現實主義作家無論是理論認同還是創作實踐都比較接近此類現實主義。所謂歐洲「正宗」現實主義，通常是指歐洲 19 世紀「悄悄」興起的批判現實主義。普實克列舉歐洲「正宗」現實主義作家，便是巴爾扎克、托爾斯泰等。此種現實主義崛起後之能風靡世界，且仍爲 20 世紀作家所推崇，就在於其蘊涵極強的社會參與功能與藝術精神。雷內・韋勒克界定現實主義是「當代社會現實的客觀再現」，作家把注意力聚焦在「描繪當代現實生活時」，包含著「人類的同情心，社會改革與社會批判」的內容，具有否定和急劇地反抗社會的成分，因此在描繪、眞實和訓諭之間就有現實主義藝術創作的張力〔註 16〕。豪澤爾也從藝術的固有功能上肯定「社會批判性」是文

〔註 16〕韋勒克：《文學思潮和文學運動的概念》，第 234 頁，中國社會科學出版社 1989 年版。

學藝術創作不可或缺的。他認為，文藝「是對人遭到貶低的生存狀況的一種無言的批評」，它「只有在具有抵抗社會的力量時才得以生存」，由此決定藝術的審美本質應該是「針對社會」的「批判的」，「有助於變革社會，儘管是以隱蔽、無形的方式。」〔註 17〕現實主義是理性批判的產物。如果說「批判」是文學藝術的精神內核之一，那麼，對於現實主義而言，「批判性」就是它的靈魂，而歐洲現實主義正是以此獲得不竭的生命力。如果說「理性的批判」是「法國文學中最富活力、最有影響、衝擊力最大、生命力也最強的部分」〔註 18〕，那麼用它來形容 19 世紀歐洲現實主義的精神同樣一語中的。綜觀其精神內質，最突出的便是用理性精神澆鑄的「社會批判性」：從人在社會中的現實處境入手，廣泛描寫複雜的社會關係；其社會批判，包含著道德批判和政治批判，關涉人的德行、品性、善惡、是非，也涉及社會狀況、政治體制、國家制度等等，是文學的「批判性」最典型最集中的體現，故有「批判現實主義」之稱。19 世紀歐洲批判現實主義作家的傑出創作成就，為「社會批判」型現實主義文學提供了典型範例。法、英、俄等國的現實主義文學大師，從司湯達到巴爾扎克，從薩克雷到狄更斯，從果戈理到托爾斯泰，無不用理性的解剖刀，剜出血淋淋的事實，用「無情的眞實」揭示現存社會的弊病，批判不合理的社會關係。這些文學大師的創作代表了現實主義的最高成就，可見「批判性」之於現實主義的深在意義。正是憑藉著對「社會」的無孔不入的穿透力使歐洲批判現實主義文學顯示出輝煌業績，在世界文學中矗立起一座豐碑，對後世文學產生不竭的影響。這樣一股強大的文學潮流，對於打開國門後迎受外來思潮，實現著由傳統向現代轉型的中國新文學建設而言，應該有著更為直接、更為顯著的影響。

20 世紀中國文學中的現實主義，直接源頭是 19 世紀歐洲批判現實主義，這決定著「社會批判」性在中國作家的現實主義選擇中的分量與比重。它關乎一種民族的精神，也聯繫著中國文學變革的實際。用文學「革新」社會，是中國近現代知識分子的「集體情結」。近代啓蒙初潮，梁啓超鼓吹「小說界革命」，欲以改良國民和社會，掀起翻譯和學習外國小說熱。這當中，「摹寫其情狀」、「和盤托出」的「寫實派小說」是重頭〔註 19〕，一批 19 世紀批判現實主義作家

〔註 17〕〔匈〕阿諾德·豪澤爾：《藝術社會學》，第 68 頁，居延安譯，學林出版社 1987 年版。

〔註 18〕艾珉：《法國文學的理性批判精神》，第 2 頁，北京大學出版社 1991 年版。

〔註 19〕梁啓超：《論小說與群治之關係》，載《新小說》1902 年第 1 卷第 1 號。

的作品（如狄更斯、巴爾扎克、契訶夫、托爾斯泰等）便由林紓、伍光建等人率先譯介引進。考究其時注重引進西洋寫實小說的緣由就在於，此類小說「或對人群之積弊而下砭，或爲國家之危險而立鑒，揆其立意，無一非裨國利民」〔註 20〕；在此基礎上衍生的社會譴責小說，針砭時弊，鞭撻官僚制度，並將其當作一個巨大的社會禍根進行揭露，顯出鮮明的社會批判色彩。儘管這類小說的政治情緒宣泄壓倒了對現實社會的客觀眞實的描寫，就嚴格的現實主義意義而言還存在不少弱點，但它畢竟是世紀初的「社會批判」在現實主義命題範圍內的一次預演。

五四新文學運動是一場更深刻意義上的文學革命，爲中國全面接受現實主義提供了必備條件。「士志於道」、「明道救世」是中國知識分子素來的傳統，在現代社會則將其轉換爲「創建現代民族國家」的新主題；而且新文學處在一個社會危機頻頻的話語場中，社會歷史處境將最終決定作家憂民患世的創作心態。由是，經過 19、20 世紀之交和五四時期的接受與篩選，新文學先驅者們的首選目標是現實主義，現實主義中又以「社會批判」型爲重便是毫不足怪的。20 年代初，發起「五四」個性解放思潮的《新青年》雜誌，以及《每周評論》等刊物就已表現出濃厚的社會政治意識，最先感受到了時代的先聲。陳獨秀在《文學革命論》中倡言建立三種文學：社會文學、國民文學、寫實文學，都是在現實主義命題上提出的，這大體上確立了中國新文學的建設路標。對現實主義功能的理解，基於明確的社會使命感，茅盾在 20 年代初就認爲最有力地批判「惡社會的腐敗根」的寫實主義爲當今社會所必須。〔註 21〕由此出發，接受、吸納注重社會批判功能的歐洲批判現實主義文學便成爲當時新文學作家的一種必然性選擇。就中國新文學作家的現實主義接受源而言，最主要的應是法、俄兩國的批判現實主義，這兩國文學的「社會批判」傳統之深厚積澱，足爲中國作家師法，而其把握現實主義的不同側重點，又給中國作家以多方面的啓迪。法國文學爲中國新文學作家所重，是基於其在世界的影響力及其現實主義創作與理論體系的前瞻性與完備性。早在 1915 年，陳獨秀就在《青年雜誌》上發出先聲，鼓吹介紹法國自然主義（實爲現實主義）。從「五四」至 20 年代，法國文學的翻譯和研究，逐步趨向全面、

〔註 20〕衡南劫火仙：《小說之勢力》，載《清議報》1901 年第 68 期。
〔註 21〕沈雁冰：《我們現在可以提倡表象主義的文學嗎？》載《小說月報》1920 年 2 月第 11 卷第 2 號。

系統，《小說月報》等刊物就連續推出《法國文學專號》、《法國文學研究專號》。對法國文學的藉重，是在強調其「科學的描寫法」，「眞實與細緻」等，以此可以「醫中國現代創作的毛病」，救正新文學淩空蹈虛、不切實際之病，爲現實主義健康發展開了一劑猛藥。俄國現實主義文學的社會批判傾向容易引起中國作家的心理共鳴，是由於兩國社會現狀與文學關係的某種相通性。俄國在專制制度下產生的「怒吼的文學」，對中國作家來說是感同身受。沈雁冰竭力推崇托爾斯泰與俄羅斯文學，就在於俄國「處於全球最專制之政府之下，逼壓之烈，有如爐火，平日所見，社會之惡現象，所忍受者，切膚之痛苦。故其發爲文學，沉痛懇摯；於人生之究竟，看得極爲透徹」〔註 22〕。周作人在《文學上的俄國與中國》中對兩國文學可能的參照關係說得更爲透徹：俄國的「特別國情」和文學背景「有許多與中國相似，所以他的文學發達情形與思想的內容在中國也最可以注意研究」，其所述便是由「特別國情」的相似而顯出的特別的親和力。由是，中國作家對法、俄兩國作家創作的直接借鑒就特別明顯，如魯迅之於果戈理、陀思妥也夫斯基，茅盾之於托爾斯泰、左拉。要之，對法、俄批判現實主義文學的重視與審視角度，可以從一些重要側面反映中國新文學作家的現實主義興奮點與關注點，從中也可以映照出中國新文學「社會批判」傳統的某些基本內涵和特色所在。

就整個中國 20 世紀文學發展進程看，隨著社會矛盾愈趨激烈和社會鬥爭形勢更加嚴峻複雜，「社會」取代「個人」成爲文學注目的焦點，社會革命和社會解放愈來愈成爲時代主題。大多數作家身不由己被捲入風雲突變的時代漩渦中，有許多則在動亂中顛沛流離，深化了他們對社會黑暗和民族苦難的認知，促使他們更加執著地關注中國社會現實。普實克在論述中國新文學的現實主義歷程時曾指出：「從五四到抗日戰爭時期，是中國文學的一個革命時期。這個文學革命的根本問題，是使文學直接地、無阻礙地走向現實，使文學盡可能廣闊地征服現實領域。」「作家越是主動地接近現實，他越是力求清楚地表明對所描寫的現實的自己的觀點並說服讀者」。〔註 23〕社會批判型現實主義正體現了中國現代文學「走向現實」與「社會批判」聚合的歷史過程——作家們的「觀點」集中表現在強烈的社會責任感，和對理想的新

〔註 22〕沈雁冰：《托爾斯泰與今日之俄羅斯》，載《學生雜誌》1919 年 4 月第 6 卷第 4～6 號。

〔註 23〕普實克：《中國文學中的現實和藝術》，《國外中國文學研究論叢》，第 47、50 頁，中國文聯出版公司 1985 年版。

中國、合理的新社會的「烏托邦」構想，這爲他們在文學中獲得變革社會、批判社會的自覺意識提供了一個「阿基米德點」；決定著他們以嚴肅、敏銳的現實視角和強烈、凝重的社會批判理性，暴露現實的種種黑暗與罪惡，集中關注現存社會及其政治制度的弊病，決然否定其合理性，激勵人們爲建立光明合理的新社會奮起抗爭，以達到改造社會的目的。因此，將批判和變革、暴露與反抗結合在一起，帶著對社會事件敏銳的批判眼光，著眼於社會外部結構的變動，注重題材的重大性和當代性（抓取時代社會的重大題材——重大的社會事件、現實變動，甚至帶爆炸性的事變等），這些就構成「社會批判」型現實主義文學的共同特徵。李歐梵從中國現代作家「感時憂國」的精神出發概括中國的批判現實主義是「社會——政治批判」，〔註 24〕可以說是抓住了「社會批判」型現實主義文學思潮的主要特點。

就總體而言，中國新文學的現實主義之路走得並不平直，尤其在後來不斷受到左傾思潮的影響，現實主義精神有不同程度的偏離。然而，考慮到中國新文學作家是在更廣泛的層面上接受現實主義的，內中畢竟有著歐洲正宗現實主義的巨大參照，因而在堅持現實主義社會批判傳統方面也很有值得總結的經驗。

首先是「社會——政治批判」的多向度展開。從 20 年代初開始發展的「社會批判」型現實主義，以「批判不合理的社會」作爲文學的崇高使命，在相當程度上是與當時的社會革命緊緊聯繫在一起的，許多作家本身就是出色的社會活動家和社會革命家，社會現實批判總是同面對社會問題包括政治制度變革緊密相關，勢必帶有濃厚的「社會——政治」傾向性。但値得注意的是，此種「社會——政治批判」因受歐洲批判現實主義廣泛伸展批判觸角的影響，並不限於單一政治話語，具有相當的普泛性與包容性，呈現出多向度展開的複雜狀況，就有可能避免社會批判內涵的過分狹窄。文學體現政治傾向性，並非文學自身的過錯，相反，文學無法遠離政治，無法拒絕政治的滲透。恰如曼海姆所言，「藝術、文化和哲學由於是由當時社會和政治力量所塑造的，所以只不過是那個時代主要烏托邦思想的表達。」他把「烏托邦」界定爲「超越現實，同時又打破現存秩序的結合力的那類取向」〔註 25〕。這裡說的還是

〔註 24〕李歐梵：《現代性的追求》，第 178 頁，三聯書店 2000 年版。
〔註 25〕〔德〕卡爾·鮑海姆：《意識形態與烏托邦》，第 227 頁，商務印書館 2000 年版。

一般的藝術，倘若將其限定在社會價值取向特別顯豁的那種文學藝術類型裏，那麼，社會政治力量「塑造」文學和文學成爲特定時代社會烏托邦思想表達者的意義將會得到更顯著的呈示。由此看來，文學與體現一定政治傾向性的現實主義聯姻也並非不可思議。「當作家轉而去描繪當代現實生活時，這種行動本身就包含著一種人類的同情，一種社會改良主義和社會批評，後者又常常演化爲對社會的擯斥和厭惡。在現實主義中，存在著一種描繪和規範、眞實與訓諭之間的張力。這種矛盾無法從邏輯上加以解決，但它卻構成了我們正在談論的這種文學的特徵。」〔註 26〕這裡韋勒克就談到了現實主義的先天命運——思想性與文學性的衝突，他顯然是排斥文學的政治功利性的，但也不能不承認在政治與藝術的衝突之中存在著某種張力。問題在於如何使此種張力得以生成？重要的恐怕是在不能使社會批判僅止於單純的「意識形態糾纏」，盡可能擴張政治批判的社會內涵。在「走向現實」與「社會批判」聚合的歷史過程中，表現出強烈的創建現代民族國家的「烏托邦」構想，是中國新文學作家的共識，這爲他們用文學變革社會提供了一個共有的基點——用「民族」視角觀照社會批判社會。因此，其政治傾向性常常表現爲是「民族政治」而非單一的「階級政治」，於是由「政治批判」演繹的國家意識、民族意識、平民意識伸展了現實主義的張力，它可以體現在不同政治傾向、不同階級立場的作家身上，也豐富了現實主義的表現內涵。如 20 年代文學中，體現階級政治傾向性的社會批判創作時有湧現，但當時的文學研究會作家，大抵是在民族意識、平民意識的立場上，茅盾的文學批評顯出更多的現實關懷和平民關懷，而大多數文研會作家，如葉紹鈞、許地山、王統照、王魯彥、朱自清等的創作，其作品多半是反映民生疾苦，痛貶社會痼疾，也顯出鮮明的平民關懷精神，便被受到社會的廣泛關注。即便是信奉資產階級民主政治的作家，他們注目現實人生，也痛徹感到國家民族社會改造的必要性。胡適認爲新文學應該「表現人生——不是想像的人生，而是那實在的人生：民間的實在痛苦，社會的實在問題，國家的實在狀況，人生的實在希望與恐懼」〔註 27〕，其文學理念就有顯著的社會批判傾向。他的早期白話詩《人力車夫》、《老洛伯》等實踐了寫「今日之貧民社會」的文學主張。徐志摩的前期詩作對封

〔註 26〕R・韋勒克：《批評的諸種概念》，第 232 頁，四川文藝出版社 1988 年版。

〔註 27〕胡適：《白話文學史》，第 307 頁，《胡適文集》第 8 卷，北京大學出版社 1998 年版。

建軍閥的抨擊，對下層人民命運的人道主義同情更見突出，其《大帥》、《先生！先生！》等直寫人間慘劇的現實主義詩篇，就成爲他此時詩歌創作的基本主題之一。這部分作品同樣顯示出濃厚的國家民族社會關懷意識，也應進入「社會批判」型創作之列。至於三四十年代用民族視角觀照現實的作品更是不可勝數，如老舍的被稱爲「民族憤史」的《四世同堂》便是適例。正是現實主義成分的並不單一，遂使社會批判視野大爲拓展，它可以在不同的政治層面上發揮其特有的社會批判功能。

其次是社會批判同人道關懷的融合。「文學是最富於人道的藝術，文學家可以稱爲職業的博愛者和人道主義生產者。」〔註 28〕高爾基一語切中了人道精神對於文學的永恒存在意義。社會批判中人道精神的缺失，或視表現人性、人道爲畏途，恐怕是以往現實主義文學的一個通病。這有理念上的障礙，誤以爲文學表現人性與表現階級性是完全對立的，現實主義強調階級性就將人性和人道主題徹底放逐了。事實上，人道主義特別能夠同現實主義的社會批判性聯姻，取決於這兩者在精神上的趨同性。社會批判固然是對現存社會秩序、社會關係的觀照與批判，但此種批判主要是通過對社會關係中的人以及人的命運的關注來完成的，透過這樣的批判，在人本主義層面和終極關懷層面達到對人的價值和人生意義的高揚，乃是現實主義的使命。歐洲現實主義作家的社會批判，總是堅持政治批判與道德批判並重，其作品也總是體現出鮮明的人性主題和人道主題。巴爾扎克的創作在揭露資本主義社會中人與人之間赤裸裸的金錢關係和資本家唯利是圖、爾虞我詐的本性時便顯出對人的命運的關注：「生活的主導原則表現在強烈的利己主義欲望和渴望中，一方面是局部的和普通的東西的結合，另一方面是人道與非人道的東西的衝突。」〔註 29〕作家把對人和人的命運的探索、發現，凝聚在對小說中人物性格的探索、發現和塑造上，其筆下的人物總是既具有獨特的個性，又蘊含著豐富的社會性和人性內涵，從而使創作獲得了經久不衰的藝術魅力。中國新文學現實主義作家最初接受歐洲現實主義，也是側重在其蘊涵人道主義精神一面。那時的新文學倡導者幾乎一體認同人道主義，如當時成爲文學研究會的主要理論家的茅盾（沈雁冰）認爲我國的新文學應該提倡「爲平民」，且要「有人道主

〔註 28〕高爾基：《論文學》，第 4 頁，廣西人民出版社 1980 年版。
〔註 29〕米・赫拉普欽科：《藝術創作・現實・人》，第 57 頁，上海譯文出版社 1999 年 12 月版。

義的精神」〔註 30〕；另一個重要理論家鄭振鐸則創辦《人道》雜誌，提出「以維護人道的使命」作爲文學的目標，都表明人道主義已是新文學不可或缺的內涵。而周作人倡導「人的文學」，主張「用這人道主義爲本」〔註 31〕建設新文學，將人道主義提到更重要的位置。即便是堅持馬克思主義觀的李大釗，也同樣認爲改造社會應「以人道主義改造人的精神，同時以社會主義改造經濟組織」〔註 32〕；爲此他特別推崇俄羅斯的現實主義文學，認爲其突出之處就在於「數十年來，文豪輩出，各以其人道的社會的文學，與其專制之宗教政治制度相搏戰」〔註 33〕。由於並非像後來那樣對人道主義採取排斥以至於恐懼的態度，新文學的「社會批判」型創作中能產生撼動人心力量的作品，總是將批判社會同表現人的處境、命運結合起來，灌注了鮮明的人道關懷精神，或痛貶對人性的摧殘，或表現對被壓迫、被侮辱者的同情。作家的創作無論是取「貴族」立場（如胡適、徐志摩），抑或是「平民」立場（如葉紹鈞、朱自清），還是「勞工」「勞農」立場（如部分左翼作家），都能將對弱者的人道主義同情融入對象化客體世界中，使作品顯出特有的親和力。取前兩種立場的作家大抵是從人性層面把握現實主義，因而有著人道精神的自覺，可以暫置不論；單以一些左翼作家的創作而言，其能夠構成對社會本質的批判又能產生藝術感染力量，也往往在於人道關懷精神的濃重滲透。如兩個表現社會弱勢群體——婦女命運的作品：柔石的《爲奴隸的母親》和羅淑的《生人妻》，其藝術魅力就來自對摧殘人性的非人道現象的犀利批判。唯其作家深刻理解、體察婦女的悲苦命運，濃重渲染「人」被作爲「非人」（而不單是作爲階級人）處置的可悲境遇，故而能引起社會的普遍性同情，作品也就產生了更大的社會批判力量。當然左翼作家在「階級性」理念強化以後，將人道精神撇在一旁，社會批判的內容日見空洞，也是有例可證的，這恰恰反證了灌注人道精神對於深化社會批判是不可或缺的。

再次，社會批判契合社會政治文化需求。「社會批判」型創作必然涉及社會政治制度變革之類重大命題，這類命題的提出，必須以切合民眾心理、民族需求爲前提，從而使此種批判獲得最大的接受可能。30 年代與 40 年代後半期曾掀起兩次較大規模的社會批判高潮，這與特定時代的社會政治文化心態

〔註 30〕沈雁冰：《新舊文學平議之評議》，《小說月報》第 11 卷 1 號，1920 年 1 月。
〔註 31〕周作人：《人的文學》，載《新青年》1918 年 12 月 15 日第 5 卷第 6 號。
〔註 32〕李大釗：《我的馬克思主義觀》，《新青年》第 6 卷第 5 號，1919 年 5 月。
〔註 33〕李大釗：《法俄革命之比較觀》，載《言治》季刊 1918 年 7 月第 3 冊。

有關。「政治文化是一個民族在特定時期流行的一套政治態度、信念和感情。」〔註 34〕30 年代的時代語境是民眾的政治熱情普遍高揚，人們對專制制度的失望一變而爲改革舊制度的共同心理期待，因而關注社會變革的風氣特別濃厚，「社會批判型」創作就應運而生。左翼作家的創作大抵是在社會批判的格局中運行，其對現實主義的把握存在著複雜狀況，作品的藝術水準也參差不齊，但由於他們實現現實關懷的途徑是「用被壓迫者的語言」來「抗議和拒絕社會」〔註 35〕，他們以「被壓迫者」的姿態反映強烈的政治制度變革要求，實際上是以民眾參與意識顯出對國家前途命運的關注，作品集中批判戰亂頻仍、軍閥割據、政治腐敗、經濟崩潰的社會現實眞相，就必然會引起社會的普遍心理共鳴。這只要從蔣光赤等左翼作家的小說被一禁再禁而又一版再版，便可以得到證明。而以茅盾爲代表的注重社會分析的一大批「史詩」型巨著的問世，則更將「社會批判」型創作推向高潮。其重要表徵之一，便是社會批判格局的開闊，作家們注目於中國社會「當代史」的演示和批判，不再滿足表現身邊的「小悲歡」，而是以史家的眼光對描繪社會的「全般現象」表現出濃厚興趣。這是中國新文學由「五四」向「30 年代」演進，借鑒西方現實主義文學的重大轉換，因此被普實克稱之爲採用了「歐洲正宗現實主義」。吳組緗在當年的評論中指出：《子夜》出版以後，已完全可以說「中國之有茅盾，猶如美國之有辛克萊，世界之有俄國文學」〔註 36〕。特定時代社會的呼喚，使「社會批判」產生了前所未有的效應。40 年代後半期，在新舊兩個中國命運之大決戰前夜，國統區的社會腐敗達於極點，在文學領域出現又一個「社會批判」高潮。作家們以一種除舊布新的心態看取社會，以更猛烈的筆墨批判舊社會、舊制度無可挽回的沒落命運，同時懷著看到勝利曙光的喜悅熱切盼望新社會早早來臨，社會批判中的褒貶態度尤其鮮明。此時在帶有前進傾向的現實主義創作中，大抵含有社會批判色彩，尤其是諷刺文學的盛行可稱是這個時期現實主義文學的最大看點。諷刺文學容涵在各種體裁的創作中，尤以諷刺喜劇與政治諷刺詩最爲流行，且最能造成轟動效應。陳白塵、吳祖光、宋之的、馬凡陀、臧克家等，是當時人們耳熟能詳的名字。

〔註 34〕〔美〕阿爾蒙德：《比較政治學：體系、過程和政策》，第 29 頁，曹沛霖等譯，上海譯文出版社 1987 年版。

〔註 35〕馬爾庫塞：《工業社會和新左派》，第 136 頁，商務印書館 1982 年版。

〔註 36〕吳組緗：《〈子夜〉》，《文藝月報》第 1 卷創刊號。

從文學的眼光看，此類創作的藝術審美價值並不高，但在社會烏托邦思想的驅動下，審美眼光也會隨著人們的心理需求而發生變化，在當時的人們看來，舊社會、舊制度被如此痛快淋漓地詛咒，莫不產生一種心理快感，這樣的作品便是最美的。這一次現實主義的精彩出演，再次證明了「社會批判」作爲現實主義文學的一種重要樣式，它切合社會心理需求，必然會在社會中引起普遍而熱烈的回響。

四、茅盾創作文本的「社會批判」色彩

也許從 19 世紀 20 年代司湯達發表《拉辛和莎士比亞》及 1850 年法國作家桑·佛洛里首次使用「現實主義」給一種新型的文藝命名開始，「批判」就與現實主義結下了不解之緣。批判始終成爲現實主義文學的不懈追求，如果說「批判」是所有文學樣式的著眼點的話，那麼，「批判」就是現實主義文學的精氣與靈魂，失去了批判眼光的現實主義是無法想像的。從巴爾扎克的《人間喜劇》，到陀斯妥耶夫斯基的《罪與罰》，批判都是其主旨所在：通過批判達到批評社會、促進社會進步的目的，實現文學干預社會生活的功能。中國新文學現實主義多受惠於 19 世紀歐洲批判現實主義，尤其是俄國、法國及東北歐被壓迫民族的批判現實主義對中國的影響更甚。此種影響與接受同中國社會的自身需求相結合，特別是大革命失敗後，社會政治、經濟、文化、軍事等情況的更加複雜化，就更需要作家們運用科學的頭腦和眼光去分析、辨別是非，去揭露、批判現實，於是注重「社會批判」的現實主義在中國新文學中特別興盛。

正是在世界現實主義文學的生成背景和中國社會現實需求兩個層面，顯示了「社會批判」型現實主義在中國新文學中長盛不衰的發展趨勢。而就作家論，如果要在中國現代文學史上找到一個比較典型的「社會批判」型現實主義作家，恐怕最容易想到的便是茅盾。茅盾作爲中國現實主義作家的一個傑出代表，正是在現實主義的當代性和社會批判性上顯出其特色的；而其理論把握和創作文本在「社會批判」型現實主義形態中所體現的典範性，恰恰爲我們認知這位傑出的現實主義作家獲得了一個重要的視角。

關於茅盾認同現實主義文學思潮和建構現實主義的理論體系問題，我們將在下文思潮論中予以重點闡述。其理論體系顯然更趨近於歐洲現實主義的諸多特點，在我國新文學諸種現實主義類型中顯示出自己的特色，而茅盾的

文學創作也必成爲實踐此種理論的典範，兩者相互參證，就有可能對其創作的現實主義特質及其獨特的價值所在作出重新審視與估定。其創作所顯示的鮮明的社會批判和理性批判精神，體現了「社會批判」型現實主義的特長與優勢，也展示了這位富有才情的作家獨具的氣度與膽魄。而積聚在茅盾創作中更具經驗性的東西，恰恰是「社會批判」型現實主義文學把握現實反映生活的許多優長，因其的存在，提升了現實主義文學的品位，使由「五四」開創的新文學現實主義得以深化。

綜觀茅盾創作文本的「社會批判」色彩，在下述三個方面顯示出特色，並爲深化中國新文學的現實主義作出了開創性貢獻。

一是體現文學當代性的宏大敘事和建構文本的「史詩」格局。

這一創作特色，開闊了文學審視「社會」的視野，強化了現實主義文學觀照社會、批判社會的功能，從而使「五四」以來現實主義文學的「社會批判」功能得以大大強化。豪澤爾說過：「最偉大的藝術作品總是直接觸及現實生活的問題和任務，觸及人類的經驗，總是爲當代的問題去尋求答案，幫助人們理解產生那些問題的環境」〔註 37〕。作爲社會革命家的茅盾，身處社會革命和時代漩渦之中，以現實主義創作實現「社會批判」似乎是他的文學宿命，因此一開手創作便將眼光緊緊盯著當代社會，關心著如何去解決社會中帶普遍性的問題。他筆下的批判對象——社會，是一個包羅萬象的社會，是由農民、工人、商人、小資產階級知識分子、大大小小的民族資本家、金融界大買辦、軍人、官僚政客等廣泛包涵各階層人物組成的社會，人物之間交織的各種社會關係：經濟的、政治的、心理的、文化的、階級的、倫理的，形形色色，錯綜複雜，對社會的矛盾、社會的動向作了深入的由表及裏的反映。就把握現實主義而言，茅盾這種以開闊的社會視野和貼近時代脈動的描寫，去揭示與探索當時人們普遍關注的社會問題，不獨是一種創作風氣的轉換，也是現實主義視角的重大調整，將「五四」開創的現實主義開出一種新生面。「五四文學」中的現實主義，以「爲人生」爲主導傾向，作家們關注、探索的大抵是一般人生問題，很少從「社會」的大視野著眼進行廣泛「社會批判」的。因此其時的創作大都是在「爲人生」現實主義層面上，嚴格意義上的「社會批判」之作爲數甚少。而以茅盾爲代表的注重社會「全般」剖析的一大批「史詩」型巨著的問世，則大大開闊了社會批判的格局，顯示出完

〔註 37〕豪澤爾：《藝術社會學》，第 65 頁，學林出版社 1987 年版。

整借鑒西方現實主義文學的趨勢，遂有普實克的採用了「歐洲正宗現實主義」之說。這當中，茅盾對於中國「社會批判」型現實主義文學的開拓和創造之功，是非常突出的。在30年代和40年代後半期的兩次大規模的「社會批判」高潮中，茅盾的創作都是最有力的推動者。30 年代的《子夜》、《林家鋪子》和「農村三部曲」等，抓住這一時期社會動蕩、經濟破產的社會現象，寫出廣闊社會環境中半殖民地半封建社會經濟危機引發的社會危機，揭示了當時嚴重的社會問題。40 年代的《腐蝕》則集中批判垂死社會的強力腐蝕性，由此透視社會的政治黑暗；而《霜葉紅似二月花》作爲他的再度大規模敘寫歷史之作，意在完整表現「五四」至大革命全程，小說已完成部分表現了辛亥革命後到五四前夕的社會如即潰之堤，預示變革大潮的到來，顯示出應有的歷史深度。茅盾始終用批判的武器達到對社會時代的本質認識，他的作品完成了對 20 世紀前半個時期社會的整體批判，這種歷史廣度和社會深度是同時代作家無以比肩的。

以宏大敘事和「史詩」格局建構，構成對當代社會的批判，這同茅盾特別強調文學的「時代性」密切相關。茅盾認爲「各時代的作家所以各有不同的面目，是時代精神的緣故，同一時代的作家所以必有共同一致的傾向，也是時代精神的緣故。」〔註 38〕這一形成於 20 世紀 20 年代的文學理念成爲茅盾批評和創作中的重要理論之一。追求「時代性」和「時代精神」的充分呈現，體現在創作上就必須是對社會背景的充分展示和社會現象的多方面透視，從而使作品形成一種史詩般的風格。茅盾小說創作的一個重要特徵就是對史詩般結構和布局的追求。從《蝕》三部曲開始，到《虹》、到《子夜》、到《腐蝕》、到《霜葉紅似二月花》，茅盾寫的都是大時代、大背景、大場面，有許多都是多部頭（或計劃中的多部頭）作品〔註 39〕，人物關係錯綜複雜，場景畫面氣勢恢宏。這些作品一個共同的特點就是追求一種宏大的敘事模式，可以說，中國新文學的宏大敘事就始於茅盾。基於對宏大敘事的追求，茅盾樂於駕馭長篇小說形式，使他成爲 30 年代成就卓著的長篇小說大家；即使是寫短篇小說，他也是以善於創作「長短篇」著稱〔註 40〕。30 年代以來，

〔註 38〕茅盾：《文學與人生》，《茅盾全集》第 18 卷，人民文學出版社 1989 年版，第 271 頁。

〔註 39〕茅盾的長篇小說除《腐蝕》外，其餘都是計劃中的多部曲，後因故沒有完成（如《虹》、《霜葉紅似二月花》），或壓縮了篇幅（如《子夜》）。

〔註 40〕茅盾對自己的短篇小說曾作過如此評論：「我所寫的短篇，嚴格說來，極大多

其「長短篇」小說數量劇增，如《林家鋪子》、《春蠶》等都有一個比較大的構架，在短篇小說的容量內反映中篇甚至是長篇才能完成的任務。《林家鋪子》中將小商人、小市民、小官僚、農民等眾多人物和事件濃縮在一個簡單而又複雜的歷史畫面中，用近三萬字的短篇小說結構完成了中篇或長篇的任務，體現出茅盾用宏大敘事把握現實主義的獨特能力和技藝。這種宏大的敘事模式和史詩般的風格反映了中國現代的半殖民地半封建社會的歷史現狀，在廣闊的社會背景上展現現代中國社會的圖景和中國農村與城市走向現代的艱難歷程，對中國的社會現實有極大的觀照力量。

二是用「社會分析」視角切入「社會批判」，強化了現實主義批判社會的精確性。

現實主義的批判性往往會走向社會分析。現實主義的產生是以科學理性爲指導的，19 世紀批判現實主義的最主要的特徵之一就是崇尚科學實證，「科學主義」一度成爲作家精確反映現實、分析現實的重要武器，現實主義的先驅巴爾扎克、福樓拜、司湯達等都重視文學創作中科學分析的作用。在《十九世紀文學主流》中，勃蘭兌斯稱「他（按：指巴爾扎克）是科學越來越深地滲透到藝術領域這個世紀的兒子。」〔註 41〕福樓拜甚至將醫學解剖學的方法用於創作。另外，要對社會進行行之有效的批判也驅使現實主義作家採取分析的方法，因爲只有對所寫對象進行細緻深入的分析，才能更準確地傳達作家所要表達的意圖。因此，注重社會分析性常常成爲許多批判現實主義作家把握現實的重要表徵。20 世紀 30 年代的中國，國外社會科學理論的大量引進和介紹，作家運用社會科學理論指導創作的風氣特別濃厚，直接參與社會性質的大論戰等因素，加劇了現實主義文學走向批判與分析綜合的趨勢。作家們在對社會、政治、經濟等問題進行分析批判的同時，也將分析的儀器對準了人物的心理，注重人物內在心理的刻畫，從而使現實主義賦予新的生機與活力。這當中，茅盾作爲 30 年代文學的領銜人物，便成爲這一創作傾向的傑出代表。

茅盾的創作秉承歐洲現實主義作家的創作方法，在「社會批判」和「社

數並不能做到短小精悍而意味深長」（《茅盾選集自序》）：是「壓縮了的中篇」或「都帶點壓縮的中篇的性質」（參見《茅盾文集》第 7 卷短篇小說集後記、《短篇創作三題》）。

〔註 41〕勃蘭兑斯：《十九世紀文學主流》（第 5 分冊），第 232 頁，人民文學出版社 1997 年版。

會分析」的結合上，是做得最爲出色的。其創作注重從經濟視角切入解剖、分析社會結構，表現因經濟問題引發的社會文化心理，達到了對社會本質的現實主義理解，這是他爲中國現實主義文學提供的更具創造性的經驗。法英現實主義受其鼎盛的古典政治經濟學的影響，對社會的剖析和描寫往往從經濟問題入手，如巴爾扎克、左拉對金錢、資本、勞動的精心研究和細緻描述，成就了許多不朽的現實主義傑作。茅盾不同程度地受到上述作家的影響，故而深得個中奧妙，在從經濟題材的開拓中獲得「社會批判」的深層拓展方面取得了前所未有的成就。豪澤爾認爲藝術是「通過集中反映生活整體性的方法來深入對象的內層結構」〔註 42〕的。茅盾的小說在表現革命歷史進程時一般是以完整地展示社會環境來透視當時社會的全般狀況，而他的 30 年代小說又進一步以經濟活動的橫截面分析爲重心，對社會的「內層結構」作了深入細緻的解剖，使這一時期的創作在社會理性分析的層面上達到一個新的高度。社會歷史是「自己時代的經濟關係的產物；因而每一時代的社會經濟結構形成現實基礎」〔註 43〕。這一對社會本質的馬克思主義認識，無疑爲人們精確把握社會提供了堅實的理論基礎。茅盾由此意識到「社會環境乃受經濟條件所支配」〔註 44〕，將這一規律性的揭示運用於文學創作，「一定得努力探求人們每一行動之隱伏的背景，探索到他們的社會關係和經濟的基礎」〔註 45〕。面對 30 年代日益崩壞的社會經濟狀況，基於對社會發展中起決定作用的經濟活動的深刻體察，使他決定把人與人之間的經濟關係作爲主要的社會關係來描寫，在此基礎上進一步與描述、分析其他社會關係相糅合，便產生了他在 30 年代創作的最典型的社會剖析小說，這類小說正以解剖社會經濟結構和中國社會根本性問題見長。《子夜》、《林家鋪子》和《農村三部曲》主要圍繞城市、鄉鎮、農村的經濟現狀來分析社會：外來資本的侵略和政治混亂，使中國的民族工業萎縮，又導致農民破產，產生了猶如多米諾骨牌的連鎖效應。小說形象地分析了這一經濟互動關係形成的惡性循環，從整體上剖示 30 年代經濟衰敗的深層原因，揭櫫社會瀕臨絕境時的躁動不安。同時，這種全方位的理性剖析，由社會及於個人，由生活的外部探察到內裏眞相的揭示，

〔註 42〕 豪澤爾：《藝術社會學》，第 2 頁。

〔註 43〕 恩格斯：《社會主義從空想到科學的發展》，《馬克思恩格斯選集》第 3 卷，第 423 頁，人民出版社 1975 年版。

〔註 44〕 茅盾：《讀〈倪煥之〉》，《文學周報》1931 年 8 月 5 日第 1 卷第 5 號。

〔註 45〕 茅盾：《致文學青年》，1931 年 5 月《中學生》第 15 期。

對於有效把握時代脈搏和社會文化心理也大有裨益。《子夜》等作品剖析社會中的人如何在資本、金錢、權利、欲望等的誘惑下造就人的病態心理，如吳蓀甫的精神失控、趙伯韜的瘋狂斂財、馮雲卿的寡廉鮮恥，無不可以從中找到經濟因素對人的制控。茅盾主要從經濟根源上來揭櫫畸變的中國現代半殖民地社會文明，深入挖掘人性扭曲、倫理喪盡、弊病橫生的主要癥結所在，對現代畸形文明中的人性裂變及其社會異變作了深入揭示，同時也在更深刻的層面上暴露了社會問題。這樣的「社會批判」，不只是實踐了現實主義的社會批判效能，更重要的是由此伸展了現實主義的張力，使其包含了更豐富的社會內涵和審美內涵，從而使現實主義文學獲得了更豐富深邃的藝術表現力。

三是強調「人和社會」的關聯性，在複雜社會關係解剖中提升現實主義文學表現「人」的意義與價值。

「社會批判」首先注目於複雜社會關係中的人，將社會批判同創造藝術形象相結合，是深化現實主義所必須的。茅盾的創作遵循這一創作原則，同樣爲豐富我國新文學的現實主義提供了寶貴經驗。「批判社會現實的現實主義……特點就是在相互聯繫中來描寫人和環境、人和社會」〔註 46〕。在現實社會中，個人不僅受到社會關係的制約，而且還是「某種社會原則、社會邏輯的具體化」〔註 47〕。錯綜複雜的社會關係中的人，其行爲和思想無不是時代、社會、歷史矛盾激變的投影，因此個人是社會環境和社會本質趨向的透視點。這就決定了社會批判固然是對現存社會秩序、社會關係的觀照與批判，但此種批判主要是通過對社會關係中的人以及人的命運的關注來完成的，作家對人和人的命運的審視、探索與發現，進而完成對人物性格的探索、把握和塑造，便是至關重要的。茅盾的創作進行社會批判，總是通過時代生活畫面的形象展示和典型形象的塑造來完成，牢牢抓住人的社會命運來認識社會，通過把人物嵌入政治的、社會的、經濟的完整現實之中，充分揭示個人的社會心理和行動衝突，由此能最大限度地包容社會，達到「社會批判」應有的對「社會」的認識深度和批判力度。他在塑造這些處於千頭萬緒的社會關係衝突中的人物形象時，總是投以雄渾筆力，展示其複雜社會關係，多方面刻畫典型性格，使其達到以一發動全身，「成功地、完整地畫出了中國當代

〔註 46〕鮑・蘇奇科夫：《現實主義的歷史命運——創作方法探討》，第 157 頁，外國文學出版社 1988 年版。

〔註 47〕豪澤爾：《藝術社會學》，第 22 頁。

社會的典型面貌」〔註 48〕的藝術效果。他特別擅長於在人物的生存困境中展示社會如何從各方面「擠壓」人，置人於一敗塗地，在表現人的命運曲折性和心靈複雜性的同時也展示了社會的複雜與多變。《子夜》中的吳蓀甫陷在「三條火線」中作戰，如困獸猶鬥徒勞無功，可以看成是描寫人在社會的「多角關係」中行動的典型代表。透過人受到社會關係的多方糾葛，形象的塑造便有了豐富的內涵。吳蓀甫形象性格的複雜性充分說明了這一點。對吳蓀甫形象的理解，恐怕是不能採用單一的政治話語或階級話語就可了斷的。他作為一個資本家而又能突破資產階級唯利是圖的階級局囿為振興民族工業而奮力拼搏，他作為一個「失敗的英雄」在身上顯現的諸多「剛性」質素，其實也包含了更多社會內涵和人性內涵的，這個形象在某種程度上也可以說是體現了局部的和普通的東西的結合、人道與非人道東西的衝突，同歐洲現實主義作家表現人的心靈複雜性有異曲同工之妙。茅盾堅持這樣的現實主義創作原則，顯然是對前此現實主義創作的深化。如果說，「五四文學」中「為人生」現實主義過分執著於「人生根底」的探究，往往是「觀念」表達大於形象演示，未能從充分的社會關係揭示中刻畫形象創造典型，顯示出現實主義並不充分的特點，那麼，茅盾開創的「社會批判」型現實主義顯然使中國的現實主義文學向成熟的路上跨越了一大步。同時，此種「社會批判」型創作，由於更趨近歐洲的批判現實主義，注重複雜社會關係解剖，注重從「行動」中刻畫人物性格，避免了單純的政治說教，儘管它也顯示出政治傾向性，但同 30 年代初的普羅文學和後來的工農兵文學所體現的「政治闡釋」型現實主義又有嚴格區分。

這裡需要附帶提及的是，茅盾在解剖複雜的社會關係時，將現代都市納入其創作視野，且在此用力甚多，這是其為深化現實主義作出的又一重要貢獻。新文學誕生後的現實主義文學，將主要精力都集中在農村和農民身上，即使寫知識分子也是帶著濃厚的泥土氣息的知識分子，彷彿他們與城市的生活並不相干，大都市的生活題材一直被新文學放逐在文學的門檻之外。到茅盾手中，都市尤其是大都市開始顯現並活躍起來，填補了都市題材缺乏的空白，都市開始被納入人們的審美視野，資產階級的生活開始大量出現在新文學作品中。茅盾無疑是我國現代都市文學的開拓者，由此顯示出其創作的獨特價值。而就「社會批判」的角度言，描寫都市社會和都市人，應當是對現

〔註48〕普實克：《論茅盾》，李岫編：《茅盾研究在國外》，第 634 頁。

代社會特質的最充分最有效的表現。都市集中了現代社會的種種現代性表徵，它幾乎是社會的神經中樞，中國社會的脈動及其可能的走向都會在這裡得到呈示；都市人的生活方式和思想行爲，則集中體現了「現代人」的特點，從都市人的複雜社會關係中，也最能夠透視出現代社會的複雜與多變。茅盾的作品向我們展示了大都市資產階級生活的眞實狀況，小資產階級的無聊與無奈，鄉村土財主在都市競爭力衝擊下的異化，軍閥、買辦資產階級與帝國主義的爲虎作倀，並在這形形色色「都市人」的相互糾葛、衝撞中展示社會的複雜狀況，爲我們認識 30 年代中國社會提供了形象的寫照。可以說，在都市文學文本中，茅盾的用力重點，依然是複雜社會關係解剖，依然是活動在都市社會中的「人」的形象描繪，體現了他一貫堅持的現實主義側重點。

由此看來，茅盾現實主義文學創作的獨創性就在於：通過廣泛的社會環境展現，深刻的社會理性化分析，和個性化、典型性的人物塑造，完成了對中國現代社會從經濟到政治、從思想到文化、從人的個性心理到社會心理各方面都作出創造性的有力描繪，顯示了現實主義的社會批判性特色，也體現了現實主義藝術的純正性。對於茅盾這種類型的現實主義創作，以往的評論不乏歧見。原由蓋在其過重的「理性化」要求有可能妨礙文學的審美表現，因而對其詬病者時有所見。如果從純審美的角度看問題，這樣的評論並非毫無道理。但如果考慮到現實主義文學的多樣性，不同類型現實主義的價值取向是不盡相同的，考慮到茅盾的現實主義創作並不排斥審美，那麼對其作過多的指責就見得不近情理了。普實克指出用「科學的、理性的，甚至是一種分析解剖式的態度去觀察生活和社會」，是「茅盾那特有的藝術審美的敏銳感覺」。〔註 49〕他用一種「特有的」審美角度評論茅盾的創作，對我們頗有啓迪。事實上，對於「社會批判」型現實主義而言，批判性是其靈魂，而「批判」是借助於形象來完成的，其藝術張力就在描繪、眞實和訓諭之間。正因爲思想始終內化於形象中，作家的典型塑造才成爲一個渾圓的藝術整體；形象糅合了思想，社會的批判和分析才有深度與厚度，就像巴爾扎克稱自己的藝術是「形象文學」和「思想文學」的結合一樣〔註 50〕。鮑·蘇奇科夫認爲「現實主義的關鍵就在於：在作品形象的自我運動和自我發展的背後，能覺察到

〔註 49〕引自李岫編：《茅盾研究在國外》，第 250 頁。

〔註 50〕《拜爾先生研究》，《巴爾扎克論文選》，第 118～119 頁，新文藝出版社 1958 年版。

藝術家在研究現實、研究人和社會的關係，並通過生活中的眞實的矛盾來研究人們的社會生活」〔註 51〕。就生活眞實和社會研究的藝術融合上，茅盾體現了「社會批判」型現實主義的這一「關鍵」特徵，其藝術特點是在於此，其藝術優勢也在於此。

要之，茅盾對現實主義的理論倡導和創作示範，顯示了繼承歐洲正宗現實主義的諸多特點。以茅盾爲代表的「社會批判」型現實主義思潮的文學史意義，不僅在於它承擔了用文學進行社會批判的歷史使命，而且它提供了將歐洲現實主義在中國土壤上成功嫁接的範例，對現實主義在中國的發展起到重要作用；而以「茅盾傳統」爲標誌的現實主義文學範式，則對中國現當代文學的發展一直產生著持久而深遠影響。

〔註 51〕鮑・蘇奇科夫：《現實主義的歷史命運——創作方法探討》，第 129 頁。

第三章　經濟視角：「社會剖析派」創作範型

在中國現代小說家中，十分關注經濟問題且其創作以深刻解剖社會經濟現狀見長的，莫甚於茅盾。作為一個注重社會批判的現實主義作家，茅盾在其宏大的歷史敘事中常常有一個確定不變的視角：從「社會經濟結構」切入，去反映、解剖大規模的社會現象。正是從這個意義上，或許可以說，其許多小說堪稱為經濟小說。這是茅盾創作的獨特性所在，也是其優勢所在。

對茅盾創作注重「社會批判」的現實主義特色，可以從多方面作出闡述，其中從經濟視角切入解剖社會，應是一個重要方面，這也是其領銜「社會剖析派」創作的一個重要標誌。的確，茅盾的這一創作特色，在我國現代小說創作特別是小說流派史上，同樣顯出顯著的範式意義。由其開創的「社會剖析派」小說，在 20 世紀三四十年代曾產生過極為廣泛的影響。此派作家大抵堅持「社會批判」型現實主義立場，他們面對三四十年代民族矛盾、階級矛盾加深、城鄉經濟崩潰、社會動蕩不安的現實，高度關注社會現狀，用藝術的筆觸反映了動蕩時代和社會的各個側面。他們特別重視城鄉經濟崩潰的現實，透過對其的深刻細緻的解剖與分析，揭示社會病象與根源，引起人們的高度警覺，顯示了此派小說參與現實、批判現實的頗為獨到的視角。這一獨到性深化了「社會批判」型現實主義的表現方式，也大大提升了其藝術品位，其意義與價值是不能低估的。由此看來，對這一由茅盾首創的現實主義創作範式作出較為全面的論述，不但是對其「經濟小說」的一種深入透視，同時也可以加深其對發展現實主義的一個突出貢獻的理解。

一、社會分析範型：從經濟視角解剖社會

注重社會批判的歷史理性是中國現代作家的一種重要選擇，於是「社會批判」型現實主義在整個新文學中占的比重相當大，最典型的自然莫過於「社會剖析派」作家，而茅盾，則是此派作家的集中代表。考察茅盾創作秉承歐洲現實主義作家的創作方法，注重從經濟結構解剖、分析社會結構，表現因經濟問題引發的社會文化心理，達到了對社會本質的現實主義理解，應是其深層透視「社會」實現「社會批判」的一個重要途徑，也是他爲中國現實主義文學所提供的更具創造性的經驗。

「批判社會現實的現實主義……特點就是在相互聯繫中來描寫人和環境、人和社會」〔註 1〕。而現實社會關係，按照恩格斯的說法，「一句話，都是自己時代的經濟關係的產物；因而每一時代的社會經濟結構形成現實基礎……全部上層建築，歸根到底都應是由這個基礎來說明的。」〔註 2〕這一對社會本質的馬克思主義認識，無疑爲人們精確把握「社會」提供了堅實的理論基礎。將這一理論融合於現實主義創作，關注「社會經濟結構」就構成「批判社會現實的現實主義」的最重要視角。其實，文學藝術作爲社會存在的產物，它用以反映社會，表達對社會問題（包括經濟問題）的思考，並不神秘。作家反映社會的方式有多種多樣，其中從經濟問題入手表達對社會問題的思考，應該是一個不可或缺的視角。就如豪澤爾所說的：人們研究社會關係，總是依據「社會的『邏輯』來進行思考」，其中包括思考「社會經濟範疇裏的社會現象」。〔註 3〕許多歐洲現實主義文學大師如巴爾扎克、托爾斯泰等創作了極堪驚異的現實主義巨著，一個重要因素便在於對社會經濟問題的深刻認知與透闢表現，以至於使恩格斯發出如此浩歎：巴爾扎克小說「彙集了法國社會的全部歷史，我從這裡，甚至在經濟細節方面……所學到的東西，也要比從當時所有職業的歷史學家、經濟學家和統計學家那裡學到的全部東西還要多。」〔註 4〕看來，從社會經濟關係這一獨特的社會「邏輯」思考問題，是許多現實主義作家曾經做過的，他們對現存社會秩序、社會關係的觀照與批

〔註 1〕鮑・蘇奇科夫：《現實主義的歷史命運——創作方法探討》，第 157 頁，外國文學出版社 1988 年版。

〔註 2〕恩格斯：《社會主義從空想到科學的發展》，《馬克思恩格斯選集》第 3 卷 423 頁，人民出版社 1975 年版。

〔註 3〕〔匈〕阿諾德・豪澤爾：《藝術社會學》，第 24 頁，學林出版社 1987 年版。

〔註 4〕恩格斯：《致瑪・哈克奈斯》，《馬克思恩格斯選集》第 4 卷，第 462 頁。

判，總是將其納入包括經濟狀況在內的全部現實中，從而使社會現實關係得到深切而有力的表現。

茅盾對文學創作中經濟性命題的關注，在其早年從事文學批評時已有所表露。唯其一貫重視文學的「社會選擇」，故而每每要求文學創作在描寫社會性時代性主題時應側重表現經濟、政治之類的「社會背景」。恰如其自述畢生的文學活動所言的，這種「未嘗敢忘了文學的社會意義」，「其精神貫串於我整個的文學生活，包括二十年代」。〔註 5〕然而，在其創作實踐中，他對於文學從經濟視角認知、表現社會卻是逐步深化的。20 年代後期創作的作品《蝕》、《虹》及《野薔薇》中的短篇，反映大革命前後的經歷，透視知識分子的心路歷程，大多是從總結「歷史經驗」的角度反思現實，將經濟意識滲透於文學的思路尚不甚明晰。他自覺調整觀照現實的視角，注重從「經濟問題」入手解剖現實，突出地反映在三四十年代。這主要取決於下述兩個因素。一是強化了用社會科學理論指導創作的自覺性。30 年代動蕩不安的時代環境，促使作家日漸強化了社會意識，用文學創作去探究社會的性質、底蘊成爲當時的一種風氣。茅盾也在此時表示了要努力掌握社會科學理論以改變以往創作理念的意向：「舊理論不能指導我的工作」，「我困苦地然而堅決地要脫下我的舊外套」〔註 6〕，明顯增強了用社會科學理論指導創作的理論自覺性，特別重視對經濟問題的研究。他明確意識到「人的思想乃受社會環境所支配，而社會環境乃受經濟條件所支配」〔註 7〕，把這一規律性的揭示運用於文學創作，「一定得努力探求人們每一行動之隱伏的背景，探索到他們的社會關係和經濟的基礎」〔註 8〕。這就使其創作在表現社會關係時，總是把人物嵌入政治的、社會的、經濟的完整現實之中，充分揭示「受經濟條件所支配」的人的社會心理和行動衝突，由此能最大限度地包容社會，達到「社會批判」應有的對「社會」的認識深度和批判力度。二是從歐洲現實主義作家的創作中得到啓迪。法英現實主義受其鼎盛的古典政治經濟學的影響，對社會的剖析和描寫往往從經濟問題入手，如巴爾扎克、左拉對金錢、資本、勞動的精心研究和細緻描述，往往成爲作品中最精彩的篇章。茅盾不同程度地受到上述作家的

〔註 5〕茅盾：《我走過的道路》中卷，第 146 頁，人民文學出版社 1984 年版。
〔註 6〕茅盾：《答國際文學社問》，《茅盾全集》第 20 卷，第 43 頁，人民文學出版社 1990 年版。
〔註 7〕茅盾：《讀〈倪煥之〉》，《文學周報》1931 年 8 月 5 日第 1 卷第 5 號。
〔註 8〕茅盾：《致文學青年》，1931 年 5 月《中學生》第 15 期。

影響，尤其在從事創作後一再談到從外國作家中汲取教益，故而深得個中奧妙。其中一些從經濟角度透析社會的作品，就有明顯接受外國作家影響的痕迹。瞿秋白就認爲《子夜》「帶著很明顯的左拉的影響（左拉的《金錢》）」〔註9〕，雖然此說尚有待論證，但從他對左拉的熟知以及「我愛左拉」〔註10〕的述說中，不難看出左拉的創作對他有很深的啓迪。儘管就單個作品而言，接受的影響的程度可能有深有淺，但在創作整體上茅盾深受歐洲現實主義作家創作的啓示，在經濟題材的開拓中獲得「社會批判」的深層拓展，應該是沒有疑義的。

基於上述因素，茅盾於30年代創作的小說（40年代仍有所延伸），往往與經濟命題有關。這一時期的小說，雖不一定名之爲「經濟小說」，但它們的的確確以解剖社會經濟結構和中國社會的根本性問題見長。《子夜》描寫吳蓀甫辦民族工業失敗，破產出走，這裡，給他以毀滅性打擊的，並不是工廠罷工、農村暴動，而是公債市場上的投機失敗。這一事件本身就聯繫著「世界經濟恐慌」，正因外國資本爲轉嫁經濟危機，大量傾銷洋貨，打擊了我國的民族工業；而許多人深感辦工業無望，促使他們不願把資金投到企業，遂導致金融投機業的畸形繁榮。而眞正的企業家卻陷入資金短缺的困境，小說中民族資本家吳蓀甫面對外國資本的附庸趙伯韜大規模的經濟封鎖，只得一再到公債市場上冒險，終於弄到不可收拾的地步。小說貫穿始終的是一條明晰的「經濟」線路，而作品描寫的公債市場、金貴銀賤、廠經跌落、銀根吃緊等等，更是與社會變動息息相關的一個個經濟問題。同樣的情況也反映在中篇《多角關係》裏，那也是一個任什麼力量也都解不開的經濟糾紛的紐結。擁資幾十萬的地主兼資本家唐子嘉到年關還要外出躲債，也由於洋貨入侵，產品滯銷，田地少收，穀賤傷農，使得他「有了田收不到租米，造了市房收不到房租」，開了綢廠，產品堆積起來像一座山，「壓到他身上來，活埋了他」。小說描寫的「多角關係」是一個複雜的債務關係：工人欠了老闆的房租，老闆又欠了工人的工資，造成一系列衝突，這樣的「人欠」和「欠人」，當然是作家的巧妙安排，但對於表現經濟破產在各階層引起的恐慌卻是再深刻不過了。就連《少年印刷工》也聯繫著上述圖景，正由於工廠倒閉，父親失業，使十幾歲的少年趙元生只得當童工謀生，而童工作爲廉價勞動力被欺壓，又

〔註9〕瞿秋白：《〈子夜〉和國貨年》，《申報·自由談》，1933年4月2日。
〔註10〕茅盾：《從牯嶺到東京》，《小說月報》第19卷第10號，1928年10月。

從一個側面反映了經濟蕭條期的社會弊端。此外在諸多短篇小說中，也不難尋覓蘊涵其間的經濟性命題：《春蠶》寫農民豐收成災，是表現整個民族經濟大崩壞背景下農業經濟的破產，由於民族工業萎縮，絲廠紛紛倒閉，造成作爲工業原材料的蠶繭找不到銷路，終於釀就農民不可思議的「豐收災」慘劇；《林家鋪子》則是從商業經濟的角度描述林老闆一類市鎮小商人的命運，正由於整個經濟蕭條，人民日益貧困，購買力急劇下降，以林家鋪子倒閉爲標誌的商業經濟破產也是勢所必然。抗戰軍興至 40 年代創作的《走上崗位》、《第一階段的故事》、《鍛鍊》等，主要表現人們在抗戰時期的各種動向，但這類作品寫民族資本家在戰時環境中的艱難創業，依然聯繫著經濟問題。即便是他唯一的話劇劇本《清明前後》)，以一個「黃金案」爲背景，暴露國統區政治、經濟的腐敗，同樣脫不掉從經濟入手解剖現實的干係。由是觀之：這些小說寫出的一幅幅劇變中的三四十年代現實社會圖景，以經濟活動的橫截面分析爲重心，對當時躁動不安的社會現象作了深層透視，也對社會的「內層結構」作了深入細緻的解剖，使這一時期的創作在社會理性分析的層面上達到一個新的高度。

二、獨特視角：由經濟及於「社會結構」的思考

深入一個層次可以發現：茅盾透過經濟問題進行社會理性分析，感興趣的並不是某種經濟存在方式，也不是經濟現象的枝枝節節，而是解剖整個「社會經濟結構」，以實現其用文學進行「社會批判」的需要。從這裡反映的恰恰是其作爲典型的社會剖析派作家的特點。

茅盾創作的經濟視角，同歐洲現實主義作家表現經濟問題既有著相連的一面，又有著很不相同的視角與關注點。如果說，在 19 世紀歐洲資本主義高度發展且已日益顯露出腐朽性時，巴爾扎克、左拉等作家集中抨擊的是資產階級金錢統治的罪惡，表現的是資本、金錢對人的靈魂的腐蝕性，以至於使人與人之間的關係蛻變爲一種赤裸裸的金錢關係，表達了作家們對資本主義現存秩序的懷疑；那麼，在茅盾創作的 30 年代中國，資本主義的經濟關係並沒有形成，貧窮落後的中國並不同於西方世界，揭露金錢統治的罪惡不可能成爲他觀照現實的重點（雖然這也是一個視點），他對於經濟問題的思考，應當有著完全不同於歐洲作家的側重點與獨特視角。其獨特性是在於：基於其 30 年代創作的整體要求，其創作中日益濃厚經濟色彩，是服從於「社會剖析」的需要，具體言之，

是由經濟及於社會問題的思考，特別是「社會結構」的解剖。因爲從「經濟結構」圖上最易看出「社會結構」圖的變遷，社會現實的變動狀況、社會性質的變衍程度等也只有通過對它的複雜關係的解剖才能得到正確說明，由此也才能完整地把握「社會」。這可從下述兩個方面得到印證。

一是對「社會經濟結構」的全方位解剖，以實現其當時曾經透露過的一種「野心」——「大規模地描寫中國社會現象的企圖」。基於對社會現象「大規模」的描寫的需要，茅盾創作的藝術專注點不會只落在一個對象上，必然會涉及社會生活的方方面面，他對於「社會經濟結構」的解剖，必然也會滲透到各種行業上，包括工業、農業、商業、金融業、投機業等等。其中描寫民族工業是其用力重點，在這一行業中，又將筆觸伸展得相當廣泛：涉及民族工業中的絲綢業、運輸業、製造業等諸多行業，且其涵蓋中國現代史的各個時期。這種「自一角而及於全面」，或者，「自平面而進於立體」的描寫，正顯示出茅盾作品反映一段社會歷史的磅礡氣勢，同時也顯示出從經濟視角分析、解剖社會結構的全面性與精確性。「經濟關係」作爲一個時代社會的「現實基礎」，用以揭示社會的本質，應當是對它的複雜關係的充分展示。茅盾作品演示的往往是經濟的「多角關係」，這就使其創作顯示出深刻透視「社會」的意義。30 年代有位評論家就從經濟視角揭示過《子夜》的獨特價值，認爲這部作品「取材上是抓住了中國目前最嚴重的問題」，讀者不難從作品中找到「作者所暗示給我們的關於中國經濟問題的幾條解答」，諸如：中國民族工業的命運的描述、國內金融資本的現狀的揭露、帝國主義對於中國經濟的影響的說明、中國土地問題的探討、產業工人力量的估量等，而「關於中國經濟性質的討論上，是最關重要的」〔註 11〕。如此包容廣泛的經濟命題探討，是一般現實主義作家包括社會剖析派作家難以做到的。例如社會剖析作家吳組緗、沙汀等，當時也著有不少從經濟視角表現農村破產的作品，且都不乏精粹之作，但終究由於表現視角所限（僅及於農村「一角」），就不及茅盾解剖「社會」之深之廣。

二是分析經濟互動關係形成新的社會矛盾，探索深層次社會問題。茅盾創作表現的由城市、農村、鄉鎮，工人、農民、企業家、小商人等組成的立體式的社會結構圖正顯示出社會變動的多層次性，而多層次的社會變動又都

〔註 11〕 芸夫：《〈子夜〉中所表現中國現階段的經濟的性質》，原載《中學生》第 41 期，1934 年 1 月。

受到一隻「看不見的手」——經濟規律的支配，即當時中國的半殖民地經濟（民族經濟薄弱、帝國主義經濟、軍事入侵等）制約著各個經濟領域的發展，遂有整個社會經濟的全面崩壞。他煞費苦心要找到把握社會經濟結構中的最佳部位，這個部位不但能夠典型地反映當時中國社會經濟的走向，它還應成爲聯繫各種社會經濟成分的紐帶，由此可以形成巨大的輻射力量，深刻反映整個社會經濟的變動狀況。這個最佳部位，經茅盾的深思熟慮得到準確的選擇與表現：這便是以民族工業（尤其是絲綢行業）的解體作爲表現重點以反映當時中國經濟的現狀與走勢。他分析 30 年代的社會經濟現狀，認爲影響、制約當時中國經濟發展的突出問題，是外資入侵造成的民族工業的衰落，而民族工業中尤以原先在國際市場上佔據優勢地位的絲綢、紡織工業等的衰落後果最爲嚴重，這一最有競爭力的行業被擠垮，足證當時的中國民族工業的確已到了崩潰的邊緣，它不僅影響到工業，還直接影響到農村與農業經濟：「一九二八～二九年絲價大跌，因之影響到繭價。農村與都市均遭受到經濟的危機。」〔註 12〕《子夜》和《多角關係》側重描寫絲綢業的衰敗，是直接描寫民族工業的解體；《春蠶》寫農民養蠶遭致豐收成災，表現農村養蠶業的一蹶不振，則是絲綢業的衰敗產生的連動效應。小說以絲綢業爲中介，描寫廣泛的社會經濟關係，的確達到了牽一髮而動全身的效果。由於絲綢業聯繫著工業和農業、都市和鄉村，由絲綢業不景氣引發的經濟問題勢必波及到其他行業，產生了猶如多米諾骨牌的連鎖效應，正反映了經濟領域的全面崩壞，無形中加深了人們對 30 年代經濟的整體認識。由此看來，茅盾選擇民族工業作爲主要表現對象，是將其作爲透視民族經濟、解剖「社會結構」的一個重要側面加以濃墨描繪的，所涉並非一般「經濟問題」。

應當指出，茅盾以如此渾厚筆力濃墨重彩描寫社會經濟現狀，是基於其準確分析、把握三十年代時代本質和社會本質的創作要求，而他的小說從經濟結構圖上去演示整個社會結構的變化，正見出社會分析的深刻性與精闢性。因爲從經濟結構圖上是最易看出社會現實狀況的，時代的變動，社會的性質也只有通過它的複雜關係的解剖才能得到正確說明。在茅盾的上述小說中，由城市、農村、鄉鎮，工人、農民、企業家、小商人等組成的立體式的社會結構圖正顯示出社會變動的多層次性，而多層次的社會變動又都受到經

〔註 12〕茅盾：《〈子夜〉是怎樣寫成的》，《茅盾全集》第 22 卷，第 53 頁，人民文學出版社 1993 年版。

濟規律的支配，即當時中國的半殖民地經濟制約著各個經濟領域的發展，遂有整個社會經濟的全面崩壞。於是，小說寫出的一幅幅劇變中的三十年代現實社會圖景，雖各自獨立又互相牽連，各類人物的性格、職業有別，但其命運大致相同，都同破產社會緊緊相連、息息相關，由是中國「更加殖民地化了」這一社會性質引發的嚴重社會問題得以深刻反映。由於從經濟關係入手，茅盾還描寫了受到半殖民地經濟深刻影響的民族資本家以及相關人們的命運，由此引起的社會變動也有形象表現。資本家爲掙扎自保，加緊了對工人、農民的剝削，這必然激起反抗，於是經濟鬥爭就轉化爲政治鬥爭。《子夜》寫了具體的鬥爭，《多角關係》也暗示了這樣的必然結果。唐子嘉向農民逼繳地租，農民的回答是：「只有一條命，要——就來拿！」倘若逼得緊了，這一類老闆眼中的「亡命之徒」也會鋌而走險的。這樣看來，茅盾描寫經濟關係，其著眼點是表現由經濟基礎決定的整個上層建築變動的狀況，他總是從大處著眼，全景式地把握社會經濟狀況，因而其創作對整個社會歷史的變遷、走勢、動向等都有極大的透視力。

由於是帶著理論自覺性與創作自覺性把握經濟問題，茅盾小說寫經濟活動，並非現象的羅列，往往是對一種經濟規律的揭示，並以此爲切入口去觀照、解剖重大的社會問題，這恰恰體現了一個注重社會剖析的現實主義作家的諸多創作特色。文學創作中滲透經濟活動描寫，並不鮮見，我國的傳統小說中即不乏其例。如《紅樓夢》寫王熙鳳放高利貸、烏進孝交租，《金瓶梅》寫西門慶經營當鋪、藥店，販賣古董、私鹽獲取暴利等。但這類小說寫經濟活動，只是將其作爲托出小說主題的一種背景呈示或表現人物性格的一個側面，經濟描寫在全書中並不佔據主導地位，與茅盾小說不可同日而語。事實上，在中國作家中，像茅盾那樣對社會的經濟研究有極濃厚的興趣，且自覺地將表現經濟問題與反映重大社會問題結合起來的，恐怕並不爲多。據茅盾自述，他在創作《子夜》前，曾作過大量的經濟調查，以至在一段時間裏，跑交易所看人家「發狂地做空頭」，接觸並體察各類企業家到處「奔走拉股子，想辦什麼廠」，成爲一種「日常課程」。〔註13〕創作構思時也是從經濟研究「入手」的，他要「給以形象表現」的重大問題是「世界經濟恐慌」在中國引起的連鎖反應，由「經濟鬥爭很快轉變爲政治鬥爭」的種種情狀等。〔註14〕正

〔註13〕茅盾：《我的回顧》，《茅盾全集》第19卷，第408頁。
〔註14〕茅盾：《〈子夜〉是怎樣寫成的》，《茅盾全集》第22卷，第53頁。

由於此，茅盾在這些作品中解剖社會經濟狀況才會達到別人難以企及的思想深度，他所描寫的企業投資、公債行情、銷售市場等經濟行爲的準確到位，乃至對於諸如「金貴銀賤」、「廠經跌落」、「銀根吃緊」等等經濟術語的稔熟運用，都表現出一個作家所少有的對經濟問題的研究之深，所涉及的經濟問題的探索、思考對於理解、研究中國 30 年代經濟史大有助益。《子夜》出版以後就曾被有些經濟學家推薦爲研究中國現代經濟的重要參考書。〔註 15〕

一個作家的創作關注時代、關注現實，特別是關注與人們的命運休切相關的重大社會現實問題，其作品的價值總是會時時浮現出來的。經濟問題作爲社會的重要問題，在今天社會主義市場經濟條件下，變得更與人們刻刻相關，重溫《子夜》、《春蠶》等作品，同樣可以獲取不少啓迪。茅盾當年的探索思考在同當代現實的對應中不難發見其獨特的意義所在。儘管由於時代條件不同，碰到的經濟問題會大不一樣，但茅盾當年揭示的某些經濟規律問題，諸如市場經濟中的風險防範問題；強化「反傾銷」機制以保護民族工業發展問題；投資市場中股票交易的運作規範問題；農民種養業中應改變傳統的思維方式，規避市場風險問題等等，在今天都有直接的或間接的啓示意義。文學創作的歷史和實踐證明，只要社會問題存在，堅持「社會批判」的現實主義文學就不會過時。茅盾創作從經濟視角透視社會的經驗，便爲現實主義文學所獨具的功能提供了典型範例。

三、切入經濟結構重要部位：現代企業和企業家

基於對社會經濟問題的高度關注，茅盾創作展示「社會經濟結構」圖時的另一個切入點同樣引人注目，這便是其創作取材常常觸及體現現代經濟結構中的最重要的成分：現代企業和企業家。在中國現代作家中，像茅盾那樣對中國的民族工業顯示出濃厚的研究興趣並在創作中加以著力表現的，的確也是絕無僅有。其創作涉及民族工業中的絲綢業、運輸業、製造業等諸多行業，擁有一個龐大的民族資本家（或曰企業家）「家族」，這個「家族」的成員散佈在中國現代史的各個時期，其中有 20 年代的輪船公司老闆王伯申（《霜葉紅似二月花》），30 年代的絲廠老闆吳蓀甫（《子夜》）、綢廠老闆唐子嘉（《多角關係》）、橡膠廠老闆何耀先（《第一階段的故事》），40 年代的機器廠老闆嚴

〔註 15〕見錢俊瑞：《怎樣研究中國經濟》一書，上海生活書店 1936 年版。

仲平（《鍛鍊》）、林永清（《清明前後》）等。如此壯觀陣容，實爲罕見。

對於茅盾創作中傾注心力表現民族工業和民族資本家的意義和價值，我們可以作出諸如開創性、完整性及深刻的社會意義和文學意義等方面的評價，但從經濟視角切入，可能會顯示另一層意義。如上所述，茅盾在創作中凝聚他對社會問題的深邃思考，是從解剖「社會經濟結構」入手的。因此，爲使經濟結構的解剖準確、到位，至關重要的是要找到影響當時社會經濟走向、變動的重要經濟成分，以此確立自己的主要描寫對象。茅盾分析當時的社會經濟現狀，找到了影響、制約中國經濟發展的癥結所在是民族工業的衰落，其中又以絲綢、紡織工業等的衰落後果最爲嚴重，由是，以民族工業（尤其是絲綢行業）的主宰——民族資本家作爲表現對象以反映當時中國經濟的現狀與走勢，必然成爲茅盾的一種自覺選擇。《子夜》和《多角關係》側重描寫絲綢行業，便是出於此種考慮。他在談到《子夜》主人公的選擇時曾這樣說過：「本書爲什麼要以絲廠老闆作爲民族資本家的代表呢？一來因爲我對絲廠的情形比較熟悉，二來絲廠可以聯繫農村與都市。」〔註16〕創作實踐證明，茅盾的這一選擇，從最佳部位切入，達到了最佳效果。一方面，小說以絲綢行業的衰落，最典型地反映了當時中國民族經濟的崩潰。在三十年代民族經濟十分脆弱的情況下，絲綢業作爲中國的傳統優勢產業是當時少數在國際市場上有競爭力的行業之一，正如小說中吳蓀甫曾一度頗爲自得所說的：「中國實業能夠挽回金錢外溢的，就只有絲。」然而，由於國際資本實行不正當競爭，例如日本廠商由政府補貼壓低價格向國外拋售絲繭，不但在里昂和紐約市場上壓倒了中國絲，而且還大量向中國境內傾銷，〔註17〕而當時中國的半殖民地地位又無應有的反傾銷能力，遂使中國的絲綢業在大量的「洋貨傾銷」下一蹶不振。吳蓀甫的裕華絲織廠最終倒閉，固然取決於多種因素，受洋貨入侵之累顯然是重要因素。這一最有競爭力的行業被擠垮，足證當時的中國民族工業的確已到了崩潰的邊緣。另一方面，小說以絲綢業爲中介，描寫廣泛的社會經濟關係，的確達到了牽一髮而動全身的效果。由於絲綢業聯繫著工業和農業、都市和鄉村，由絲綢業不景氣引發的經濟問題勢必波及到其他行業，引起一系列的連鎖反應。在《子夜》裏，由於許多絲廠倒閉或開工不足，造成蠶農生產遞減，農民更陷於貧困；而尚在開工的廠家如吳蓀甫則爲

〔註16〕茅盾：《〈子夜〉是怎樣寫成的》，《茅盾全集》第22卷，第53頁。
〔註17〕參見《子夜》第二章。

收不到乾繭而傷透腦筋，爲此他毫不憐憫地將小絲廠老闆朱吟秋擠倒，從其手裏奪得二百包粗細廠絲和大量乾繭。一些企業家因辦工業無望轉向金融投機，促使公債市場畸形繁榮，而吳蓀甫熱衷辦廠又背上沉重包袱，因中國絲的「廠經跌落」使其產品滯銷，堆在棧房裏發黴變質。如此惡性循環，正反映了經濟領域的全面崩壞，由此也足證絲綢行業這個經濟部位對於觀照當時的經濟狀況的確有著深刻的透視力。事實上，由於茅盾習慣於從絲綢業入手解剖經濟關係，也使他的一系列作品產生經濟上的互動效應。如他的三個代表作品《子夜》、《春蠶》、《林家鋪子》，便有不可分割的經濟連帶關係：只因吳蓀甫的絲廠開不下去了，老通寶的蠶繭也賣不出去了；老通寶們背了債，以農民作爲主要購買力對象的林家鋪子因找不到主顧也只好倒閉。這樣緊密聯繫、層層滲透，無形中加深了人們對三十年代經濟的整體認識。由此看來，茅盾選擇民族工業作爲主要表現對象，的確有深意存焉：他是將其作爲透視民族經濟的一個重要側面加以濃墨描繪的，這勢必使其創作的社會意義趨於深化。

同看待表現民族工業問題相關聯，對茅盾筆下的民族資本家形象的理解也可以調整研究視角。就一般意義而言，論說茅盾爲中國新文學提供的民族資本家形象系列，從人物的身份與性格的兩重性著眼，揭示作家在一個獨特形象領域裏的成功創造，是大致不錯的。但如果換一個角度，即從經濟視角去評估這類形象的特質，又可以獲取新的認識。由於茅盾是從民族經濟的一個重要透視點去表現民族工業的，那麼作爲民族工業的具體經營者——民族資本家，也便成爲作家藉以觀照經濟問題的一個載體，它同一般意義上描寫「資本家」的思想、性格、品性、行爲就有了很大不同。

歐洲批判現實主義作家在表現資本主義經濟關係時，側重描寫的是資本家的爲富不仁、貪欲金錢、唯利是圖的品性和荒淫無度的生活方式，這是基於他們批判資本主義腐朽性的需要。茅盾對社會經濟問題的高度關注，是立足於展示「社會經濟結構」圖，對置於這個結構圖中的命運多蹇的民族資本家，就採用了完全不同的態度。他是從體現現代經濟狀況的視角去表現民族工業和民族資本家，側重表現的是其作爲現代企業和企業家的側面，而不是腐朽的經濟制度和腐朽的資本家的特點。因而，對於民族資本家，他更多的是抱有熱切的同情，投以贊許的目光，甚至不惜熱情褒揚的筆墨。這對於一個常常用階級眼光打量世界的左翼作家而言，應該說是極爲獨特的。茅盾在表現這類企業主——資本家時，其側重點往往不在「資本家」的一面，恰恰是在「企業家」的一面。恰如《子夜》裏吳蓀甫和他的同行彙聚在其客廳裏高談闊論時，彼此的稱呼是「企業家」或「實業家」一樣。在這些人物中，除一兩個人（如王伯申、唐子嘉）或表現得較爲軟弱，或有些德行問題，其餘都是十分正面的。他們的經驗才識、風度氣量都堪稱上乘，他們都有振興民族工業的「事業心」和管理現代企業的經驗，在當時堪稱一流「幹才」。茅盾在這些人物身上顯然傾注著不少激賞之情，從而使我們的的確確看到了一批很有作爲也很有能耐的「企業家」形象。

在我們的以往研究中，因習慣於爲人物作階級身份的定位，給這類人物的恰當稱呼是「資本家」，於是用民族資本家的兩重性就輕而易舉地完成了對這類人物的思想傾向、性格特徵的分析。然而情況遠比這要複雜得多。問題的關鍵是在於作家把握一個特定時代裏的獨特階層人物的命運與作爲採用了獨特的表現角度。

20 世紀 30 年代，我國的民族工業有了長足進展，積累了較好的基礎。然而由於時代沒有提供順利發展的條件，民族工業的發展始終處在艱難竭蹶之中。當茅盾站在時代的高度去觀照民族經濟時，他不能不面對這樣一個事實：中國民族資本家的命運是同中國民族經濟的衰落緊緊聯繫在一起的，正因國內軍閥混戰政治黑暗，外國資本飛揚跋扈，他們辦企業所經受的艱辛與磨難遠甚於通常意義上的資本家。正如話劇《清明前後》中的更新機器製造廠老闆林永清所說的：「中國的工業家，命運注定了要背十字架。」這話幾乎可以用來概括茅盾筆下所有民族資本家的共同命運：在 30 年代，吳蓀甫、唐子嘉們面對軍閥混戰、外資擠壓的現實，雖有振興民族工業的願望，卻終於是壯志難酬；在抗戰時期，何耀先、嚴仲平、林永清們也志在報效國家，願意爲抗戰竭盡綿力，但終因「政治不民主，工業就沒有出路」，他們同樣屢遭挫折，難有作爲。正是基於這樣的事實，當茅盾用藝術的筆觸去描繪他們時，同情的天平自然會向他們一邊傾斜，狀寫其行爲，也必然是對其辦企業的艱辛歷程多於對其一般生活的描寫，通常資本家所具有的唯利是圖、貪婪成性、紙醉金迷、荒淫無度等，很難在這些希冀有所作爲的資本家身上找到。《子夜》中的吳蓀甫在生活上就不是很「放蕩」的，他一心撲在「事業」上，無意於家庭情愛，以至於連漂亮的吳少奶奶都感到寂寞難耐，頗生出些紅杏出牆的意思。恰恰相反，作家倒是很願意將「法蘭西性格」一類品性移植其身，從而使我們的的確確看到了一批很有作爲也很有能耐的「企業家」形象。吳蓀甫的「事業心」及其才幹、魄力和管理現代企業的經驗，在當時工業界中堪稱一流，故而在同業一片叫苦連天之際，惟獨他的企業「景況最好」，而且還雄心勃勃謀求更大發展，令同業歆羨不已。林永清的經驗才識、風度氣量也堪稱上乘，爲支持抗戰，他將機器廠從上海遷到重慶，苦撐了七年，不但沒有停工，而且還有所發展。這些工業界的「騎士」，倘若能趕上一個好的時代，其發展前景是未可限量的，只可惜他們生不逢辰，現實沒有爲他們提供伸展才能的空間，到頭來一個個遭受敗績，飲恨而退。然而他們雖然失敗了，但仍是失敗了的英雄。吳蓀甫便是頗有「英雄氣概」的一個。當年朱自清先生評《子夜》時就認爲正是這一點使許多讀者產生了對吳蓀甫們的「同情與偏愛」〔註 18〕。

這似乎頗爲出格，也於理相悖，因爲它不符合對人物作階級定性的分析；但描寫的確很精彩，在這些人物身上展現的獨特色彩是那樣鮮明。實際上頭緒已經理出：當茅盾全面解剖社會經濟現狀時，其藝術視點不能不落在廣泛的社會背景上，盡可能揭示經濟衰落的種種內在與外在的原因；然而當其從民族工業的「一角」切入時，他又必須把筆力重點移到當時唱著民族工業「主角」的人物身上，而且正是通過這批「強有力」的人物卻無能爲力這一悖論的出色描繪，深刻透視了整個社會經濟衰敗的深層次原因。而透過對他們行爲模式、心理動因的出色描繪，則對這一階層人物的命運、性格做了合情合理的表現。從「經濟視角」看問題，可以深化我們對民族資本家（或曰企業家）的認知。

四、文化內涵拓展：經濟文化與精神文化同構

由於經濟活動在創作中的大量介入，使茅盾的創作極大地豐富和深化了社會意義的傳達，其效果是很明顯的。然而經濟作爲整個上層建築的決定性因素，其巨大的輻射力量實不限於制度文化層面，它同時也對人的精神文化（包括行爲模式、思維方式、價值觀念等）產生極大的制約、影響作用。茅盾的創作在表現固有的社會經濟結構解體以後，包括都市和鄉村在內的整個社會文化心理結構發生重大傾斜，從而導致人的精神世界的變遷，也有極精

〔註 18〕朱自清：《〈子夜〉》，《文學季刊》第 1 卷第 2 期，1934 年 4 月 1 日。

到的反映。也許正是從這個層面上，更可以顯示出作爲文學家的茅盾在其創作中從經濟文化的視角把握人的精神意識的深刻性。由此昭示的意義恰恰是，文學創作中滲透經濟活動描寫，並非只在社會價值一面，實在還有更拓展的內涵。

茅盾的創作大量切入現代都市生活描寫，因而其作品作爲我國現代「都市文學」的一種典型代表已爲許多研究者所注意。對其的評價也可以作出多種價值判斷，但有一點似乎是忽略了的：即作家著眼於社會經濟結構的變化，去把握由一定的經濟形態形成獨特的都市文化觀念和都市文化心態，反映一種與傳統文化價值觀念迥異的現代都市人的精神畸變，從而深刻地揭示了現代都市文化的本質特徵和發展動向。從茅盾的作品中可以看到，同外國資本與商品傾銷與之俱來的，還有西方文化觀念和生活方式的輸入，於是在民族工業與民族經濟深受其累的同時，另一種在中西文化的衝突與迎拒中畸變的文化現象也隨之產生。它可能出現多種表現形態，但最突出的是傳統文化價值觀念的失落，而又陷入了對於驟然到來的西方文化茫然不知所措的尷尬，結出了一種盲目趨同西方文化的文化怪胎。在茅盾表現 30 年代都市生活的小說中，作家在展示都市經濟百孔千瘡的同時，又以不少筆墨描寫了都市生活的畸形繁榮：街市上高樓林立，霓虹燈閃爍不定，夜總會裏燈紅酒綠、歌舞達旦，舞女、交際花擁著「大亨」們出入賓館酒樓，小有產者則在公園、電影院、咖啡店談情說愛，人們在盡情享受著都市帶給他們的一切「物質文明」。與此相關的，還有「拜金主義」時尚的流行。穿梭來往於吳蓀甫客廳的有政客、軍人、金融界巨頭、交易所經紀人，甚至還有律師、大學教授，他們來到吳府，並非要獻上發展企業的方略，高談闊論的是政治經濟、公債行情，主要算計的便是如何使自己的錢袋鼓足。這類現象正如茅盾當時所概括的：「上海是發展了，但是畸形的發展，生產縮小，消費膨脹！」〔註 19〕這種對「享樂文化」、「拜金主義」的追求，在都市人看來也許稀鬆平常，然而它建築在十分脆弱的經濟基礎之上，同現實可能性構成尖銳矛盾，便見得不可思議、非常荒唐。由此畸變的文化現象顯示的恰恰是當時中國人接受西方文化的弊端。如果說，西方資產階級在其上昇時期還是頗有能耐與作爲的，其艱苦創業精神素來爲人們稱道，因而「法蘭西性格」之類就頗受推崇；那麼當西方文化蜂擁而來時，許多人只對其「享樂文化」觀念一拍即合，追逐金錢、

〔註 19〕茅盾：《都市文學》，《茅盾全集》第 19 卷，第 422 頁。

消費金錢的本領一學即會，而眞正有用的創業精神卻不去學或學不到，許多想幹點實事的企業家因此而受到種種肘掣，這實在是十分可悲的。茅盾從經濟文化的視角，用形象的筆觸描繪了現代都市人在兩種文化衝突中的尷尬、無奈乃至於精神變型，對於揭示當時的都市文化特質無疑是相當深刻的。

在用經濟文化視角表現另一部分由「鄉下人」演變而成的「都市人」的心態，從中反映兩種文化更尖銳的對立與衝突，同樣見出茅盾獨具的眼光。隨著農村自然經濟的急劇分化與解體，大批鄉下人湧入都市。這批人原本就在骨子裏有一種鄉村與都市的對立心態，都市的西化生活方式對他們來說更不容易適應，因此他們對西化觀念產生或迎或拒的態度，都會使傳統文化道德觀念經受更嚴峻的挑戰，以至於產生嚴重變異。《子夜》寫兩個鄉下地主進城以後的心態變化，就很典型。一個是吳老太爺，他根本就瞧不起都市，鄉下就是他的「堡寨」，只因近年來鄉村「不太平」，這才來到大都市上海。然而從他踏進上海的第一刻起，就難以忍受「都市精怪」聲波音浪的衝擊，周圍的一切似乎都在與他的「萬惡淫爲首」的道德信條開玩笑，不禁「義憤塡膺」，終於來不及喘過一口氣，便抱著《太上感應篇》「風化」了。這是寫傳統道德與西化觀念的衝突，作者在諷喻傳統觀念「僵化」的同時也反襯了浮華的「都市病」之可厭。另一個是土財主馮雲卿，他也是因農村經濟衰落：田地少收、農民騷動，在鄉下再也不能「安享清福」，這才攜資來當「海上寓公」的。他比吳老太爺「開通」是在於：他覺得觀念應隨時而變，錢「躺」在家裏是坐吃山空，必須再變出錢來才是正道，這一「經濟頭腦」一度使他成爲「公債通」；尤其精彩的是，他要到公債市場「翻本」，竟不顧「詩禮傳家」的「體面」，在「女兒漂亮，金錢可愛」之間選擇了金錢，活生生將個寶貝女兒送給趙伯韜作爲換取公債信息的「資本」。馮雲卿的金錢至上與廉恥喪盡，恰恰展示了傳統文化變遷的另一個側面：封建的文化觀念與倫理道德觀念正在向著西化的資本主義方向發生著幅度不小的變化。但不管是吳老太爺也好，馮雲卿也好，他們的結局卻是同樣的，即都被都市淹沒了，連同他們的身軀與觀念。這裡很難說清楚他們該不該有如此結局，也不必去追究造成如此結局是「誰之罪」，因爲作家要透視的是產生此種結局的經濟文化動因：傳統文化觀念如同傳統經濟的衰落一樣顯得十分脆弱，面對西方文化觀念的強力擠壓，無論採取何種方式應對，都會遭受敗績。這兩位封建地主演出的既不是悲劇，也不是喜劇，而是一齣地地道道的正劇：正是在一個極其嚴肅的文化命題下，作家以深刻的文化心態剖析展示了這類人的精神畸變，從而把人的心靈、精神寫得曲盡其妙。

除揭示都市文化特質外，茅盾創作從經濟文化視角表現現代鄉村文化的深巨變化，同樣見出其藝術追求的獨特性，特別是因把握這一視角將「現代性」命題滲透於農村、鄉土題材的作品而使其創作別具一格。一般而言，「五四」以來的鄉土文學有不低的文化品位和藝術品位。正如有學者指出的，傳統的「中國社會是鄉土性」的，從本質上說它是一個「農業老家」〔註 20〕。因而包括魯迅在內的許多有識見的作家，把這種「土性」深重的「老中國」文化根柢作了深層的開掘，並將其同改造中國傳統文化的命題聯繫在一起，從而賦予鄉土文學以很高的價值。然而茅盾提供的是另一種同表現「傳統」完全不同的範式，他是從現代經濟文化對於農村和農民的深刻影響的角度寫出了鄉村的「現代」景觀。在他三十年代創作的農村題材小說與散文中，其觀照鄉村的基本視角是農村經濟破產，狀寫因整個社會經濟結構的變動而產生的鄉村生活的巨變以及農民思維方式、精神面貌的變化，同時也寫出了鄉村文化由傳統向現代轉型的艱難曲折歷程。「農村三部曲」中老通寶家庭由自耕農淪爲雇農的破產過程最爲典型。小說寫這個家庭的破產，便聯繫著三十年代整體社會經濟結構的變動：民族經濟衰落，大量洋貨傾銷，隱伏著農村經濟破產的危機。正如老通寶直覺到「自從鎮上有了洋紗、洋布、洋油——這一類洋貨，而且河裏有了小火輪船以後，他自己田裏生出來的東西就一天一天不值錢，而鎮上的東西卻一天一天貴起來」，因此他恨一切帶著「洋」字的東西，「聽得帶一個洋字就像見了七世冤家」。老通寶的「仇洋心理」，是純粹農民式的，其中不無盲目的排外性（因爲他連「洋種」、「洋水車」、「洋肥料」這些先進生產方式都痛恨），但由此折射的因經濟結構變動導致農村自然經濟解體在農民心中引起的恐慌，卻是十分深刻的。現代經濟結構的變遷，同農民的命運息息相關，從這個意義上或許可以說，老通寶這類形象是中國現代小說中最具有時代特質的農民形象。小說表現農民小生產者的傳統思維方式與現代文化觀念的不諧調性，也同樣極其深刻。老通寶的農民式思維是單純感覺型的，他只憑直覺經驗作出判斷：農民靠養蠶種田吃飯，只要蠶花熟、稻穀豐收，他便可以吃飽飯。這一邏輯推理在亙古不變的自然經濟狀態下也許是很通順的，然而世界是「眞正變了」，現代經濟的展開方式不是封閉、

〔註 20〕費孝通：《鄉土中國》，第 1 頁，三聯書店 1985 年版。

獨立的，而是各部位互相牽連、變動不居的，農民的種養業還受著市場的制約，老通寶卻以不變應萬變，依據其固有邏輯行事，就非栽跟頭不可。這裡，作家在探索經濟變遷對於鄉村文化的深刻影響時，側重表現農民複雜的文化心理流程，揭示其落後的文化意識未能與時代潮流相適應的一面，應該說是十分精到的。

五、藝術審美效應：經濟描寫與形象創造融合

從經濟視角切入社會批判，使茅盾創作的社會內涵大為拓展，作家通過廣泛的社會環境展現（特別是經濟環境展示），完成了對中國現代社會從經濟到政治、從思想到文化、從人的個性心理到社會心理各方面的創造性描繪，從而顯示了其創作充分的現實主義社會批判性特色。然而，文學畢竟不是社會科學，當然也不是經濟學，文學是一種藝術審美活動，它是通過藝術形象傳達作家對生活的認知，如果經濟視角變成了經濟說教，文學的意味便蕩然無存。對於茅盾的現實主義創作，以往的評論不乏歧見。原由蓋在其過重的「理性化」要求有可能妨礙文學的審美表現，因而對其詬病者時有所見。如果從純審美的角度看問題，這樣的評論並非毫無道理。但如果考慮到現實主義文學創作的獨特性，考慮到茅盾的創作並不排斥審美，那麼對其作過多的指責就見得不近情理了。捷克漢學家普實克認為，用「科學的、理性的，甚至是一種分析解剖式的態度去觀察生活和社會」，是「茅盾那特有的藝術審美的敏銳感覺」〔註 21〕。這對我們頗有啓迪。用一種「特有的」審美角度評論茅盾的創作，可以發現，用經濟視角理性地審視生活，堅持經濟描寫與人物個性呈示同構，是茅盾小說獲取藝術審美效應的重要因素。

茅盾特有的藝術審美感覺，是對「人」的審視與表現。他在觀照經濟問題時，首先注目於複雜社會關係（經濟關係）中的人，將社會批判同創造藝術形象相結合。社會批判固然是對現存社會秩序、社會關係的觀照與批判，但此種批判主要是通過對社會關係中的人以及人的命運的關注來完成的，透過這樣的批判，在人本主義層面和終極關懷層面達到對人的價值和人生意義的高揚，乃是現實主義的使命。歐洲現實主義作家的社會批判，總是堅持政治批判與道德批判並重，其作品也總是體現出鮮明的社會主題和人性主題。

〔註 21〕引自李岫編：《茅盾研究在國外》，第 250 頁，湖南人民出版社 1984 年版。

茅盾的創作進行社會批判，總是通過時代生活畫面的形象展示和典型形象的塑造來完成，牢牢抓住人的社會命運來認識社會，通過把人物嵌入政治的、社會的、經濟的完整現實之中，充分揭示個人的社會心理和行動衝突，由此能最大限度地包容社會，達到「社會批判」應有的對「社會」的認識深度和批判力度。他在塑造這些處於千頭萬緒的社會關係衝突中的人物形象時，總是投以雄渾筆力，展示複雜社會關係，特別擅長於將人物置於複雜的經濟關係糾葛中，讓他們面臨生存困境，以展示社會如何從各方面「擠壓」人，置人於一敗塗地，表現人的命運曲折性和心靈複雜性。《子夜》中的吳蓀甫陷在工廠、農村（雙橋鎮）、交易所「三條火線」中作戰，實質是在三個經濟領域的殊死搏鬥，他如困獸猶鬥、左衝右突，但都四處碰壁、徒勞無功，寫人受到社會關係的多方糾葛，形象的塑造便有了豐富的內涵。對吳蓀甫形象的理解，恐怕是不能採用單一的政治話語或階級話語就可了斷的。他作爲一個資本家而又能突破資產階級的階級局囿爲振興民族工業而奮力拼搏，即便倒下了，也依然是一個「失敗的英雄」；作爲一個具體的「人」，在他身上既顯現諸多「剛性」質素，也不掩其脆弱心靈的表露，他既有被人吞噬的一面，也毫不留情地吞噬別人（如毫無憐憫地將朱吟秋的絲廠擠垮，從他手裏奪得乾繭以救其急）。在這個人物身上，其實也是包含了更多社會內涵和人性內涵的，這個形象在某種程度上也可以說是體現了局部的和普通的東西的結合、人道與非人道東西的衝突，同歐洲現實主義作家表現人的心靈複雜性有異曲同工之妙。《子夜》的成功，從社會意義層面講，是作品表現了一個重要主題，是作家對廣闊社會現象的精細分析（其中包括透闢的經濟分析）與描繪；然而從文學意義層面看，其最大的成功，恰恰在於爲文學提供了一個體現多重性格組合的有極高審美價值的文學形象，這應當是判定《子夜》藝術價值的最重要籌碼。

茅盾創作從經濟視角切入解剖、分析社會結構，重視對「人」的審視與表現，還體現在用力揭示因經濟問題引發的社會文化心理，表現經濟文化對人的精神文化（包括行爲模式、思維方式、價值觀念等）產生極大的制約、影響作用，表現人在經濟關係面前的精神變異，從而達到了對人的本質的深層次開掘。由於茅盾意識到「人們每一行動之隱伏的背景」是一定的「社會關係和經濟基礎」，便決定把人與人之間的經濟關係作爲主要的社會關係來描寫，在此基礎上進一步與描述、分析其他社會關係相糅合，便產生了他在 30

年代創作的最典型的社會剖析小說。同時，這種全方位的理性剖析，由社會及於個人，由生活的外部探察到內裏眞相的揭示，對於有效把握時代脈搏和社會文化心理，特別是人的精神變異，也大有裨益。《子夜》等作品剖析社會中的人如何在資本、金錢、權利、欲望等的誘惑下造就人的病態心理，如吳蓀甫的精神失控、趙伯韜的瘋狂斂財、馮雲卿的寡廉鮮恥，無不可以從中找到經濟因素對人的制控。茅盾主要從經濟根源上揭櫫畸變的中國現代半殖民地社會文明，深入挖掘人性扭曲、倫理喪盡、弊病橫生的主要癥結所在，便對現代畸形文明中的人性裂變作了有力的表現。這裡，作家正是在一個極其嚴肅的文化命題下，實施著文學表現人的深入探索：對人物心理、個性作了深層開掘，展示了人的精神畸變，從而把人的心靈、精神寫得曲盡其妙。這樣的「社會批判」，不只是實踐了現實主義的社會批判效能，更重要的是由此伸展了現實主義的張力，使其包含了更豐富的社會內涵和審美內涵，從而使現實主義文學獲得了更豐富深邃的藝術表現力。從上述論析可知，茅盾創作堅持「社會批判」的現實主義特色，注重從經濟視角切入表現現代社會，從多方面反映出對「社會」的深層透視，這在中國現代作家中是極爲罕見的，他爲中國現實主義文學提供了許多創造性的經驗，單就文學表現經濟命題而言，就有著無可漠視的價值，至今不失啓迪意義。

第四章　茅盾文本轉換：從小說到影視文學

一、小說家的茅盾與戲劇影視情緣

小說家的茅盾，也常常同戲劇與影視文學有緣，儘管此種緣分主要不表現在作家自身對這兩種藝術形式的駕馭上。對於戲劇與影視文學創作，茅盾似乎都不太擅長，一生僅創作話劇與電影劇本各一個，且都沒有取得很大成功。原因蓋在於操持慣了小說，對講究「帶戲上場」、注重情節緊湊的戲劇影視就不那麼精通了。40 年代的話劇《清明前後》，因其為「小說化」的戲劇，發表以後即引起很大爭議。50 年代初，他受命創作一個以「鎮反」為題材的電影文學劇本，用心搜集材料寫出了初稿，但導演看後「卻認為太小說化了，拍電影有困難」，只好擱置一邊，「文革」時被付之一炬〔註 1〕。致使此稿僅有少數人過目，至今連篇名都沒有人說得清楚，它也許會成為一個無法解開的謎而永遠沉埋於歷史的深淵了。

顯然，「小說化」的創作習慣終使茅盾同戲劇與影視文學有「隔」，但這並不妨礙小說家的茅盾同戲劇與影視文學有緣——這集中反映在其創作文本從小說到影視文學的頻頻轉換上。一個不爭的事實是：茅盾的小說屢屢為影視文學作家相中，被改編成電影與電視劇，其小說「出鏡率」之高在同時代作家的創作中是少有的。只要稍稍回述一下茅盾小說的「改編史」，不難發現：其創作的著名作品大抵被搬上銀幕或熒屏，而且改編的歷史悠久，時間跨度

〔註 1〕參見韋韜、陳小曼：《茅盾的晚年生活·九·圓夢》，《新文學史料》1995 年第 3 期。

長達六十餘年（從30年代至90年代）。下述不完全記錄，當能充分說明茅盾小說被轉化爲視聽藝術的盛況。

首先被搬上銀幕的是短篇小說《春蠶》。此作發表於1932年11月，翌年上半年即由夏衍化名蔡叔聲改編成電影劇本，並由明星影片公司攝製成同名影片，程步高執導。這是我國電影初創期的作品，而且也是第一次把進步的新文學作品改編成電影，故被稱作是中國「新文壇與影壇的第一次握手」。在中國電影史上，1933年被稱爲「電影年」，就在於一大批現實題材創作「替中國電影開闢一條生路」〔註2〕，這當中，扛鼎之作《春蠶》由小說走向電影，便有著無可替代的意義。

新中國成立之初，文華影片公司於 1950 年底攝製發行新片《腐蝕》。此片即由茅盾創作於1942年的同名長篇小說改編，改編、執導者爲柯靈、佐臨，影片製成後於1951年春節在京津兩地首映。但此片映出後，社會反響並不一致，多數意見認爲它「過多渲染小資產階級的人情味，而與今天鎭壓反革命分子政策有出入」，因而要求影片公司「重修改拍」〔註3〕。後來此片即停映，但也未見重拍。然而，作爲新中國成立以後第一部經由新文學名著改編而成的電影，《腐蝕》的存在及其得失依然值得重視。

如果說《腐蝕》的改編不算太成功，那麼在50年代出現的另一部由茅盾小說改編的電影《林家鋪子》，卻產生了堪稱爲具有轟動效應的影響。此片仍由夏衍改編，由水華導演、謝添主演，1958年由北京電影製片廠拍攝成彩色影片。此片的成功，標誌著由茅盾小說改編的電影已達到了很高的藝術境界，它一時間好評如潮並不爲怪，它作爲改編「30年代文藝」的樣板之一而在「文革」期間遭受重創同樣也不足爲奇。而1982年在意大利都靈舉辦的一個「中國電影五十年回顧展」上，電影《林家鋪子》贏得了異乎尋常的熱情讚揚，它被譽爲「中國電影頂峰之作」〔註4〕，則顯示出茅盾小說改編成電影的無窮魅力。

新時期以來，我國的電影事業獲得迅猛發展，而且此時還因另一個視聽藝術品種——電視劇的迅速崛起，而使影視文學成爲受眾最廣的一種文學藝術樣式。在此氛圍中，創作影視文學作品已形成一個熱點，而駕輕就熟從現成的新文學名著中改編成電影、電視劇，似乎更受到人們的青睞。一向爲影

〔註2〕鄭正秋：《爲何走上前進之路》，1933年5月1日《明星月報》第一期。
〔註3〕鳳子：《評〈腐蝕〉》，《北京文藝》第2卷第1期，1951年3月15日。
〔註4〕列孚：《中國電影在國際益受重視》，1982年2月27日香港《文匯報》。

視人看好的茅盾小說自然再次受到關注，茅盾作品改編成影視劇的熱潮也就此形成。在短短十餘年時間裏，由茅盾小說改編的影視劇共 5 部，其中電影 1 部，電視連續劇 4 部（48 集），涉及茅盾長短篇小說 6 部（篇）。它們是：電影《子夜》，桑弧編劇，桑弧、傅敬恭導演，1981 年上海電影製片廠攝製；8 集電視連續劇《虹》，封筱梅編劇，張小春導演，1991 年西安電影製片廠電視劇部攝製；6 集電視連續集《春蠶・秋收・殘冬》，程蔚東編劇，傅強導演，1987 年浙江電視臺攝製；14 集電視連續劇《子夜》，程蔚東編劇，史踐凡、奚佩蘭導演，1996 年浙江電視劇製作中心等聯合攝製；20 集電視連續劇《霜葉紅似二月花》，余華、劉毅然編劇，劉毅然導演，1996 年中央電視臺影視部等聯合攝製。上述影視劇的製作，對於推動我國新時期影視文學創作，以及傳播、擴大「五四」以來新文學名著影響的積極意義固然不可低估，而就茅盾小說的藝術形式轉換從而造就更廣泛深入的讀者（觀眾）的接受意義而言，似有著更重要的價值。「文革」以前的改編作品，由於受到種種條件限制，改編側重在短篇小說上，由此茅盾作爲長篇大家的特長與優勢沒有充分發揮出來。例如，《子夜》是 30 年代最具有衝擊力的名著之一，又是茅盾的長篇代表作，理應首先受到編導者的關注。然而，由於這部作品容量浩大，人物眾多，頭緒紛繁，要濃縮情節提煉精粹搬上銀幕，實非易事，因而它恰如一個香甜的燙山芋，食之有味，動手卻難，長期來無人敢碰。新時期來影視文學創作的發展態勢激活了作家藝術家的創作熱情，也使他們的藝術再創造勇氣陡增，便兩度向這部作品叩關，始而改編成電影，繼而又改編成電視連續劇，終使這部中國現代文學史上的不朽名著走入了千家萬戶。另一方面，電視連續劇形式的出現及其成功運用，爲小說故事的展示提供了更廣闊的活動空間，使原本受到小說情節拓展限制的電影敘事局囿有所克服。於是，長篇小說《虹》、《霜葉紅似二月花》得以改編成電視連續劇；「農村三部曲」也有可能擴展成 6 集電視連續劇《春蠶・秋收・殘冬》，不但使早期電影《春蠶》的敘事有較大的拓展與深化，同時也得以續寫《春蠶》以後的情節，終使這個完整表現 30 年代中國農村的悲劇故事促成藝術全璧。

二、名著效應：藝術形式轉換的必備條件

藝術形式的轉換是以形式的載體獨具轉換的條件爲前提的，從小說到影視文學的轉化，便取決於小說自身的價值及其獨特的情節魅力，敘事功能等。

茅盾小說一再為影視文學作家相中而頻頻「出鏡」，有著多種因素，但重要的似是其獨具的「名著效應」以及小說由宏大敘事造就的豐富內涵吸引了眾多作家藝術家的關注。這從一個側面反映了讀者對文學名著的接受需求及茅盾小說至今不失的藝術生命力。

一般說來，小說名著總是很難實現向其他藝術形式（如戲劇、影視）的轉化，即使有所轉化，也總是難於達到後者對前者的超越。原因就在於，要從小說創作無所不在的文學語言思維向著具有限定性（如小說敘事主體的缺席、一次性「閱讀」等）的視聽語言思維的轉化，本身就存在著一定難度，而小說名著又往往有極豐富複雜的內涵，因而改編名著而又使原著精神得到精確、完滿的傳達就更非易事。魯迅生前就不太主張將他的小說《阿Q正傳》改編成戲劇，就只怕處理不當，「不但作品的意義和作用完全失掉了，還要由此生出無聊的枝節來」。〔註5〕然而，這並不妨礙形成這樣一種悖論：儘管改編名著很難，且鮮見獲得成功者，但小說名著依然是目前戲劇、影視文學的重要創作資源之一。魯迅的小說一再「觸戲」、「觸電」，就是一個例證，雖然迄今為止還沒有一部完全令讀者（觀眾）認可的作品。分析個中緣由，恐怕只能從文學名著具有歷久不衰的藝術感召力與誘惑力中得到解釋。這些經文學大師精心雕琢的藝術作品，不論其年代如何久遠，也不論觀眾的欣賞習慣、審美情趣如何發生變化，然而它們自身蘊有的一再為歷史驗證的藝術創造意義及其獨具的藝術潛質，總是不斷地驅動著後來的戲劇、影視文學作者生發出從事藝術再創造的無窮興味。

茅盾的小說被頻頻改編成影視文學，一個重要因素也在於其名著效應。所謂名著效應，一方面是指名著的「品牌」意義，即其「名」經歷史的承傳而產生恒久的感召力；另一方面則是名著的名實相應性，即名著自身蘊有的創造潛能與讀者（觀眾）的現實需求相對應，進行開掘、釋放其潛能的藝術再創造，可以獲得比「元創造」更佳的效果。正是這兩者的結合，遂使改編名著產生意想不到的效應，從而獲得改編者的青睞。作為中國現代文學史上成就卓著的小說大家，茅盾的小說創作成就是有目共睹的，其創作的大量作品在文學史上產生深刻影響，其名作《子夜》、《春蠶》、《林家鋪子》等，還歷來被視為新文學經典。儘管近年來有人在竭力否認《子夜》等名著的價值，但經典總是經典，它們不會因時序變易歲月淘洗而頓失意義，也不會因個人

〔註5〕魯迅：《且介亭雜文二集・答〈戲〉周刊編者信》。

好惡隨意貶損而黯然失色。《子夜》等作品的「名著效應」使其一而再地被搬上銀幕、熒屏，且依然獲得今天的觀眾普遍而熱烈的回響，便是一個明證。而它們至今仍在編導者、觀眾中覓得知音，恐怕也不是徒有其「名」，恰恰是作品本身的意義與讀者接受需求的對應，是作品蘊有的潛能與藝術再創造可能的契合。以《子夜》而論，這部作品的經典性意義，不只在它表現了一個政治性主題，而是在調動作家長期的藝術積累，採用多種視角、多種藝術手段，對中國 30 年代社會作了百科全書式的描繪。這爲今天的讀者（觀眾）熟悉、理解 30 年代的社會面貌提供了不可或缺的文本，同時也給影視藝術的編導者提供了藝術再創造的廣闊思維空間，其改編的意義是不待論證的。誠如著名評論家李準在談到電視連續劇《子夜》的改編時指出的：在二十世紀前半葉的中國現代文學史上，有兩部小說是無與倫比的，一部是魯迅的《阿 Q 正傳》，一部是茅盾的《子夜》」；而《子夜》的成功之道就在於「創作視角的新鮮與敏銳，思想內容的深厚與豐富，藝術表現上的精湛與卓越，影響的廣泛與深遠」，因而即便在今天看來，「《子夜》提供的啓示仍然是無可取代」的〔註 6〕。從這個意義上說，《子夜》屢屢爲今天的影視編導者所重視，便不是不可思議的。另一名作《春蠶》從小說到電影，又由電影到電視連續劇，同樣取決於名著本身的魅力。在二三十年代中國電影發軔期，當進步的電影工作者欲扭轉當時充斥影壇的庸俗風氣而開出電影創作新生面時，茅盾的《春蠶》成爲由新文學名著走向電影的首選文本，就在於小說發表以後在文壇引起強烈的反響，它作爲表現 30 年代中國農村經濟破產、豐收成災的代表性作品而受到電影創作者的重視。儘管這部電影今天看來在藝術上還是比較稚嫩的，但當時卻獲得了相當好評，就連很少評論電影的魯迅也對其作出熱情評價，認爲其時國產影片正在「掙扎」途中，「聳身一跳，上了高牆，舉手一揚，擲出飛劍」之類甚爲流行，與此相對的是「正在準備開映屠格涅夫的《春潮》和茅盾的《春蠶》了。當然，這是進步的。」〔註 7〕至 80 年代後期，著名的影視文學作家程蔚東再次看好《春蠶》，將《春蠶》連同其續篇《秋收》、《殘冬》一起搬上熒屏，把一個 30 年代的農村故事演繹得迴腸蕩氣，獲得觀眾和評論界的普遍好評，捧回一個金鷹獎，再次證明了文學名著不竭的藝術生命力。

〔註 6〕《長篇電視連續劇〈子夜〉筆談》，《文藝報》1996 年 6 月 28 日。
〔註 7〕魯迅：《準風月談・電影的教訓》。

除名著效應外，茅盾創作文本易於向其他藝術形式轉化，還同文本所顯示的史詩型文體風格不無關聯。如所周知，茅盾小說異於其他中國現代小說的突出特徵，是史詩格調的追求，即小說總是在宏大敘事中將歷史風雲、時代變遷盡收眼底，建構一種人物關係錯綜複雜、故事情節跌宕起伏的小說敘事格局。捷克漢學家普實克就認爲茅盾開創了中國新文學的「史詩傳統」，並多次對茅盾的作品給以「史詩式的圖畫」或「敘事史詩式」之類的評論〔註 8〕。史詩型文體就藝術表現角度而論，其特長就在於使小說的敘事功能得到最大限度的發揮。黑格爾指出：「史詩以敘事爲職責，……使人認識到它是一件與一個民族和一個時代的本身的完整的世界密切相關的意義深遠的事迹。」〔註 9〕茅盾的小說非常切合這一點，其在表現對象世界的完整性與豐富性中所顯示的強勁敘事張力，堪稱獨步，而這恰恰同敘事要求極高的故事片影視語言思維相吻合，它理所當然會受到影視文學作家的器重。電影《林家鋪子》的改編成功，便首先取決於小說獨具的敘事魅力。這個茅盾以史詩眼光觀照 30 年代中國小商人悲劇命運的作品，就是通過不斷的視覺轉換，將主人公置身於複雜的「多角關係」中，多角度、多側面展示了人物的複雜命運與性格。作品畫面的宏闊性，情節的高密度，敘事的快切換造就一系列的戲劇衝突，天然是個改編電影的好本子。據說，夏衍決定改編《林家鋪子》並向當時的北影廠長汪洋推薦時，汪洋讀過小說後，「不禁爲夏衍獨到的眼力叫絕」〔註 10〕。顯然，這兩位電影藝術家的慧眼識俊，從一個小說作品中看到了它潛在的表現力，是電影《林家鋪子》獲得成功的首要前提。長篇巨著《子夜》的史詩性特徵當然體現得更爲鮮明，作品以宏大敘事建構了頭緒紛紜、色彩斑斕的歷史畫卷，以致於光有一部電影還不足以表現原著面貌，遂有長篇電視連續劇的問世，彌補了電影的不足，也深化了電影的表現。茅盾的另一部長篇《霜葉紅似二月花》，同樣是史詩型巨著。這個未完成的多部頭長篇中的一部，實在是茅盾後期小說中一個「精美的斷章」。小說融江南世俗風情描繪於革命歷史風雲變幻的展示中，顯得既輕巧靈動又深刻凝重，其筆致的綿密、情節的豐贍性以及世俗化描寫等，似更能勾起今天讀者的閱讀興味。茅盾晚

〔註 8〕普實克：《捷克版〈子夜〉序》、《捷克版〈腐蝕〉後記》，引自李岫編：《茅盾研究在國外》第 142、259 頁，湖南人民出版社 1984 年版。

〔註 9〕黑格爾：《美學》第三卷下冊，朱光潛譯，商務印書館 1979 年版，第 107 頁。

〔註 10〕參見陳堅、陳抗：《夏衍傳》，第 522 頁，北京十月文藝出版社 1998 年版。

年在「文革」賦閒期間又補寫了小說的部分章節，使敘事相對完整，情節更具連貫性。著名小說家余華與劉毅然，正是看中了這部小說巨大的敘事潛能，遂動了改編小說的念頭，將其連同茅盾的續寫稿聯綴起來，創作成 20 集電視連續劇《霜葉紅似二月花》。在由茅盾小說改編的影視文學作品中，以這部作品的長度爲最，這同小說原著的史詩型格局營造的廣闊的敘事空間，自然有著不可或缺的聯繫。

三、從影視「綜合體」中品衡藝術轉換價值

茅盾文本由小說走向影視文學，是一個極其複雜的藝術再創造過程的展開。影視改編與製作的成功與否，除原著本身的基礎之外，還取決於編、導、演、攝像乃至化妝、服裝、道具、置景、音響、效果等多重因素。只要其中的一個環節出毛病，就會使作品留下瑕疵；要是某些關鍵部位有誤，則會留下明顯的「敗筆」。例如電影《子夜》拍攝以後，就留下不少遺憾。最遭物議的是飾演主人公吳蓀甫的演員氣質與原著中的人物形象反差太大，演員在舉手投足之間怎麼看都不像個上海灘上頗有魄力的資本家「大亨」，作品要取得觀眾的認可就打了個大折扣。可見，對走向影視文學的茅盾文本的評價，必須從「綜合體」的影視藝術中去考量，從中品衡出改編文學名著的意義與價值，作品的成就與得失。

就整體看，由茅盾小說改編的影視作品，儘管由於改編的年代跨度大，作品的藝術水準與製作質量均不在同一個平面上，但如果把難以避免的時代局限計算在內，那麼可以說各個時期的各類作品都取得了各自不同的成就。如早期電影《春蠶》，當時的物質條件、製作水平與今天已不可同日而語，但編導者還是作出了很大的努力，從置景到人物造型，都盡可能體現原著氛圍；爲求逼眞效果，光拍養蠶過程就達一個半月；導演因不熟悉蠶事活動，還專請原作者和改編者親臨拍攝現場指導，終使這部作品力求忠於原著而「不走樣」，使之達到「素樸的鄉村素描畫」的要求。〔註 11〕即使不很成功的電影《腐蝕》，從改編角度言，實際上是體現了編導者的一些新的思考的，如較多從人性視角表現主人公趙惠明的「失足」與「自新」，這何嘗沒有道理，而且原作就有此描寫，影片不過是有所「發展」而已。然而，在那個特定的時代氛圍

〔註 11〕參見程步高：《影壇憶舊》，中國電影出版社 1983 年版，第 2 頁。

裏，這樣處理，注定要受到過多渲染「建立在小資產階級感情上的人性」、「鞭撻不足，悲憫有餘」之類的批評〔註 12〕，也注定了影片非流產不可。自然，作爲我國草創期電影，這兩部作品的整體藝術水平（不只是製作水平）還是不高的，就電影論電影，無論是改編者的創新理念、對作品意蘊的深層開掘，還是演員擺脫程序化的表演等，都同現代電影存在明顯的差距。《春蠶》的可取，是在於開闢現代題材蹊徑的新鮮感，在當時影壇風行《火燒紅蓮寺》、《歌女紅牡丹》一類庸俗影片中見出了優長，而當此類題材爲電影工作者熟練操作且日趨成熟時，它剩下的便只有「先驅者」意義了。《腐蝕》本身是一個好題材，然而其改編與攝製，爲著配合一個政治運動，一旦作品與運動的要求發生衝突，就難免窘態百出，更何況影片的藝術表現力也不怎麼強，所以它也只能在中國電影史上留下一個歷史的遺存。

茅盾文本走向影視藝術，是跟隨著我國現代影視藝術的成熟而一起成熟的。經幾代藝術家的辛勤墾拓，電影（以及後來的電視）這個對中國人來說頗感新鮮的舶來藝術品種，終於在不斷的探索實踐中走上軌道，並日漸向藝術的深層拓進。在此氛圍中，由文學名著改編的影視作品也取得了長足的進展，茅盾的作品便取得了驕人的成就。50 年代經現代文學名著改編的兩個最成功電影作品，均由夏衍捉筆：一是魯迅的《祝福》，二便是茅盾的《林家鋪子》。夏衍改編《林家鋪子》較之其 20 餘年前改編《春蠶》，無論是畫面的拓展、人物形象的深層開掘都達到了很高的水平，終使電影《林家鋪子》同《青春之歌》、《林則徐》、《老兵新傳》、《五朵金花》、《我們村裏的年青人》等 17 部故事片一起向國慶十週年獻禮，形成新中國電影的第一座高峰。《林家鋪子》的改編成功，對於許多影視文學作家來說，既是一種鼓舞，也是一種誘惑：他們從茅盾文本中看到了其潛在的表現力，於是，競相改編茅盾的小說便構成新時期影視文學創作的一種奪目景觀。爲新時期影視文學作家所看好、被改編作品最多的現代作家是兩位：一位是老舍，另一位就是茅盾。儘管此時期由老舍小說改編的影視作品在數量上、影響力上都超過茅盾，茅盾似乎不占明顯優勢，而且其時出現的茅盾文本影視片也存在著藝術水準不一的問題，但這並不妨礙從總體上對其作出肯定性評價。至少下述兩點是非常突出的：首先，茅盾小說作爲中國現代文學史上一種注重社會價值取向的重要文本，經影視藝術的演繹，得到更生動、直觀的傳達，堪稱功德無量。許多編

〔註 12〕鳳子：《評〈腐蝕〉》，《北京文藝》第 2 卷第 1 期，1951 年 3 月 15 日。

導者（特別是兩部《子夜》和「農村三部曲」）都注意到了茅盾文本的這一重要特質，努力提煉其精粹，從本質上揭示現代中國社會的歷史與發展趨向，啓引觀眾對現實與歷史作出深入的思考。這在當代影視劇創作偏重娛樂性功能、淡化社會功能，文藝的價值觀念有所失衡之際，就顯得尤爲引人注目，因而也變得更爲難能可貴。其次，許多編導者對茅盾文本的解讀，似更注重文本中多重審美意蘊的開掘，因而使影視片在盡可能展示小說豐富的藝術內涵、甚至創設情節盡力增加其可讀（觀）性上下了功夫，且都收到不同程度的成效。表現茅盾小說中人物豐富複雜的性格，依然是影視劇改編者的用力重點，因而像吳蓀甫、老通寶、梅行素、張婉卿這樣的性格多面體都得到了較豐富的呈示，小說中的情節魅力經影視藝術手段的調動，使之更集中、更有連貫性，增加了可讀（觀）性。長篇電視連續劇《虹》，只表現小說的前半段，即梅女士出川以前的生活經歷，擷取了原著的精華，使敘事更緊湊、集中，便是可稱之舉。《霜葉紅似二月花》在原著基礎上創設部分情節，演繹一個生動的故事，激起了讀者、觀眾的閱讀、觀賞興趣。

自然，在新時期電影繁盛、電視普及的境況下，茅盾作品存在於數以千計的影視劇中，就不可能像《林家鋪子》時期那樣鮮豔奪目；雖然編導者在增加作品的可讀性上作了努力，但肯定會依然敵不過以情節見長的娛樂片、功夫片。但我以爲，對改編文學名著成就的估價，似不能僅以上座率作爲標準。觀眾對影視的接受程度，固然是評價作品的一個重要依據，卻並不是唯一的標準。這是因爲，影視藝術就其本質而言，是屬於大眾文藝範疇。影視面對的是不同知識層次、文化水準的觀眾，它可以表現雅藝術，但其操作方式和流通方式依然決定了它的俗藝術本質。正因如此，言情片的絲絲入扣的情節魅力，動作片的打鬥格殺的刺激性場面，喜劇片、娛樂片的逗笑取樂功能等，便是將大量觀眾召喚到銀幕、熒屏前的法寶，而作爲雅藝術的文學名著片顯然難以與之匹敵，因此在觀眾中也不可能佔據重要席位。從這個意義上說，茅盾文本影視劇受到業內人士較好的評價，也得到相當數量觀眾的認可，這已是不俗的成績。

四、藝術再創造的可能性選擇

由文學名著向影視藝術轉化，既是一種歷史的還原，同時也是一種藝術再創造。這兩者的統一，往往是決定名著片是否具有創新價值乃至能否改編成功的一個關鍵。像茅盾文本這樣有著鮮明時代印記和濃重意識形態性的創作原材料，如何轉化成爲一種不失原著精髓而又具有當代意味、能樂於爲當代讀者所理解與接受的影視作品，的確有許多問題值得研究，據茅盾文本改編的影視作品，對原著的處理方式、表現形式各異，所取得的成就也各不相同，因而留下了不少值得思索回味的東西。

幾乎所有茅盾文本的改編者都談到，其改編名著所遵循的重要原則是「忠實於原著」。這原是不錯的。我們反對對文學名著的「戲說」，就在於名著內涵的精湛性與嚴肅性，容不得絲毫的曲解與褻瀆；如電視戲曲片《孔乙己》那樣湊成一個魯迅作品的「拼盤」，演繹一段令人啼笑皆非的故事，就難於爲人們認同。然而，如果換一個角度看問題：作爲藝術再創造的影視劇改編，要滲透改編者對原著精神的深切理解、對原著內容的選擇取捨，則要做到對原作的絕對「忠實」，或者說完全是原作內容的翻版，事實上是不可能的。因此，在不失原著精神的前提下，對作品作由表及裏、去粗存精的藝術再創造，是完全必要的。以茅盾文本而論，其創作以長篇著稱，即使是短篇小說，也多是「長短篇」，這爲改編者提供了充足的創作原材料的同時也提出了「剪裁」的難題。另一方面，茅盾的每一個小說文本，又總是整體的豐滿性與各部分的不平衡性相偕而存在，對小說的內容作相應的棄取也同樣重要。長篇電視連續劇《虹》，選擇最佳切入口和最富表現力的內容，傳達原作的精神內涵，便頗值得稱道。這部電視劇播出後，由於宣傳不多，故影響不大，但其實編導者還是很有眼光的，改編也頗有特色。茅盾的這部小說最精彩之處，是狀寫梅行素「五四」前後的生活經歷，在這裡，作家以他對時代女性的深切體察，表現了一個時代知識女性在新思潮浸淫下的艱難選擇。不獨情節曲折動人，意蘊也極深刻。至後半部，寫梅女士在上海從事工人運動，則顯得倉促，且不無概念化痕迹。電視劇改編者毅然砍去後半部，側重表現梅女士的前期生活，可稱爲大膽之舉，但如是處理，不但增加了作品的可讀（觀）性，也使原作精神不失，而且還在表現知識女性探索新思潮主題方面有所強化。與此相比較，有些影視劇作者由於太強調對原作的「忠實」，以致於束縛了手腳，不敢對原作內容有較大幅度的棄取，遂使作品顯不出更多的創新意義。兩部《子夜》，在忠於原著，準確把握和表現主題方面都是無可挑剔的。感到遺憾的是，無論是電影還是電視劇，都用較大篇幅表現工人同民族資本家的矛盾衝突，致使不恰當地「復述」小說的內容，作品的藝術表現力有所減弱。這一點，因電視劇比電影容量加大，小說情節可以得到「盡情」展現，而見得尤為顯眼。應當指出，在小說原著中，茅盾對並不熟悉的工人罷工描寫本來就是不成熟的（作者曾對此有所申述），而過多渲染工人罷工對民族工商業的衝擊也未必對表現小說主旨有利。因為作品側重表現的畢竟是在外資入侵、實辦資本家搗亂下民族工業的步履維艱，面臨窘境的民族資本家的命運也是值得同情的。小說和影視劇中都有這樣一個情節：火柴廠的老闆周仲偉的工廠難乎為繼，他對蜂湧而至的罷工工人發表一番「演說」，大談開辦「國貨工廠」的意義，表示即使「廠裏是虧本，可是我總是要辦下去」，同時希望「中國工人也要幫忙中國老闆」，結果仍遭到工人一頓「狗老闆」、「賊老闆」的臭罵。讀（聽）到這裡，同情的天平該向哪方面傾斜，真叫人難以判斷。倘若對這樣的情節有所取捨，表現勞資矛盾不致於影響作品的整體思路，那麼，改編本就有可能實現對原著的深化甚至於超越。

影視劇對原著的深化，同樣也表現在改編者對原著意蘊的深層理解與開掘，或者說在不失原著精神的前提下，展開合理的想像與延伸，突出、強化某些富有表現力的情節，使劇作有更豐富的內涵。電影《林家鋪子》經得起長時間考驗，可以舉出得多好處。選材好，是其一：一個「長短篇」的容量及其豐厚的情節架構，為影片的再創造提供了良好的基礎。多方面調動電影藝術手段以豐富小說的藝術表現是其二：影片正是憑藉電影可以超越時間、空間限制而突現情節，且以極富動感性的故事推進引人入勝，將小說的潛在意義表現得淋漓盡致。然而最值得稱道的還是對林老闆這個人物形象的獨到處理。影片在演示林老闆的多重性格側面時，總是生發出對這位命運多舛的小商人的深深的人性感喟，突破了以往對茅盾作品慣常於作階級分析的模式，從而引得更多人的心理共鳴，使作品平添了一層藝術感染力。其實，茅盾原著對這一層意義也是有所表達的，改編者對此的突出與強化，使藝術效果更為顯著。誠如有的評論者指出的：「夏衍那枝筆，素有契訶夫風——瀟灑飄逸，但並非心無一累，他對『小人物』的苦難，飽含熱情，這是不可誤解的。因此，我想把這種淡逸，看作醇美，看作積極干預生活並經過提煉後的境界——這是不容易達到的境界。」〔註 13〕自然，對原作意義的開掘，必須是向著有意義的方向開掘，倘是「發展」了原作中不盡合理的成分，其效果會適得其反。電視劇《霜葉紅似二月花》因故事的可讀（觀）性，播出後有

〔註 13〕安妮：《深厚醇眞——試評〈林家鋪子〉》，1979 年 6 月 8 日香港《大公報》。

不錯的收視效果，但其某些情節的處理，卻頗多爭議。有的評論者指出，原著中表現張婉卿對性無能丈夫黃和光的「聖母情結」，多少反映出茅盾當年帶有盲區視點的女性意識，而電視劇改編爲突出戲劇衝突，增強劇作的可讀（觀）性和「市場」效應，對此情節作了集中和強化表現，形成一種新的「困惑與錯位」〔註 14〕。此說甚爲有理。由此恰好說明了，深入把握原著精神，對其作出準確的分析判斷，是影視劇成功改編的不可或缺的前提。

〔註 14〕孫中田、劉愛華：《困惑與錯位——〈霜葉紅似二月花〉小說、電視劇比較研究》，《社會科學輯刊》，1997 年第 5 期。

第五章　「茅盾傳統」及其對中國新文學的範式意義

在對茅盾創作文本作爲中國新文學的一種重要形態及其在現代文學思潮、流派中所體現的範式意義作出較爲系統的闡述以後，現在該對茅盾所提供的「藝術範型」作個概括性的總結了。這裡想從人們已提及的「茅盾傳統」視角作簡要的理論概括，以便揭示此種範式成爲中國新文學一種重要傳統而存在的意義。

「茅盾傳統」作爲一個作家的創作精神由此及於一種文學史現象的概括，並非始於近年。已故著名捷克漢學家雅羅斯夫・普實克已涉及到「茅盾傳統」問題的闡述。他認爲中國文學史上曾有過兩個傳統，即「抒情詩傳統」與「史詩傳統」，五四以後的新文學就繼承傳統而言，前者以郁達夫爲代表，藝術風格偏重主觀、抒情，後者以茅盾爲代表，藝術上偏重客觀、寫實。〔註1〕他對茅盾的作品便多次給以「史詩式的圖畫」或「敘事詩史式」之類的評論。我國卓越的文藝理論家馮雪峰不但精闢地指出，「中國現代文學的現實主義分別由魯迅與茅盾各自開闢一種傳統」，而且還明確地提出我國的現代文學創作中存在著一個「茅盾模式」的命題〔註2〕。20 世紀 80 年代後期，我國學者在論及中國新文學兩個不同時期的兩種創作「範式」時也使用過「茅盾傳統」的概念。如有學者認爲，30 年代《子夜》等作品的出現，形成了「一種

〔註 1〕參見《普實克和他對我國現代文學的論述》，《文學評論》，1983 年第 3 期。

〔註 2〕《中國文學中從古典現實主義到社會主義現實主義的發展的一個輪廓》，《文藝報》，1952 年第 15 期。

不同於魯迅所代表的『五四』藝術傳統的『範式』，甚至可以說，由《子夜》、《林家鋪子》和農村三部曲構成了一種可以稱之爲『茅盾傳統』的東西」〔註3〕。上述評論都闡明了茅盾的創作有資格代表中國新文學的一種「傳統」，雖然它們對「茅盾傳統」的評論視角、意義揭示、價值判斷並不完全相同，沿著這一思路前進，倒是可以啓引我們對「茅盾傳統」作出更深層次的思考。

一、中國新文學的兩種現實主義傳統

茅盾在長期的藝術實踐中形成的創作範式，概括言之，其基本特徵表現爲：堅持文學的認知價值和社會價值的文學價值觀念體系，特別注重文學的社會政治要求和歷史使命意識，注重文學事業與革命事業的互相聯繫、不可分割性。因此，這是一種獨特的現實主義文學形態類型，它在流派紛起、多元競爭的中國現代文學發展過程中，始終有著舉足輕重的位置。尤其從 20 年代末開始，以茅盾爲代表的一大批革命作家的創作實績壯大了革命文學陣營的聲勢，使其後開展的左翼文藝運動簡直成爲「唯一的文藝運動」（魯迅語），它便在中國文學界穩固地取得了爲別的文學流派、創作方式無可取代的地位。因此，可以說，「茅盾範式」的現實主義在我國現代文學發展途程中是長期居於主流地位的，此種現象一直延伸到建國以後十七年而無甚大變化。新時期十餘年，我國文學的發展有較大變異，文學的多元發展趨向日益明顯，但接近於「茅盾範式」的現實主義文學創作仍依舊風行，這說明它並未因文學的多元化而喪失其生命力。

這裡所顯示的正是現代中國文學發展中的一個重要特徵。同本世紀初以來，西方現代主義文藝思潮蜂起，淡化社會意識、側重抒寫自我情感舉爲時尚的創作風氣有所不同，我國的現代作家是特別重視文學的歷史使命意識和社會價值觀念的。中國現代文學的偉大奠基者魯迅從走上文學道路起，就標舉「爲人生而藝術」的旗幟，明確表示他是抱著「啓蒙主義」從事小說創作，以爲文學「必須是『爲人生』，而且要改良這人生」〔註4〕，表現出最自覺、最清醒的現實主義。後起的大多數作家，也無不體現了創作主體的使命意識和濃淡不一的政治色彩，創作顯示出顯著的現實主義傾向，倒是與社會現實

〔註3〕汪暉：《關於〈子夜〉的幾個問題》，《中國現代文學研究叢刊》1989 年第 1 期。

〔註4〕魯迅：《南腔北調集・我怎麼做起小說來》。

拉開距離，鼓吹非功利觀念的所謂「純」文學創作，卻沒有形成很大的氣候。此種狀況，可以從作家主體的自覺意識和中國社會的歷史要求兩個方面找到成因。從作家主體言，中國作家的務實精神和「鐵肩擔道義」的使命感，是由我國傳統文化積澱而成的歷史共識，此種共識經近代民主主義革命潮流的洗禮而變得更爲堅固，以此思想爲指導來從事文學事業，便表現出用文學爲武器實現匡時救國的強烈意願，所謂「玩」文學的觀念是壓根兒無從想像的。因此，當各種外來文藝思潮襲來時，多數中國作家的最終選擇是在突出文學的社會功利價值一面，就不是一件奇怪的事情。由近代而進入現代，王國維的「非功利」文學觀和梁啓超的「文學政治功利化」觀念對現代作家都曾產生過影響，但就影響程度說，後者顯然要超過前者。這不單純是對一種文學觀念的棄取問題，實質乃是作家的主體精神和深層文化意識的必然表露。從中國社會的歷史要求而言，中國的「特別國情」要求於現代作家的更是一種對於使命意識的無可迴避的選擇。中國現代文學孳生在一片多難的現代中國的土壤上，其自身的發展歷程烙刻著三十年社會動蕩不安、鬥爭風雲迭起的中國現實的深重印記。處此境況，要使文學同社會無緣，作家同現實鬥爭隔絕，既不可能，也必然使創作難有作爲。相反，完成反帝反封建的歷史任務，求得人的解放、階級解放、民族解放的歷史要求，一旦滲透在文學領域中，就使得文學所承負的使命特別沉重，中國現代作家比之於西方作家使命意識也更爲明確、更爲自覺、更爲強烈。從中國現代文學的主流來看，情況正是這樣：作家所蘊有的民族自省精神和鮮明的政治傾向，是一以貫之地體現在各個時期的文學創作中，而且此種精神素質還隨著社會革命的不斷深入而趨於深化。由是觀之：注重歷史使命意識的現代文學創作特徵，正是在中國特有的政治歷史背景下形成的，是社會歷史要求與作家主體的自覺意識兩相契合的必然結果。

自然，這裡所說的還只是中國現代文學的一般狀況。倘若我們收束視線，把目光注視到那些社會要求和政治意識特濃的作家身上，那麼，上述特點將會得到更鮮明的昭示。我們所要集中討論的「茅盾模式」的營構者——茅盾便是如此。眾所周知，茅盾是集革命家與文學家於一身，他的一生就是在「文學與政治的交錯」中度過的。作爲中國共產黨最早一批黨員中的一員，他最初的興趣與注意力明顯是在社會革命方面。如果沒用 1927 年大革命失敗的曲折歷程和受到左傾路線的排擠，他很可能會繼續從事職業革命活動，而成爲一個出色的社會革命家的。然而，就在他從事「複雜而緊張」的社會革命時，始終沒有忘情於文學——這一項他從青少年時期就有深厚積累、受到過嚴格訓練、曾傾注過極大熱情的事業。據他自述，他在上海、廣州、武漢從事革命活動時，一邊做著緊張的革命工作，一邊就想著文學創作，身邊發生的事件使他獲得深刻的印象和強烈的感受，使他久久難忘，經常在「意識上閃動，閃動」，寫小說的企圖也「一天一天加強」，有時甚至到了「文思洶湧」的程度。這種文學與革命同樣看重、交錯進行的現象，可以說是貫穿在茅盾生命全過程中的；在他成爲職業的文學家以後，雖然工作的重心移到了文學創作一面，但仍與共產黨領導的革命鬥爭取同一步調，並自覺地將文學創作當作爲中國革命事業服務的有力武器。在如此堅定、執著的革命信念的支配下，茅盾的文學觀注重社會價值取向、強調文學必須肩負歷史的使命意識，就是順理成章的。當他最初專力於文藝批評時，最感興趣探討的便是「文學與人生」、「社會背景與創作」、「現在文學家的責任是什麼」一類社會意識與使命意識極強的問題；從 1925 年以後，則更是提出了「頭角崢嶸，鬚眉畢露」的「無產階級藝術」口號，倡導階級傾向性與政治傾向性更爲鮮明的文學主張。而他的創作正是他所堅持的文學觀念在創作實踐中的具體反映，而且的確形成了一種具有相對穩定性的創作模式。譬如，他特別重視文學的時代性與社會性，使創作的反映對象與時代社會直接對應，他的全部創作就是堪稱現代中國社會與中國革命的編年史；他主張用理性的眼光審視社會，尤其注重用社會科學理論解剖社會現象，從而使他創作的《子夜》、《林家鋪子》、「農村三部曲」等開創了一種可以稱之爲社會剖析小說的小說模式；他重視小說的藝術形象化，重視藝術形象的鑄造，但就在他精心刻繪的藝術形象裏仍然刻印著他對於時代、社會和革命本質的深沉思考，如此等等。簡言之，作爲一個有著獨特革命經歷的作家，茅盾的文學觀念和創作實踐，鮮明地體現著文學服從於中國革命歷史要求的自覺意識，這也便是一代與中國革命同步前進的中國作家所特有的現象。此種現象也正是 20 世紀初以來特定中國社會現實的產物，是在一種以現實主義爲主潮，堅持文學的社會價值取向成爲多數作家共識的特定歷史氛圍中產生的帶有規律性的文學現象。

然而，當我們集中注意力考察作爲「範式」而存在的文學現象時，卻不能不指出：同是堅持現實主義、強調歷史使命意識，「茅盾範式」畢竟帶有相當多的獨特性。可以說，在注重社會價值觀念和歷史使命意識的中國現實主義作家中，茅盾一類革命作家對於社會要求和歷史要求的追求是更爲自覺更爲強烈的，把文學視作完成中國革命任務的一種重要手段的信念也更爲明確更爲堅定，因而其文學觀念和創作實踐也帶有更鮮明的階級傾向性與政治傾向性，同其他現實主義作家有著顯著的差別。如果說，中國新文學由魯迅與茅盾各自「開闢了一種傳統」，這兩種「傳統」成爲中國新文學現實主義最重要創作傳統的話，那麼，把茅盾與魯迅的文學觀念作一番比較，以區別兩種不同形態的現實主義的特徵，那麼，「茅盾傳統」現實主義的獨特性將會得到更鮮明的昭示。我們認爲，至少在下述諸方面，兩者存在著較大的差別。

首先，是使命意識的內涵有所不同。魯迅對文學使命意識的理解，是側重在文化——精神層面上的，要求文學擔負起喚醒人、改造人的重任，從而實現通過改造人的途徑來改造社會的目的，其使命指向並無明顯的既定的政治目標。他抱著「啓蒙主義」（即思想啓蒙）的目的投入文學創作，要求文學「揭出病苦，引起療救的注意」，其「療救」的重點顯然是在人的靈魂方面；因而其創作必然注重探索民族文化的歷史積澱和人的心理結構，致力於表現的就是「國民性」問題——探討「沉默的國民的魂靈」，找到重鑄民族靈魂的有效途徑與方法。他的小說的主題多半是精神性的，而且大多是著眼於表現「老中國兒女」的精神弱質，很少涉及外部社會結構的變動，同當代社會的政治事件幾乎沒用具體的直接的聯繫。與此有別，茅盾的對文學使命感的理解，卻是側重在社會——政治革命層面上的，他要求文學直接肩負起社會革命的重任，以實現階級解放與民族解放的既定政治目標。他對於文學只表現「小悲歡」毫不感興趣，始終堅持文學要描寫大題材，表現大社會，堅持文學要表現充分的時代性，要緊密地把握當代社會的脈搏；因此，他的創作總是主要著眼於外部社會結構的變動，其中特別是政治變動。中國革命各個階段的歷史發展事實，包括現代社會的一些重大政治事件，幾乎都可以在他的小說中得到印證，他的小說主題往往是帶有政治性的。從如此不同的使命意識內涵裏，可以發現：魯迅和茅盾兩位文學巨匠，除去他們共同的文學家本色以外，魯迅帶有更多的思想家氣質，茅盾則更具革命家的特質。從現實主義文學形態的轉型說，由魯迅向茅盾的轉移，是文學注重表現思想革命到注重表現社會革命、政治革命的轉移。

其次，是文學價值取向的不同。與使命要求的具體內涵相關聯，魯迅堅持以重鑄國民靈魂、促進人的精神健全爲最高尺度的文學價值觀念體系。他的藝術專注點落在人的精神世界的探索上，往往以作品「顯示靈魂的深」使人受到強烈的心靈震撼，從而感悟到精神改造的必要。正如他在評述「每要被人看作心理學家」的陀思妥也夫斯基的創作時所指出的：「顯示著靈魂的深，所以一讀那作品，便令人發生精神的變化」〔註5〕。魯迅的藝術追求是在於此，其創作價值也在於此。由於側重表現個別人在歷史文化積澱中形成的精神畸變，他總是很少以固定意識作爲標準去權衡人，而往往是從人和文化的關係中去表現「個體」人，去發掘「個體」人那種令人驚駭、使人震顫的精神惰性。因此，魯迅的作品中就不可能有「振臂一呼，應著雲集」的英雄，其筆下的人物即使是最正面最帶有「英雄」氣的，也不過是精神畸變的瘋子和狂人。以如此要求寫人，希圖從人物身上直接指示一條改革社會的路徑，顯然是不可能的，然而，這卻可以深挖人們的病根，由此「開出一條反省的路來」，對於促進人的精神健全有不可漠視的意義。茅盾與此不同，他所堅持的是突出社會價值和認知價值的文學價值觀念體系。他力主文學創作的客觀化與社會化，努力尋求文學與社會現實的對應關係，堅持文學反映生活的客觀性，使自己的創作盡可能成爲中國社會革命的一面鏡子；注重反映「全般」性的社會形態，要求創作在充分展示社會性的基礎上揭示出社會的本質，從中直接找到一條改革社會的道路。他的創作也是重視寫人的，但不像魯迅那樣注重於「個體」的靈魂探索，而是常常以「正確意識」爲尺度，去表現社會的「群體」。例如他著力塑造的兩個形象系列：「時代女性」系列和民族資本家系列，就是群體形象的集結和連接，藉以探索在一個特定的時代社會裏小資產階級知識分子和民族資產階級的歷史命運和他們所走的獨特道路。這種創作模式，讓自我價值讓位於客體價值，使個體意識服從於群體意識，改變了以往中國文學偏重主觀表現的格局，加強了文學與客觀現實的對應性和聯繫性，強化了文學干預現實、變革現實的功能。其局限性是有可能消逝文學的個性，特別是在展示作爲個體而存在的人的精神世界時總不免缺乏應有的力度與深度。

再次，是理性參與的方式不同。現實主義作家大抵不排斥理性思維，堅持創作的有目的性和思維的自覺性，這同現代主義只注重感性形態、強調非理性創作，是截然不同的。魯迅就曾自述：對於小說創作，「總不免自己有些主見的」，他寫小說也常常是「提出一些問題而已，並不是爲了當時的文學家

〔註5〕魯迅：《集外集·〈窮人〉小引》。

之所謂藝術」〔註 6〕。他在許多小說裏所提出的觸目驚心的「問題」，正包含了他對生活的深沉思考和創作中的精心營構。茅盾強調創作的理性化，當然是很明顯的，這反映了兩位作家的相近之處。但仔細分析，兩者仍有很大的差異。魯迅創作中的理性參與，可以理解爲思維自覺性原則在創作中的運用，是指使創作納入提出「問題」的構思而顯現的清醒的主題意識，因而顯出清晰的理性思路；而滲透其間的理性觀念，則多半得之於他對生活的深思熟慮和獨特的歷史發現，並無明顯的理性規範。如創作《狂人日記》，是起因於「偶閱《通鑒》，乃悟中國人尙是食人民族，因此成篇。此種發見，關係亦甚大，而知者尙寥寥也」〔註 7〕。這裡就包含著作者對歷史與現實的獨特「發見」，作品就以這一「發見」爲思想導線，提出了封建禮教具有「吃人」本質的觸目驚心的歷史性命題，並無現成的理性觀念的支配，其中還包括相當多的感悟成分。而「茅盾範式」的理性化，卻是一種強化了的理性思維，他強調文學創作中社會科學理論和觀念的直接滲入，甚至強調文學與其他社會科學在觀念形態上的同一性（他曾提出創作總是「從社會科學命題開始」的主張），就顯得特別出格。茅盾的創作就是在一絲不苟的理性化支配下進行的，不獨在創作諸環節中嚴格實行著既定的構思，而且還努力使每一部作品都能體現出對某種社會科學觀念的準確的闡釋。其運用的理性觀念，顯然是一種規範理性，即經社會科學原理規範的思想和觀念，具體言之，則是馬克思主義科學理論。如《子夜》探討資本主義道路在中國走不通的命題，便是對 30 年代中國的經濟現狀和社會結構進行馬克思主義分析的結果，使由此分析所得出的結論見出相當的精確性。因此，「茅盾模式」的理性思維創作特點，同樣帶有濃厚的社會政治色彩，是創作服從於社會政治要求的總目標下所提出的思想精確性要求，同這一模式的總體特徵保持著整體的一致性。

通過上述比較，對以茅盾爲代表的一種文學創作範式的特殊內涵，就可能會有較深入的把握。所謂「茅盾範式」，僅僅是我國現實主義文學的一種表現形式，並非具有普遍性；其獨特性在於：由於文學的社會要求和政治要求特別看重，作家的創作重點是堅持社會批判和社會分析，文學的價值取向偏重於社會價值方面，見出同別的形態的現實主義文學的明顯的異趣，因而「範式」的特徵就表現得特別鮮明了。不過，說到「範式」，需要說明的是，它並

〔註 6〕魯迅：《集外集・英譯本〈短篇小說集〉自序》。
〔註 7〕魯迅致許壽裳信：（1918 年 8 月 2 日），《魯迅全集》第 11 卷，第 353 頁。

不是一個十分科學的概念，因爲它很容易同程序、格式之類帶有明顯制約性的詞語混淆在一起；如果把文學創作陷在一個固定不變的程序或格式中，無疑是對創作生命力的窒息，顯然是不足取的。我們這裡使用「茅盾範式」一詞，意在說明的確存在著一種以茅盾爲代表的自成一格的現實主義文學創作，而且它在相當程度上對一大批作家的創作起著示範性作用；但必須指出：茅盾並沒用將自己的創作「模式化」，其創作包含了豐富複雜的內容，前期和後期都有突破相對穩定「模式」的作品，並沒有停留在固定不變的程序中，可以說他是一位不斷突破自己、尋求創新的作家。我們之所以側重論述「茅盾範式」，意在從一個特定視角探討由此「範式」形成的一種新文學創作傳統，從「範式」入手，「茅盾傳統」所包含的意義範疇、價值取向等，就不難得到理解了。

二、「茅盾傳統」的意義範疇

體現範式意義的「茅盾傳統」，就其自身的獨特性及其對中國新文學的深刻影響而言，最主要的是表現在三種傳統上，即現實主義傳統、「史詩」創作傳統、「理性化」敘事傳統。這三種傳統的互滲交匯，構成中國新文學的一種重要價值體系，從而顯出其獨特的「傳統」意義。

1、積澱深厚的現實主義傳統

現實主義在中國現代文學中的主流地位是毋庸置疑的。然而由於對現實主義內涵的理解不同，中國新文學創作中的現實主義表現形態各異，且因常常產生對這股主要來自西方的文學思潮的「誤讀」而在接受過程中出現變形與走樣。因而，在新文學中體現出較爲本眞的現實主義特色的，只有少數對現實主義精神有深切理解的作家。馮雪峰指出過的我國新文學由魯迅與茅盾各自開闢了一種現實主義傳統，其意義就在於：一方面，它提出了兩種不同形態的現實主義，力避現實主義「一鍋煮」現象，以便從不同角度總結中國新文學傳統的經驗；另一方面，它涉及中國現代文學中兩種最有影響的現實主義傳統的比較，循此而進，當有利於對「茅盾傳統」的特色所在做出明晰的評判。

對魯迅和茅盾兩種不同形態的現實主義傳統的區分，上文已作了簡略論析，今天看來也許不會有很多理解上的困難。作爲啓蒙主義思想家的魯迅同作爲社會革命家的茅盾，因作家思考問題、關注現實的角度不同，自會有不同的現實主義注視點；同樣，主要作爲「五四文學」代表的魯迅，同主要作爲「三十年代文學」代表的茅盾，在不同的歷史階段也會對現實主義提出不同的使命要求。對此，已有學者作過認眞的探索，〔註8〕此處可以不必贅說。這裡想著重從接受西方文學思潮的角度探討兩種傳統的不同特色，這也許更可以從本源性上揭示「茅盾傳統」的獨特性。

捷克漢學家普實克曾經指出：中國現代作家的創作表現出不同的現實主義特色，而茅盾「所用的是歐洲正宗的現實主義方法」。這一說法頗能引起我們思考。我以爲，茅盾之具有接受西方文學思潮的「正宗」色彩，主要取決於他從理論自覺性和創作實踐自覺性兩個層面把握現實主義。在理論層面上，茅盾是中國作家中對現實主義理論作過深究而又有自己獨特見地的少數作家之一。與中國新文學草創期許多作家對文學思潮的擇取大抵處於混沌狀態便倉促上陣的現象有所不同，茅盾是在有了充足的理論儲備後始走上創作道路的。作爲首先是文學理論家然後才是作家的茅盾，在新文學第一個十年主要做的是理論工作，他對世界文學新潮作過一番「窮本溯源」的探索、思考過程。他早期曾推崇過新浪漫主義，又一度傾心於左拉的自然主義，經過對各種主義的反覆比較、篩選，看出了「新浪漫主義從理論上或許是最圓滿」的，但卻不適於在當時的中國提倡。從自然主義「專在人間看出獸性」裏發現「左拉的危險性」〔註9〕，最終認定現實主義是最可取的選擇：「時代的客觀的需要是現實主義，所以寫實文學成了主潮」。〔註10〕帶著如此理論自覺性去選擇一種文學思潮，這在中國作家中是很少見到的，這就會使茅盾對現實主義有一種近乎偏執的追求。正由於此，在創作實踐層面上，茅盾必會自覺運用現實主義理論約束、規範自己，包括自覺借鑒、運用西方的現實主義創作方法。普實克談到，茅盾創作中「隱去故事敘述者的一切痕迹」，「不帶主觀色彩的描寫」，使用經過潤飾的「文學詞藻」等，都是借鑒了托爾斯泰等歐洲「正宗現實主義」作家創作的經驗；他還多次指出過茅盾的創作「較親近於托爾斯泰」的事實〔註11〕。這一觀點實際上也爲後來的中國研究者所認同。

〔註8〕參見王富仁：《兩種形態的現實主義小說》，《北京師大學報》增刊第1期，1988年8月。

〔註9〕《「左拉主義」的危險性》，《時事新報・文學旬刊》第50期。

〔註10〕《浪漫的與寫實的》，《文藝陣地》第1卷第2期。

〔註11〕引自李岫編：《茅盾研究在國外》，第736頁、254頁、142頁、259頁、250頁，湖南人民出版社1984年版。

如此說來，說茅盾現實主義理論的接受源（泰納）和創作影響源（托爾斯泰、巴爾扎克等）主要來自歐洲正宗的現實主義，當是不爭之論，而這一點在中國現代作家中也是相當獨特的。魯迅便否認過自己的創作曾接受過托爾斯泰、高爾基等作家的影響，倒是直言過帶有表現主義傾向的安特萊夫等作家對他「有些影響」〔註 12〕。南斯拉夫著名中國評論家斯韋塔・盧基奇也指出過：「用高爾基的現實主義或其他的現實主義的範疇來套中國這位偉大的作家是不適當的」，「魯迅遠遠超越了俄羅斯現實主義文學的界限，魯迅把各種不同的趨勢和傾向綜合在一起……於是，我們看到了一種更爲完善的現實主義。」〔註 13〕這裡顯示的正是兩者要求於現實主義的「純度」的不同。魯迅遵循現實主義創作原則，又融合多種創作方法，故使其創作容涵深廣；茅盾則盡力追求現實主義的「純正」性，顯示出「固守」現實主義的傾向。由於「固守」，使其現實主義的理論與實踐缺乏寬延性，其早期創作（《蝕》、《虹》、《野薔薇》等）期間還帶有部分象徵主義色彩，到後來這種色彩就愈來愈淡薄了。同時也由於「固守」，使其在堅持現實主義創作原則方面做得比較突出，從而賦予中國新文學的現實主義以更爲廣泛而深刻的影響。

這種影響，主要表現在兩個方面。一是用歐洲現實主義文學的尺度與要求估量文學，以利於對反現實主義傾向做出理論上的匡正。茅盾曾長期致力於對存在於中國新文學中的庸俗社會學傾向的批評，此種批評所操持的武器便是嚴格的現實主義理論。例如，左翼文學初期，曾因輸入蘇聯的「唯物辯證法的創作方法」而使現實主義變色變味，還一度流行偏離現實主義的「革命浪漫蒂克」傾向，蔣光慈、華漢等作家的創作就是突出例證。茅盾曾作《〈地泉〉讀後感》、《關於「創作」》等文，運用現實主義的典型化理論對蔣光慈等作家創作中的「政治宣傳大綱」加「公式主義的結構或臉譜主義的人物」之類弊端提出尖銳的批評，這對於撥正左翼文學的創作方向曾產生過重要影響。左翼文學後期曾湧現一批較爲紮實的現實主義文學作品，便同茅盾等作家的現實主義理論指導密切相關。二是在創作實踐上，注意運用托爾斯泰、高爾基等歐洲現實主義作家的創作方法，並以一種更貼近現實與時代的態勢開創了充分反映「時代性」與「社會化」的現實主義創作傳統。同作爲啓蒙

〔註 12〕參見馮雪峰：《關於魯迅在文學上的地位・附記》。

〔註 13〕斯韋塔・盧基奇：《魯迅是現代哲學——現代文學的代表人物》、《文藝報》1981 年第 23 期。

主義思想家的魯迅大抵採用「歷史視角」表現「老中國兒女」，意在解剖「國民性」以改造民族靈魂有所不同，茅盾採用的是地道的「現代視角」，選取重大的現實題材反映現代中國社會的脈動。此種創作方法與傳統，因其切合 30 年代及其後急劇變動的中國社會現狀，爲一大批中國作家所接受，它勢必在更大的時空範圍內增加了影響力。因此，僅就現實主義論現實主義（不包含其他價值判斷），「茅盾傳統」在中國新文學的現實主義傳統中的確是更有代表性的。今天在許多人看來，現實主義似乎已經「過時」，「茅盾傳統」已失去意義；事實上，茅盾作爲中國現實主義傳統的代表，其創作價值是早已爲國內外學者所確認的，現實主義創作同樣爲人們所稱道。在 20 世紀行將結束之際，日本的英國文學研究者筱田一士把茅盾的《子夜》列爲「20 世紀世界文學上傑出的十部巨作」，即「20 世紀十大小說」之一，其選擇標準就在「把 20 世紀小說看成是現代主義和現實主義兩派根據小說創造的原點而針鋒相對相互競爭的文學」，而「堅持現實主義小說創造的原點」的《子夜》，正是「同時代的世界文學上具有先驅性的存在」〔註 14〕。這位外國學者把茅盾列爲「世界十強」不一定爲所有研究者所認同，正同某些中國學者把茅盾革出「中國十強」也不可能爲所有研究者接受一樣；然而，他從不同文學思潮的角度立論，指出 20 世紀世界文學仍是兩大流派的「競爭」而非爲現代主義所專擅，指出 20 世紀現實主義小說仍具有「創造的原點」價值因而它依然構成一種重要創作傳統，指出在中國現實主義小說家中能夠有資格用自己的作品同世界對話的作家是茅盾，這一些，都具有無可爭辯的正確性。

2、氣勢闊大的創作「史詩傳統」

如果說，茅盾並不是現實主義傳統的唯一的開創者，那麼在建構中國新文學的「史詩傳統」方面，「茅盾傳統」的意義就會更突出些。最早對茅盾創作中蘊含的「史詩傳統」精神做出理論概括的，依然是普實克。其理論概括，著眼於文學發展的歷史，又涉及作家創作的主體精神，對於我們認識「傳統」的意義與價值同樣是極富啓迪性的。

「史詩」作爲一種張揚民族意識、完整描敘民族歷史的文體形式和創作精神，有其特指的意義範疇。今天所說的「史詩傳統」，當指「精神」而非「文體」，應該是很明確的。而「史詩」精神在一切文體中的滲透、顯現，卻必須

〔註 14〕〔日〕是永駿：《茅盾小說文體與 20 世紀現實主義》，《茅盾研究》第 5 輯，文化藝術出版社 1999 年版。

具備充足的條件。黑格爾說：「史詩以敘事爲職責……使人認識到它是一件與一個民族和一個時代的本身的完整的世界密切相關的意義深遠的事迹。所以一種民族精神的全部世界和客觀存在，經過由它本身所對象化成爲具體形象，即實際發生的事迹，就形成了正式史詩的內容和形式。」〔註 15〕這就是說，要求於「史詩」作家做到的，是詩性精神和史家意識的兼具，是作家把握對象世界的歷史的完整性和意義的深遠性。以此對照，我國第一個十年的新文學（特別是敘事文學），就無明確的「史詩」意識，更未產生「史詩」型作家。茅盾、魯迅、鄭伯奇分別爲第一個《中國新文學大系》的三集小說作序，就不約而同地指出了這一時期小說創作的弱點，是缺乏宏觀把握生活的氣勢，藝術表現力不足：或則說「只表現生活小小的一角」（茅盾），或則說「所感覺的範圍頗爲狹窄，不免咀嚼著身邊的小小的悲歡」（魯迅），或則說由於「抓不住現實」只能寫「身邊小說」（鄭伯奇）。一言以蔽之：是「史詩」精神的缺失。分析個中原因，大致有二。一是草創期文學尚不具備產生「史詩」的條件，其時新文學作家是倉促上陣，加以他們同「社會力是一向疏遠的，——連圈子外的看客都不是」〔註 16〕，生活視野和藝術準備的不足都使他們無力把握對象世界的完整性，自然也無力建構「史詩」型格局的作品。第一個十年的小說幾乎都是短製而缺少眞正意義上的長篇，也從一個側面反映了這方面的問題。二是時代風氣使然：「五四」作家的藝術專注點多半偏重在主觀抒情方面，釋放強烈的個性解放要求乃是其時最重要的職志，於是，把握「一種民族精神的全部世界和客觀存在」的「史詩」意識被暫時擱置一邊，也是可以理解的。

正是在這樣的背景下，呼喚「史詩」意識的自覺和「史詩」作品的產生，便成爲成熟與發展中國新文學的一種必然性期待。而 30 年代文學著眼於表現動蕩社會的時代風氣與作家生活境遇的改變，恰恰爲創造「史詩」提供了得天獨厚的條件。其時一大批作家在時代風潮的裹挾下由「狹窄」的生活圈子走向「十字街頭」，爲「史詩」創作營造了氛圍，而剛從大革命戰場上退下來轉向完全從事文學事業的茅盾，使其蓄積已久的用文學表現社會的熱望得到前所未有的實現機遇，更成爲創作「史詩」的突出代表。茅盾以典型的「史

〔註 15〕《美學》第 3 卷下冊，第 107 頁，朱光潛譯，商務印書館 1979 年版。

〔註 16〕茅盾：《〈中國新文學大系・小說一集〉導言》，上海良友圖書印刷公司 1935 年版。

詩」作家為文壇所注目，集中體現在下述兩點。其一是創作的「史詩」氣魄。幾乎用不著有一個從短製向長篇過渡的小說創作經驗累積過程，茅盾是一落筆就構製長篇：《蝕》三部曲開篇，《虹》、《子夜》緊隨其後，顯示出一種全方位把握生活的氣度。葉聖陶對《蝕》作了高度評價，認為在《蝕》以前，「小說哪有寫那樣大場面的，鏡頭也很少對準他所涉及的那些鏡域。」〔註 17〕可見茅盾不但是 30 年代最有影響的長篇小說大家，也可以說是現代長篇小說的開拓者。「我們時代的史詩是長篇小說。長篇小說包括史詩底類別的和本質的一切徵象」〔註 18〕。別林斯基的這段話用來說明茅盾固有的「史詩」氣魄，該是最確切不過的。其二是作品本身所具有的「史詩」品格。茅盾同一般作家很不相同的一點是：以描寫社會的「全般」見長，把筆觸伸展到現代中國社會的各個歷史時期、各個社會階層，用藝術的雕刀刻繪了現代中國社會的歷史長卷。借用王瑤的話說，他用小說寫出了「中國社會革命的通史，簡直是一部『編年史』」〔註 19〕。如此大手筆、大氣魄，在同時期現代作家中是罕有其匹的。這不是說別的作家沒有貢獻，而是說由於作家的藝術視點不同，貢獻也各不相同。楊義認為，在建構中國 30 年代「文學傳統」中，巴金為新文學「增加了熱度」，老舍「增加了輕鬆寬容的氣質」，而「茅盾給我國新文學所增添的是史詩的氣魄」〔註 20〕。此為確論，對茅盾創作精神的概括尤為精到。因為對於造就「史詩」型作家而言，既需要有充足的藝術才具，同時又需要非凡的經歷（包括參與革命實踐，具備對社會歷史變遷的深刻洞察力）。茅盾在談到《蝕》與《子夜》曾兩次引起「轟動」的原因時說：「我總以為我敢涉足他人所不敢而又是人們所關注的重大題材，是原因之一」，「這並非 30 年代的作家中沒有才華如我者，而是因為作家們的生活經驗各不相同」〔註 21〕。這也是知人知己之論，同時也為其在「史詩」創作中顯得遊刃有餘做出了生動的注腳。

關於小說文體的創新，茅盾也有無可漠視的功績。如果說，在五四文學

〔註 17〕葉聖陶：《略談雁冰兄的文學工作》，《新文學史料》，1982 年第 1 期。

〔註 18〕《詩底分類和分型》，《別林斯基論文學》，第 179 頁，新文藝出版社 1958 年版。

〔註 19〕王瑤：《茅盾對中國現代文學的歷史貢獻》，《茅盾研究論文選集》，湖南人民出版社 1983 年版。

〔註 20〕楊義：《文化衝突與審美選擇》，第 194～196 頁，人民文學出版社 1988 年版。

〔註 21〕外文版《茅盾選集・序》。

時期，中國現代小說的開創者是魯迅與郁達夫，正是由他們首先表出現代小說意識的覺醒，創造出一種從文體到內容都是完全新穎的藝術樣式，他們的功績主要在短篇小說方面；那麼，在 30 年代的小說發展期，表現出大家風範和大家氣魄，首先在長篇小說創作中建功的，當推茅盾。茅盾創建長篇小說的文體自覺與其創作實踐，在中國現代小說史上有著重要意義。五四新小說的創建，對於我國現代小說的建構自有其創造意義，但其主要局限在短篇的範圍內，且長時間未得突破。經過近十年的探索、實踐，我國現代小說在呼喚一個更成熟時期的到來。創作實踐恰好同新文學第二個十年同時起步的茅盾，便是在這種呼喚中率先破土而出的。幾乎用不著有一個從短製向長篇過渡的小說創作經驗累積過程，茅盾是一落筆就構製長篇，其後一發而不可收，中長篇佳作迭出，都有一種先聲奪人的氣勢。他奉獻給文壇的第一個長篇是《蝕》三部曲，發表後立即引起轟動，反映空前熱烈。顯然，這部長篇的出現，對於中國現代長篇小說的成熟有著開創者之功。其後，茅盾一如既往進行長篇創作，構建一部部史詩型巨著，終使其在 30 年代長篇創作中處於領先地位。在茅盾的引領下，30 年代掀起了長篇小說創作熱潮，我國的長篇小說創作終於逐漸走上成熟之路。在這裡，理所當然地記錄著成熟路上的先行者茅盾的功績。

新文學創作建構一種「史詩」格局，顯示出「茅盾傳統」的又一種重要價值。茅盾於 30 年代開創的「史詩」型小說，在宏大而嚴謹的藝術結構中顯出磅礡的氣氛，表現出把握歷史與現實的完整性、整體性、意義深遠性，無形中開闊了中國新文學的氣氛，提升了「五四」文學的品位。「五四」時期的小說家不乏表現生活的熱忱，但缺少的是氣魄，追逐大波大瀾，表現非凡氣勢，未有如茅盾者。對於文學來說，僅僅只是「低吟淺唱」，並不是文學發達的徵候，任何一個國家，任何一個時代都要有「史詩」，而這正是「五四」小說所缺乏的，恰恰由以茅盾爲代表的 30 年代文學填補了。由此昭示的意義是：茅盾開創的「史詩」創作傳統，對於「五四」文學傳統而言，分明是一個突進、一種發展。而「茅盾傳統」在其後的承傳與延伸，如 40 年代出現的「長篇小說競寫潮」和「史詩格調的追求」。建國以後湧現的一大批至今仍保持著藝術生命力的革命歷史題材小說，甚至 80 年代初出現的帶有《子夜》模式的工業題材「改革小說」，無一不證明著「史詩」創作的不可或缺的意義與價值。然而此種傳統近年來已在逐漸丟失，人們對於「史詩」似乎已不再感興趣，「低吟淺唱」或「私人化」寫作已成爲時尚，文學總是在小格局裏徘徊，這對於中國文學發展的前景是頗堪憂慮的，由此也說明呼喚「茅盾傳統」的回歸也許不會是一個多餘的話題。

3、注重社會分析的「理性化」敘事傳統

這一傳統是堅持現實主義原則和表現「史詩」精神在創作方法上的強化，其基本精神是：在小說宏大的敘事中貫穿清晰的理性思路，甚至主張用社會科學理論分析現實與歷史，使所反映的現實在體現生活的「本色」的同時又能合於生活的「本質」，從而尋求到「史詩」所應該表現的「意義深遠」的東西。這裡顯現的可以說是最帶有茅盾式「紋章印記」的鮮明創作個性和現實主義獨特性。這一個性特色既體現於茅盾的創作理論，也反映在其創作實踐中，尤其在他創作的《子夜》、《林家鋪子》、「農村三部曲」等反映30年代時代生活本質的作品中得到最顯著的印證。葉聖陶認爲，茅盾「寫《子夜》是兼具文藝家寫創作與科學家寫論文的精神」〔註22〕；普實克則將此概括爲一種獨特的藝術家氣質，認爲用「科學的、理性的，甚至是一種分析解剖式的態度去觀察生活和社會」，乃是「茅盾特有的藝術審美的敏銳感受」〔註23〕。茅盾的這一創作特色，經其成功實踐，吸引了一大批追隨者，由此形成了中國新文學史上的一個重要小說流派——社會剖析派。於是，注重「理性化」的敘事傳統，也成爲我國新文學中的一種有影響的創作傳統。

對於茅盾開創的這一注重社會剖析的「理性化」敘事傳統，以往多有評論，且歷來是褒貶不一。就藝術思維特質而論，「形象反映方式」應佔據主導地位，過重的理性滲透可能會對藝術造成損害，因此此種創作傳統並非沒有弱點，它必然會遭致一些非議，但我以爲，對這一創作傳統的估價，既要將它置於現實主義的命題範圍內做出準確的價值判斷，同時又要分析具體的創作現象以便科學地總結其得失優劣，爲新文學提供有益的借鑒。從現實主義角度視之，創作中堅持科學分析、「理性化」思維，雖然有些獨特，卻並不怎樣「出格」，因爲現實主義的「寫眞求實」要求同創作中的理性分析並不完全相悖。細察茅盾對創作的「科學」要求，同樣來自歐洲的現實主義文學理論。巴爾扎克創作《人間喜劇》，就非常注重對風俗習慣、居民性格的觀察和研究，

〔註22〕葉聖陶：《略談雁冰兄的文學工作》，《新文學史料》，1982年第1期。
〔註23〕引自李岫編：《茅盾研究在國外》，第736頁、254頁。

因而泰納稱其「開始寫作不是按照藝術家的方式，而是按照科學家的方式」〔註24〕。另一個法國現實主義作家佛羅貝爾在創作《包法利夫人》時，更其堅信：「越往前進，藝術越要科學化」〔註25〕。左拉則甚至打出「實驗小說」的旗號，認為小說應以科學實驗方法研究人生。對於這些理論，茅盾是大體接受的，故在其 20 年代初撰寫的文藝論文中就作過申述：「近代西洋的文學是寫實的，就因為近代的時代精神是科學的。科學的精神重在求真，故文藝品以求真為唯一目的。科學家的態度重客觀的觀察，故文學也重客觀的描寫。」〔註26〕至 30 年代，當他自己開始從事創作時，這一觀念就更為強烈，甚至直言不諱其創作總是「從一個社會科學命題開始的」〔註27〕。看來，這裡面有屬於個人經驗乃至寫作習慣的東西，然而，聯繫其一以貫之的理論思路，卻不能不指出，這是一種強調理性思維自覺性的現實主義方法在創作中的運用。這種方法對於絕對排斥理性的「純」文學觀來說，自然是不可思議的，但對於許多現實主義作家而言，卻也並不怎樣不「合理」。此其一。其二，茅盾在 30 年代特別強調「理性化」，還有一種現實考慮：即對中國新文學創作中一種過分追求直覺與非理性創作傾向的反撥。「五四」文學的「個性化」和「情緒化」，常常是作家用來釋放強烈個性解放要求的有力手段。但此類創作的弱點也同樣明顯：不但同「社會力」是疏遠的，而且其表現的感傷主義、頹廢主義等也因不合於「時代的節奏」而常為人們所詬病，即便是 30 年代初期的革命文學作品，也大多帶有濃厚的「革命浪漫蒂克」傾向，所宣泄的是小資產階級的狂熱和浮躁情緒，明顯違背現實主義創作原則，它們與反映革命的本質和時代生活的要求同樣相去甚遠。這表明，新文學要朝前發展一步，必須同時克服「個人化傾向」和「左派」幼稚病兩種偏向，以更嚴謹求實的態度把握現實、對待創作。注重理性分析的現實主義創作便是在此背景下應運而生的。茅盾等作家兼具小說家素質和社會科學家精神，以一絲不苟的態度分析現實、表現現實，作品充分反映了 30 年代的時代內涵和社會內涵，無疑為新文學創作增添了新的色彩，也無形中提升了它的品位。有的學者指出，「注重社會剖析成為第二個十年後半期現實主義新的品格」，這是「『五四』現實主義

〔註24〕泰納：《巴爾扎克論》，譯文見《文藝理論譯叢》，1957 年第 2 期。

〔註25〕《西方古典作家論文學創作》，第 394 頁，春風文藝出版社。

〔註26〕茅盾：《文學與人生》，松江暑期演講會《學術演講錄》第 1 期。

〔註27〕茅盾：《我怎樣寫〈春蠶〉》，《青年知識》第 1 卷第 3 卷，1945 年 10 月。

關注現實的傳統在更高層次上得到了發展」〔註28〕，此說是頗有道理的。

三、「茅盾傳統」的孕育、承續與發展

從橫向看，「茅盾傳統」的豐富內涵顯示出推動中國新文學發展的多方面的意義，其堅持的現實主義方向、「史詩」品格、社會剖析精神這三種傳統的互滲交匯，恰好構成中國新文學的一種重要價值體系，即注重作家的歷史使命意識和突出文學的認知價值、社會價值的文學價值觀念體系，它在現實主義和社會價值觀占主導地位的中國新文學中必會產生重要作用。如果再深入一個層次，即對「茅盾傳統」的孕育、確立、發展過程作縱向描述，那麼這一傳統積累深厚的特點及其對中國新文學的範式意義將進一步得到呈示。

在我看來，「茅盾傳統」的形成，應當追溯到「五四」:「五四」精神應是孕育「茅盾傳統」的溫床。這不獨因爲茅盾是一位眞正從「五四」走出的作家，在他身上體現了「五四」前後成長起來的一代作家的諸多共同特色，同時還在於以「五四」爲起點的中國新文學從一開始便有一種呼喚作家參與歷史的傳統。通常人們對「五四精神」的理解，側重點是在啓蒙主義思想影響下形成的個性主義思潮方面，由此產生的「五四」新文學也必是純粹張揚個性的「個性主義文學」。其實這並不全面。「五四精神」應有兩個方面的內涵：即思想啓蒙與救亡圖存並重。從「啓蒙」一面說，伴隨著西方先進科學文化思想的傳播，對「人」的認識不斷深化，文學有可能側重在表現人、發展人的「個性」方面努力，而排斥其他社會功利性因素；循此而進，則中國新文學也許會朝著文學「純度」更足的方面發展。但現實並沒有爲這樣的努力提供足夠的條件，這一方面是由於中國新文化運動鼓吹者的「啓蒙」意識裏本來就包含著「救亡」的成分，他們的啓蒙目標，主要是在改造「國民」、喚起「群體」覺醒，目的仍是爲了國家、民族，從骨子裏沒有脫離中國知識分子「以天下爲己任」的固有傳統，這同西方純粹追求個體主義的「天賦人權」(民主、自由、平等、博愛等）是判然有別的。在此觀念支配下，他們要求建立的新文學，就絕不可能是西方版本的翻版。新文學的開山始祖陳獨秀在其倡言的《文學革命論》中就一再指責舊文學只寫「個人之窮通利達」於「其群之大多數無所裨益」，旗幟鮮明地提出倡導的新文學應是「國民文學」、「社會

〔註28〕溫儒敏:《新文學現實主義的流變》，第219頁、159頁，北京大學出版社1988年版。

文學」、「寫實文學」，明顯見出對「個體主義」的反撥。另一方面則取決於內憂外患接踵而至的社會現實，它至「五四」而達到「救亡」高潮，屢屢證明新文學先驅關注的「救亡」命題的合理性。因而在「五四」文學中聲勢最大的仍是聯繫著「救亡」的「爲人生」的文學，這裡起作用的便是中國的「特別國情」之同西方的差異。這一點連提倡個性主義最力的周作人都有深切體會。他認爲「中國的特別國情與西歐稍異，與俄國卻多相同的地方，所以我們相信中國將來的新興文學當然的又自然的也是社會的人生的文學。」〔註 29〕正是在這樣的背景上，茅盾作爲一位眞正從「五四」走出的作家便有著代表「五四」文學的一個重要側面並預示著未來走向的意義。茅盾步入文壇，已處在新文化運動的熱潮中，當時人們對新文學的興奮點與關注點已有了不同的內涵，他最初的也是影響了他一生的文學選擇也會同前輩作家有所不同。如果說，在新文學的啓蒙與救亡的雙重變奏中，前輩作家大抵有過探索啓蒙思潮的濃厚興趣，那麼在「五四」救亡熱潮中走向文學的茅盾顯然會選擇偏重「救亡」的一面。而就「五四」文學傳統的形成而言，茅盾在「五四」期間的文學業績恰恰也昭示著他在這一傳統的孕育中所擔負的重要角色。雖說他當時還不是創作家，但卻是於「五四」文壇有深重影響的文學理論家。作爲爲著實現新文學宗旨而首舉「改革」義旗的《小說月報》主編，和作爲當時最大的新文學社團文學研究會的主要理論家，茅盾充當文學的「社會批評家」的角色在當時是無出其右的。他傾力宣傳現實主義理論，提倡作家應承負歷史使命意識，在當時就產生了深刻影響。如果說在雙重主題交織中的「五四文學」也有一種「救亡」傳統的話，那麼茅盾無疑是體現這一傳統的卓越代表，而且還因其卓著的理論貢獻顯示出在這一傳統中無可替代的作用。

至 30 年代，茅盾傾注主要力量於創作實踐，並以「作家」的身份爲世所重。他接連推出舉世矚目的力作，建構了一個體現自己鮮明創作個性的較爲完備的創作體系：即使創作在緊貼時代脈動和「大規模描寫中國社會現象」兩個方面顯示出充分的文學「時代性」和「社會化」特點。吳組緗在當年的評論中指出：《子夜》出版以後，已完全可以說「中國之有茅盾，猶如美國之有辛克萊，世界之有俄國文學」〔註 30〕。他將茅盾與辛克萊、俄國文學比肩而論，顯然是看出了兩者在文學的社會選擇與現實主義傾向上的一致，而對

〔註 29〕周作人：《文學上的俄國與中國》，《小說月報》1921 年第 12 卷號外。

〔註 30〕吳組緗：《〈子夜〉》，《文藝月報》第 1 卷創刊號，1933 年 6 月。

茅盾的高度評價則已將他標舉爲「30 年代文學」的領銜人物。於是，體現在創作領域裏的藝術上又表現出顯著「範式」特徵的「茅盾傳統」也由是得以確立。這一時期，「茅盾傳統」的範式意義就在於：一方面，它充分反映了 30 年代的時代風氣，並以其得這一風氣之先成爲「30 年代文學」一種重要傳統的開拓者與代表者；另一方面，它又以完備的創作形態與經驗，爲文學提供了可資具體借鑒的「模式」，從而爲 30 年代文學的發展施加了更爲直接也更趨深化的影響。就時代風氣而言，「30 年代文學」較之於「五四文學」明顯強化了「救亡」意識，強烈的階級解放和民族解放要求使作家的歷史使命意識空前增強，一大批作家（包括原先提倡「個性主義」的作家）順乎文學新潮走向「社會化」：創造社「轉向」在前，左翼文藝隊伍形成在後，合力構建了注重社會參與的「30 年代文學」傳統。在這一傳統的形成過程中，茅盾無疑充當了領銜者的角色。而就茅盾「模式」的影響而言，其創作適應社會思潮而取得的巨大成功，顯然給已具備同樣要求的作家以莫大的鼓舞與鞭策。這種影響，既有以茅盾的創作爲「範式」，直接推動了同類題材的創作，同時也有對一種創作風氣、創作模式在更大範圍的拓展意義。前者的突出例證，如《春蠶》創作的成功，吸引了一大批作家關注「穀賤傷農」、「豐收成災」的社會問題，寫出了諸多有影響的小說，如葉紫的《豐收》，葉聖陶的《多收了三五斗》，夏徵農的《禾場上》，蔣牧良的《高定樣》等。據史料記載，由茅盾的《春蠶》開其首表現「豐收成災」的作品，「至少也有二三十篇」〔註 31〕，由此足見茅盾開創的用文學手段去揭示與探討當年農村破產與階級關係變動狀況的創作現象的確已蔚然成風。後者則表現在茅盾首創的「社會剖析小說」引來吳組緗、沙汀、艾蕪等諸多同道，形成了 30 年代最有影響的一個小說流派——社會剖析派。而且其流風還及於戲劇、詩歌、散文領域，使注重「社會剖析」成爲「30 年代文學」的一種普遍風氣。如戲劇家洪深創作了解剖破產農村社會的「農村三部曲」，曹禺的創作由《雷雨》到表現「損不足以奉有餘」社會的《日出》，明顯見出社會剖析意識的增長；詩歌領域出現了以「捉住現實」爲宗旨的現實主義詩歌團體「中國詩歌會」，其詩作以反映劇烈變動的農村社會見長；雜文領域則以魯迅在雜文創作中推進現實主義爲最典型，其密切關注社會現實的雜文明顯強化了社會意識，此時的「魯迅傳統」同「茅

〔註 31〕參見嚴家炎：《中國現代小說流派史》，第 189、188 頁，人民文學出版社 1989 年版。

盾傳統」已無本質的區分了。從這一簡略描述中，不難看出注重社會剖析的「茅盾範式」對於拓展與深化 30 年代文學社會內涵的重要意義與貢獻，恰如嚴家炎指出的：「運用唯物史觀對中國現代從經濟到政治、文化、心理各方面做出創造性的有力描繪，正是社會剖析派作家在現代小說上的獨特貢獻。直到今天，這個經驗依然值得我們借鑒。」〔註 32〕

30 年代以後，在中國新文學的漫長發展途程中，現實社會問題依然成爲作家們關注的焦點，現實主義也依然成爲文學的主流，「茅盾傳統」也必然會繼續延伸與發展。儘管此後「茅盾傳統」的範式意義不可能像茅盾創作旺盛期的 30 年代那樣表現得那麼集中、突出，然而它既然是一種積累深厚且產生過廣泛影響的創作傳統，必然會繼續以顯性的或隱性的不同層面不同程度地影響後來的創作。在顯性層面，茅盾把握文學樣式和選擇題材、表現對象方面取得的成功，顯然對後起作家有極大的誘惑力，他們承續茅盾「範式」而進行嚴肅的藝術創造，顯示出此種「範式」的不竭的生命力。例如 40 年代出現的長篇小說競寫潮」和「史詩格調的追求」，湧現出沙汀的「三記」、吳組緗的《山洪》這樣「史詩」式的宏偉作品，顯然是在「茅盾傳統」開闢的道路上繼續行進的。建國以後許多作家把眼光瞄向城市，關注經濟題材和工商業題材，他們對擅長此道的茅盾創作經驗的借鑒和仿傚就更加明顯。50 年代周而復創作的反映民族工商業改造的《上海的早晨》，可以說是又一部《子夜》，作品中那個頗有魄力被號稱爲「鐵算盤」的大老闆徐義德是又一個吳蓀甫，只不過兩者所處的時代不同，他們的性格、遭遇、命運會有不同的時代內涵而已。即使是 80 年代初反映改革的工業題材小說如蔣子龍的《喬廠長上任記》等作品中，無論是描寫工廠積重難返的現狀，還是塑造大刀闊斧的改革者形象，都可以依稀見出茅盾在把握此類題材時分析現實、表現人物的種種痕迹。在隱性層面，「茅盾傳統」蘊有的多方面的內涵，諸如緊密聯繫時代反映現實，堅持現實主義創作原則，追求史詩格調等，長時期在中國新文學創作中產生潛在的影響與作用。此種影響就不能作直接的比附，更多的表現爲是對傳統精神的繼承與借鑒。從 40 年代到建國以後十七年，直至新時期文學，現實主義創作的勢頭始終不減，各個時期都留下過不少優秀作品。這當中，作家們自覺繼承「五四」開創的新文學現實主義傳統的意義不能低估，而注重歷史使命意識與現實參與意識的「茅盾傳統」的影響也許更爲突出。

〔註 32〕嚴家炎：《中國現代小說流派史》，第 204 頁。

比如五六十年代湧現的一批帶有「史詩」型格局的革命歷史題材小說（如《紅旗譜》、《紅岩》、《青春之歌》、《林海雪原》等），至今仍不失歷史價值與藝術價值。這類作品創作的成功，便同「茅盾傳統」有著直接或間接的聯繫。這裡既有茅盾本人對此類創作的大力倡導（他對上述作品幾乎都作過熱情的評論），自然也含有對茅盾堅持的創作精神、創作原則的合理繼承。可以說，只要「社會」對文學的要求同樣存在，只要現實主義精神不會過時，那麼，「茅盾傳統」及其提供的創作範式將會繼續產生影響，而且還如嚴家炎先生所說，今後「也將會有新的來者」。

四、對「茅盾傳統」的價值評估

以上對「茅盾傳統」的基本內涵及其發展流程作了簡略描述，旨在說明：作爲一種積澱甚深，影響久遠的新文學創作傳統，它在中國新文學史上已充分顯示出獨特的存在價值，應該有著無可漠視的意義。然而，毋庸諱言的事實是，近年來由於文學價值觀念的變化，「茅盾傳統」的價值意義並沒有引起足夠的重視，在對其的評論中時見有隨意輕薄的不和諧音符，而當下文學丟棄這一傳統出現的某些「盲點」現象也足以引起我們思考。因而，這裡還有必要對這一傳統的獨特價值所在及其對當下文學的借鑒意義，再略作評論。

首先應當指出，「茅盾傳統」並非具有無所不包的意義，它有其特指的意義範疇，其價值指向也有特定的範圍。當「茅盾傳統」被當作文學史現象看待時，它通常是指堅持社會價值取向，注重文學對現實人生的積極參與，包括注重文學的意識形態性和社會政治要求那樣一種創作傳統。以價值觀論之，這在多種文學價值並存的中國新文學整體格局中，它雖不是作家的唯一選擇，卻是一種重要的選擇。首先，就文學傳統的繼承性而言，堅持社會價值觀念，重視文學的社會參與意識，是中國作家的固有傳統。從曹丕的視文學爲「經國之大業」，到梁啓超的「小說救國」論，中國文人（作家）中向來就有一種積極參與現實的傳統，而且此種傳統在以儒學爲中心的中國社會文化結構中始終居於主導的地位。這種經歷史積澱的文學傳統，有長期的歷史繼承性，是不可能輕易割斷的，它必定會在中國新文學建設中長時間起著或隱或顯的作用。在「五四」文學「啓蒙」與「救亡」的雙重變奏中，文學向著「救亡」一面急劇傾斜，傳統的影響力作用就不可低估。從這個意義上或許可以說，在中國傳統文學的現代化進程中，傳統內部潛藏的「召喚結構」

起著至關重要的作用，正如西方學者墨子刻所指出的，「在 20 世紀的中國，現代化進程起始於傳統的基本線索」〔註 33〕。因而，「茅盾傳統」作爲中國固有傳統精神的繼承與變革，它爲許多中國現代作家所選擇與接受，便不是不可理解的。其次，社會價值觀之受到廣泛重視，還同現代中國社會的歷史重心曾向其傾斜密切相關。與社會思潮緊密聯繫的現代文學思潮，受制於急劇變動的現代中國社會的現實關係，文學的社會價值取向始終居於現代中國現代文學的主導地位。上文闡說的「茅盾傳統」在各個時期所產生的深刻影響，已雄辯地證明了這一點。對此，日本學者丸山升也有過精闢分析。他認爲：「與人生——社會緊鄰這一性質賦予中國現代文學以最大特色，即中國與中國的文學家所處的嚴酷環境賦予了中國文學的這樣的特色，我覺得這一特色就是中國現代文學在世界文學中所表現出來的獨特之處，換言之，也可以說是中國文學的世界性。」〔註 34〕這位外國學者從參與世界文學的價值談中國新文學的「社會性」這一「最大特色」，恐怕不是聳人聽聞，恰恰揭示了現代中國文學中的一種主導傾向及其實際價值所在。由此看來，「茅盾傳統」的意義就在於：它在歷史的規定情境中始終扮演著極其重要的角色，它在中國新文學史上所起的不是一般意義上的「代表作」作用，恰恰顯示出其處於主流地位的意義與價值。如果說，中國作家固有的參與現實的精神不會輕易改變，現實對文學提出的「社會要求」同樣存在，那麼，堅持社會價值取向的文學傳統也必將在今後的文學中繼續產生影響和作用。

再就「茅盾傳統」的範式特徵而言，其提供的歷史經驗也是至今不失借鑒意義的，而且還因當下文學出現的某些誤區而使借鑒意義變得更爲突出。茅盾爲中國新文學開創的三種傳統：現實主義傳統、史詩傳統、理性化敘事傳統，都是在宏觀審視中外文學發展的大趨勢，充分把握文學自身的規律，又密切結合中國實際提出的。這一傳統對中國新文學的參與，是以其蘊有闊大的氣勢和厚重的思想力，堅持現實主義純正性等，提升了中國新文學的品位與價值，爲中國新文學的發展做出了創造性貢獻。它已在對中國文學的久遠影響中顯示出不竭的生命力，至今也應有其借鑒意義。誠然，文學傳統是發展的，歷史經驗也不可能被簡單重複。然而，一種已被歷史證明有重要價

〔註 33〕墨子刻：《擺脱困境：新儒學與中國政治文化的演進》，第 17 頁，江蘇人民出版社 1996 年版。

〔註 34〕丸山升：《關於中國現代文學研究的一己之見》，《文學評論》1989 年第 2 期。

值的文學傳統，其精神內核，其帶有規律性的經驗（而不是局部的方法）卻值得後人永遠記取。因為對於文學來說，「無論是一齣戲劇，一部小說或是一首詩，其決定因素不是別的，而是文學的傳統與慣例」〔註 35〕。新文學創作中屢試不爽的「傳統與慣例」之一，便是以文學應有的「較大的思想深度和意識到的歷史內容」參與現實、參與歷史，而這正是「茅盾傳統」的精髓所在，它在同樣負有鄭重歷史使命意識的當代中國文學中應有所繼承與發展，也是不待論證的。但反觀當下文學現狀，這一「傳統與慣例」似有失傳危險，而且恰恰是為歷史證明有重要價值的「茅盾傳統」的一些主要內涵在被悄悄拋棄。例如，現實主義精神已不大被人提起，人們已羞於談現實主義，或者竟把它當作一塊「過時的墓碑」而隨意丟棄；對「史詩」精神也不再感興趣，代之而起的是「私人化寫作」的流行，追求文學的氣魄、格局、格調等，也早成了「過時」的話題；片面強調創作中的「非理性」、「非自覺性」已成時尚，在「反傳統」、「反價值」的口號下反對任何形式的思想、理性因素在創作中的滲透與介入，文學作品也不再有以往作品中常見的那種強烈的思想震撼力。這一些都不是文學意義的拓寬而是萎縮，它在失去文學社會價值的同時也在失去讀者。在這種情況下，呼喚「茅盾傳統」的回歸，便是一個有著鮮明現實針對性的命題，它理應引起人們的足夠重視。

需要指出的是：「茅盾傳統」作為一種歷史精神早已為歷史所確認，本來是無須多費筆墨的；我們在這裡闡說其意義與價值，也無獨尊這一傳統的意思。在當代中國，面臨與世界文學潮流交融的新趨勢，文學觀念的多元化已是不爭的事實；而我國文學發展的新景觀或許正在於此，因為它較之於以往的獨尊現實主義從而造成文藝的封閉格局，實在是一種長足的進展。倘若真能建構多元並存的文藝發展格局，則體現一種價值觀的「茅盾傳統」的意義也無須特別強調。問題是在於：這樣的格局並沒有真正出現。對於文藝思潮的汲取，我們總是喜歡從一個極端跳到另一個極端，於是文藝格局的建構，也往往容易從一種形式的封閉走向另一種形式的封閉：現代主義吃香了，現實主義就一無是處；發現「純藝術觀」有那麼多長處，再講社會價值觀簡直等於是白癡。「茅盾傳統」的價值被貶，正是在這樣的思維定式中形成的，「茅盾傳統」的價值意義需要再作探討與論定，似乎也是不可避免的。這使我們

〔註 35〕轉引自《中國革命與茅盾的文學道路》，第 229 頁，杭州大學出版社 1991 年版。

想起了茅盾曾經論述過的一種同樣令人啼笑皆非的文學現象。20 年代初，茅盾曾主張引進包括現代主義思潮在內的多種文藝思潮，這是基於其反對某種文學思潮「定於一尊」的考慮的。他指出：「如果也承認『定於一尊』是宣告藝術的死刑，則對於近代文學裏繁星似的流派，當不反對，當以爲這些流派都是構成更美的藝術國底分子」〔註 36〕。這個看法是極有道理的，因爲在「五四」初期的新文藝創作中，寫實主義佔有明顯的優勢，倘將寫實主義「定於一尊」而排斥其他則顯然不利於新文學的發展。然而，爲茅盾所始料不及的是，當現代主義思潮湧入後，卻出現了另一種「定於一尊」，即一切唯現代主義是尊，把現代派表現傾向奉爲時尚，有可能造成另一種文藝封閉格局。他指出：「四年前（按：指 1919 年）的小說十篇裏總有九篇是攻擊社會中某種舊制度，現在的小說，十篇裏總有九篇是作者自己的牢騷」，「中國純文學之所以不發達，受這兩者——文以載道和文以發牢騷——之害不淺。現在，『文以載道』一說是打破了，而『文以發牢騷』這禍根卻又穿了洋裝跳出來，實在是新文學前途極大的危險」。〔註 37〕這一現象，與當今出現的某些文藝思潮選擇的極端化傾向，是何其相似乃爾，或者簡直可以說是一種歷史的輪迴。當年茅盾等作家曾用相當精力批評上述偏向，保證了新文藝運動的健康發展。如今我們是否應從歷史與現實的經驗教訓中汲取一些啓示與憬悟呢？

〔註 36〕茅盾：《近代文明與近代文學》，《時事新報·文學旬刊》第 30 期。
〔註 37〕茅盾：《雜感》，《時事新報·文學旬刊》第 74 期。

下　篇　審美理論建構

第六章　藝術美本質：審美創造論

從本章起，將對茅盾的文藝美學思想作簡略探討。縱觀茅盾一生的文學活動，他固然是作為一個卓有成就的作家著稱於世，但他同時也是一位頗有建樹的文學理論家和文學批評家。在他專力於文學創作以前，有十餘年之久是在做著開拓新文學理論的工作，那時期取精用宏吸收世界文藝新潮建構中國新文學理論體系便成為他的藝術專注點，而作為文學研究會的主要理論家和《小說月報》的主編，致力於文學批評實踐又使他始終站在中國新文學理論建設的前沿；從事創作活動後，理論家的角色逐漸淡化，但對於理論的敏感依然使作家茅盾不會忘卻將文學創作活動進行理論的昇華，因而依然有大量的文學理論和創作經驗總結論著問世。如果將茅盾的全部文學理論和文學批評論著作一番系統的梳理和觀照，是不難建構其具有獨特品格的文藝美學思想體系的。只不過這一項工作已有許多研究者做過，重複闡述已無必要；本書的重點是在揭示茅盾藝術創造和文藝思想的獨特品性，也不擬作面面俱到的論述，只想就茅盾論述藝術美本質、藝術創造主體以及文藝批評美學諸問題作簡略探討。這一章，集中探析茅盾有關藝術美的展示過程——藝術審美創造活動的特質、創造要求等問題，旨在從一個特定視角揭示茅盾獨特的文藝美學追求。

藝術作為一種審美創造，基於文藝家不同的審美觀念、不同的藝術表現手段，會呈現出品類繁多、形態各異的創造現象。因此，審美創造的本質是什麼，它是經由何種途徑而獲得此種創造的，向來是聚訟紛紜。誠如黑格爾所說：「美可以有許多方面，這個人抓住的是這一方面，那個人抓住的是那一方面；縱然都是從一個觀點去看，究竟哪一方面是本質的，也還是一個引起爭論的問題。」〔註1〕看來，對審美創造本質的認識，的確是從哪一個角度「抓住」美、創造美的關鍵。

茅盾對於藝術審美創造的理解並不是單純、劃一的，倒是表現出一定程度的複雜性。就一般情況而言，他重視藝術對於客觀世界的反映，特別強調審美的社會性本質，然而，他也不是單純的「美在客觀」論者，在闡述人對客觀世界的藝術掌握時，又重視創造者的主體作用，是主客觀的統一論者。在藝術對於生活的展現方式上，他基本上是取與「表現」相對的「再現」模式，但「再現」既非對客體的簡單摹寫，也不是停留在客體表層的形象化反映，而是主張創造主體用嚴格的、規整的「理性化」實施對生活、對社會的深層透視，這就同一般的「再現」方式大異其趣了。凡此都足以說明，茅盾對藝術美創造的要求並不簡單，而是有著豐富複雜的內涵，體現了作家藝術思想和美學追求的相當程度的複雜性。同這種對於創造本質的深刻理解相關聯，茅盾對審美創造的具體要求也有與之相對應的辯證看法，如在強調藝術創作必須是對客觀社會生活的眞實反映的同時又必須注重藝術的形象化，提出了邏輯思維和形象思維兩種思維相滲透、相交融的理論；等等。因此深入探析茅盾的藝術美創造思想的複雜內涵及其見解的獨特性，就很有必要。

一、藝術的社會性本質：藝術社會學觀念

在前文論述茅盾的藝術創作活動時，我們已經指出：作爲一個社會責任感與歷史使命感很強的嚴謹的現實主義作家，茅盾是特別重視藝術的社會性本質的。此種認識也必將反映在他對藝術創造活動的理解上：既然藝術是社會性本質的充分演示，那麼作爲此種演示過程而展開的藝術創造活動，也必須是充分體現社會性本質的，文藝家對於生活的把握，首先應是一種「社會」把握；不僅創作視野應落在整個社會上，就是在藝術表現過程中，也要時時顧及社會性的是否充分。茅盾的這一藝術創造要求，可以說是他認識整個藝術創造活動的基點：他主張藝術創造主體應有對社會現象的全面而本質的認識，他的注重創造者注目於社會的活躍而開闊的藝術思維特徵，他要求於文藝家反映社會生活本質的藝術典型性選擇等，幾乎都是以此爲出發點要求的。因此，茅盾提出藝術的「社會」要求是他審美創造思想的一個重要特徵，

〔註1〕黑格爾：《美學》第1卷，第21頁，朱光潛譯，商務印書館1979年版。

這裡所顯現的正是一個集中體現了藝術社會學觀念的作家在審美創造活動認識上的獨特性所在。

茅盾對藝術美創造提出社會性要求，是基於其堅定的現實主義美學觀和文學創作主張，因而這種觀念就顯現出特別鮮明的色彩。

從茅盾藝術美學思想的總體考察，其審美哲學基礎是唯物論的反映論，因此，同一般遵循唯物主義美學觀的文藝家一樣，他是肯定美的客觀性、自然性和社會性的，主張審美創造實現藝術對社會生活的反映和改造，主張直面人生去發掘「國民共有的美的特性」，並使之「發揮光大起來」〔註 2〕。幾乎是從走上文學道路開始，他便是人生派文藝的堅定不移的鼓吹者，在西方文藝思潮中吸收的主要是自然派和寫實派的文學藝術主張，而對於注重主觀情感的神秘派、表象派、唯美派等則大抵持批評態度。這種文學思想可以說是貫穿在他畢生的文學活動中，貫注在他的整個文藝思想體系中。由此不難認定茅盾的藝術美學思想是以現實主義爲基礎的，在藝術創作中注重表現的是在現實生活中、特別是在社會歷史實踐過程中客觀地形成的事物的審美特性。然而，同一般的客觀反映論者比較，茅盾是特別主張審美的社會性本質的，所謂「客觀反映」，其審美客體的選擇，既不是現實的自然屬性，也不是孤立的「客觀存在」，而是人類社會中最本質的關係——社會關係；因而他的審美觀照就不是落在客體的個別現象、零碎現象上，而是著眼於通過對社會的宏觀透視去把握社會的各個環節，包括活動在社會中的各種人——簡言之，他是注重以藝術對生活的「社會」把握來實現藝術對客觀世界的本質反映的。如果對於他所要求的藝術創造所能表現的各種美的素質作一番比較分析，那麼明顯可以見出他的選擇是在美的社會性一面。

其一，在藝術表現「自然美」與「社會美」之間，茅盾所重在「社會美」，即使表現「自然美」，也要求其盡力透示出社會性特徵。美的客觀性之所在，首先是自然現象的客觀性之所在，因此「自然美」作爲一種客觀存在，必然會進入藝術家的藝術視野之內。溫柔的清風，朗照的明月，巍峨的高山，波濤洶湧的大海，乃至飛禽走獸、花草蟲魚，都是能引起人們不同審美感受的審美對象，也是歷來爲文藝家們所樂於表現的。茅盾並不一概反對藝術作品表現「自然美」，倒是認爲「自然界之美之巧，被觀察學習而取以爲創造文藝作品之技巧」，是藝術創造的「資本」之一。因此，即使純粹以描寫「自然美」

〔註 2〕茅盾：《新文學研究者的責任與努力》，《小說月報》第 12 卷第 2 期。

而獲得成功的作品，他以爲也是應當被「珍視」的。然而，茅盾對藝術作品表現「自然美」的肯定是有限度的，並不認爲可以將「自然美」置於「社會美」之上，甚至也不能同等對待。在他看來，表現「自然美」不應當成爲藝術的終極目的，只有當它依附於「社會美」而存在的時候，它才有更高層次的美學意義，文藝作品僅僅表現「第一自然」在藝術上是很原始很古老的，只有從「第一自然」躍進到了體現人類實踐活動的「第二自然」，藝術表現才「取得了規範而使描寫技術更複雜更完備」。據此，他得出結論：「現在我們的描寫技術和古人相比，最顯著的不同是古人富於靜的美，我們則富於動的美，古人『取法自然』，而我們則『近取諸身』。」〔註 3〕所謂「近取諸身」，當然是指表現現實社會，茅盾是把它當作高層次的藝術表現而予以推崇的。正是基於如此認識，當純粹表現「自然美」的意義被誇大到了不適當的程度，或者藝術創作只流連在「自然美」中而希圖超塵脫世的時候，茅盾都給予了激烈的批評。20 年代初，有些文藝作品純粹以西方超脫現實的藝術主張爲旨歸，以表現與世隔絕的「自然」自樂，茅盾就指出：「這恐怕是近年來文學家提倡讚美『自然美』的流弊。因爲有了一個讚美『自然美』的成見放在胸中，所以進了鄉村便只見『自然美』，不見農家苦了！我就不相信文學的使命是在讚美自然！」〔註 4〕在另一處他還指出只提倡「自然美」並不是一種眞美：「有些作家，尤其是空想的詩人，過富於超乎現實的精神，要與自然爲伍，參鴻蒙而究玄冥，擾攘的人事得失，視爲蠻觸之爭，曾不值他的一顧」，這些作家追求的只是夢想中的「幻美」，是人們「所不能瞭解的」〔註 5〕。那時候他對於唯美主義的批評，也側重在此派藝術觀點的非社會傾向和單純表現「自然美」上，曾以如此明確的語言給予了抨擊：

> 還有所謂唯美派的，他們痛罵文學的社會傾向，以爲是功利主義，是文學的商品化，他們崇拜無用的美，崇拜疏狂不羈的天才派的行爲，在他們自己，以爲這是從西洋來的新花樣，不知其實已經落了中國古來所謂名士風流的窠臼了。更有甚者，滿口藝術，滿口自然美，滿口唯美主義，其實連何謂美，何謂藝術，都不甚明瞭呢。〔註 6〕

〔註 3〕茅盾：《談描寫的技巧——大題小解之二》，桂林《文藝雜誌》第 1 卷第 1 期。
〔註 4〕茅盾：《評四五六月的創作》，《小說月報》第 12 卷第 8 期。
〔註 5〕茅盾：《介紹外國文學作品的目的》，《時事新報》附刊《文學旬刊》第 45 期。
〔註 6〕茅盾：《什麼是文學——我對於文壇的感想》，原載 1924 年松江暑期演講會：《學術講演錄》第 2 期。

這裡，茅盾把那些表現超脫「社會」而存在的「自然」的美稱之爲「幻美」、「無用的美」，甚至連是否可以謂之爲美都值得懷疑，就表明了他的確定不移的觀點。這當然不能說這是茅盾對於「自然美」的簡單的否定，因爲這裡並非是對「自然美」本身的針砭，然而就茅盾所特別看重的「文學的使命」言之，則他對於「自然美」的過分批評，顯然也是基於他太過強調的「社會性」立場，未必都是對藝術本質的充分揭示。由於茅盾的藝術專注點是在「社會」上，重視藝術的社會性本質和它蘊有的社會功能性，自然要求創造藝術美必須重在「社會美」的展示上。

其二，在「形式美」與「內容美」之間，茅盾主張內容與形式的統一，但也特別注重對於形式主義的批評，反對脫離「內容」而專講「形式」之美，其目的也是旨在保證藝術創造能夠表現充足的「內容美」，使藝術作品具有相應的社會意義與價值。在藝術作品中，內容與形式應是辯證統一的，兩者的互相滲透、相輔相成方能構成一個有機的藝術整體。徒有形式之美而內容貧乏的作品，算不得好的藝術品；反之，有好的內容而無相應的藝術形式作支撐，也不能算是完美的藝術品。茅盾對藝術作品的內容與形式的關係的看法是辯證的，比如在談到無產階級的藝術形式時，就說過「我們必須有一個『形式與內容必相和諧』的目的來作努力的方針」〔註 7〕。但基於茅盾的鮮明的藝術社會學觀點，他的批評顯然是重在單純追求「形式美」一面上。早期對現代主義文藝思潮的批評，除指出其逃避現實的缺陷以外，便是在集中攻擊其「形式主義」之病。他對於諸如未來派、意象派、表現派等等藝術派別，並不否認「他們有極新的形式」，謂之爲是「幾個帶著立異炫奇的心理的新派」；但也毫不客氣地指出，這種藝術形式「只是傳統社會將衰落時所發生的一種病象」，斷言這派藝術隨著「內容的衰落」，「生活呈枯燥虛空的病態，藝術的源泉將要枯竭了」〔註 8〕。這裡所說，當然有切中肯要的一面，因爲現代派藝術往往表現病態的或變態的心理，包括藝術形式在內的「病象」特徵是顯而易見的；但認爲此派藝術一無可取，它是屬於「已經腐爛的『藝術之花』，並從內容得出藝術形式必然枯竭的結論，當然也有很大片面性，這顯然是基於他的堅定的社會寫實派立場而對其他藝術形式的摒棄。基於同樣道理，他對於當時我國文壇出現的不問「文學與人生間關係如何」，只是單純追求「形式

〔註 7〕茅盾：《論無產階級的藝術》，《文學周報》1925 年 5 月。
〔註 8〕茅盾：《論無產階級的藝術》。

美」的弊端，自然是「很不滿意」的：「我覺得現在大多數的愛美者，實在已經誤走進了『假美主義』的牛角尖裏；他們雖然自誓獻身給美，要做誠心頂禮『美之宮』的 Phlgrims，可是他們實在不很明白最淺淺的一個問題：一篇文字緣何而美？」〔註 9〕他把那種只講求詞藻之美，或以「用典爲美」，稱之爲「假美主義」，批判是頗尖刻的。聯繫到後來他評論徐志摩的詩作，雖不掩其「形式上的美麗」之所長，但終究對於那種「圓熟的外形，配著淡到幾乎沒有的內容，而且這淡極了的內容也不外乎傷感的情緒」而表示了深深的遺憾〔註 10〕，看來都是一脈相承的主張。這裡顯然也有茅盾堅執現實主義立場而過分強調文學作品內容美的成分，他對徐志摩的批評未必盡爲確論；若單就對形式主義的批判而言，茅盾的觀點並無怎樣奇特之處，因爲過分追求形式之美以致損害了內容的表達，在藝術上終究是一病，是爲多數文藝家所不取的。茅盾的獨特性是在於：他的批評側重點主要是在單純追求「形式美」一面，而對內容好而形式缺陷較嚴重的創作現象則比較地肯原諒。這同樣是同他注重創作的社會涵量、思想涵量的美學追求相一致的。

這裡需要指出的是，茅盾有如此見解，是基於他對「形式美」構成的獨特理解，此種理解反映在他對「技巧」一詞的解釋上。「技巧」，茅盾是稱之爲「作品的形式」〔註 11〕的，顯然是指作品「形式美」之所寄。通常人們對「技巧」的理解，往往是指表現技術、表現手法；但茅盾卻反對「把技巧看作等於技術，把文學創作過程中的掌握技術的問題看作等於手工業品製造過程中的掌握技術的問題」，認爲「技巧不同於技術。技巧中包含技術，但掌握了技術不一定就有技巧」。他舉演員演戲爲例：一個演員唱白和做工都合規格，算是有了「技術」，但如果表演還缺乏「神韻」，不能恰到好處演出人物隨時在變化中的「思想情緒」，還不能算是掌握了「技巧」。技巧應是「演員的豐富的生活經驗，以及長期的藝術實踐積累的深湛的藝術修養等等的高度集中的表現」。從這個意義上，他同意法捷耶夫對技巧的論述：「重要的藝術技巧問題是要依賴作者人生觀的深度，和它包羅生活現象的廣度，來解決的。」〔註 12〕由是，不難看出：茅盾所認定的「技巧」的成熟和藝術「形式」的構

〔註 9〕茅盾：《雜感——美不美》，《文學周報》第 105 期。
〔註 10〕茅盾：《徐志摩論》，《現代》第 2 卷第 4 期。
〔註 11〕茅盾：《怎樣閱讀文藝作品》，原載《語文教學講座》，大眾書店 1950 年版。
〔註 12〕茅盾：《關於藝術的技巧》，《文藝學習》1956 年第 4 號。

成，實際上是同創作者豐厚、深廣的生活積累與藝術積累聯繫在一起的，甚至還同創作者的人生觀、思想修養緊密相關，因此所謂「形式美」就絕不是脫離「內容美」而孤立存在的東西。茅盾的這個觀點，一方面是對藝術創造規律的揭示：作爲對生活實施藝術把握的藝術創作，思想和藝術往往是同步成熟的，兩者有機結合、密不可分地給創作以影響。這種創造活動的特殊性，當然有別於諸如工業品的製造過程，因此藝術「技巧」當然不能等同於「技術」，對由「技巧」構成的「作品的形式」，提出不能同「內容」相脫離的要求是順理成章的。另一方面也的確反映了茅盾堅持藝術創造中的「社會要求」的執著性，唯其認爲文藝家的主要責任是「社會責任」，作品是否有充足的社會內涵、有進步的思想是創作者首先應考慮的問題，他才特別強調「形式美」必須服從「內容美」，藝術創作必須表現充分的社會性。

二、社會性本質的特殊要求：充分的「社會化」

綜觀上述，茅盾選擇藝術美的反映對象是在於一個「社會」，對於審美創造的要求是在於通過對生活的「社會」把握以實現藝術蘊有的社會功能，已無疑義。這裡所顯現的正是一個嚴峻的現實主義作家堅持美的客觀性、社會性和明確功利目的性的堅定、執著與一絲不苟的精神。

然而，僅僅一般的談藝術的社會要求，茅盾審美創造要求的獨特性還沒有得到充分顯示。因爲堅持藝術反映社會的觀點，幾乎是現實主義文藝家的共同特點，雖然在把握現實、反映社會上仍有程度之別、隱顯之別。茅盾的獨特性還表現在另一方面：他不只是對藝術提出一般的社會要求，而是將它提到更深更廣的層次上，這就是藝術的「社會化」。關於「社會化」要求，茅盾在其早期的文學論文《現在文學家的責任是什麼？》一文中就提出來了，其後又多次使用「社會化」用語，足見同樣具有一貫性。所謂「社會化」，當然不只是對社會的淺層把握，「化」者，完全、徹底之謂也，就是要使藝術創作更充分、更完整、更深入地反映社會、表現社會。茅盾提出藝術創造的「社會化」要求，是建立在他對藝術表現社會的特殊功能深刻認識的基礎之上的。他要求於創作者的是對社會的多層次多角度多側面的把握。通觀茅盾的主張，其「社會化」要求主要當指下述幾個方面。

一是要求藝術創造棄「小我」而就「大社會」。在藝術美是表現「小我」與表現人類的共通情感之間，茅盾的選擇是後者，並主張通過表現人類的「普遍的情感」去把握眞實的社會人生。文學藝術是社會生活的反映，「小我」作爲一種社會存在，當然也是反映對象之一。信奉浪漫主義、現代主義的文藝家便是重「自我」，尙「個性」的，他們的創作也或多或少、或隱或顯地反映了現實。但茅盾從「社會化」的要求出發，力主文學藝術表現的應是「社會」而不是單純的「自我」，即使把「自我」擴大爲「身邊的瑣事」也爲他所不取，主張應表現「身邊」以外的「大社會人生」，從文藝表現創作者的情感說，則應排斥只寫「小我」的瑣屑情感，而必須是與人類、與社會普遍相通的情感。他就是以這個標準來判定新舊文學作品的性質差異的：「新文學作品，重在讀者所受的影響，對於社會的影響，不將個人意見顯出自己文才。新文學中也有主張表現個性，但和名士派的絕對不同，名士派只是些假情感或是無病呻吟，新文學是普遍的眞情感，和社會同情不悖的。」〔註 13〕這裡所說的「名士派」，包括傳統文學中以「玩世飄忽」或表現「天然的任性」爲務的「斗方名士」，也包括當時文壇迹近古「名士派」的鼓吹藝術「無目的」、表現一己情感的文學派別，自然就包含了對某些浪漫主義或現代主義文學的批評。由此可以見出茅盾的文學主張同歸屬別的文學流派的作家是頗不相同的，即使在現實主義作家中，也以一絲不苟地信守藝術的社會性原則而顯出其獨特性。正是基於此，他對「美」的解釋、對「創造美」的要求，也必然是棄「小我」而就「社會」的尺度，正如其強調的：「『美』使人忘了小我，發生爲全人類而犧牲的高貴精神，不是使人『怡然忘我，遊心縹緲』。」〔註 14〕在他看來，若美的功能只是自我陶醉就失卻了表現「美」的要義了。茅盾強調擴大美的表現功能，使人人得有向上的美德，其目的顯然是在使藝術作品對推動社會的進步產生積極的效果，而此種推動顯然是在擴大了藝術表現的社會涵量以後獲得的。現實主義作家注重創作的社會使命感，茅盾提出的「社會化」主張作家走出「小我」，面向「大社會」，顯然是意在強化這種使命意識。二是要求藝術創造反映社會的「全般」性。這是對「小我」以外的「社會面」提出進一步的要求。所謂社會的「全般」性，是指從廣度上表現社會肌體的完整性。茅盾認爲，文學藝術要忠實地反映社會人生，就必須努力反映和關注「全般的社會現象」和「全般的社會機構」，在創作題材上要注意「描寫社

〔註 13〕茅盾：《什麼是文學——我對於文壇的感想》，原載 1924 年松江暑期演講會：《學術講演錄》第 2 期。

〔註 14〕茅盾：《告有志研究文學者》，《學生雜誌》第 12 卷第 7 號。

會的各個方面」，而不能僅僅偏執於社會的一角一隅。這「全般」性要求，便反映了茅盾對於藝術表現社會的理解的確並不簡單。它至少包含兩層涵義。其一，注重藝術對生活的宏觀透視和全方位反映。在茅盾看來，藝術既然是社會的反映，而社會是一個多層次、多側面的複雜組合，活動在社會中的人有不同的階級、階層，社會生活也包含政治、經濟、軍事、文化、教育等「各個方面」，藝術作品反映社會就應當力求「廣闊」和「全面」。他自己的創作就體現了描寫「全般社會」的勃勃雄心的，在自述其《子夜》、《虹》、《霜葉紅似二月花》、《鍛鍊》等作品的創作計劃時，都提到他意在「大規模地描寫中國社會現象」，或打算寫「力所能及的廣闊畫面」，或計劃對一個時期社會的重大政治、經濟、革命鬥爭「作個全面的描寫」等。正因爲如此，才使他的創作以包容了巨大的社會歷史內容而著稱於世。其二，藝術的注視點由「小世界」轉移到「大社會」。對反映社會作「全般」要求，在某種意義上是在打破表現社會生活面褊狹的局限，使創作者擴大藝術表現視野，以適應作品反映廣闊社會的要求。茅盾對第一個十年文學創作弊病的批評，其中一個重要方面就是創作題材的狹窄，即作者大都只描寫身邊的那個小世界，而這小世界中又只側重在愛情生活一邊，相反，對魯迅的小說拓展了題材領域，把筆墨伸展到農村，塑造出閏土、祥林嫂、愛姑、阿 Q 等一批農民形象，則表現了極大的欣喜，認爲「這一切人物的思想生活所激起子我們的情緒上的反映」，只覺得「這是中國的，這正是中國現在百分之九十九的人們的思想和生活，這正是圍繞在我們的『小世界』外的大中國的人生」〔註 15〕。由是已不難看出，茅盾對社會面的要求是力求其大，大到何種程度，需同社會生活中人們生活的廣泛性相對應，如此，才眞正稱得上是表現社會的「全般」性了。

三是要求藝術創造反映社會的整體性。所謂整體性，是指社會的整體聯繫性，即把社會視爲一個部分相連、環節相通的有機整體，創作者在宏觀審視社會的基礎上，對其進行綜合性的整體性的研究，從而達到有效地把握社會，揭示社會的本質。這一點，茅盾是強調得更爲突出，其見解也尤爲精闢的。早期，他推崇「西洋寫實派後新浪漫派作品」，認爲其可取的一點便是此派藝術是「綜合地表現人生的」〔註 16〕。此後，對現實社會進行綜合的研究，更成爲他執著的藝術追求了。他曾多次強調：「觀察一特定生活，必須從社會

〔註 15〕茅盾：《魯迅論》，《小說月報》第 18 卷第 11 期。
〔註 16〕茅盾：《新文學研究者的責任與努力》，《小說月報》第 12 卷第 2 期。

的總的聯帶關係上作全面的考察。」〔註 17〕這裡，把「全面考察」置於對社會作「總的聯帶關係」的認識之上就非常重要。因爲社會生活的諸部分儘管現象各異，姿態萬千，但都受特定的社會生活的本質所支配，形成了既矛盾又統一的狀況。「從總的聯帶關係」上去考察，把社會看成一個互相關聯的整體，就有利於揭示事物之間的有機聯繫，從而就能有效地把握社會生活的本質，也能使作品成爲一個有機的藝術整體。匈牙利著名的社會文化學家阿諾德 ·豪澤爾，曾用藝術社會學的觀點對藝術創作提出「生活的整體性和藝術的整體性」要求。他認爲：「只要藝術保持與具體的、現實的、不可分割的生活整體的聯繫，它就能構成正常審美行爲的基礎。眞正的審美現象包括人對生活整體性的全部體驗，這是一個創造主體與世界、與眞實的生活保持一致的能動過程。」〔註 18〕茅盾的「社會化」要求注重對社會生活作整體性認識，也不妨說是「構成正常審美行爲的基礎」。他自己的創作就提供了成功的範例。眾所周知，茅盾的小說以具有濃重的社會剖析特徵著稱。社會剖析，便是對社會作宏觀透視，又在整體性要求的目光嚴密注視下進行的。他從來不孤立地看取社會生活中的人和事，總是把它們置於大的時代和社會環境中，展開與之相關的複雜社會關係的描寫，把握社會生活的本質。他在 30 年代寫的小說，目光集中在注視日益殖民地化的中國社會動向，小說反映社會的聲勢和規模更加壯闊，對社會的剖析也不限於一個特定的社會階層，從而形成了從城市到鄉村、從政治到經濟、從現狀到歷史的整體性的社會剖析，使社會剖析達到了相當深刻的程度。《子夜》當然是最好的例證，那種全方位審視生活的態勢，那種把城鄉交錯、政治鬥爭與經濟鬥爭更迭的藝術畫面如此嚴密無間地糅合在一起的藝術表現，使人不能不歎服這既是一個氣勢宏偉的「生活整體」，同時也是一個構圖巧妙的「藝術整體」。誠如捷克漢學家普實克所說的，茅盾的作品「總是能夠創造出一幅整體性的，充滿行動的大幅壁畫」〔註 19〕。由此看來，對社會生活作「整體性」反映，的確是實現「社會化」的有效途徑，從藝術社會學層面上講，也是注重反映「社會」的藝術創作獲得審美創造的不可或缺的環節。

〔註 17〕茅盾：《創作的準備》，上海生活書店 1936 年版。

〔註 18〕阿諾德·豪澤爾：《藝術社會學，》第 2 頁，居延安譯編，學林出版社 1987 年版。

〔註 19〕轉引自《普實克和他對我國現代文學的論述》，《文學評論》1983 年第 4 期。

三、「理性化」：藝術創造對社會的深層透視

在藝術審美創造活動中，除強調創作的「社會化」要求外，又重視創作者對生活的理性把握，這是茅盾文藝美學思想中又一個突出特點。這特點，也正是對藝術審美創造要求在認識上的進一步深化：惟其藝術是對生活的「社會」把握，創作者要透視社會的深層，揭示社會的本質，就必以深邃的理性觀念爲前導，缺乏理性指導是很難達此目的的；又惟其藝術創造是一種在主客觀統一中對對象世界的認識和反映，其中創作主體起著重要作用，因此主體是否有清晰的理性思路去精確地反映客體，同樣顯出極重要意義。不妨說，茅盾對理性化的重視，既是他藝術審美創造思想中的一個獨特之處，實際上也是堅持科學意義上的藝術社會學觀念時作家藝術家所必須遵循的藝術創造要求。

茅盾重視藝術創作中的「理性化」是相當突出的，其重視程度遠過於一般作家，甚至也遠過於同他藝術主張相近的現實主義作家。他對這一藝術觀點的堅持，可以說是一絲不苟，一以貫之的，且滲透在他的整個文藝想想體系中。在他的前後期文藝論著中，都對理性參與創作的現象和要求作過闡述，只是理性的內涵及其對於創作的參與方式在認識上稍有不同。在早期文藝思想中，他對於文藝的要求，除了強調眞實性以外，便是強調科學性。寫於 1920 年的《對於系統的經濟的介紹西洋文學底意見》一文，就認爲文藝創作有三種功夫是不可缺少的：一是觀察，二是藝術，三是哲理，而這三者都離不開科學性，具體地說，就是「用科學眼光去體察人生的各方面」，「用科學方法整理、布局和描寫」、「根據科學（廣義）的原理，做這篇文字的背景」。在稍後寫出的文字中，更認爲堅持文藝創作的科學性，幾乎是一個時代文學的標誌，是現實主義文藝創作的重要使命：「我終覺得我們的時代已經充滿了科學的精神，人人都帶點先天的科學迷，對於純任情感的舊浪漫主義，終竟不能滿意。」〔註 20〕在他看來，科學性，是現實主義的一個重要品格，是不同於浪漫主義、現代主義創作方法的重要區別之所在。因爲現實主義強調對於生活的眞實反映，「純任情感」顯然是不行的。唯有用科學的精神去觀察、分析生活，乃至用「科學方法」去藝術地表現生活，眞實性才能得以實現。那麼，如何才能達到藝術對生活的科學把握呢？茅盾認爲，重要的一條是創作者必

〔註 20〕茅盾：《自然主義與中國現代小說》，《小說月報》第 13 卷第 7 號，1922 年 7 月。

須有對社會科學理論的深入研究：「舊文學家是有了文學上的研究就可以動動筆的，新文學家卻非研究過倫理學、心理學（社會心理學）、社會學的不辦。」〔註 21〕「我們應該學自然派（這裡所說的「自然派」，實際上是包括現實主義在內的——引者）作家，把科學上發見的原理應用到小說裏，並應該研究社會，男女問題，進化論種種學說」。以此為出發點，他批評了藝術直覺論之不確，「作社會小說的未曾研究過社會問題，只憑一點『直覺』，難怪他用意不免淺薄了。」〔註 22〕從這些意見可以看出，幾乎是從踏上文學道路開始，茅盾對於西洋文學的介紹和研究，對當前創作的評論和指導，都表現出一種清醒的理性精神。從理性出發，他反對藝術直覺論，推崇應用科學原理於創作的自然主義、現實主義；從理性出發，他強調作家藝術家掌握科學原理的重要性，以為捨此就無法進行創作；也是從理性出發，他把科學原理的應用看成是貫穿在整個創作環節中的活動：從觀察生活到布局描寫，到哲理對全篇的滲透，都是無可或缺的——這是一種不折不扣的藝術對於生活的理性把握。自然，茅盾這時候強調的科學性，還帶有泛指性，即泛指應用一般的社會科學理論，諸如倫理學、心理學、社會學等等，尚無明確的世界觀和階級內涵，所謂理性指導，應以怎樣的確切思想去指導，也無更明確的表述。

自從確立馬克思主義藝術觀後，茅盾對於創作的理性化要求，強調得更為突出，認識也更趨深化。首先是科學性涵義由泛指性趨於特指性。眾所周知，茅盾的文藝思想有一個從「為人生」的藝術觀到無產階級藝術觀的轉變，這轉變主要表現在對藝術本質的階級屬性的理解上。此時他已站在無產階級立場上，看取藝術的特質、功能、使命等，勢必會認為：藝術創作「應以無產階級為中心而創造一種適應於新世界（就是無產階級居於治者地位的世界）的藝術」〔註 23〕；也勢必會對文學的使命提出如此要求：「文學者目前的使命就是要抓住了被壓迫民族與階級的革命運動的精神，用深刻偉大的文學表現出來，使這種精神普遍到民間，深印入被壓迫者的腦筋」。〔註 24〕這樣，他要求於創作者所掌握、所應用的科學理論，當然不會只是泛指的、籠統的社會科學，而必然是帶有鮮明的階級內涵和政治內涵的，具體言之，就是馬克思

〔註 21〕茅盾：《現在文學家的責任是什麼？》，《東方雜誌》第 17 卷第 1 期，1920 年 1 月。

〔註 22〕茅盾：《自然主義與中國現代小說》。

〔註 23〕茅盾：《論無產階級藝術》。

〔註 24〕茅盾：《文學者的新使命》，《文學周報》第 190 期，1925 年 9 月。

主義的階級學說、社會革命鬥爭學說。雖說茅盾後來對無產階級藝術、對革命文學並沒有作狹隘理解，因此在當時和後來都很遭一些人的非議，但並不能就此否認茅盾所堅持的理論武器是馬克思主義。理性指導，以更先進的思想作武器，自然將更具科學性。其次，對創作者的思想——理性要求，從理論、學識修養上昇到確立進步的人生觀、宇宙觀，以便眞正實現對生活的科學的理性把握。越到後期，茅盾越強調作家確立進步的人生觀、宇宙觀的必要，而且這也多半是從更有效地從事創作的角度說的。他指出：「有了進步的宇宙觀，然後能有深刻透視的眼力」；光有生活經驗豐富還不夠，光有足夠的學識修養也不行，因爲「世間不乏這樣的人，言論是進步的，『思想』是進步的，然而一碰到實際問題，不免迷亂自失，不能站穩在前進的人民大眾的立場上」〔註 25〕。顯然，他把創作者獲得同前進的人民大眾的立場相一致的人生觀，宇宙觀，是看得比單純掌握思想理論武器更爲重要的。正是從這一點出發，他認爲作爲「人類靈魂工程師」的文藝家，「除了需要有冷靜的頭腦，還需要有一副熱烈的心腸」，即具有同人民大眾感情相通的「闊大的胸襟，偉大的氣魄」，這樣，作家的人格修養問題就顯得相當突出了。這裡，茅盾把創作者的自身修養從單純的理論修養擴展爲包括思想修養、人格修養在內的有著更豐富內涵的修養，顯然是爲藝術創作實現更有效的理性把握提出了更高的要求。再次，對於理性參與創作、指導創作的現象闡述得更爲充分，參與、指導的程度也強調得更爲突出。在後一時期，茅盾結合自己的創作實踐，反覆論述了文藝創作總是在某種思想觀念、理論觀念的直接參與下完成的，這種參與特別表現爲社會科學理論對創作的滲透、干預，乃至自覺的指導、支配。爲此，他提出了「主題至上」、「思想在先」、創作是「先從一個社會科學命題開始的」等頗爲出格的主張。這類主張大體上都可從他自己的創作實踐中得到印證。這說明，隨著茅盾現實主義理論的深化，創作的「社會化」要求更趨強烈，用文藝批評社會、寄託愛憎的目的更加鮮明，要求用「理性化」的藝術思維去科學地把握藝術創作的自覺性也表現得更明晰，更突出了。

由此看來，一以貫之的「理性化」要求，在茅盾的文藝思想中的確帶有相當大的獨特性，反映了他藝術追求的不同尋常。然而，把理性引入藝術創作，卻並非茅盾的獨創，在我國的傳統美學和西方文藝思潮中，理性因素在

〔註 25〕茅盾：《對於文壇的一種風氣的看法》，《青年文藝》新 1 卷第 6 期，1945 年 1 月。

藝術創作中的作用是早爲文藝家們所認識並加以反覆闡述的，在這方面的理論建樹也可謂汗牛充棟。茅盾的獨特性是在於：在堅持創作的理性要求方面，他比一般文藝家做得更爲出色，堅持得更爲充分，且使理性灌注了充滿生氣的內容，在一定程度上豐富和發展了現實主義文藝理論。考察茅盾對「理性化」理論的闡述，不難看出其「理性化」思想體系，是在總結前人創作理論和實踐的基礎上，聯繫我國新文學建設的實際，經作家的獨特思考而逐步確立的。在我國的傳統藝術思想中，向來就有主智和主情兩說。主智（或稱主志）派創作以《詩經》爲發端，所謂「詩言志」是也；主情派創作則以《離騷》爲源頭，稱其爲「明己遭憂作辭」〔註 26〕即是。這兩派文學創作在其各自的發展途程上都有過輝煌的成就，產生過不少優秀的傑作。然而，由於傳統文學理論的不完善性，人們對於「志」與「情」的理解往往具有片面性。主智派文學大抵不忘現實社會人生，以自己的「言志」之作參與改良世道人心，其中固然不乏驚世駭俗的作品，但大多由於世界觀的局限，「智」的內涵不免淺薄，特別是自韓愈提出「文以載道」說之後，把「智」納入規範的封建道統之中，使文學只成了宣傳聖經賢傳教義的東西，理智對創作的參與便失卻了應有的意義。茅盾就指出，只要隨便翻一翻主智派「文學者的集子，總可以看見『文以載道』一類氣味的話」，雖然這也可算是「有爲而作」，但「文章是替古哲聖賢宣傳大道，文章是替聖君賢相歌功頌德，文章是替善男惡女認明果報不爽罷了」，這不能不說是對文學本質的「誤認」。至於主情派文學，也同樣爲茅盾所不取。從強烈的「社會化」要求出發，他對於單是個人「寄慨寫意」的古來文學作品向來就持批評態度，更何況此種「寄慨寫意」之做到後來發展爲玩味個人性情的「名士派」的「消遣品」，「得志的時候固然要借文學來說得意話，失意的時候也要借文學來發牢騷」，當然更爲茅盾所反對。他把這種文學稱之爲「是和人類隔絕的，是和時代隔絕的，不知有人類，不知有時代！」〔註 27〕從舊文學中存在這兩種狀況不難看出：要建設具有現代意義的新文藝，對傳統文藝觀念的改造和更新是勢在必行的。因爲就增強文學藝術的社會功能而言，單純「主情」的文藝固不能適應，即便是標榜「主智」卻未有足夠的智力足以參與社會，所謂啓迪心智的文藝也不能擔

〔註 26〕班固：《離騷贊序》。

〔註 27〕茅盾：《文學和人的關係及中國古來對文學者身份的誤認》，《小說月報》第 12 卷第 2 期，1921 年 2 月。

此重任。茅盾在對我國古代文藝理論深刻認識和透闢分析的基礎上，提出了自己的「理性化」主張，並給理性以深層意義上的認識，無疑是對我國傳統文藝理論的重大發展。另一方面，還應看到，茅盾闡述的「理性化」觀點，有相當部分是對西方文藝思潮中的非理性傾向的批評而言的，因此不妨認爲：這也是茅盾在中西方文化交匯中對外來文藝思潮有所揚棄而欲重構中國新文藝理論所作的努力。對於當時蜂擁而入的各種外來的主義與思潮，茅盾獨尊現實主義而排斥非理性主義，是經過一番「窮本溯源」的探究而做出的選擇。這是基於兩種考慮：一是引進外來文藝思潮必須切合中國文學實際。他以爲，對本國文學的改造是應根據「舊張本依次做去」的，斷不能超越階段「唯新是摹」；儘管那時在西方寫實主義文學「已見衰歇之象」，但中國尚未有過寫實主義「眞精神」、「眞傑作」，「所以中國現在要介紹新派小說，應該先從寫實派、自然派介紹起」〔註 28〕。二是通過對諸種文藝思潮的比較研究，看到了非理性主義的種種「病象」，認爲它實在不適爲當時中國文學的楷模。包括唯美主義、象徵主義，直覺主義、神秘主義等在內的種種非理性主義文藝派別，最大的病根是缺乏科學的理性精神，只憑「直覺」寫一點別人無法把握的情感，這於社會、於人生有何助益？茅盾說，「在現在我們這樣的社會裏，最大的急務是改造人們使他們像個人」，而文學灌注以清醒的理性的確能起到「喚醒」人的作用，「我們迷信文學有偉大的力量」〔註 29〕。這樣，與非理性主義反一調，旗幟鮮明地提出「理性化」創作主張，便是極自然的事。從外來文藝思潮的獨特選擇中，所顯示的正是茅盾依據國情、依據文學現狀尋找一條切合中國文學自身發展道路的可貴的探索，他的注重「理性化」的藝術創造思想也更見出獨特和精到的一面。

四、理性化內涵的獨特形態與意義

由於是從縱向、橫向兩面的審視、比較、取捨中來確定自己的藝術選擇，此種選擇又是以切合民族的審美要求、完成獨特的藝術使命爲前提，這就決定了茅盾所堅持的「理性化」主張必有著自己的鮮明特色。無論是理性的內涵，還是理性在創作中的參與方式及其所起的作用，都是既不同於我國傳統

〔註 28〕茅盾：《小說新潮欄宣言》、《〈小說月報〉改革宣言》。
〔註 29〕茅盾：《介紹外國文學作品的目的》，《時事新報》附刊《文學旬刊》第 45 期，1922 年 8 月。

的主智派理論，也不同於西方一度盛行的理性主義哲學，美學思想。綜合考察其觀點，可歸納為以下三個特點。

一曰規範理性。即是說：其理性內涵，是經社會科學理論所規範的，不同於西方的自由理性——純粹只是個人自由意志的表現。就大體而言，中西方人在價值觀念的取捨上有著明顯的差異：中國人注重類本位或社會本位觀念，西方人則重於個體本位觀念。由是，所崇奉的理性精神，前者必滲透著類的意識或社會的意識，後者則崇尚自我的精神意志。茅盾所遵奉的理性觀念，為社會觀念所規範，不獨是一種東方思維模式的表現，同時也是由他一開始就信守文學「社會化」的現實主義主張所決定的。特別是當「類」的意識更具體化為集團的意識、階級的意識以後，理性觀念的規範性程度自然也就更高。茅盾在早期提倡自然主義、寫實主義理論時就提出，藝術創作以理性為指導，就是要讓它納入社會科學理論的軌道，爾後，他轉變為自覺的馬克思主義者，社會觀念有更明確的集團意識，階級意識，所謂理性指導也有了更顯著的特指性：即以馬克思主義的宇宙觀，人生觀指導創作，社會科學理論也就有了更明確的理論規範。理性的規範性，是在於合於理性的科學性，使創作成為尊重客觀規律、反映客觀規律的藝術創造性。馬克思主義思想體系，是人類歷史上最先進的科學，以此作為創作的理性指導，必將使文藝作品更深刻、更本質地反映社會。在這一點上，茅盾自己的創作實踐是得益匪淺的。他寫於 30 年代的《子夜》、《春蠶》、《林家鋪子》等一批社會剖析小說，就是嚴格按照「社會科學命題」的指導而創作成功的。而此所謂的「社會科學命題」，恰恰就是馬克思主義的科學命題，就是按照馬克思主義的基本觀點對社會的政治，經濟現狀展開廣泛的分析研究，得出科學的結論而後給予藝術的表現。借助於科學的規範理性，無疑是使他創作獲得成功的重要原因。自然，對理性的規範性也不能做狹隘理解，如果把「規範」看成是限制自由創造的戒律，從而使理性只成為某種教條或教義的注腳，那麼「文以載道」也是一種規範，然而它只是宣傳「聖經賢傳」的某種「教義」，不可越此雷池一步，文學創作就只成為「教義」的「傳聲筒」。茅盾強調用馬克思主義指導創作，側重點是在馬克思主義的世界觀和方法論，沒有對理性的內容作更死的「規範」，沒有要求創作非要去宣傳某種「教義」不可，只是要求以某種原則為指導或支配，創作者的主體創造精神同樣是應該也可以得到充分發揮的。不過，需要指出的是，理性一經「規範」，畢竟也缺乏寬延性，不可能上昇到更高的哲學層次；而且，如果創作者只是囿於「規範」，毫無自己對生活的獨特發現，使創作只成爲某種「規範」的圖解，就勢必會窒息創造力，也難於避免創作的概念化。正由於此，強調藝術創作是貫注主體創造精神的勞動，就顯得極爲重要了。

二曰實用理性。西方文藝思潮中的理性主義，大多帶有純思辨色彩，其研究對象往往不是現實世界，而是抽象的「理性世界」，因此是一種更富哲學意義的理性精神。康德曾把理性分爲「純粹理性」和「實踐理性」兩種，所謂「純粹理性」就是用先驗範疇整理感性知識，認識、理解源於經驗的不可知的「現象」世界，以實現探究宇宙萬物無窮奧秘的揭望。黑格爾則把理性看成是作爲超越時間、空間、自然、人類和社會的純粹思維而存在的「絕對精神」或「理念」，藝術的目的就在於「把永恒的神性和絕對眞理顯現於現實世界的現象和形狀」〔註 30〕。這種帶有純思辨色彩的理性觀念，探索的是超現實的「定在」，把它引入藝術，就是要用藝術手段去表現諸如宇宙本源、人的價値、生命意識之類形而上的哲學命題。茅盾不是哲學家，當然無意去研究抽象的「理性世界」，他所說的理性，也不可能是康德、黑格爾之類的「純粹理性」；他感興趣的是用理性去探索現實人生問題，提出的理性觀念就具有對現實的觀照力量，因此不妨說這是一種「實用理性」。儘管茅盾不是一個哲學家，但他對現實人生的深入、透闢研究並使之融入創作實踐，同樣充滿了哲學意識。以思想深度著稱的現實主義作家對生活作哲學研究的現象，並不神秘。丹納在提到巴爾扎克的傑出成就時就作過這樣的評論：「在他身上哲學家和觀察家結合起來了……他對人生作了哲學研究。」〔註 31〕茅盾也是主張對人生作哲學研究的，只不過在研究對象上同主張非理性或「純粹理性」的文藝家有極大的不同：他是把現實人生作爲哲學研究「底子」的，所謂理性把握，就是對現實的理性把握，而且是一種對生活實際盡可能逼近的有效把握。他認爲，對社會人生的研究，以「歷史的必然」爲遁詞，寄託於虛無縹緲的存在，無異於將「社會的活力」置於「沙上的樓閣」，是注定不會有成效的；對於作家來說，重要的是「應該凝視現實，分析現實，揭破現實」，提出一些對於現實生活有影響的「重大的問題」〔註 32〕。準此，即使是那些現實

〔註 30〕黑格爾：《美學》第 3 卷下冊，第 334 頁。
〔註 31〕丹納：《巴爾扎克淪》，《文藝理論譯叢》1957 年第 2 期。
〔註 32〕茅盾：《寫在〈野薔薇〉的前面》，《野薔薇》，大江書鋪 1929 年版。

主義作家創作的探索「人生究竟是什麼」的「問題小說」，他都覺得太空泛，太「觀念化」〔註 33〕。這說明，他所主張的對生活的理性把握，應當是貼近現實人生的、有具體內涵能對讀者產生實際觀照意義的把握；作爲體現鮮明時代性特徵的藝術創作，所謂理性分析，就應當是一種「時代性分析」〔註 34〕。基於如此認識，他自己的創作對人生作哲學研究，就是以當代社會生活及當代重大事件作爲觀察、分析、研究的對象，並在藝術表現中寄託自己深沉的理性思考。他的創作所蘊有的理性力量，就能給人們以現實的啓迪，從而迅速轉化爲一種認識社會、改造社會的現實力量。

三曰直觀理性。這是指理性的可感知性、可接受性。茅盾善於將可感受的情感融於理性，使理性成爲一種浸透豐富情感內涵的東西，從而增強了爲讀者所能夠接受、樂於接受的能力；這同西方的理性主義將理性訴諸於純抽象的精神境界，往往使理性具有不可知性、甚至陷入神秘主義也是判然有別的。別林斯基說：「藝術，就它的哲學定義是：對於眞理的直感的觀察。」〔註 35〕藝術創作同一般社會科學的區別就在於，它對於生活的表達方式應是一種形象化的藝術表達，即使浸透豐富的理性觀念，也不應是抽象的科學演繹，而必須轉化爲可以感知的直觀形象。而直觀性之形成，情感的滲透與參與特別重要，因爲浸透著情感的形象將在創作者和讀者之間實現進一步的心靈溝通，因此別林斯基又把藝術作品中的理性觀念稱爲「詩情觀念」。茅盾對理性觀念的直感性有較充分的認識。他多次談到文藝作家與社會科學家在觀察生活、「說明」生活時都有截然不同的特點，其中最重要的不同，是文藝作家「說明」生活時，是「雖不作結論而結論自在其中」的〔註 36〕，因爲創作者已經將可以感知的又寄寓著自己獨特思考的形象推給讀者了。在談到理智與情感相依附而存在的創作現象時也指出：這兩者在藝術創作中是不應當被分割理解的，人們讀一部作品，倘對於作品表述的思想觀念只是「理智地得出來的，而不是被激動而鼓舞而潛移默化於不知不覺」，則創作的目的並沒有達到；因爲這觀念不可能爲所有的人所接受，「惟在已有政治認識的人們方能理智地去讀完這本書而已有所會於心」，對於一般人則「只是白紙上有黑字罷了」〔註 37〕。這見解是頗爲精

〔註 33〕茅盾：《中國新文學大系・小説一集導言》。
〔註 34〕茅盾：《讀〈倪煥之〉》，《文學周報》第 8 卷第 20 期。
〔註 35〕別林斯基：《藝術的觀念》，《別林斯基全集》第 4 卷，第 592 頁。
〔註 36〕茅盾：《創作的準備》。
〔註 37〕茅盾：《〈地泉〉讀後感》，《地泉》，上海湖風書局 1932 年版。

關的。因爲如此的思想觀念參與，實在只是硬貼標簽，讀者並沒有被理解，更談不上被激動，自然也就不可能被接受。在茅盾的小說創作中，思想觀念的參與是明顯的，這可由他的大量作品作證，然而，他並不讓觀念採取直接參與的方式，而是寄寓在滲透著豐富情感的藝術形象身上，體現了藝術傳達的直覺性和生動性，因此不妨說這樣的思想觀念也是地道的「詩情觀念」。

第七章　審美創造的主體意識：創作主體論

茅盾提出社會化、理性化的審美創造要求，主要是就藝術的反映對象以及創造者以何種方式把握對象而言的，其中包含了茅盾對創造者與社會現實關係的一種深刻理解。然而，藝術創造是一種複雜的精神生產，它不僅表現爲人對現實的一種認識，更主要的是反映出人與現實的精神聯繫，傳達人對客觀現實的審美體驗，因而是一種充滿主體生命的審美創造。茅盾對藝術創造的要求，當然不會僅止於「客觀」一面，相反，基於他對藝術創作是一種特殊精神生產的理解，倒是非常注重創造者的主體創造精神的。他對創造者在藝術創造中的主體作用有不少精闢的論述，還就主體如何把握客體以實現藝術的「再現」，主體在藝術典型化過程中如何發揮創造性功能等，都有較完整的闡述。這裡所顯示的，正是茅盾審美創造思想的全面性和豐富性。

一、主體投入：藝術創造至關重要的因素

茅盾對於藝術創造必須充分發揮創造者主體精神的理解，顯然也是從藝術社會學觀念出發的，但他對此的認識有一個漸趨辯證、日益深化的過程，因而對於藝術是創作者能動地反映生活，創作過程中創作主體的投入起著至關重要的作用，是有著清醒認識的。

藝術社會學認爲，藝術與社會的關係，是「藝術作爲社會的產物」，與「社會作爲藝術的產物」的「互動關係」〔註1〕，離開社會，藝術將失去依存，同

〔註 1〕阿諾德・豪澤爾：《藝術社會學》，第 35 頁。

時也將失去表現對象和表現目的。那麼，藝術反映社會必須是經由何種途徑才得以實現的呢？誠然，藝術是社會的產物，但它絕不是社會環境的「直接」產物，社會條件爲藝術創造提供了機會，然而並非有了客觀條件就可以構成藝術創造，兩者並沒有形成必然性的因果關係。這裡就涉及審美創造主體在審美創造過程中的作用了。誠如阿諾德 ·豪澤爾所說的：「儘管『藝術外』的條件對藝術作品的產生有決定性的意義，但藝術作品在總體上仍可被看成兩相對應的事實的產物，一方面是『藝術外』的條件——客觀的、物質的社會現實，一方面是『藝術內』的因素——形式的、自發的、創造性的意識活動。不管外界引發的母題如何重要，藝術的自發作用仍是不可縮小的。自發與誘發的對立、主觀與客觀的矛盾構成了藝術創造的基本方法。」〔註 2〕他所說的「藝術外」條件，就是客觀的社會現實；「藝術內」條件，創作者的主觀創造因素。就創造過程來說，前者是「誘發」（或者可以說是他發）的，後者則是「自發」即發自創作主體自身的，兩者也是一個辯證的「互動」過程，形成既矛盾又統一的狀況。只有堅持客體與主體的融合，客觀與主觀的統一，藝術創造才能最終完成。應當說，從藝術社會學觀點看問題，如是表述，是反映了藝術創造本質的，它並沒有把生活與藝術的關係簡單化爲反映與被反映的關係，而是強調了反映者的「創造性的意識活動」，突出了藝術創造活動中創作主體的作用，這可以同把藝術創作看成是社會生活純客觀反映的庸俗社會學見解畫清界線。

茅盾對於藝術創作中主客觀關係的闡述，的確有比較偏重客觀的一面。比如在談到他自己的創作時，總是強調他是在進行「客觀的描寫」，反映的是「客觀的眞實」〔註 3〕，等。在藝術對於生活的反映方式上，如果有注重客觀的「再現」與注重主觀的「表現」之分，那麼他所取的就是「再現」方式，對「表現」有所非議，尤其反對純粹的「表現主義」理論。在眞、善、美三者關係的闡述上，他有堅持三者統一的觀點，但就比較而言，更多的說法還是把眞置於善、美之上。他推崇自然主義（實際上還包括現實主義）理論，就在於其「最大的目標是『眞』」。而「眞」之所以値得重視，就因爲它是經過創作者「實地觀察」又進行「客觀描寫」而獲得的。譬如，他認爲「左拉等人主張把所觀察的照實描寫出來，龔古爾兄弟等人主張把經過主觀再反射

〔註 2〕同上書，第 10 頁。
〔註 3〕茅盾：《從牯嶺到東京》。

出的印象描寫出來，前者是純客觀的態度，後者是加入些主觀的」；茅盾認為，相比之下「左拉這種描寫法，最大的好處是眞實與細緻。一個動作，可以分析的描寫出來，細膩嚴密，沒有絲毫不合情理之處」〔註 4〕。茅盾在不同時期、許多場合說過藝術創作需偏重於「客觀」一面的話，是毫不奇怪的，現實主義的創作主張使他特別重視藝術反映生活的眞實性，堅持唯物論的反映論的美學觀念自然也會使他格外看重藝術對於外部客觀世界的反映。

然而，作為一個深知創作甘苦的作家，茅盾對藝術審美創造過程的認識是不會僅僅停留在「客觀」一面的，創造的完成只是走著「生活→藝術」的單一路徑，當然是不可思議的。其實，在創作過程中，創造者的主體參與及其對於完成審美創造所起的作用，茅盾還是有比較清醒認識的。雖然此種認識多半不是表現為對審美客體和審美主體之間的關係的闡述，但細究起來，實際上是涉及到了對此類問題的看法。比如，在本書第一章論述藝術思維特徵時提到過，他在《論無產階級藝術》一文中提出過一個藝術產生的公式：「新而活的意象＋自己批評（即個人的選擇）＋社會的選擇＝藝術」，就強調過藝術創作活動中「個人選擇」的重要性。所謂「新而活的意象」，是指新鮮活潑的社會生活在創作者頭腦中反映的產物，此種產物要成為藝術，既要經社會的選擇（即要受到當時社會觀念的「鼓勵與抵拒」），又要經創作者個人的選擇，即個人主觀意識的取捨，這樣，藝術之所由產生，便不是單由客觀社會一面決定的。這裡，茅盾對創作過程中創作者主觀因素的作用，已作了初步的闡發。《告有志研究文學者》一文，關於「意象」和「審美觀念」的論述，也可見茅盾對文學藝術產生的必要條件和途徑，作了多方面的闡述。綜合這兩篇文章，可以察見其早期文藝觀中頗為難得的對於藝術創作的主體意識的理解。首先，茅盾認為意識是由「外物」決定的，「外物」愈豐富，意識也就「不斷」滋生，這說明他對於藝術產生的認識仍是以反映論為基礎的，與他一貫堅持的唯物主義美學觀念相一致。其次，他又認為，由意識所產生的「意象」，並不能直接成為藝術，因為它未經創作者「個人選擇」以前，還只是一種處在「自在」狀態的物質，因此它只能是自生自滅，忽起忽落的；意象只有為創作者所捕捉，並加以「整理」，才能成為藝術的元素。再次，也更重要的是，他還認為，創作者對意象的選擇，還不是一般意義上的選擇，而應是一種審美選擇：「新而活的意象，在吾人的意識裏是不斷的創造，然而隨時受

〔註 4〕茅盾：《自然主義與中國現代小說》，《小說月報》第 13 卷第 7 期。

著自己的合理觀念與審美觀念的取締或約束」，必須根據「和諧」的美學原則取捨、整理各種意象，最後用藝術的手段表現出來。不難看出，茅盾把包括文學創作在內的藝術創作是作爲一種審美創造來認識的，既然是審美創造，當然離不開創造者的主體作用，尤其不能忽略主體所應有的「審美觀念」。這樣，他對於藝術創作既是客觀的反映，又是同主體意識相結合的反映，就可能會有一種比較明晰的認識。

隨著認識的日漸深化，隨著創作實踐的不斷累積，茅盾對於藝術創造中主觀和客觀相統一的觀念，認識更趨深化，表述也更爲完整，原先在認識上的某些片面性和表述中的某些矛盾現象，也日漸得以克服。所謂認識的深化，是指現實主義觀念的深化。如果說，他早期還劃不清自然主義和現實主義的界線，提倡現實主義而往往援用自然主義的理論，因而對左拉等人所主張的「純客觀的態度」也一體接受和提倡，那麼，到後來隨著對現實主義理論的正確把握，認識到生活眞實與藝術眞實等諸種關係以後，當然就不會再堅持純客觀反映的主張了。統觀茅盾的文藝美學思想，他對於主、客觀關係的認識，即使在自覺遵循現實主義的文學主張以後也並非沒有倚輕孰重的看法，但就大體而言，他是主張藝術創作中主觀與客觀相統一的觀點的。其中特別値得注意的是，他對於創作主體能動地反映生活，「再現」生活有切中肯綮的闡述，也對創作者發揮主體作用提出了切實的要求，這對於主體有效地把握客體，最終完成藝術創造的使命，的確是至關重要的。

由於從總體上明確了藝術創造中發揮主體創造精神的重要性，茅盾對主體如何有效地把握客體，使藝術創作在尊重藝術規律的道路上行進，便有了許多値得重視的論述。他對於藝術與生活、創作主體與反映對象之間的關係，就有較爲深入的理解，其側重點是突出了在「反映」過程中創造者的主體作用。這主要反映在下述兩個方面。

第一，反對單純的生活決定論，重視創作主體能動地把握生活的作用。

自從唯物主義美學家提出藝術是生活的反映、「美即生活」等命題以後，藝術等同於生活的看法就甚爲普遍，表現在藝術創造上，則是把藝術視爲生活的直接產物，以爲創作者只要有了生活，就必定會產生出藝術作品，生活越豐厚，藝術作品的成就就越高。這種對藝術與生活關係的庸俗理解，便是藝術創作產生公式主義之弊病的重要原因所在。茅盾對於文藝創作中公式化、概念化的毛病一直都是給予了批評的，並對病象的成因作過深刻的剖析。

他認爲，「這一切的弱點，向來的議論，似乎只要『生活』去負責，似乎一有了那種生活，便什麼都成，殊不知『生活』固然要緊，而一個眞能觀察、分析、綜合、體驗的好好地武裝過的頭腦，卻尤其要緊」。〔註 5〕這無疑是一語中的。藝術創作之不能成功，生活固然要「負責」（指未有充實的生活積累），但創作主體更應「負責」，誠如茅盾所說，由生活而鎔鑄爲藝術作品，是需要經過創作者觀察、分析、綜合、體驗等種種環節的，某一環節出了偏差，就要影響到創作，這中間，創作主體豈能辭其咎？20 年代後期開始出現的某些「革命文學」創作，就存在著嚴重的公式主義毛病。茅盾指出其病有兩條：一是「缺乏社會現象全面的非片面的認識」，二是「缺乏感情地去影響讀者的藝術手腕」〔註 6〕。這對那些自詡爲有「革命生活實感」的作家來說，無疑是當頭棒喝。茅盾的批評是不無道理的。有生活，並不等於就有創作，更不必說是成功的創作了。如果創作者只有對生活的片面的（非全面的）認識，則生活的本質不能得到反映，如果創作未有創作者豐富的情感滲透，從而產生對於讀者的「感動力」，也勢將使作品成爲毫無生氣的東西。茅盾指出的這兩條，都是從創作者本人如何駕馭生活的角度提出的，顯見他更重視的還在把握生活時創作主體所發揮的作用。

重視創作主體對客體的把握，還表現在茅盾對創作者如何對待生活的認識上。在茅盾看來，創作固然要以生活爲基礎，但創作者對生活的獲取，不能僅僅停留在「認識生活」上，更重要的是要「理解生活」。「理解」又包括多方面：諸如理解人與人的關係，人與歷史的關係，生活環境對個人的影響，人怎樣改造自己的生活，等等。這樣，要求創作者對生活有深層把握，就不是單純的客觀反映了，其中就包含創造主體對生活的透闢分析和研究，主體的作用就被置於更重要的位置了。正是從「理解生活」的要求出發，茅盾對生活的把握甚至有寧可求其深而不可求其廣的看法。他在談到「理解生活」的必要性時指出：「要達到此種目的，不一定要跑到一個自己所不熟悉的地方，不一定要把自己的生活範圍擴大。自然能擴大生活範圍也很好，假如僅把範圍擴得很廣，卻不能對它理解得深，那就達不到向生活學習的目的，還不如不擴大範圍，專從理解深刻入手爲好。」〔註 7〕這見解，對於特別強調生

〔註 5〕茅盾：《談技巧、生活、思想及其他》，原載《奔流》新集之二《横眉》。

〔註 6〕茅盾：《〈地泉〉讀後感》，《地泉》，上海湖風書局 1932 年版。

〔註 7〕茅盾：《認識與學習——一九四三年三月十八日在中央文化會堂講話》，原載《文藝先鋒》第 2 卷第 4 期。

活的廣闊性和豐富性的現實主義作家來說，是有一定獨特性的，茅盾在不少場合談的也是生活的寬廣性，要求於作家的也是面向於一個「大社會」。然而，就生活的深度與廣度相比較，他以爲應以求深度爲要，這只能說明他所要求的不是對於生活的浮面反映，而是能夠突入生活的底蘊，以實現創作主體對生活客體的最有效的把握。

第二，對創作主體把握生活的深層認識，是主張溶「我」於「人」，達到主客體的完全融合，完成藝術創造活動。

正是由於對藝術與生活的關係有一種更趨深層的把握，茅盾對藝術創作中主觀與客觀相統一的辯證關係便有了更深入的理解，在論述創作者對生活的駕馭時就能用明確的語言從主客觀的關係上給予正確合理的解釋。他認爲，通常所說的「向生活學習」，實際上就是創作者的主觀經驗和他的實地觀察「統一起來」的過程：「『經驗』本是主觀的，但須要時時以客觀的態度來分析研究，從『觀察』一邊說，須要愼防或有意無意地把自己和被觀察的對象對立起來，而成了旁觀者的態度」〔註8〕。這裡所闡述的主客觀統一，是如此緊密不可分割，以致到了完全融合的地步，很難分清哪一個環節是主觀因素在起作用，哪一個環節又是純粹的「客觀態度」。這是對一種創作規律的精闢揭示。藝術創作本是文藝家在外部客觀事物的觸發下調動主觀創造因素進行藝術創造的過程，在這過程中創作者運用主觀經驗和進行客觀觀察常常是既自覺又不自覺的，唯如此，才能有對生活的過細咀嚼，形成獨特的藝術創造。倘是把這過程人爲地分割爲兩個互不相關的部分，說主觀分析時不允許有「客觀的態度」，說客觀觀察時不允許主觀介入，只能純取「旁觀者的態度」，勢必使創作形成這樣的狀況：要麼僅僅把客觀材料當作納入主觀意念框架的充填物，造成作品的概念化，要麼只是鏡子般地反映生活，使作品只成爲生活原樣的翻版——這兩者都不可能產生具有審美意義的藝術品。茅盾從主客觀融合的角度談兩者的「統一」，無疑揭示了藝術創造的本質。在論及藝術創作中主觀和客規統一時，茅盾的更可取的見解是這兩者在哪一個基點上統一。他的確定不移的看法是：所謂主觀和客觀的統一，最重要的是要統一在社會生活中的主要客體對象——「人」身上。在談到創作者對生活作多種「觀察」時，他認爲最重要的是「應當使『我』溶合於『人』的生活中，憂人之

〔註 8〕茅盾：《論如何學習文學的民族形式——在延安各文藝小組會上演說》，《中國文化》第 1 卷第 1 期，1940 年 7 月。

所憂，樂人之所樂，在生活上，『我』雖是第三者，但在情緒上，『我』和他們不分彼此，換言之，『觀察』雖是客觀的過程，但須要以主觀的熱情走進被觀察的對象」〔註9〕。這裡所說的溶「我」於「人」，「人」、「我」合一，當是對主客觀統一的最有力的說明。馬克思說：「人的本質並不是單個人所固有的抽象物，在其現實性上，它是一切社會關係的總和。」〔註10〕人既然是作爲「一切社會關係的總和」而存在的，那麼，以揭示現實社會關係爲主要目標的現實主義創作把人確定爲反映的主體對象，自然也就毫不足怪了。在這一點上，茅盾是有清醒認識的。他曾多次講過，文學創作主要表現的是「人和人的關係」，對於創作者來說，「第一目標」應當是「研究人」。然而，從主客觀關係統一的角度談在「人」身上的「溶合」，卻有別一層意義。在這裡，「人」是作爲一個被反映的對象，同時又是一個活生生的存在，它不像一般反映物那樣只是消極地被反映，而是必須做到同反映者在「情緒」上互相溝通，以致達到「不分彼此」、完全「溶合」的程度，這樣，主體和客體、反映者和被反映者之間壁壘分明的界線就蕩然無存了。以「人」爲目標的文學藝術創作能夠達到如此主客觀統一的程度，自然也就不難產生上乘之作了。

那麼，如何做到溶「我」於「人」即創作主體和反映主體的完全融合呢？對此，茅盾作過很多闡述，其中以「生活的三度」說見解最爲精到。所謂「生活的三度」，是指生活的廣度、深度和密度。廣度和深度，容易理解，無須細說，在廣度和深度以外又有一個密度，倒是頗爲新奇、獨到的發現。此說雖不是茅盾首倡的，但他對此說的理解卻有其獨到的見地。按茅盾的解釋，「『密度』是說『貼近人民』，亦即托爾斯泰所謂『用心去同情』，『貼近人民』用中國成語，就是『近人情』，倘用現代一句流行語，就是『全心靈和人民擁抱』」；堅持生活的「密度」，應有兩方面的要求：「在己就是事事認眞，興味濃厚，對人則是體貼，則是『疼』」，從這個意義上說，「密度又是深度廣度的基礎」〔註11〕。綜合這些意見，不難看出，所謂「密度」，正是就創作主體和主要反映客體——「人」之間的關係而言的。如果說，提出生活的廣度和深度要求，是專指閱世之廣和閱世之深，還只是對於一般社會生活面的把握，那麼，「密

〔註 9〕茅盾：《論如何學習文學的民族形式——在延安各文藝小組會上演說》，《中國文化》第 1 卷第 1 期，1940 年 7 月。
〔註10〕馬克思：《關於費爾巴哈的提綱》，《馬克思恩格斯選集》第 1 卷，第 18 頁。
〔註11〕茅盾：《論所謂「生活的三度」》，《中原》第 1 卷第 2 期，1943 年。

度」之說，就突入了一個更深的層次，涉及到對社會生活中最本質部分的把握。它要求於創作者的不僅是熟悉生活、瞭解生活，更重要的是要熟悉、瞭解生活中的人，而對於人的熟悉和瞭解，還不只是把人作爲單純的反映物去看待，而是要用「全心靈和人民擁抱」，實現主體和客體間的情感交流與貫通。能夠做到這一點，創作者深入生活的自覺程度就會提高，對生活求深求廣的要求也不難達到，所以茅盾把「密度」看成是「深度廣度的基礎」。應當說，這是茅盾對創作者與生活關係的一種更爲深入的認識與理解。通常對生活面的理解，以爲有深度與廣度兩個方面的把握，就頗不錯了；茅盾對「密度」說表述了自己的獨特理解，側重從創作主體一面提出要求，重視把握客體時主體的作用，無疑是一種認識上的深化。其意義是在於昭示創作者在把握生活時主體精神滲透的重要性，同時也對作家透視生活的程度提出了更高的要求。

二、貫注充沛主觀情感的創作主體參與

對於藝術創造中發揮主體創造精神的重要性，茅盾除了從創作主體與反映對象之間關係的處理上作了充分論述外，還從創作「內部」——藝術構思中的典型化處理、藝術表現中的主觀情感滲透等方面作了精闢闡述。基於堅定的現實主義創作原則，茅盾是主張藝術對於生活的「再現」；然而，「再現」並非對客體的簡單摹寫和複製，而是滲透著作者強烈主觀感受的創造。茅盾同庸俗反映論者的根本區別就在對主體創造精神的尊重，因而對創造過程的認識同樣注重創作者主觀情感、思想意識的滲透，以眞正實現藝術上的「再現」。

藝術作爲一種審美創造，是貫注著創作者充沛情感的產物。創作者在攫取生活、鎔鑄形象的過程中，唯有用豐富的主觀情感相滲透，方得形成具有獨特個性的藝術創造。誠如李博所說的，情感因素不僅「配合著創造的不同階段」，而且「還要成爲創造的材料」，「詩人、小說家、劇作家、音樂家，甚至雕刻家和畫家，都能感受到自己所創造的人物的情感和欲望，和創造的人物完全融合爲一，這是一個衆所周知的事實，幾乎也是一條規律了」〔註12〕。李博是從情感因素參與的角度談藝術創造規律的，他所說的創造者和被創造

〔註12〕 李博：《論創造性的想像》，《外國理論家作家論形象思維》，第186頁。

的人物在情感上「完全融合爲一」的現象，實際上也可以看成是創造過程中主觀和客觀的一種統一。茅盾對這個問題的看法，前後期稍有不同。前期的文藝思想側重於向眞求實，對「客觀描寫」的闡述較多，對創造社作家所鼓吹的「靈感主義」、「衷情主義、天才論」等就多有批評。在後期，情感參與創作的論述明顯增多了，且多有辯證的看法。下面這段論述就是從主客觀關係談情感參與在「再現」中的作用的：

> 一切「人爲的藝術品」之創造，都經過一定的過程：社會人生種種色相通過了作家的主觀作用（愛憎，取捨，解釋，褒貶），而後再現出來，依靠形象化的手法，成爲某一文藝的式樣。一位作家對於社會人生種種色相既有所愛憎，即有所取捨，有所取捨即有所解釋，有所解釋即有所褒貶；這就是一位作家對於社會人生所抱的態度，所取的立場。古今中外，絕對沒有對於社會人生抱純客觀態度而眞正「無所容心」的作家；自謂他是純然客觀，「無所容心」的作者，倘非自欺，即意在欺人。〔註 13〕

這裡所說的「主觀作用」，就是把愛憎、褒貶等情感因素也包括在內的，而且側重點是在對主觀的肯定，對「純客觀態度」的否定上。關於主觀情感對創作的滲透，茅盾在別處還有不少論述。可見，情感作爲「人爲的藝術品」之創造過程中的一個重要因素，茅盾是給予了充分注意的，這應當是他要求主體創造精神滲透於創作活動的一個重要方面的透示。

值得注意的是，茅盾所說的藝術創造中的主觀因素，除了情感因素以外，所指更多的是思想因素，所謂主觀作用，主要也是指對生活素材的綜合、改造等。上文所說的主觀因素就包括「作家對於社會人生所抱的態度」、「所取的立場」，主觀作用也包含對人生「種種色相」的「有所取捨」、「有所解釋」等。這實際上已涉及到藝術典型化過程中的主、客觀關係，在茅盾看來，重視創造者的主體創造精神，是主觀有效地把握客觀、實現藝術典型化的關鍵。茅盾認爲，任何一種藝術創造都是「經過了作家主觀的分析整理，用藝術手段再現出來的」，「作家和客觀現實的關係當然不是『複印』（copy）而是『表現』；作家有權力「剪裁客觀的現實，而且注入他的思想到他所處理的題材」〔註 14〕；因此在某種意義上說，藝術典型化的過程，實際就是恰當地處理主

〔註 13〕茅盾：《如何辨別作品的好壞》，《中學生》復刊第 91 期，1945 年 6 月。
〔註 14〕茅盾：《〈西柳集〉》，《文學》第 3 卷第 5 期，1934 年 11 月。

客觀關係的過程。他曾如此詳盡地闡述這兩者之間的關係：「沒有一個作家是純然客觀地觀察生活的。紛紜複雜的現實，在作家頭腦中所產生的各種各樣的反應——他所接受的，或者排斥的，喜歡的或者憎恨的，喚起他想像或者引導他作推論的，都是受他的身世、教養、生活方式等等所形成的思想意識的操縱。作家按照他自己的世界觀去解釋現實，分析現實，並且從現實中揀出他認爲是主要的、能夠說明他的思想的東西，經過綜合、改造、發展的程序而最後成爲作品的題材」，直至「在『典型的環境』中表現了『典型的人物」〔註 15〕。很顯然，這裡的每一個環節都是在主觀對客觀的選擇、取捨中進行的；選擇、取捨得好，典型化程度就高，反之則低，這是無需論證的。茅盾特別強調典型化的過程是受「思想意識的操縱」，是在突出世界觀對於創作的指導作用——此種作用已爲人們所普遍承認，即使從主體對客體的有效把握來說，它也是無可非議的。

當然，典型化過程中的主觀因素參與，也並非僅僅是思想立場、世界觀等「思想意識」的參與；藝術創造作爲一種審美活動，是創作者對生活的審美把握，還應當包括作者獨具的藝術修養、藝術素質。茅盾曾經指出：在典型化過程中，「作者用什麼方法可以找出普遍性或典型性的人和事呢？用通俗的話說，即須有『眼光』」。茅盾認爲藝術家有不同於一般人的「眼光」，體現在三個方面：一是「淵博的學識」，二是「豐富的經驗」，三是「寬大的胸襟」；有此三者，即使政治主張稍爲落後，也能有一副「不自欺的『眼光』」，寫出優秀的作品來。他舉巴爾扎克爲例，巴爾扎克在政治上是一個保皇黨，但在作品裏卻寫出了保皇黨之非沒落不可，「原因之一就在巴爾扎克的政治思想雖然落後，他卻有一雙能看到典型的與普遍的『眼光』」〔註 16〕。由此可見，在藝術創造過程中，要使現實生活典型化，創造出有生命力的藝術典型，文藝家有其獨有的藝術修養所形成的藝術「眼光」，的確是至爲重要的。這從另一個方面證明：要充分發揮創造者的主體創造作用，光有先進的世界觀和正確的思想立場還不夠，還必須具備由學識、經驗等構成的藝術修養和體現出能憎能愛、有強烈正義感等特徵的文藝家的素質、品格；唯兼有此二者，才能實現眞正的藝術創造。

綜上所述，在藝術審美創造中，堅持主觀和客觀的統一，正是對創造規

〔註 15〕茅盾：《關於藝術的技巧》，《文藝學習》1956 年第 4 號。
〔註 16〕茅盾：《從思想到技巧》，重慶《儲滙服務》第 26 期，1943 年 5 月。

律的正確揭示。黑格爾說：「獨創性是和眞正的客觀性統一的，它把藝術表現裏的主體和對象兩方面融合在一起，使這兩方面不再互相外在和對立。」〔註17〕藝術創造當然離不開對外部客觀世界的認識，但同時也必須承認它是由創作者發揮主觀因素能動地把握外部世界的過程，只有堅持內外融合、主客觀統一，創造才能完成；任何把兩者割裂開來或對立起來的看法，都是背離藝術規律的。堅持唯物論的反映論、特別看重創作「社會化」要求的茅盾，在審視藝術創作過程的時候，卻對創作者的主體作用有足夠的認識，基本上堅持了主觀與客觀相統一的觀點，並在這個事關創作成敗的問題上提出了頗有見地的看法，這說明他的文藝美學思想確有獨到之處。也許，這正是使他的創作在充分尊重客觀眞實的基礎上，又形成自己獨特的藝術創造的一個重要原因之所在。

三、兩種思維交融中凸現主體投入意識

在論及茅盾對藝術審美創造的深層透視時，我們曾談到強調「理性化」要求和形象思維與邏輯思維的交融，使茅盾獲得對藝術本質的更深層次的認識。其實，在這一點上也恰恰反映出茅盾對藝術創造活動中凸現主體投入意識的關注。如上文所述，藝術創造活動中的理性思維參與，反映了作家在創作中主觀思想、情緒的投入，主觀對客觀的選擇、取捨，當然離不開作家的主體精神；即便是形象思維，同樣需要發揮創作者的主體創造精神。因爲作爲用形象反映方式去把握對象世界的文藝創作，理性在創作中的參與是有條件的，它並非可以獨來獨往地孤立進行；具體地說，它必須依附於、滲透於形象中，豐富和深化形象的內涵，才能眞正發揮藝術上的作用，創作主體對形象的駕馭依然是具有決定性意義的。茅盾所主張的藝術思維方式，突出了理性思維的作用，而其所認同的理性，又不是那種純思辨的抽象理性，而是主張把理性寄寓在充滿生氣、灌注情感的形象身上，強調了兩種思維的交互滲透和融合。因此，在藝術創造活動中，堅持在兩種思維交融中凸現主體投入意識，對創作中的主體意識、主體作用提出了更高要求，當是茅盾文藝美學思想的一個重要特點。

從一以貫之的藝術思想考察，可以說，茅盾是強調藝術創作中形象思維

〔註17〕黑格爾：《美學》第1卷第373頁。

與邏輯思維並存，且是兩者交互著起作用的。早期，他沒有使用過形象思維和邏輯思維的概念，但從表述的某些觀點看，已揭示了此種思維的某些特徵。比如在《論無產階級藝術》和《告有志研究文學者》兩文中，提到文藝創作是受著「合理觀念與審美觀念的取締或約束」；談到文學「構成的原素」，不外是「我們意識界所生的不斷常新而且極活躍的意象」和「我們意識界所起的要調諧要整理一切的審美觀念」兩條。這裡所說的兩種「觀念」的約束和支配，「意象」經審美的「調諧」和「整理」，同通常所說的兩種思維的作用是相去不遠的。儘管作爲一種藝術創作規律，形象思維和邏輯思維對於創作的參與早爲文藝家所認識，但在我國，「形象思維」卻是 50 年代才開始廣泛使用的一個外來術語，因此茅盾在那時未能從兩種思維的結合上去闡明自己的觀點，是不足爲奇的。至後期，特別是晚年，茅盾對於形象思維和邏輯思維相結合的過程就闡述得比較清楚了，而且還就兩種思維結構的結合方式、結合程度等問題提出了頗有見地的看法。如寫於 1943 年的《從思想到技巧》一文中就指出：「文學創作上所謂『思想』是離不開『形象』的，一個作家腦海中出現了一個『主題』的時候，『形象』必伴之而來，在創作過程中，絕沒有什麼不與形象相伴隨的光杆的所謂『思想』。」這段文字雖沒有提到思維問題，但「思想」和「形象」相「伴隨」進行的說法，是不難理解爲是就兩種思維結合而言的。到六七十年代，他在表述這一觀點時，就從兩種思維的角度來談文學創作問題了：「文學作品的技巧問題包括生活素材的分析、綜合、提煉，主題思想的確定，主要是邏輯思維在起作用，但伴隨著，也有形象思維。至於塑造典型環境中的典型人物，人物性格細節的描寫，社會環境和作品主角活動場所的具體描寫等，則主要是形象思維在起作用，但伴隨著，也有邏輯思維。」〔註 18〕這裡所說的兩種思維相「伴隨」，便是兩種思維相結合。在茅盾看來，這兩種思維並不是各自獨立進行的，在進行邏輯思維時就不能有形象思維，反之亦然；恰恰相反，這兩者始終是相「伴隨」進行的，而且還是反覆、交叉結合或融合的。正是基於這一判斷，茅盾曾經談到，文藝家與社會科學家在分析社會、把握社會上有不少相同之處，兩者的根本不同是在運用不同的思維方式伃上——就此而言，文藝家要「多做一層功夫」。社會科學家對社會現象作縝密觀察、分析、綜合後得出科學結論便可完事，而文藝家在作同樣的觀察、分析、思考後，還得再進行一次理性與形象相結合的

〔註 18〕茅盾：《漫談文藝創作》，《紅旗》1978 年第 5 期。

思考。這裡所述的創作活動，就是一個相當複雜的過程，文學創作的複雜性與艱難性於此也可見一斑。

這樣看來，茅盾對於藝術創作中思維規律的獨特性是有著自己的深切理解的。這種理解，既是基於他對藝術固有特質的把握，也取決於他的堅定執著的現實主義創作主張：惟其藝術注重對生活的形象反映，他看重藝術的「形象化」，而且經常把「形象化」置於非常突出的位置；惟其現實主義要求創作者對生活有精確的把握，他也強調創作的「理性化」，在這一點上比別的作家有更清醒的認識。而要同時實現兩方面的要求，唯一的途徑是把兩者有機地統一起來。正由於此，他對於創作者如何有效地進行藝術思維、從事藝術創造，也便有他的獨特認識與理解，同時他也對從事藝術創造活動的創作主體提出了與眾不同的要求。他認爲對文藝家的藝術思維能力應有特殊要求，他們應「對事物有與眾不同的敏感和超出尋常一般人的理解力，想像力」〔註19〕；又認爲藝術思維是貫穿在整個藝術創造過程中的，對文藝家來說也應有多種能力的培養。對於藝術創造者所應具備的能力，茅盾作過多次闡述，例如，「先須養成發見矛盾，洞明變化的觀察力」〔註20〕，還須有「理解力，綜合力，想像力，而尤其是創造力」〔註21〕等等。這種種能力，茅盾都是從養成獨特的藝術思維習慣的角度提出的。

觀察力是指對事物的感知能力。創作者要對生活作藝術的反映，自然免不了對客觀事物的觀察與感知。但文藝家「與眾不同」的是，他對生活的觀察並不只是一般地「搜羅材料」，而應是一種審美觀照：善於從生活中發現美，發現藝術所需要的東西。茅盾指出，如果「你心上老釘著一個『找材料』的念頭」，或者「像負了『訪查』什麼的責任，——像報館訪員似的，一天之內定要『得了』些什麼算能安心；這樣太機械的心有所注的辦法是很糟的」，因爲這不是用作家所應有的「銳利的視力」去觀察，至多只盡了新聞記者的「責任」〔註22〕。這種區別不同性質的「觀察」，對於說明藝術創作的特殊性，是至爲重要的。到生活中去「尋找」——意味著只是用既定的觀念去用相關的「材料」加以印證，這是社會科學「說明」生活的辦法，到生活中去「發現」

〔註19〕茅盾：《漫談文藝創作》，《紅旗》1978年第5期。
〔註20〕茅盾：《大題小解》，重慶《時事新報》副刊《青光》，1942年6月。
〔註21〕茅盾：《個性問題與天才問題》，《中學生》復刊第88期，1945年5月。
〔註22〕茅盾：《創作的準備》。

——包含文藝家特有的藝術敏感，從中發現別人沒有發現的東西，就能形成獨特的藝術創造。基於這個道理，茅盾認爲培養作傢具有獨特的藝術感覺能力就特別重要，而觀察與感覺又是相輔相成的：「觀察能敏銳深入，感覺自然新穎俊逸」；「一般人以爲現實所有無不平凡」，但「在現實主義的藝術家的眼光中，現實的一切，充滿了不平凡」〔註 23〕。原因就在文藝家有獨特的藝術感覺，善於發人所未發，善於從平凡中見出不平凡。這樣說來，所謂觀察力，還不只是一般地擷取生活的能力，實際上也是文藝家所應有的審美感知能力。

理解力是在觀察力基礎上的一種昇華。茅盾在談到閱讀文藝作品的感覺時說：「大抵第一遍看的時候，只是情感上受感動，看第二遍的時候就會想到有社會問題在內了，這是理智的感動。」〔註 24〕藝術創作的過程也大抵如是：創作者從對生活的獨特觀察中，激起了某種不可抑止的創作衝動，然而要使衝動成爲創作實際，還必須對情緒進行「理智的」調節與整理，以達到對生活的眞正理解。茅盾不止一次談到，觀察的目的是在於理解，而認識之深化的標誌也在於理解。理解力顯然是比觀察力更重要的一種能力。需要指出的是，茅盾所說的理解力，並非僅僅是一種理智的因素，而是理智與形象反覆交融形成的能力。一方面，他認爲：所謂理解，就是「從生活中眞正領會到了眞味」，這是由「把生活經驗重新拿出來咀嚼」而獲得的，「這樣的心理過程，可以名之爲『體驗』」。這是對通常所說的「體驗生活」的合理解釋。體驗，實際上是一種「咀嚼」著以往生活經驗、融化了自我深切體會的心理活動，經此「體驗」，認識自將進一步深化。另一方面，他又指出：「正像咀嚼食物不可缺少唾液一樣，咀嚼生活經驗的時候，也需要一種『唾液』，這就是進步的宇宙觀人生觀，沒有這種『唾液』，被咀嚼的東西還是不會起化學分解作用，結果只是白嚼一頓。」〔註 25〕這後一層意思所說的就是純粹的理性活動了，即在科學理論指導下，對生活現象（包括自己的「體驗」）有更合理的認識。經過如此的反覆「體驗」、「咀嚼」，創作者對生活的理解能力會自然養成，並使之日臻提高。

綜合力是對生活進行分析、整理、概括的能力。對於十分注重創作的社會分析功能的茅盾來說，特別強調這一點是不足爲奇的，因爲他所認定的創

〔註 23〕茅盾：《大題小解》。
〔註 24〕茅盾：《雜談文學修養》，《中學生》第 55 期，1942 年 5 月。
〔註 25〕茅盾：《論如何學習文學的民族形式——在延安各文藝小組會上的演說》。

作對客觀生活的「再現」，「應該是社會現象通過了作家的意識經過分析整理的再現」〔註 26〕，分析和整理，就是「再現」過程中一個不可或缺的環節。但作為創作者所應具備的一種能力來認識，茅盾所說的「綜合力」，除了對現實主義作家提出的社會分析能力以外，更主要的恐怕還是指藝術概括能力。藝術概括是滲透在整個藝術構思活動中的，包括選取題材、提煉主題、鎔鑄形象等，都要進行藝術的「綜合」。茅盾對於素材的「綜合」、「改造」，形象的「綜合、歸納」，都發表過精闢的見解，其中特別精到的是要求創作者具有「立體思維」能力的闡述。所謂「立體思維』，包括兩個方面：一是對社會生活現象必須「作全般的鳥瞰」，二是分析這些現象時必須「從社會的總的聯帶關係上作全面的考察」，從而達到對社會的「立體」認識〔註 27〕，而所謂「立體」，又包括縱橫兩方面的整體把握：橫的方面是「社會生活的各環節』，縱的方面是「社會發展的方向」，歸結到一點，是在把握「全面「的基礎上「深入一角」〔註 28〕。不難看出，茅盾所要求的綜合力，其著眼點放在對「全般」的總體認識上，不是一般的認識，而是通過細密的分析完成對社會生活現象的各種複雜關係及其發展趨向的明晰把握，這顯然是一種要求很高的開闊性思維能力。具備此種能力，能夠從四面八方、縱橫交錯的社會生活現象中作綜合的、立體的觀察與思考，藝術創作要揭示生活的眞諦也就不難做到了。

想像力，是作家藝術家進行形象思維不可或缺的能力，或者說是形象思維的重要內涵。高爾基說：「想像在其本質上也是對於世界的思維，但它主要是用形象來思維，是『藝術的』思維，可以說，想像——這是賦予大自然的自發現象與人物以人的品質，感覺、甚至還有意圖的能力。」〔註 29〕注重形象思維的茅盾，自然也是重視藝術創作的想像活動的。他曾說過，「生活經驗是重要的，但也不可以為除了自己實實在在『經驗』過的範圍以外，便一字也不能寫，我們要知道『經驗』之外，還有『想像』。有許多心理狀態，作家是沒有經驗過的，就要靠想像。」〔註 30〕但作為創作思維活動看，茅盾所說的「想像」，也不是把它同邏輯思維完全對立的一種思維活動去認識的。他認為，想像既不能離開對生活「透徹的觀察」而憑空產生，同時也必須受到理

〔註 26〕茅盾：《談題材的「選擇」》，《文學》第 4 卷第 2 期，1935 年 2 月。
〔註 27〕茅盾：《創作的準備》。
〔註 28〕茅盾：《〈茅盾選集〉自序》，開明書店 1952 年版。
〔註 29〕高爾基：《談談我怎樣學習寫作》，《論文學》，第 160 頁。
〔註 30〕茅盾：《談人物描寫》，桂林《文藝青年》第 1 卷第 1 期，1942 年 10 月。

智的制約與調節。他在批評創造社作家「太偏重於靈感主義」時就指出，其「最大的病根在那些題材的來源多半並非由親身體驗而由想像」，使創作成爲「『靈感忽動』時『熱情奔放』的產物」〔註31〕。由此可見，無論是靈感還是想像，茅盾都不願意把它們當作與理智無關的，純屬主觀隨意性的東西而任意調遣。想像只有同理性結合，才能使之有更合理的內核，使思維結晶爲一種更富哲學意味的東西，這是早經作家理論家所闡述的。歌德就曾經指出：「想像一發覺向上還有理性，就牢牢地依貼著這個最高領導者。……它愈和理性結合，就愈高貴。到了極境，就出現了眞正的詩，也就是眞正的哲學。」〔註32〕茅盾所要求於創作者的想像力，同樣強調想像與理性的結合，並要求將想像上昇爲理性，正是這樣一種浸透了豐富理性內涵的思維能力，同時也是一種富有詩性的藝術思維能力。

此外，還有創造力。此處所說的創造力，當指藝術獨創性而言，並非泛指全部藝術創造能力——因爲上面所說的諸種能力，說的都是藝術創造力。茅盾對於藝術獨創性的重視也是十分突出的，他在談各種藝術創作經驗（諸如描寫技巧、語言運用、結構安排等）時，都一再強調獨創性的重要，特別是還從審美的角度談獨創，認爲藝術「以獨創爲美」、「以新鮮活潑爲貴」等等。對此，本書前文已多有論列，此處就不再贅說了。但不妨指出一點，獨創能力是藝術創造活力之所存，也是文藝家獨特藝術個性之所在，茅盾認爲創作者應具備諸種能力，「尤其是創造力」，把「創造力」居於更突出的位置，這正是對藝術規律的深刻揭示，也是深知藝術創造甘苦的一語中的之論。

〔註31〕茅盾：《關於「創作」》，《北斗》創刊號，1931年9月。

〔註32〕歌德：《致瑪麗亞・包洛芙娜公爵夫人書》（1817年），引自《外國理論家作家論形象思維》，第35頁。

第八章　「運動著的美學」:審美批評論

文藝鑒賞和文藝批評，是人們對文藝作品的具體把握，它同審美創作一樣，是審美活動的主要形態之一。如果說，審美創造是通過文藝家的能動性創造感受、反映生活中的美；那麼，審美鑒賞和審美評價，就是讀者和批評家感知、掘發這種美，使文藝發揮和實現它所蘊含的多種功能。因此，作爲審美評價的一種重要形式的藝術批評，實乃藝術審美活動中不可或缺的環節，自然也是批評家美學思想重要之所寄。當我們較爲全面地審察茅盾的文藝美學思想時，其文藝批判觀是不可不予充分重視的。

在文藝批評方面，茅盾有幾十年的批評實踐，在中國現代文壇上他曾以一個卓越的文藝評論家爲世矚目。從他的獨具卓見的大量文藝評論文章中，固然可以窺見其文藝美學思想的各個側面，自然也顯示著他對於文藝批評本身的眞知灼見。他對藝術批評作爲一種審美再創造的高度重視，他堅持馬克思主義的「歷史——美學」批評的文藝批評原則，他的注重批評家作爲審美主體在審美評價中的作用，以及他把文藝批評活動作爲「運動中的美學」認識的精闢論述等，都是既同他一貫堅持的藝術社會學觀念相一致，又顯示出相當突出的藝術批評個性的，形成了茅盾式的富有獨創性的較爲系統的文藝批判觀。評析、總結茅盾的藝術批判觀，既是對作家藝術美學思想體系一個重要側面的考察，同時也是對一種典型的社會批評模式的透視，從中汲取經驗，對於繁榮社會主義文藝批評必當有所助益。

一、批評本體意義：審美再創造

文藝批評作爲在藝術鑒賞基礎上深化的一種審美活動，其意義在於對文藝作品做出具體的審美評價，引導和提高欣賞者的藝術鑒賞能力，並通過審美反饋對文藝家的創作施加深層的影響。因而，這是一項同藝術創造具有同等價值的藝術活動。茅盾對文藝批評的重視，就是把它提到審美再創造的高度加以認識的，由此構建起一種全新的現代文藝批評意識。

在我國傳統的文學藝術中，文藝批評向來是比較薄弱的。按照茅盾的說法，「中國一向沒有正式的什麼文學批評論；有的幾部古書如《詩品》、《文心雕龍》之類，其實不是文學批評論，只是詩賦、詞贊……等等文體的主觀的定義罷了」〔註1〕。這也許是一種苛責，因爲無論是《詩品》或是《文心雕龍》，甚至比這更早的陸機《文賦》，總還是有理論軌迹可尋的。然而，比之於西方自柏拉圖、亞里士多德以來文藝批評學派紛起、理論體系完備的情狀來，我國傳統文藝批評理論的確是相形見絀的。其中最主要的弱點，是批評缺少理論的建樹，大多以零碎的評點式或印象式的批評取代對文藝作品、對作家藝術家的整體把握。由於對傳統的文藝批評弊端看得深切，又置身在中外文化交融的文藝新潮中，茅盾從登上「五四」文壇開始，便顯示出「取精用宏」重構中國新文藝批評論的建設者氣魄。作爲當時有影響的文藝批評家，他既重批評實踐，尤重批判理論的建設，力圖確立自覺的文藝批評意識，提高文藝批評的自身價值，把它視爲推進和繁盛新文藝創作之重要途徑。他以開放性的眼光接納世界文藝新潮，試圖爲建構全新的現代文藝批評理論做出建樹。早在 1919 年，他就寫出第一篇文學評論《托爾斯泰與今日之俄羅斯》，其意就在借用「他山之石」，通過介紹外國文藝思潮，評價托爾斯泰等文學大師所取得的傑出文學成就，爲我國新進的文學創作提供某些可資借鑒的經驗。1921 年初接編《小說月報》，可以視爲他專力於文藝批評之始，他對於文藝批評推進新文學創作的重要功用有了更爲明確的表述。在《〈小說月報〉改革宣言》中，他便旗幟鮮明地把「論評」與「創作」置於同等重要的地位，力陳批評實爲新文學發展之必需，認爲：「西洋文藝之興蓋與文學上之批評主義（criticism）相輔而進；批判主義在文藝上有極大之威權，能左右一時代之文藝思想。……我國素無所謂批評主義，月旦既無不易之標準，故好惡多成於一人之私見；『必先有批評家，然後有眞文學家』此亦爲同人堅信之一端；同人不敏，將先介紹西洋之批評主義以爲之導。」這裡，茅盾對文藝批評的重要性作了極明確的闡發，提出「必先有批評家，然後有眞文學家」，顯見他

〔註 1〕茅盾：《「文藝批評」管見一》，《小說月報》第 13 卷第 8 期，1922 年 8 月。

重視的是批評對於創作的導引、激勵作用；同時，有鑒於我國素來缺乏文藝批評論的狀況，以先引進西方文藝批評理論作為建構我國文藝批評論的借鑒，也是極有建設性的意見。而且，就是在這時候，茅盾對於文藝批評與藝術創造之間的辯證關係就有較為清醒的認識：批評是旨在促進創造，並非扼殺創造。在同一文中，他接著說到：「然同人固皆極尊重自由的創造精神者，雖力願提倡批判主義，而不願為主義之奴隸；並不願國人皆奉西洋之批判主義為天經地義，而扼殺自由創造之精神。」雖然其時茅盾對文藝批評的本體功用尚未做出更深入的闡述，但這裡所說，已明顯見出他並沒用把批評家的批評與藝術家的自由創造置於對立的地位上，這同他後來特別強調文藝批評的目的是在於促進審美再創造的思想，是大體一致的。

從批評促進創造的角度著眼，茅盾在建構現代文藝批評論時，特別重視理論上的多方面吸收和批評方法的多元化，以推進「自由批評」之風的形成，促進作家、藝術家的真正「自由創造」。茅盾的這一思想的形成，也是受歷史教訓啓迪的結果。他審視我國的文藝批評史發現，死守數千年的儒家「道統」使得「中國傳統的文藝批評的內容論始終不出於『詩有六義』的掌握」，這種源遠流長的「文藝流派的一源主義」嚴重得阻礙了文藝批評的發展，同時也正是「中國自來文藝不進化的原因」。因此，茅盾再次肯定了「五四」提出「文藝批判理論方面的『從新估定價值』」的口號。〔註 2〕這「從新估定」便集中反映在對「一源主義」的否定，反對那種只會沿襲成見、缺少批評家自主意識的文藝批評，提倡文藝批評發揮批評家的獨立創造精神。

綜觀茅盾的文藝思想，他對於表現形態不一的西洋文藝批評論固然也有所選擇，從他的堅定的寫實主義立場出發，不妨說他的選擇是偏重在「社會批評」一面；然而，以開放性的眼光看取世界文藝新潮，決定了他對批評理論的選擇也是兼容並蓄的，主張在多學派競爭中促進文藝批評的興旺發達。這一思想在《「文學批評」管見一》一文中表述得最為清楚。在這篇文章中，茅盾首先從批判觀念上列舉了西方的三種批評學派：一派是以丹納為代表的「科學的批評論者」，其說是把文藝批評看成是「說明」一件作品或一個作家；另一派是以亞里士多德為代表的「評判的批評論者」，其說是把文藝批評視為「品評」一件作品或一個作家；還有一派是以蓋忒斯為代表的「欣賞的批評論者」，其說則純然把批評等同於「欣賞」，是批評家「把作品內蘊藏著一切

〔註 2〕茅盾：《關於「創作」》。

好處解釋給同時代人聽」。其次他又從方法上列舉了不同的批評學派，其中有「應有科學方法」的，有「主張應用美學上的理論以定文學批評的標準」的，更有「主張用比較研究的方法」的，等等。對於這種種學派以及「永無止息的笛師的爭論」，茅盾以明確的語言指出：「我們也要明白，爭論雖然不息，進步卻仍在進步，而且也可以說：正惟其多紛爭，不統一，文學批評才會發達進步。」在這裡，茅盾對西方諸多批評學派的概括雖尚嫌粗疏，但他提倡文藝批評多層次、多側面的意向卻是絕不含混的，他所主張的正是批評功能的多樣性，認爲批評兼有「說明」（判斷）、「品評」（評價）、「欣賞」（鑒賞）等多種功能；又認爲批評方法也不妨多樣化，可以是科學方法、美學批評、比較研究方法等的自由「紛爭」，並在「紛爭」中求得「發達進步」。這無疑是頗有見地的評述。對於各種學派從不同角度批評文藝作品的肯定，顯然是揭示了批評所蘊有的多種潛在功能，批評的意義將因此而得以拓展，也勢必提高了批評的自身價值。至於多樣化批評方法的提倡，則更是擺脫傳統習見的有效途徑，批評不再是人云亦云地在一個模式中打轉，批評家的創造力也必將得到充分發揮。因此，如果這樣的批評格局得以建構，那麼，以批評指導創作，則文藝上的自由創造自不難得以實現。需要指出的是，茅盾在成爲自覺的階級論者以後，對於文藝批評的本體意義與前期有不盡相同的看法，即強調了批評的階級性特徵，即使仍然認爲文藝批評的「紛爭」是必要的，但也認爲無產階級藝術的批評論必須將「自居於擁護無產階級利益的地位而儘其批評的職能」放在首位，〔註3〕顯然是注重了批評的階級性選擇。然而，基於他對批評功能的深入探析，在闡述批評的階級性特徵的同時，仍強調批評方法的多樣化，強調批評指導創作、促進創造的重要意義。比如，他對於「空洞、高調，貌似『前進』而實迴避現實」的「文藝批評的公式主義化」的批評，對於那種只會將普列漢諾夫、伊里奇、高爾基等的「嘉言」作「尋常摘段」的所謂「批評家」的批評，對於「只把『進步的現實主義創作方法』等等術語搬來搬去」的「新八股」式的批評方法的批評，等等，〔註4〕都是表現了他的創造性批評理論的，在茅盾看來，應用馬克思主義文藝理論於批評實踐，並不意味著可以用一個固定不變的「公式」去套變化萬千的文藝創作。

〔註 3〕茅盾：《論無產階級藝術》。

〔註 4〕茅盾：《需要腳踏實地的批評家》，《生活星期刊》第 1 卷第 14 號，1936 年 9 月。

在正確理論指導下的文藝批評，仍將是發揮批評家主體創造精神的「腳踏實地」的批評，這仍同批評的模式化傾向、公式主義之病等劃清了界線。

茅盾在闡述文藝批評的本體意義時，關於藝術批評與藝術創造之間直接關係的論述，也許是最具卓見的。從一般意義上講，文藝批評的目的是在指導創作，促進文藝的創造，這是很普通的道理，無需細加解釋的。然而，文藝批評本身也是一種創造，它同文藝家的創造在表現形式上儘管很不相同，但就創造所顯示的實際意義及價值方面言，卻頗多相似之處——在這一點上，恐怕未必都是人人能理解的。茅盾揭示批評的本體功用之深刻之處就在於：認爲文藝批評從本質上說，是批評家對客觀世界的藝術把握，它是在文藝家所完成的藝術創造基礎上的一種再創造。這顯然是對批評所蘊有的創造功能的深層揭示。在介紹外國無產階級文藝思潮並融進了自己獨特思考的《論無產階級藝術》一文中，茅盾就有如下精闢的闡釋：

> 自來文學家對於批評論的本體及功用有多種不同的說法；在功用這一點上，他們有一個比較的通行的說法，乃謂批評論的職能有兩方面：一爲抉出藝術的眞相而加以疏解，使人知道怎樣去鑒賞；一爲指出藝術的趨向與範疇，使作家從無意的創造進至有意的創造。這種說法，我們可以同意。但在解釋批評論的本體這一點，我們應該提供一個新的說法。我們要說批評論就是上面所說的「社會選擇」之系統的藝術化的表現；而所謂「社會選擇」又不過是該社會的治者階級所認爲穩健（或合理）思想之集體……。

這段文字所述，包括茅盾對以往批判功用說法的贊同和他自己對批評論本體意義上的一種獨特見解，兩者互相補充構成了他對「批評論的本體及功用」的較爲完整的看法。仔細分析，不難發現，這裡實際上是就文藝批評的三種對象——文藝作品的接受者（讀者）、文藝批評的對象（作家和作品）、文藝批評的主體（評論家）——論說了批評的職能和藝術創造的要求。因此，不妨認爲：從茅盾的文藝批判觀看來，批評作爲一種審美的再創造，實際上是調動了三個方面的因素並使之協同動作，創造才最終得以實現。

首先，就文藝作品的接受者而言，批評的功用是指導鑒賞，使讀者懂得怎樣去再創造。文藝作品是寫給讀者看的，讀者作爲接受主體，其鑒賞力程度如何，能否從閱讀的作品中感知、領悟藝術的眞諦，直接關係到作品的社會價值和美學價值的能否被「發現」。從這一意義上說，作爲在鑒賞基礎上深化、又負有指導讀者鑒賞重任的文藝批評，其意義就不止是對作品進行品鑒，實際上是參與並指導讀者對文藝作品的審美發現，也可以說是同讀者一起完成了審美創造活動。除此以外，還有另一種讀者的鑒賞，是同藝術創造直接相關的。茅盾曾經指出，對於初學寫作者來說，養成對於文學名著的「鑒賞能力」，懂得「這本書的好處在什麼地方？它和其他名著比較起來，它的特點是什麼？它的主題是什麼？」等等，實際上就是對自己寫作能力的一種檢驗。因爲「鑒賞力之高低和一個人的學問修養的深淺成正比例。在寫作方面說，也和寫作能力之大小成正比例」；因此，「分析一部書的內容，欣賞一部書的技巧的能力，掉一個方向就是寫作的能力」〔註5〕。對以這一部分人來說，鑒賞就更不是一般意義上的閱讀和欣賞，而是在既成的藝術作品中進行藝術體驗，提高鑒賞力就是培養創造力。正因爲藝術鑒賞同藝術創造如此攸切相關，茅盾就特別看重文藝批評在指導鑒賞方面的功用。那麼，如何才能有效地指導鑒賞？茅盾指出：要「抉出藝術的眞相而加以疏解」。這是對藝術批評提出的較高要求。人們對藝術作品的把握，理解其表層意義也許並不困難；然而要揭示「藝術的眞相」，可不是件容易的事情。而優秀的文藝作品，其藝術意蘊常常不是外露的，特別是那些內容含蓄、深邃、豐富的藝術品，更難於「抉出」其眞相。這也就是藝術鑒賞、評價活動中，非有訓練有素的獨特鑒賞力、判斷力的批評家不可的原因之一。正如杜勃羅留波夫指出的「批評之所以存在，就是爲了說明隱藏在藝術家創作內部的意義」〔註6〕；由是，茅盾提出批評的任務是在「抉出藝術的眞相」，也可以說是對一種規律的揭示。而對批評家提出如此要求，顯然是在提倡一種切實、有效的批評，期望文藝批評有眞正的審美發現，把作品中爲一般欣賞者所不易把握的獨特創造揭示出來，對作品的社會價值和美學價值做出切中肯綮的判斷和評價，使批評眞正發揮在指導鑒賞、完成審美創造中的應有作用。

其次，對文藝作品的創造者來說，批評的功用是在促進創造者的再創造。文藝批評所提供的創造，除了發現潛藏於藝術作品深處的不易爲常人所發現（有時甚至連創作者本人也不一定感覺到）的東西以外，另一個就是對創作活動本身的創造。這種創造，當然不同於文藝家的直接創造，它只是一種間

〔註5〕茅盾：《個性問題與天才問題》，《中學生》復刊第88期，1945年5月。

〔註6〕杜勃羅留波夫：《黑暗的王國》，《杜勃羅留波夫選集》第1卷，第248頁，新文藝出版社1957年版。

接的創造。如果對批評家也提出類似於作家那樣塑造形象、營構意境之類的創造要求，就無異於茅盾在《作家和批評家》一文中所指出的那樣——倘只是如此發泄對批評家的不滿：「既然你會指謫這不是，那又不對，就請你自己來動手罷！」——這「實在難乎其爲批評家」了〔註7〕。賀拉斯對文藝批評的功用有過如此形象的描述：「……我不如起個磨刀石的作用，能使鋼刀鋒利，雖然它自己切不動什麼。我自己不寫什麼東西，但是我願意指示（別人）：詩人的職責和功能所在，從何處可以汲取豐富的材料，從何處吸收養料，詩人是怎樣形成的，什麼適合於他，什麼不適合於他，正途會引導他到什麼去處，歧途會引導他到什麼去處。」〔註8〕這裡所指出的批評本身「切不動什麼」，卻能「指示」別人創作歸趨的功能，就同茅盾所概括的批評是在「指出藝術的趨向與範疇，使作家從無意的創造進至有意的創造」，是頗爲接近的。兩者都說明：批評本身並不直接提供藝術創造，卻爲藝術創造貢獻了力量。這論述，無論是從調整創作與欣賞關係的角度，還是從對於創作的促進作用講，都是極有道理的。這是因爲：批評作爲欣賞與創作之間的重要中介，它反映了欣賞者的需要，集中了欣賞者的要求，批評家通過文藝批評，把欣賞者的這種審美需求反饋到創作者那裡，必將使創作與欣賞的關係趨於協調，從而提高了文藝創作爲讀者所歡迎、所接受的能力，此其一。其二，批評「指示」創作的歸趨，是從理性上對文藝創作實行整體把握，這就有可能打破創作者往往只能從自身的狹小視角觀察、表現生活的局面，有可能提高自覺掌握藝術規律的能力，使創作從自在狀態走向自爲狀態，或者說從無意的創造進至有意的創造，這必將使創作的「鋼刀」更加「鋒利」。由此看來，茅盾揭示批評對於促進創造者的再創造意義，委實是精到之見。

再次，就文藝批評的主體——批評者方面說，茅盾對批評者在充分發揮批評作爲審美再創造主體活動的主體作用中提出了切實的要求。其總體要求是批評的「社會選擇」，這是同茅盾主張文藝的「社會化」要求相一致的。文藝創作的社會性選擇，當然必須由「文藝批評」的「社會選擇」與之對應；唯如此，才能在同一的價值判斷上揭示藝術創造的意義，也才能最終完成文藝批評對於藝術的再創造功能。然而，在「社會選擇」的總前提下，要眞正實現文藝批評的再創造功能，還必須有更切實、具體的要求。茅盾認爲，注

〔註7〕茅盾：《作家和批評家》，《申報月刊》第2卷第5期，1933年5月。
〔註8〕賀拉斯：《詩藝》，《〈詩學〉〈詩藝〉》，第153頁，人民文學出版社1962年版。

重「社會選擇」的文藝批評，既是一種「系統的藝術化的表現」，又必須是在充分體現階級性特徵的「穩健（或合理）思想」指導下的批評，也就是要求切合階級需要的藝術創造。文藝批評必須是「藝術化的表現」，顯然是對文藝批評自身規律的揭示：它是實施對於文藝作品的藝術把握，本身也必須具有藝術性。那種缺少藝術眼光、不可能揭示藝術眞諦的批評，固算不得好的批評；就是缺少「藝術化表現」，在表現形式上枯燥呆板、毫無生氣的批評，也稱不上是眞正的文藝批評。另一方面，批評也必須具有科學性。因爲從本質上說，批評是一種理論的闡發，是批評家依據一定的文學藝術原理，對文藝作品客觀的社會價值和美學價值做出評估。在這裡，依據的理論之是否正確，理論分析之是否精當，便直接決定了價值判斷之是否合理，藝術的創造性元素之能否被揭示。

綜觀上述，茅盾是把文藝批評視爲一種藝術活動，並認爲這種藝術活動同樣具有審美創造的意義。這無疑是把文藝批評置於較高的價值層次上給以獨特的地位，這是一種嶄新的文藝批評觀。它同傳統的文藝批評觀不可同日而語，同時也體現了鮮明的現代文藝批評意識。正是由於如此重視文藝批評，茅盾才會長時間身體力行從事文藝批評實踐，也會對文藝批評本身做出更系統、全面的闡說，以圖實現對文藝批評本質的規律性揭示。

二、批評模式營構：「歷史——美學」批評

基於對文藝批評論的本體及功能的獨特認識，茅盾在批評的方法論上也形成了與此相對應的較爲系統的看法。上一節我們已經談到：在論及批評的本體意義時，茅盾注重的是批評的「社會選擇」；圍繞這一命題，茅盾還有大量論述論及文藝批評與社會、時代、歷史的廣泛聯繫性，論及應在社會思潮觀照下評價文藝創作的文藝批評方法。把這些意見集中起來，不妨看成是我國現代文藝批評中一種典型的批評模式的呈示。

在近、現代世界文藝潮流中，由於人們從不同的視角看取文學藝術的本質，就形成了流派迭起、思潮紛爭的局面，在文藝批評中也形成了多種多樣的批評模式。其中流行最廣、影響最著的是社會批評、心理批評、原型批評、形式主義批評、結構主義批評五種，它們被視爲是世界文藝批評中的五大模式。從接納世界文藝新潮的角度看，茅盾最容易吸取的自然是社會批評模式。幾乎從踏上文學道路開始，他就是個「社會化」觀念極強的作家，因此在文

藝批評方式上，最得他青睞的也必是社會批評模式。明顯的例證是他早期較多地接納、推崇丹納的批評理論。丹納批評觀的核心是把種族、環境、時代看成是文學藝術產生的三要素，由此構建起完備的社會批評理論體系。在西方，丹納是被奉爲社會批評的鼻祖的。〔註 9〕茅盾就多次介紹過丹納的理論，並在自己的論著中應用其基本觀點闡釋文學的本質。1925 年前後，茅盾接受無產階級藝術觀後，在批評觀念上也有所變化：不再只取與西方社會批評模式單一認同的態度，而是開始用馬克思主義文藝批評觀去分析、評價文藝創作。其中最顯著的特徵是把階級分析引入文藝批評，已不再像過去那樣使用籠統的「人性」、「人種」概念，而是以確定的語氣指出：「我們應該承認文藝批評論確是站在一階級的立點上爲本階級的利益而立論的」〔註 10〕。然而，由於馬克思主義文藝批評觀同樣注重批評的社會內涵，認爲文藝是一種「意識形態的形式」，屬於社會上層建築，爲一定的社會經濟基礎所決定，並受著一定的社會時代環境的制約；因而，馬克思主義批評同社會批評之間是頗多相似之處的。西方的某些持社會批評觀念的學者就沒用細劃這兩者之間的差別，有的還直接從馬克思主義創始人的言論中尋找理論的支架〔註 11〕。茅盾在自覺接受馬克思主義文藝觀後，也沒用最終拋棄社會批評觀中的某些基本觀點。他給「文藝的批評論」下的定義，無非也是：「人爲的選擇」加上「社會的選擇」〔註 12〕，即強調批評是批評家個人的主觀理解同整個社會思潮的一致。由是觀之，如果取比較寬泛的概念，以當今世界文藝批評中的五大模式視之，把茅盾的文藝批評觀納入社會批評模式的範疇，似乎也無不可。事實上，當人們習慣於用既定的批評模式去考察我國的文藝批評理論時，也總是自覺不自覺地使用著社會批評的概念。有的同志就認爲，「社會批評」模式是「我國文學批評中的傳統方法」，即僅僅是同「各種批評新潮」相對的方法，其涵蓋面當然是很寬泛的；又認爲「馬克思主義的『美學——歷史批評』，也就是我們通常所說的『社會批評』」〔註 13〕，則同樣表明了在我國的批評理論中也沒有把這兩者細加區分的事實。在這個事實前提下，茅盾是注定要進入「社會批評」模式的。

〔註 9〕傅延修等：《文學批評方法論基礎》，第 190 頁，江西人民出版社 1987 年版。
〔註 10〕茅盾：《論無產階級藝術》。
〔註 11〕參見傅延修等：《文學批評方法論基礎》第五節所述「社會批評與文學社會學、馬克思主義批評、庸俗社會學之間的關係」部分。
〔註 12〕茅盾：《論無產階級藝術》。
〔註 13〕繆俊傑：《「社會批評」的反思和自信》，《文藝報》1988 年 10 月 1 日。

然而，當我們全面地審察茅盾的藝術批評觀時，就會發現：籠統地說茅盾恪守的是「社會批評」模式，畢竟是不科學的。理由是：第一，儘管茅盾接納過以丹納爲代表的西方社會批評觀，但這只是構成他批評理論的一種養分，而不是全部，更何況在時間上也很短暫。不能忽視的是馬克思主義批評觀給他批評論的形成以更深刻的影響。與此相關聯——第二，儘管馬克思主義批評同社會批評有相近之處，但兩者終究還是有明確區分的，概念上的混用就不可能對作家的批評觀做出科學的表述。馬克思主義批評的基本特徵是對文藝創作注重「美學——歷史」的批評。它強調經濟基礎對上層建築之一的文藝的決定作用，但也指出文藝對經濟基礎的反作用，認爲它們之間是一種曲折複雜的關係——「這裡表現出這一切因素間的交互作用，而在這種交互作用中歸根到底是經濟運動作爲必然的東西通過無窮的偶然事件……向前發展」〔註 14〕。因此在評價文藝創作時，就十分注意研究作家、作品與社會環境之間的複雜關係，把作品置於特定的社會環境中，歷史地、辯證地考察它的固有價值，包括社會價值和美學價值。這同西方社會批評學派中的許多人缺乏辯證的眼光，只是簡單地用社會的進程來解釋文藝的發展，忽視文藝與社會之間曲折複雜的關係，也勢必忽視文藝自身發展的規律，是大相徑庭的。如此說來，把馬克思主義批評同社會批評「一勺燴」，顯然是不妥的。對茅盾文藝批評思想的認識也應作如是觀：既要看到它同社會批評觀念的某些聯繫性，也不能無視兩者之間的區別所在；而從其總體思想考察，不妨可以說：茅盾所遵循的是在社會批評基礎上深化的文藝批評觀，基本上是採用了馬克思主義的「歷史——美學」批評的文藝批評方法。如果從營構批評模式的角度講，則顯然是一種「歷史——美學」批評的批評模式。

關於「歷史——美學」批評的具體內涵，別林斯基曾有如下闡述：

> 只是歷史的而無美學的批評，或者反過來，只是美學的而無歷史的批評，這就是片面的，從而也是錯誤的。批評應該是整個的，其中見解的多面性應該出自一個共同的源流，一個系統，一種藝術的觀點。〔註 15〕

這說明：所謂「美學——歷史」的批評，應當是一種整體的、系統的批評，是一種對文藝作品進行歷史觀照和美學分析相統一從而實現對藝術整體把握

〔註 14〕恩格斯：《恩格斯致約・布洛赫》，《馬克思恩格斯選集》第 4 卷，第 477 頁。
〔註 15〕別林斯基：《別林斯基論文學》，第 261～262 頁，新文藝出版社 1958 年版。

的批評；而歷史的批評和美學的批評又各有其豐富的內涵，批評家只有充分揭示藝術創作與社會、與時代歷史的廣泛聯繫性和藝術作品本身所蘊有的富有創造性的美學價值，批評的使命才算最終完成。用這樣的要求加以對照，茅盾的批評觀念是不難納入「美學——歷史」批評的範疇中的；而且，正是在堅持歷史批評與美學批評的統一中才顯示出茅盾批評論的特色。這可從下述兩個方面得到印證。

其一，反對「藝術獨立論」，主張批評要充分揭示藝術與社會的廣泛聯繫性。在文藝批評觀中，與「社會批評」相對的，是純藝術批評。這種批評觀認為，藝術是超乎社會而絕對「獨立」的，作家是「為藝術而藝術」，批評家的任務也只是在揭示藝術的「純度」，無需顧及藝術與社會的關係。從堅定的「社會化」觀念出發，茅盾當然不能容忍這樣的批評觀念。統觀他的藝術批評思想，一個鮮明的傾向便是對標榜「超然獨立」或主張「純藝術」的批評觀的對立與批評。他在批評「五四」文學創作的一個嚴重缺陷時，就指出我國傳統文學不重社會背景、只寫一己感情的創作風氣仍給當前的創作帶來危害：「中國古來文人對於文學作品只視為抒情敘意的東西；這歷史的重擔直到現在還有餘威……把作家的創作才能束縛了不少」；因此，要推動創作前進，必須從「純情主義」的氛圍中擺脫出來，明確意識到「表現社會生活的文學是眞文學，是與人類有關係的文學，在被迫害的國裏更應該注意這社會背景」〔註16〕。基於如此不可移意的社會要求，他對於將藝術與社會截然分離的「藝術獨立」主張自然會持激烈反對的態度。當某些人搬用西方文藝觀念，將「藝術獨立」作為一種創作傾向鼓吹的時候，茅盾表述了絕不與之相容的意見。他指出：「醉心於『藝術獨立』的人們，常常詬病文學上的功利主義……把凡帶些政治意味社會色彩的作品統統視為下品，視為毫無足取，甚至斥為有害於藝術的獨立」，是一種對藝術本義的「可怕的誤會」，這樣的「批評家愈執己見，愈弄狹了藝術的領域」〔註17〕。這裡，茅盾是從藝術領域的開闊性、藝術的多重功能上來批評「獨立論」觀念的褊狹的。而當他注重批評的階級性選擇時，則對：「藝術獨立論」的批評又上昇到了另一個層次。在《論無產階級藝術》中，他就指出：「雖然自來的文藝批評家常常發『藝術超然獨立』的高論，其實何嘗辦到眞正的超然獨立？這種高調，不過是間接的防止有什

〔註16〕茅盾：《社會背景與創作》。
〔註17〕茅盾：《文學與政治社會》。

麼利於被支配的階級的藝術之發生罷了」，從社會的階級分野上說明了「超然獨立」的藝術之不可能存在，強化了批評的階級意識。這在當時是一種有的放矢之論。應當指出，茅盾對「藝術獨立論」的批評，是貫穿在他的文藝活動的全過程中的，可以視爲他藝術批評觀的一個重要方面之系統的表述，從中正顯示出他同我國現代文藝批評中一個主張「自由」、「獨立」的批評學派的對立。在三四十年代，茅盾就同朱光潛、沈從文等主張「藝術自由」的文藝美學思想和批判觀念有過多次交鋒。他對於朱光潛提倡的文藝批評應是「自由生發與自由討論」的觀點以及認爲文藝「爲大眾，爲革命，爲階級意識」是一種新的「文以載道」與「言志」的文藝批評觀，提出過尖銳的批評〔註 18〕；也對沈從文從藝術的角度反對新文藝的「差不多」現象提出過完全不同的看法，認爲「新文藝發展的這一條是正確的；作家們應客觀的社會需要而寫它們的作品——這一傾向，也是正確的」，不能僅以「差不多」一說就「厚誣了作家們之力求服務於人群社會的用心」〔註 19〕。這同樣表現了他一如既往的對文藝提出社會要求的批評觀，同主張淡化社會意識的「獨立」作家和批評家顯出明顯的對立。而且，在同朱光潛等人的論爭中，還表現出他的充分自信：「學派思想固有多種，眞理卻只有一個」，即認爲文藝解決實際的社會問題才是「眞理」〔註 20〕，顯示了他堅持文藝批評必須注重社會聯繫性而不是與之相脫離的堅定立場。

對於不同批評學派孰是孰非、孰高孰低，我們無意展開評述，因爲這畢竟不是本書的論述範圍。通過上述相對立的批評觀念的比較，我們想指出的只是：茅盾堅持批評的社會觀念的確是一絲不苟、毫不含混的。這種批評觀念的基本內涵便是：側重探討藝術與時代、與社會的廣泛聯繫性，從中發現藝術品所蘊有的獨特的社會價值與藝術價值，並認爲游離於「社會」之外的「獨立」的藝術價值是不存在的。這種批評觀念同通常所說的「社會批評」並不是完全相悖的。茅盾在論述藝術與環境、時代、民族的聯繫時，的確同西方「社會批評」學派的觀念頗多相近之處。在有些地方，這種論述甚至只表現爲「社會批評」觀念結合中國文學實際的具體描述（最突出的是《社會背景與創作》、《文學與人生》等文）。然而就茅盾批評觀的整體考察，畢竟也

〔註 18〕茅盾：《新文學前途有危機麼》，《文學》第 9 卷第 1 期，1937 年 1 月。
〔註 19〕茅盾：《關於「差不多」》，《中流》第 2 卷第 8 期，1937 年 7 月。
〔註 20〕茅盾：《新文學前途有危機麼》，《文學》第 9 卷第 1 期，1937 年 1 月。

顯出不盡相同之處。首先，在論及批評的社會內涵時，茅盾注意到了藝術家與社會的廣泛聯繫，並把這種聯繫看成是藝術與社會互為作用的雙向同構關係，這同「社會批評」只認為「社會決定藝術」的單一線性關係的描述是判然有別的。比如他在反詰「醉心於『藝術獨立』的人們」時，就列舉俄國和東、北歐文學為例，認為文學與社會的關係，不僅在於它是時代和環境的產物，甚至也是革命與政治的產兒，常常成為表現「政治獨立」、「民族革命」的手段，「空言」文藝「獨立」是何等的不可取〔註21〕；這就不但展示了藝術與社會聯繫的廣泛性，也揭示了藝術對於社會的作用：它為社會所決定，又反作用於社會。他同沈從文論辯時，指出作家們「群起」描寫工廠、農村等，並非「趨時」或「投機」，實在既是「客觀形勢的要求」，同時也是作家們發揮文學能「服務於社會人群」的作用〔註22〕，也是兩者關係的辯證論述。其次，在注重「歷史傾向」的批評中，「社會批評」強調外來的歷史力量（諸如時代、環境、民族性等）對創作者的影響，這樣，創作者只成了對歷史力量的消極的受動物，顯然是極片面的。茅盾的觀點是與此截然不同的，他的藝術主張與批評實踐恰恰是非常重視文藝家在創作中的主體作用的。別林斯基在論述「歷史的批評」的內涵時，認為「研究藝術家的生活及性格等等也常常有助於理解他的創作」，以此衡之，則茅盾的批評觀接近與「歷史批評」一面是顯而易見的。再次，茅盾強調批評的階級性屬性，愈到後來，對此的要求愈強化，這顯然也同西方的「社會批評」觀念很不相同。這樣看來，茅盾從反對「藝術獨立論」出發的批評觀念，在注重社會聯繫一面上同「社會批評」有相似之處，但細察其內涵，仍然顯示出相當多的獨特性。

其二，兼顧歷史要求和美學分析，主張批評應揭示藝術品的社會價值和美學價值。茅盾曾以激烈的言詞批評過「藝術獨立論」，這並不意味著他忽視對評論對象作藝術評價。恰恰相反，我們可以舉出大量例證說明茅盾的批評觀是重視藝術的，比如，在最早介紹、評估外國文學作品時，茅盾就指出：「文學作品雖然不同純藝術品，然而藝術的要素一定是很具備的。介紹時一定不能只顧著這作品中所含的思想而把藝術的要素不顧。」〔註23〕這裡就說到了評價文學作品必須顧及思想和藝術兩種因素。又如，他在編《小說月報》時，

〔註21〕茅盾：《文學與政治社會》。
〔註22〕茅盾：《關於「差不多」》，《中流》第2卷第8期，1937年7月。
〔註23〕茅盾：《新文學研究者的責任與努力》。

談到對新潮小說的要求時說：「文學是思想一面的東西，這話是不錯的。然而文學的構成，卻全靠藝術」〔註 24〕，則又把藝術提到了比思想還重要的地位。甚至，他在評價階級色彩鮮明的無產階級藝術作品時，在肯定此類作品必須具有「激勵階級鬥爭的精神」的思想傾向的同時，仍認為「激勵和鼓勵只是藝術所有目的之一，不是全體；我們不可把部分誤認作全體」，特別是不能以「刺激煽動性」去「損害作品藝術上的美麗」，同樣把「藝術美」置於不容忽視的地位。

這似乎是一種矛盾。但其實恰恰從這裡體現了茅盾文藝批評觀中社會歷史要求和美學要求的統一。因為，由此顯示的實際狀況乃是：茅盾反對的只是藝術的「超然獨立」，而不是藝術本身；「藝術獨立」的批評觀抽去了藝術的社會屬性，把藝術的社會價值與審美價值完全分割開來，就是一種極機械的批評論，茅盾兼顧批評的兩個側面，正是對這種偏頗理論的糾正。這只要看一看茅盾對藝術功利觀的認識，也可以得到證明。毋庸諱言，茅盾是強調文藝的社會功利價值的，這也是他從事文藝批評的一根重要標尺。然而，當文藝的社會功利性被看成是一種狹隘的功利觀念，或者視功利為藝術表現的全目的時，也是為茅盾所反對的。他在同「藝術獨立論」論辯時，就對文藝的功利主義表述了這樣的見解：「把藝術當作全然為某種目的而設，這一說大概現在也很少人堅信罷？文藝上的功利主義，初不待『藝術派』來作孤軍的反對。再換一方面講，功利的藝術觀，誠然不對；要把帶些政治意味與社會色彩的作品都摒出藝術之宮的門外，恐亦未為全對，更說不上能否阻礙藝術的獨立。」〔註 25〕這裡所述，顯見茅盾是反對單純的文藝功利主義的，同時也指出不帶一點功利色彩的「獨立」文藝也不可能存在。而聯繫前後論述，當可發現：他反對「功利的藝術觀」，反對的是把功利當作藝術的「全然」目的，而不是功利本身。由此看來，對於文藝作品的批評、評價，不論是揭示其思想性還是藝術性，是估量其社會功利價值還是美學價值，茅盾都不主張只強調一個側面，「把部分誤認作全體」，把其中的一項看成是「藝術的所有目的」。他對文藝批評觀正是堅持歷史評價與美學評價的並重，從而顯示出其獨特的意義。從歷史評價的角度言，他是以「肯定的歷史傾向」為標準，要求文藝擔起表現時代、改造社會的重任，絕不諱言文藝應具有的社會功利價

〔註 24〕茅盾：《小說新潮欄宣言》。
〔註 25〕茅盾：《文學與政治社會》。

值。從美學評價的意義上說，他是以藝術作品經得起「美學分析」爲前提，要求文藝創作在表現鮮明的思想傾向時不以「損害作品藝術上的美麗」爲代價，提出文藝作品還必須蘊有美學價值。這種堅持兩種價值並重的文藝批評觀，同樣顯出同通常所說的「社會批評」的不同。如果說，「藝術獨立論」的批評是從「堅執」藝術一個側面表現出片面性，那麼，單純的「社會批評」就很可能只強調「社會」的一面而見出其不完善性。某些「社會批評」就很少揭示文藝的內部規律——即文藝作品自身蘊含的美學品格，只從文藝的「外部」——諸如一定歷史時期的社會經濟關係、政治關係、社會思潮、意識形態等，估量文藝作品的價值。更有甚者，是把「社會批評」看成是簡單的政治批評，更使批評表現出庸俗社會學傾向。茅盾主張批評要兼顧歷史要求和美學分析，顯然是同一般的「社會批評」，特別是庸俗社會學劃清了界線的。

從堅持兩種價值觀念並重出發，在批評實踐上，茅盾主張美學——歷史的批評互相聯繫，緊密結合，把兩種價值判斷具體地體現在同一批評對象身上。他曾經指出這樣一種二元論的批評觀點之失誤：「形式是優美的，內容是貧乏的」，認爲其咎就在把歷史意識和美學分析分割評論，這就勢必導向錯誤的結論。「因爲把意識只當意識看，美學價值只當美學價值看，把兩者當作個別的不相聯繫的東西，——這樣的批評是錯誤的批評。」〔註26〕是的，「美學——歷史」的批評作爲一種具有整體意識的批評方法，的確應當像別林斯基所說的那樣，批評不應「導向細節和局部，而是導向一致性和整體性」〔註27〕；唯如此，才能眞正實現批評對藝術的整體把握。在這方面，茅盾自己的文藝批評實踐，可說是爲我國現代文藝批評樹立了典範。他的批評，就是既注重作品「歷史傾向」的發掘與揭示，又重視作品美學價值的評估與判斷，而且總是把兩者有機地糅合在一起，實現了對文藝創作的整體性把握。他的素來爲人們稱道的魯迅創作評論，可推爲範例。評論魯迅的小說，引起他注意的並不是作品的「細節和局部」，而是藝術的整體，因此以宏觀審視的態勢把握創作，他便有了對作品深邃意義的歷史性發現。比如早在1923年，他就看出《阿Q正傳》的深刻之處在於「刻畫出隱伏在中華民族骨髓裏的不長進的性質——阿Q相」，這個爲60年後的研究者仍在重複討論著的命題之早經茅盾發現，就不能不使我們佩服這位批評家的獨具慧眼。而且，他在魯迅小說裏

〔註26〕茅盾：《一張不正確的照片》，《文學》月刊第1卷第4期，1933年10月。
〔註27〕別林斯基：《別林斯基論文學》，第262頁。

發掘的不只是表現民族劣根性的歷史深刻性，還有與之對應的獨創的藝術價值，他指出「魯迅君常常是創造『新形式』的先鋒」，「《吶喊》裏的十多篇小說幾乎一篇有一篇新形式」，這也是為後人稱道並樂於引用的獨特的藝術發現。至於從風格——這滲透著作家藝術個性、包含著作品思想價值與藝術價值統一的格調中去評價創作，就更有助於把握藝術的整體。他認為《狂人日記》「構成著異樣的風格，使人一見就感著不可言喻的悲哀的愉快。這種感受正像愛於吃辣的人所感到的『愈辣愈爽快』的感覺」〔註 28〕。這裡就包含著對作品深層的歷史表現力、藝術上「挺峭的文調」以及接受者的審美快感等多重意義的揭示。能有如此鞭闢入裏的批評，除了批評家獨具的藝術敏感以外，自然也同他對作品作「整體性」的評論分不開。除魯迅評論外，茅盾還對徐志摩、王魯彥、廬隱、冰心、許地山、丁玲等一大批中國現代作家寫過評論，這些評論，幾乎都成為中國現代作家論的範本；其成功所在，也在於對作家及其創作的評論堅持了揭示美學價值與歷史價值的統一，實現了使兩者緊密結合的文藝批評整體意識。因此，這種批評實踐的意義，不但顯示著一個具體的批評家的深厚功力，更重要的是體現了作為一種重要批評模式而存在的「美學——歷史」批評方法的久遠的生命力。

三、批評家：作為審美再創造的主體

茅盾將文藝批評的美學意義提升到審美再創造的高度，並賦予批評家以審美再創造的主體地位。但是，批評家主體地位的理論認定，並不意味著在實踐中就必然能實現。批評家自身的各種缺欠和偏頗，都有可能導致主體地位的削弱以至徹底喪失，進而使審美再創造部分乃至全部落空。這裡的關鍵是批評家自身主體性的充分發揮和全面高揚。為此，茅盾對批評家提出了一系列要求：從科學的批評觀念、正確的批評態度、必要的理論素養到具體的批評操作手段，涉及批評家心理素質、知識結構、操作能力，以及同批評對象相互關係的諸多方面和批評過程的各個環節，構成了相當完整的文藝批評主體論。

根據茅盾對藝術批評功能價值的確認，批評家主體地位的實現首先體現在對讀者和作家的兩重超越：對讀者，「抉出藝術的眞相而加以疏解」以幫助

〔註 28〕以上引文均見《讀〈吶喊〉》。

他們更好地鑒賞；對作家，「指出藝術的趨向與範疇」以啓示他們自覺地創造。而要完成這兩重超越又有賴於批評家自身科學批評觀的確立。茅盾認爲，這首先就要摒棄以「司法官」和「大主考」自居的錯誤觀念，而把自己看成是「一個心地率直的讀者」，把「批評」看作是自己對作作品的眞切「印象」的表述，〔註29〕而不再是威風凜凜的藝術「判決書」。這個毫無驚人色彩的要求，其實卻體現了茅盾對文藝批評本體特徵和批評家審美再創造過程的深刻領悟。文藝批評既然是文學藝術的「『社會選擇』之系統的藝術化的表現，而所謂『社會選擇』又不過是該社會的治者階級所認爲穩健（或合理）思想之集體」〔註 30〕，這就不僅指明了它的階級性或意識形態傾向性，而且又揭示了它既是思想理論活動又是文學藝術活動的內在的雙重規定性。一方面，作爲對藝術實踐的理論說明，它要憑藉自己的一整套理論原理和概念結構去把握文藝，通過一系列邏輯演繹和必要的理論抽象，超越文藝的感性世界向著形而上的理性王國突進昇華：透過各種表象抉出藝術的「眞相」並給以正確的「疏解」，對藝術形象的內蘊做出歷史的和美學的評價，就文藝創作的得失成敗進行理論的分析和總結，還要「指出藝術的趨向和範疇」，以既合規律性又合目的要求給予有力的規範和引導。由於文藝批評所具持的是特定階級的「思想之集體」，即該階級的整個意識形態，所以它總是要通過藝術問題，提出政治、哲學、宗教、倫理道德以及現實生活的各種問題，自覺地參與意識形態鬥爭，成爲宣揚特定階級、階層或社會集團政治觀、哲學觀、宗教觀和道德觀的途徑和手段。但另一方面，文藝批評又必須以文學藝術爲對象依據，它所闡發的各種議論，無論是對文藝自身本質特徵和規律的理論發揮，還是對文藝以外的意識形態領域其他方面內容的宣傳教諭，都要借助藝術形象並體現在對它們內含意義的闡釋評價之中。誠如車爾尼學夫斯基所說的那樣：「一般說，批評總是根據文學所提供的事實而發揮的，文學是批評結論的必要材料」〔註31〕

即使是那些意在對藝術形象進行總體把握的宏觀審視，或對一個歷史時期藝術創作成敗得失高度概括的理論總結，甚至是對藝術觀念十分抽象的哲理思辨，也無不以文藝創作的存在爲前提，並最終又服務於藝術實踐。因此，

〔註29〕茅盾：《「文學批評」管見一》，《小說月報》第13卷第8期。
〔註30〕茅盾：《論無產階級藝術》。
〔註31〕《車爾尼學夫斯基論文學》（上），第6頁，新文藝出版社1956年版。

根據文藝批評的本體特徵，批評家必須直接面對文藝發言，他沒有權利疏遠文藝作品和文藝現象而作主觀隨意的蹈空批評。這就決定了批評家首先應當同一般讀者一樣，從認眞解讀藝術作品開始。

批評家審美再創造的實現，他對藝術「眞相」的抉剔和「疏解」，對藝術「趨向與範疇」的引導和規約，對各種新崛起的美學原則、藝術規範的發現和張揚，以及對文藝家「從無意的創造進至有意的創造」的睿智啓示，從根本上說，都必須建立在對文藝作品所創造的每一個特殊藝術天地的審美把握這一基礎之上。而要眞正實現這個目標，就離不開對文藝作品的細緻解讀、悉心體會和深切感受，否則，就無所謂他與對象之間的情感交流，更談不上反覆地回味深思，深入地發掘和把握對象的意義內蘊和美學價值，審美再創造也就根本無從談起。因此，從審美再創造的實際過程看，批評家也必須首先是一個忠誠的讀者，只是他將比一般讀者更加全面深入地理解和把握作品，更加無私、嚴肅、客觀地對待它們。

從藝術王國的「法官」和「主考」屈尊而爲藝術作品的忠誠讀者，對於批評家的積極意義至少有四點：第一，可以淡化他們過於強烈的權威欲求和好爲人師的自負心理，使自己處於一種較爲自由灑脫的批評心態，以便同作家「親密地合作，用互相幫助、互相尊重、互相學習的態度」〔註 32〕建立起一種平等的夥伴關係，有利於改變雙方互相輕視、互相指責的緊張局面。第二，可以使他們避免脫離作品實際而作主觀隨意的架空批評，把批評活動首先置於藝術體驗的堅實基礎之上，進而恢復並強化批評與藝術之間固有的血緣聯繫，以實現兩者「互相激勵而至於至善」〔註 33〕的理想目標。第三，可以切實提高他們的審美感受能力。而這對批評家來說尤爲重要，因爲正如別林斯基所說，「銳敏的詩意感覺，對美文學印象的強大感受力——這才應該是從事批評的首要條件」〔註 34〕。第四，可以使他們確立眞正的自信。既然批評家不再借「法官」、「主考」的威光以自重，個人的「好惡」便失去價值宣判的效力。於是只得憑靠自身的勇氣和力量面對藝術，以自己的人格和眼力對筆下詞句負責。而這才是他們具備了眞正自信的開端。

當然，一般讀者閱讀作品的體驗感受還不是嚴格意義的文藝批評，而茅盾

〔註 32〕茅盾：《新的現實和新的任務》，《文藝報》1953 年第 19 期。
〔註 33〕茅盾：《〈小說月報〉改革宣言》，《小說月報》第 12 卷第 1 期。
〔註 34〕《別林斯基選集》第 1 卷，第 224 頁，上海譯文出版社 1979 年版。

也並非僅僅要求批評家充當一把讀者而已。前面已經說過，在茅盾看來，批評家要實現審美再創造，必須完成兩重超越：不僅要超越讀者，並且還要進而超越文藝家。但他認爲，要眞正實現對文藝家的超越，批評家首先就應該理解、愛護、尊重作家，眞正「體恤」他們「創作的甘苦」〔註35〕。這裡的關鍵是理解文藝家，即批評家以自己對藝術創造特殊規律的深刻把握和對作品文本的細緻解讀，切實體會文藝家的創作意圖、藝術構想和審美追求，並具有一個豐富的心靈世界。只有這樣，批評家才獲得了對於審美創造過程的自由，才有可能窺見文藝家心靈深處的種種幽微曲折，把握他們特殊的心理狀態、運思方式和情感特點，從而全面地佔有文藝家獨特的審美個性，洞悉他們審美創造的深潛意蘊和內在奧秘；否則就只能導致批評家與作家的隔膜和分離。作家們常有的「文章千古事，得失寸心知」的長籲短歎，未必統統都是他們無法理解批評家先進審美觀念的自我寬慰，其間不乏對批評家不能理解他們苦心的由衷憾惜，甚至對批評家極其偏激的輕蔑不敬，最終也常常可以從這裡找到根由。顯而易見，在這種隔膜分離狀態下，批評家非但不可能眞正「抉出藝術的眞相」並加以正確的「疏解」，而且，除了隔靴搔癢不得要領的空泛議論，往往導致「主觀主義的教條式的批評，片面式的批評」。茅盾認爲，這樣的批評必然缺乏對於作家「愛護的熱情幫助的態度，缺乏一種合作的態度，而採取一種粗暴的打擊的態度」。他分析指出：「這種粗暴態度，表現在批評家沒有用客觀科學的態度來研究分析他的批評對象，而只憑一時主觀的印象匆忙地作了判斷；表現在批評家對於作品所表現的社會生活缺乏深入全面的知識，而只以一些革命文藝理論的原則作爲教條、作爲公式，來硬套他的批評對象；表現在批評家沒有耐心研究整個作品的各方面，而只斷章取義地抓住作品中突出的缺點，就下了不公平的、不能使人信服的論斷。」在茅盾看來，這種「主觀主義教條式的批評」不僅導致審美再創造的全盤落空，更嚴重的是，「由於它不是從客觀現實出發來衡量作品，因而在某種程度上，它不但不能解決問題，並且還使得作家們會跟著它也按一定的公式去寫作，其結果促成了作品的公式化、概念化傾向的發展」。同時，又由於「批評家是用一些固定的標尺，機械地去衡量一切作品，因此引起作家對批評家的畏懼和不滿。這樣的批評不是鼓舞作家的創作熱情，而是阻礙了這個熱情」〔註36〕。茅盾以批評家和作家的雙重身份作出的這些分

〔註35〕茅盾：《我走過的道路》（中），第143頁，人民文學出版社1984年版。
〔註36〕茅盾：《新的現實和新的任務》，《文藝報》1953年第19期。

析論斷，不僅基於他對批評與創作實踐過程和規律性的深切理解，又融進了自己在「革命文學論爭」中遭受教條主義批評粗暴打擊的切身體驗，因而顯得特別切實深刻。它們的正確性已經爲新文學理論批評史的事實所證明。

但是，茅盾要求批評家理解、愛護、尊重、體恤作家，並不意味著提倡毫無原則的庸俗捧場。他反對粗暴打擊的批評態度，卻主張批評應該尖銳辛辣。他指出：「要使批評眞能發揮它的研究出個眞理的使命，則紅著臉的力爭倒是必要。尤其在感覺遲鈍的社會裏，尤其是對肉麻當有趣的人們，辛辣和尖銳應當是批評的必要條件。」〔註 37〕一團和氣地百般逢迎，照樣只會導致藝術的枯萎和批評的夭亡。這正如魯迅所說的：「罵殺」與「棒殺」，「按之入地」與「舉之上天」雖則手段相反，但結局都是藝術的遭殃。他認爲「批評必須壞處說壞，好處說好，才於作者有益」〔註 38〕。恩格斯對那種不分青紅皀白阿諛奉承的「調和主義的妄圖，以及扮演文學上的淫媒和掮客的熱情」感到無法容忍，認爲眞正有力的「批評必然是最坦率的」〔註 39〕。茅盾既反對粗暴打擊又力主尖銳辛辣的批評要求，無疑同魯迅和恩格斯在精神上是完全一致的。他在這裡提出的顯然不僅是針對文藝批評的某種風格規範，更是對它整體性的基本價值取向：鮮明的傾向性和強大的穿透力。對於文藝批評來說，要眞正實現審美再創造並使其間所張揚的藝術法則和其他意識形態觀點爲人們一拍即合或情不自禁地認同吸納，固然需要表述的個性化和藝術化，但更需要一種能夠把批評對象分析得鞭闢入裏，將它的眾多關節和發展趨向揭示得了了分明的穿透力，並使之具有撼動、影響、征服和駕馭人心的足夠力度。而批評的這種力量和強度首先來自尖銳與辛辣；因爲尖銳並不是尖酸刻薄而是敏銳與犀利，辛辣也絕非惡語中傷而是意味著睿智和鋒芒。

超越文藝家必先理解文藝家。但批評家由理解文藝家而獲得對於審美創造過程的自由，還只是發揮自身主體性，實現審美再創造的前提和基礎，甚至還只是爲此開闢了一種現實可能性，而並不意味著他們主體地位的完全確立和審美再創造的充分實現；因爲理解文藝家卻未必一定超越文藝家。不能排除這種可能性：批評家雖然充分理解文藝家，然而他「抉出」的藝術「眞

〔註 37〕茅盾：《批評與謾罵》，《文學》第 5 卷第 2 號，1935 年 8 月。
〔註 38〕魯迅：《南腔北調集・我怎麼做起小說來》，人民文學出版社 1973 年版。
〔註 39〕恩格斯：《評亞歷山大・榮克〈德國現代文學史講義〉》，《馬克思恩格斯全集》第 1 卷，第 523 頁。

相」和所作的正確「疏解」，卻完全是文藝家創造過程中自覺意識到的思想意蘊和審美追求。換言之，批評家的全部闡發並沒有超出文藝家的意圖和期待範圍而提供更多的東西。這時，他們充其量只是作品的正確闡釋者和文藝家的忠實代言人而已。當然，他們此時所完成的也應當歸屬於審美再創造的範疇，但並不充分。在茅盾看來，只有當批評家既能「抉出藝術的眞相」並給予正確的「疏解」，又能「指出藝術的趨向與範疇，使作家從無意的創造進至有意的創造」時，才意味著對文藝家的眞正超越和審美再創造的充分實現。這就是說，當批評家將對象置於自己的概念結構和整個文化背景中加以審察的時候，將不僅能以其敏銳精細的藝術感染力和洞幽燭微的理論穿透力，超越文藝家的創作意圖和讀者的一般感受，創造出一種審美的「剩餘價值」，並且又能以理性的和詩意的光芒照亮文藝家在審美創造過程中的無意識境域，使他們有可能看清自己的某些「自在」狀態，從而增強和提高審美創造活動的自覺意識與「自爲」程度，促成由「自在」狀態向「自爲」境界的飛躍，以保證創作沿著自身的美學規律健康發展。這個過程集中地體現爲批評家對文藝家自我意識範圍的超越，即發現並揭示文藝家在審美創造過程中尚未充分意識到或者根本未曾意識到的東西。這裡除了藝術創造的歸趨，至少還有這樣兩方面內容：一是文藝家對於自己作品未曾自覺意識到的或完全未曾意識到的優劣短長；二是文藝家未曾清晰意識到或完全未曾意識到的作品潛在的思想意蘊。批評家發現它們，並以自己獨特的審美理想和審美觀念對此做出深刻的理論說明，使作品隱而不彰的價值水平得到理性尺度的精確衡量，把文藝家朦朧模糊的藝術經驗和感性直觀的人生體味提升到抽象層次，概括爲某種清晰明確的審美規範和理性思辨的精神法則。同時，還要以其強大的說服力和吸附力，使文藝家心悅誠服地欣然接受，眞正成爲促進他們從直觀體驗到自覺把握、由必然王國到自由王國的深刻啓示。此時，批評家就以其對作品全部優劣短長與潛在意義的充分發掘和獨到說明，實現了對它的審美再創造，批評也就成爲既合主體目的又合對象規律，凝聚著批評家審美個性的另一種「創造」，甚至還以其嚴密的邏輯性和強大的詩情力量完成了對文藝家的某種創造。這樣，批評家就超越接受主體的局囿而贏得了創造主體的價值，並在批評實踐中以這種創造主體性的高度張揚而獲得了充分的自我實現。

　　但是，批評家的這種超越卻並不是輕而易舉的，茅盾認爲，這必須首先以「充實批評家本身的『內容』」〔註40〕爲前提。也就是說，批評家必須在知識結構和理論素養方面都比文藝家更爲優越。高爾基曾把這一點強調到甚至有些「苛求」的程度，他提出：「要使批評家有權得到作家的承認，他就必須比作家更有才華，對於本國的歷史和生活方式比作家瞭解得更清楚，一言以蔽之，他在智力上應比作家更高。」〔註41〕因此，在茅盾看來，批評家「不但要對於文學有徹底的研究，廣博的知識，還須瞭解時代思潮」〔註42〕。同時，他們「應當比作傢具備更多方面的社會知識，更有系統的對社會生活的瞭解，更深刻的對社會現象的判別能力」〔註43〕。基於此，他向批評家提出了向兩個方面學習的要求：學習理論和學習社會。

首先是學習社會科學理論特別是辯證唯物主義和歷史唯物主義，學習「馬克思列寧主義的科學文藝理論，本國文學史和世界文學史的基本知識」〔註44〕但茅盾對此認識的深刻性，主要在於他對批評家如何學習與應用理論的一系列深刻闡發。他十分強調批評家學習唯物辯證法和馬克思主義文藝理論的重要性，同時又堅決反對把理論當作僵死教條和刻板公式的理論教條主義，尤其是那種只會搬弄堆砌理論術語的「新八股」習氣。茅盾指出，批評家學習唯物辯證法，要記住它的基本要點「極爲容易，即使進而精讀講解辯證唯物主義的經典著作也不難，但問題是如何把這些理性的認識轉化爲感性的認識，也就是如何把這些理性的認識轉化爲自己的思想方法」。如果批評家僅僅只是把「辯證唯物主義當作一支標尺，以此衡量作品，這是最拙劣的做法」〔註45〕。這些話雖然是他晚年在回憶錄裏說的，但這種思想，即理性認識必須轉化爲感性認識並成爲批評家自己的思想方法，不能簡單地把唯物辯證法作爲衡量作家作品的現成「標尺」，卻是他幾十年一以貫之的看法。早在 1936 年發表《需要腳踏實地的批評家》一文中，他就對一些批評家的不良習氣提出尖銳的批評：實用主義地割裂肢解科學理論，使之淪爲臨場應急的《事類統編》，尋章摘句地引用經典作家的「嘉言」以裝點門面、虛張聲勢，把馬克思主義文藝理論當作「符咒」；他認爲這正是「公式主義的文藝批評之流行與養

〔註40〕茅盾：《論加強批評工作》，《抗戰文藝》第 2 卷第 1 期。

〔註41〕轉引自鮑列夫：《美學》，第 502 頁，中國文聯出版公司 1986 年版。

〔註42〕茅盾：《文學批評的效力》，1921 年 7 月 11 日《民國日報・覺悟》。

〔註43〕茅盾：《新的現實和新的任務》，《文藝報》1953 年第 19 期。

〔註44〕茅盾：《新的現實和新的任務》。

〔註45〕茅盾：《我走過的道路》（中），第 142 頁。

成」的「根源」。在他看來，正確的方法從根本上說就是「訓練自己的頭腦」，即從辯證唯物主義和歷史唯物主義的理論，從馬克思主義經典作家分析解決他們當時當地需要的「嘉言」中，去領會和學得觀察、分析世間萬物特別是文藝現象的正確立場、觀點和方法，並將它們眞正「轉化爲自己的思想方法」，以分析解決自己所面臨的「此時此地的需要」。學習科學的文藝理論並應用於批評實踐亦復如此。應當著重把握它的基本原理，用它來「切實地討論著創作上的一些具體問題，應當從作家的作品中指出一些實際問題來闡明此一作家或此一作品所已經達到的以及尚未達到的境地。這樣，才是切實的指導」〔註46〕。否則，無論多麼高明的理論也於批評家無益，而且每每使他們陷入教條主義的泥沼，導致文藝批評的公式主義化。

其次是學習社會。強調批評家向社會生活學習的必要性和重要意義，這是茅盾文藝批評主體論的一個鮮明特點。他指出，「作家固然應當『向生活學習』，批評家也應當『向生活學習』。一個批評家對於一篇作品裏所描寫的生活如果不熟悉，那他就免不了誤解，主觀，以及隔靴搔癢。他的批評將不是『指導』而是『押寶』」〔註47〕。在他看來，即便批評家已經熟悉到能把唯物辯證法眞正轉化爲自己的思想方法，也仍然必須向生活學習。因爲作家是就其生活經驗來寫作品，批評家如果沒有同樣的生活經驗或相似的生活經驗，縱有高深的理論素養，也還是無法斷定作品所表現的生活是否眞實〔註48〕。把批評家瞭解和熟悉社會生活的深廣程度，看成是關係到文藝批評價值水準的根本因素，甚至提高到比批評家的理論素養更爲關鍵的突出地位，顯示了茅盾對此的高度重視。這是不難理解的。對於無產階級文藝批評家來說，社會生活不僅是他們進行批評實踐的廣闊舞臺，也是他們闡釋評價對象的基本外在參照。在批評實踐中，他們一般總是把文藝現象還原到產生它的社會環境和生活原型面前來揭示它所反映的內容，然後才能依據他們所具持的文學觀念以及由此形成的批評標準，對它做出相應的評價。當然，生活原型作爲原始物象在進入作品的時候，已經融進作家的思想情思和表現風格，經過一定的藝術加工，成爲生活的某種變異形態，具有了同生活原型相區別的某些差異。同時，批評家闡釋評價的直接對象也不是作爲藝術胚胎的原始物象，

〔註46〕茅盾：《需要腳踏實地的批評家》，《生活星期刊》第1卷第14號。
〔註47〕茅盾：《需要腳踏實地的批評家》。
〔註48〕茅盾：《我走過的道路》（中），第142頁，人民文學出版社1984年版。

而是他們在接受過程中從藝術形象再度衍化出來的主體化的體驗意象，但縱然如此，生活原型畢竟仍然是闡釋和評價作家作品的前提條件。因爲事實上，正是從生活原型與藝術形象之間的這種差異性聯繫中，批評家才能發現作家對素材的處理傾向和主題的開掘深度，對生活的詩意感受和情感評價的思想意義、政治傾向和主題的開掘深度，以及他們藝術思維的主要特徵和藝術傳達的基本風格等等，也即發現作家據以重新安排生活秩序的心靈秩序，據以重新改造生活原始邏輯的情感邏輯，乃至他們的整個自我。一旦失去這個基本的批評參照，任何精美絕倫的闡釋都將因缺乏堅實可靠的依託而難免流於純粹主觀的自我描述或信口開河的玄談妄說。而這樣的批評當然是無所謂客觀的藝術眞實性可言的，法捷耶夫似乎有鑒於此，曾懇切地向批評家提出忠告：「批評家爲要走上寬廣的發展道路，必須認識他之需要認識生活、認識實際不亞於藝術家，……現代的著作都寫出了生活中的新的東西。不認識生活本身而要對這些著作作出完全的、正確的評估是不可能的。」〔註 49〕

那麼，批評家如何向生活學習呢？茅盾認爲，這首先需要解決一個目的問題。倘若僅僅爲著增長知識擴大見聞，比如「多見些各色人等的生活習慣，多記幾個各色人等慣用的口頭語」，或者只是爲了「對證他心裏先已有了的若干概念，而這些概念則是他有了生活以前從書本子上得到的」，那就未曾明確向生活學習的眞正目的。因爲它們其實不是學習，而是「採訪」或取證。前者尚可算作「身」入生活而僅得「皮毛」未獲「精髓」，後者卻只能說是利用生活並使之淪爲確證概念的「外調材料」。它們或捨本逐末，或「首尾倒置」〔註 50〕，同向生活學習的本意相去甚遠或簡直背道而馳。在茅盾看來，所謂「向生活學習，便是要理解生活；理解生活又可以歸納爲理解人與人的關係，人與歷史的關係，生活環境對個人的影響及人怎樣改造生活這四方面」〔註 51〕。這不僅指明了向生活學習的正確目的和深廣內容，而且顯示了茅盾對批評家體悟、把握人的本質內容和存在形態的能力的高度重視，同時也內在地體現著他對批評家的如下要求：把人的規定性作爲文藝批評的邏輯起點和終極歸宿。這種批評家的主體建構和文藝批評的功能價值無疑具有重要意義。

〔註 49〕法捷耶夫：《論文藝批評》，《蘇聯文藝界的批評與自我批評》，新華書店 1950 年版。

〔註 50〕茅盾：《論所謂「生活的三度」》，《中原》第 1 卷第 2 期，1943 年。

〔註 51〕茅盾：《認識與學習》，《文藝先鋒》第 2 卷第 4 期，1943 年。

文藝是人的審美形態，藝術創造以「人的尺度」爲其「內在的固有尺度」〔註52〕，因而作爲對人的審美形態的理性反思的文藝批評，也就理所當然應該把物化在文藝作品中的人的本質所蘊含的社會歷史內容，當作自己的首要目標。但批評家對這些內容的意義和價值以及藝術地體現它們的那種傾向、程度與方式的闡釋評價，究竟能夠達到何等深廣準確的程度，關鍵則在他們對藝術中的這些「人化」內容的認識程度和自身所具有的「人化」程度。而批評家離開了生活以及對生活中的人的本質內容及其表現方式和實現程度的體察與把握，這兩者就根本無從談起。批評家只有深入向生活學習，在對它具有系統瞭解、詩意敏感和深刻判別的基礎上，歷史地而不是抽象地、發展地而不是靜止地把握了人的本質內容，捕捉到藝術現象的人性風貌，才有可能在更高的思維層次上眞正地理解和科學地評價作家作品與藝術現象。

批評家向生活學習的目的在於理解生活，但茅盾認爲，對生活理解的深度，卻受制於他們對生活的「認識」。他進而分析道：「認識與學習是有聯帶的作用，不先有認識，則學習不免盲目，暗中摸索，所得或竟一無價值。但學習是可使認識更加深刻和具體，故認識而後倘不繼之以學習，則認識不全。」〔註53〕茅盾這裡所說的「認識」，主要指由學習馬克思主義而對生活的理性把握，而「學習」則特指學習社會生活。因此，這裡談的其實就是學習理論和學習社會的關係問題。在他看來，學習社會科學，爲批評家觀察分析社會生活提供了「精神上的顯微鏡和分光鏡」〔註54〕，從而使他們更加深刻透徹地理解和認識生活；而學習社會生活，則使他們抽象乾枯的理論原則不僅轉化爲具體生動的感性認識，並得到不斷的豐富和發展，從而不至「僵化爲公式與教條」〔註55〕。因而兩者既不可偏廢又不能分離。茅盾的上述看法顯然包含著這樣一個思想：批評家的審美心理結構不能只有一維，而應該是理性文化心理結構與感性文化心理結構的結合。在《論加強批評工作》中茅盾就談到了這個問題，他說：

> 一個對於農民生活（舉例而已）不熟悉或竟至無知的批評家，當然也可以從書本子上從「理想」，自己構成了他腦中的農民，但是當他在別人的作品中讀到了和他腦中的不一樣的農民的時候，他可

〔註52〕馬克思：《1984年經濟學——哲學手稿》，第50頁，人民出版社1979年版。
〔註53〕茅盾：《認識與學習》。
〔註54〕茅盾：《論如何學習文學的民族形式》，《中國文化》第1卷第5期，1940年。
〔註55〕茅盾：《什麼是基本的》，《突兀文藝》第2期，1944年。

就困惑了，他側著頭，不知道是他腦中那個對呢，還是他所要批評的那個對；但批評家大底需要一點自信，所以側著頭之後，往往是被批評的那個不對。〔註 56〕

茅盾說的是批評家因缺少感性文化心理結構而產生的批評困惑以及固執己見必然導致的批評謬誤。但實際上也提示了批評家在審美再創造過程中面臨的自我否定和自我超越問題，即批評家爲了超越作家而對自身固有的批評框架進行某種程度的修正或否定，並且具體地指明了批評家自我超越的兩個方面：

其一是超越批評家的「成見」，也就是對自身業已形成的一整套理論原則和概念結構以及固有的審美理想，實現某種程度的超越。他要求批評家在對藝術進行理性反思時，一旦發現自身的先驗框架無法安頓藝術活潑躍動的身軀時，不能固執己見地使之橫遭窒息，或者粗暴蠻橫地將藝術強行納入自己的褊狹框架，而要反顧自身，找出自身先驗框架的偏頗缺失，並從對象的新異之處得到啓迪產生頓悟，從而實現對主體結構的改造更新，使自己在更高的審美層次上實現對藝術的把握和對作家的超越。

其二是超越批評家「自己的尺度」。〔註 57〕一般說來，任何批評家都要選擇和皈依某種特定的文藝創作流派，並從這種流派的角度來制定與之相應的批評尺度，但因而也就必然會形成相應的「圈子」局限。不同的創作流派可以相互滲透交融但不能互相說明和替代。因此，茅盾在這裡並不是一般地反對批評家具有「自己的尺度」，而是要求他們認識到「自己的尺度」適應範圍的有限性，世上並不存在足以精確遍丈藝術王國廣闊疆域的萬能尺度。當批評家「自己的尺度」難以衡定文藝的身量時，首先要以寬廣的氣度審察「自己的尺度」是否存在問題，並在發現問題後有足夠的勇氣和度量棄舊圖新，另擇與批評對象相契的新尺度。而不要以褊狹之心、門戶之見，「任意衡量」變動不居、多姿多彩的文藝現象。

批評家要保持永不衰竭的審美再創造活力，就必須在批評實踐中不斷地通過自我否定實現自我超越，使自身的主體結構在這種超越過程中不時獲得某種程度的更新改造或質的飛躍。這種自我超越，體現了批評家自我否定的現代批評意識。以否定自我、超越自我從而又在更高的層次上重新肯定自我，這就能夠經久地保持充分高揚的主體性。

〔註 56〕茅盾：《論加強批評工作》，《抗戰文藝》第 2 卷第 1 期。
〔註 57〕茅盾：《讀〈倪煥之〉》，《文學周報》第 8 卷第 20 期，1929 年。

以上我們只是粗略地勾勒了茅盾文藝批評主體論的大致輪廓。至於他對批評操作手段的一些論述，比如要把握藝術的有機整體性而不能「枝枝節節地」進行批評；要注重「此時此地的需要」，多討論實際問題而不要「一味放言高論」〔註 58〕；要切合作家的實際創作水平和讀者的實際接受能力而不要「跳到半空中盡說海話」〔註 59〕；以及如何掌握尖銳的批評與無聊的謾罵的界線等等，這裡就存而不論了。

四、文學批評作為「運動著的美學」

文藝批評作為一種與藝術創造具有同等價值的藝術活動，就其基本的意義說，是一種審美實踐，是批評家對於文藝作品的美學把握。卓越的文藝批評家別林斯基曾如此精闢地闡述過文藝批評所獨具的意義：「批評的對象是把理論應用於實踐」；「批評不停地運動，向前發展，為科學搜集新的材料、新的素材。這是運動著的美學……」〔註 60〕。可見，對文藝批評本體的深層揭示，是在於揭示批評所必須蘊有的美學意義。茅盾對文藝批評的理解，除了上文論列的批評價值觀念、批評方法論及批評的主體性諸方面外，另一個突入更深層次的認識是批評的美學意義揭示，其見解頗接近於別林斯基提出的必須把批評視為「運動著的美學」的基本觀點。這是其文藝批評觀中頗值得注意的方面。

「批評——運動著的美學」，這個著名論斷已為過去和當今的許多美學家所首肯，其價值就在於準確揭示了批評的本質意義所在：一方面批評是「實際運用的美學「，通過它旨在幫助藝術接受者認清作品的審美評價，並從美學理論上充分說明它，論證它；另一方面批評又是一種運動著、發展著的審美實踐，它對文藝作品做出審美評價既需要「經過揚棄」的人類藝術經驗——美學，同時也在「揚棄」過程中不斷提供、積累豐富的「思想資料」，使美學理論日臻完善與發展。茅盾對藝術批評的美學意義揭示，也大體上是從這兩個方面加以闡述的。

首先，對於文藝作品的具體評價，茅盾注重的是審美理論把握，主張用

〔註 58〕茅盾：《需要腳踏實地的批評家》。
〔註 59〕茅盾：《關於〈憶江南〉》，1943 年 11 月 3 日上海《新聞報》副刊《藝月》。
〔註 60〕列・斯托洛維奇：《審美價值的本質》，第 283 頁，淩繼堯譯，中國社會科學出版社 1984 年版。

一定的審美標準去評判眾說紛紜的文藝作品，以盡可能的在美學認識上的一致。

誠然，一般讀者和觀賞者並非都是預先熟悉或掌握了審美理論再進入鑒賞、評價過程的，而大抵是憑藝術直覺，即文藝作品作為審美關係的客體，激起人一定的感情和思想、願望和意向，由此活躍其記憶，喚起其想像，對文藝作品做出與自己的審美經驗相一致的判斷。就一般情況而言，藝術直覺對於藝術的鑒賞與評判也是很重要的：唯其注重文藝作品與鑒賞者之間的心靈溝通、情感交流，因而往往對於文藝作品會有獨具卓見的理解。然而，文藝現象是複雜的，這既表現在文藝作品內涵的豐富性上（特別是那些意蘊深厚的作品），單憑直覺未必能把握其全部；也表現在人們的審美經驗和審美趣味並非完全相同，甚至大相徑庭，因此只以藝術直覺鑒賞、評判作品就不可能做出客觀公允的審美判斷。在藝術鑒賞和批評中，就常常出現這樣的情況：同一部作品在不同的鑒賞者那裡，會引起截然不同、甚至是直接對立的評價。由是，突破單純的藝術直覺的局囿，用具有一定客觀眞理性的美學理論去評判文藝作品就勢不可缺了。文藝之所以需要有文藝批評和能把握藝術規律的批評家，就因為需要對文藝作品實施審美理論把握，誠如蘇聯美學家鮑列夫所說：「美學上的判斷是對藝術篇章進行批評分析的理論基礎。只要一位批評家離開了美學的指導，他就只能做出一些最天眞的、越來越不高明的、人云亦云的判斷。……無論一個不學無術的人直覺多麼發達，趣味多麼精細，多麼善於表述自己對藝術的印象，他對於藝術成果的評論還是既不會推動藝術理論的發展，也不會推動藝術本身前進一步。」〔註61〕

在文藝批評中，茅盾也是反對那種只憑「直覺」、不重理論的「印象」式的批評的。在他看來，對文藝作品的理解，見仁見智的現象是常有的，但這並不意味著評價作品沒有客觀的是非標準：好與惡、美與醜，是與非完全可以顚倒認識。因此，要堅持正確的批評，就必須遵循一定的理論規範，不能僅憑「印象」作出判斷。有人認為「各人的嗜好不同，故而各人對於文學作品的好惡亦各不同」，他認為「這一種說法表面看來好像很『通情達理』，實質上是否認文學作品有定論」，並以如此不可移易的語言指出：「在大是大非上頭，在立場、觀點上頭，一部書之為好為壞，是有定論的，而且必須有定

〔註61〕鮑列夫：《美學》，第512頁，喬修業、謝楓常譯，中國文聯出版公司1986年版。

論；不能用各人嗜好不同的歪論來模糊正論。」〔註 62〕這裡所說的「定論」，顯然是指客觀的是非標準，是指爲人們所公認的科學結論。正是從這一要求出發，茅盾認爲，即使是寫「書評」這樣的文藝批評文章，實在也「不是輕而易舉的，不但要有眼光，也要有學問」，可見他重視的正是批評者自身的理論修養，要求於批評的正是對於批評對象的理論駕馭。

自然，對於藝術批評的理論要求，茅盾所主張的並非只局囿於一個方面，我們在談到他所營構的批評模式時，就指出過他所堅持的是「歷史——美學批評」的批評原則。而且，就茅盾特別注重文藝的社會化和理性化這一獨特的文藝觀念而言，他對於批評的歷史要求更有所強調。因此，考察茅盾所認定的對藝術篇章進行批評分析的「理論基礎」，顯然有著豐富的涵量，其「理論」內含當包括歷史觀念、哲學觀念、美學觀念等。然而，不管從哪一方面說，美學要求畢竟是茅盾批評觀中的重要一項，對文藝作品進行「美學上的判斷」仍是其所指的批評的重要「理論基礎」。前面已論及的茅盾注重對文藝作品進行藝術的、美學的分析，自然就包含了他要求批評者對文藝美學理論的把握。在談到文藝批評必須有「定論」——即遵循一定的科學理論時，他也指出：此所謂「定論」，除「立場、觀點」方面「須有定論」以外，還不能「排斥了藝術的特殊性」，必須依據一定的文藝理論評析文藝作品；而且，唯其文藝有「特殊性」，對美學理論的把握還不能作狹隘理解，應在承認文藝作品有多種美感形態的前提下對作品作出恰如其分的美學分析。他指出：「我說是酸的，不許人家說甜，我認爲雄壯是美，便不承認幽雅也是美，……等等片面的『定論』，也是常見的，顯然，這樣的『定論』不足以幫助讀者欣賞作品而是把讀者本來會有的欣賞力僵化起來；這是有害無益的。」〔註 63〕可見，茅盾對於批評家美學理論的把握有很高的要求，其著眼點是在於透過文藝批評準確揭示作品的藝術美。從這種批評要求出發，茅盾不僅對批評家，還對文藝家提出了必須「眼高」——即「對作品的審美觀念和批評標準是高的」的要求，認爲「作家和藝術家不一定同時是文藝批評家或文藝理論家，然而他們一定同時是修養很高的鑒賞家」；而不管是批評家還是文藝家，要做到「眼高」，即提高鑒賞力和批評能力，就必須「博覽群書」，「這個『覽』字還包括研究分析（這是對於書的思想內容）反覆咀嚼（這是對於書的藝術性）的功

〔註 62〕茅盾：《推薦好書還須好文章》，原載《多讀好書》第 1 輯 1956 年 5 月號。
〔註 63〕茅盾：《推薦好書還須好文章》。

夫。『群書』這兩個字也不單指各種流派的作品，也要包括前人的對於那些作品的研究和批評」〔註 64〕。從「群書」和前人的研究中獲取教益，無疑是提高審美理論修養的重要途徑。按照茅盾揭示的這一途徑，文藝批評只有在一定的美學理論指導下，才有可能卓有成效地展開。

既然文藝批評是在美學理論指導下的審美實踐活動，那麼也不妨把批評看成是美學在藝術活動中的實際運用。斯托洛維奇說：「批評是美學理論同藝術創作和藝術感知的實踐之間的必要環節」，「批評——這是實際運用的美學」〔註 65〕。這是對於批評作爲「運動著的美學」觀點的具體揭示。茅盾在注重批評的美學理論指導的同時，也十分重視美學在批評中的「實際運用」。作爲一個有著敏銳藝術感知和體悟的作家，和一個有著深湛文藝理論修養的卓越的批評家，茅盾的文藝批評每每能對作品作出精到的文藝美學分析，從而使他的批評文字堪稱爲眞正的藝術批評。這裡我們只須舉出他評論《百合花》這個作品作爲例證，就足夠了。茹志鵑在寫出《百合花》後，最初是屢遭退稿的厄運，理由是「調子比較低沉，不能鼓舞人們前進」。茅盾卻以他獨具的藝術眼光，看出了這個作品的不同凡響之處。他是側重於對作品進行藝術美學分析的，指出這個短篇「結構上最細緻嚴密，同時也是最富於節奏感的」，且全篇「沒有閒筆」，「又富於抒情詩的風味」；還特別指出這個作品有其「獨特的風格」，這就是「清新、俊逸」，這說明要表現一個「莊嚴的主題」，「除了常見的慷慨激昂的筆調，還可以有其他的風格」〔註 66〕。茅盾的這一評析，令人信服地揭示了文藝創作規律，說明文藝作品本是一個多樣展開的世界，其間呈現著色彩紛繁的景象，不能僅以思想「調子」之「低沉」或「激昂」去抹殺或擡高一部作品。由於注重對作品的美學評價，避免了只講作品思想性（而且講思想性也未必能切中肯綮）的庸俗化傾向，就使得《百合花》獲得了應有的公允的評價。實踐證明茅盾對文藝作品作美學分析是極爲精闢的，且取得了顯著的效果：《百合花》的作者是「第一次聽到『風格』這個詞」可與她的作品「連在一起」，「重新滋潤生長」了「勇氣、希望」〔註 67〕，此後的藝術追求就更自覺了，繼續沿著「清新、俊逸」的風格路子走下去，終

〔註 64〕茅盾：《從「眼高手低」說起》，《詩刊》1957 年第 7 期。
〔註 65〕列・斯托洛維奇：《審美價值的本質》，第 283 頁。
〔註 66〕茅盾：《談最近的短篇小說》，《人民文學》1958 年 6 月號。
〔註 67〕茹志鵑：《說遲了的話》，1981 年 4 月 1 日《文匯報》。

於在創作上獲得了更重大的發展。茅盾的批評實踐爲批評是「運動著的美學」提供了生動的注腳，也顯示出美學在批評的「實際運用」中有著無限的活力。

其次，同批評是「實際運用的美學」的觀點相關聯，茅盾還重視批評的現實性和當代意識，主張文藝批評應是一種對於文藝作品切入現實的、時代本質的美學評析。

提出批評是「運動著的美學」觀念的別林斯基，認爲批評「需要理性」、需要「在個別的現象裏去探尋並顯示該現象所據以出現的一般的精神法則」的同時，還特別指出：「批評永遠是和他所批評的現象相適應的；因此，批評是現實底意識」，「時代精神在我們今天的批評裏，比任何其他方面都表現得更明晰」；應用美學理論於文藝批評，並非有什麼神秘之處，只不過是藉以發掘「作品中（作爲現象，作爲現實）反映出來的東西底清楚的意識。這兒並不是藝術促成批評或批評促成藝術，而是兩者都發自時代的一種普遍精神」〔註68〕。因而，文藝批評注重現實性和時代性，使之切入現實的時代的本質，便是不可或缺的。在這一點上，茅盾的觀點同別林斯基是更爲切近的。在《需要腳踏實地的批評家》一文中，他同那些「跳身雲端裏放言高論的公式主義的批評家」反一調，明確指出「自來偉大的文藝批評都是從『此時此地的需要』出發的」，並認爲要做成一個「腳踏實地的批評家」必須具備以下三條：「（1）認識『此時此地的需要』，（2）多研究、多討論創作上的實際問題，（3）努力向生活學習」。在這裡，茅盾從批評擔負著對於創作的「切實的指導」責任的角度，提出了批評的現實性要求，正是同「批評永遠是和他所批評的現象相適應的」觀點相一致的，而所提出的三條要求，也正是通達現實性的必由之路。應當指出，茅盾的這一主張，對於確立我國健全的現代文藝批評意識是至爲重要的。我國的現代批評是在打碎了傳統的不知有切實批評的桎梏中逐步建立起來的，形成具有「切實指導」意義的批評有一個過程，其間一種帶有傾向性的現象是：捨棄了以往零碎的評點式的批評方法，卻又襲用了故作艱深的「放言高論」式的公式主義批評，一些批評家習慣於搬用西方文藝理論家、美學家的概念、公式以作自己批評文字的支撐，因此只能寫出「空洞，高調，貌似『前進』而實迴避現實」的批評文章，這對於形成切實的文藝批評風氣是非但無益而且有害的。茅盾強調批評必須從「此時此地的需要」

〔註68〕別林斯基：《關於批評的話……A・尼基金科・第一篇》，《別林斯基論文學》，第257～258頁，新文藝出版社1958年版。

出發，注重批評的實際效用，不妨說是對此種批評風氣的有力糾正。同時也應看到，不切實際、放言高論式的批評，也常常難以避免誤評和亂評。茅盾曾指出過一種「『否定一切』的精神，抹殺一切的作品」的批評現象，認爲其咎就在只唱「高調」、以「太理想」的批評標準去估量現實文藝創作。對此，他慨乎言之：「我們自然不說眼前所有的文學作品就是合於我們理想的作品，但是我們承認他們是嫩芽，是好花異草的前身。因爲一時看不見理想中的好花，而遂要舉斧砍去一切嫩芽：這怕不是有理性的人所肯做的。批評家自然不能僅僅替天才作贊，抨擊也是他的任務；但是可惜我們的批評家的抨擊卻不免於亂擊。」〔註 69〕由此看來，茅盾注重批評的現代性，是要使批評合於「此時此地的需要」，還包含批評必須尊重創作實際，特別要注意扶持文藝百花，使之日趨繁盛的深刻用心。

至於文藝批評的時代性要求，茅盾是提得更爲明確的，正同他特別強調文藝創作的時代性特徵一樣，對於文藝批評，他也是尤重時代性要求的。他認爲：「批評一篇小說是不應該枝枝節節地用自己的尺度去任意衡量」，批評者應從大處入手，其中重要的是應對作品作「時代性分析」，即要根據時代精神，從時代的作用與反作用兩面去把握文藝創作。值得注意的是，茅盾提出批評的現實性、時代性要求，仍是同他主張批評的美學要求相結合的，並不認爲現實性與時代性可以脫離美學意義而孤立存在。他在談到對文藝作品必須作「時代性的分析」時，就認爲「僅僅根據了一點耳食的社會科學常識或是辯證法，便自命不凡地寫他們所謂富有革命情緒的『即興小說』」是不可取的，完美的文藝作品「必然地須先求內容與外形——即思想與技巧，兩方面之均衡的發展與成熟」〔註 70〕。這裡，他同樣把藝術形式的要求置於不可或缺的位置，顯見批評中的美學評析是必須同現實性、時代性要求一樣被重視的；這樣，批評作爲「實際運用的美學」便有了更切實的意義。

再次，茅盾還從發展的觀點看待文藝批評意義，指出批評對於積累、完善美學理論的價值，由此希望文藝批評家與文藝家協調步伐，攜手前進，共同爲推進批評事業的發展，爲不斷創造、積累人類的藝術經驗作出貢獻。

按照批評是「運動著的美學」觀點，發展、推進不斷運動著的批評活動，

〔註 69〕茅盾：《雜感（二）》，1923 年 7 月 12 日《時事新報》附刊《文學旬刊》第 79 期。

〔註 70〕茅盾：《讀〈倪煥之〉》，《文學周報》第 8 卷第 20 期，1929 年 5 月。

無時不在爲美學理論的豐富積累提供充足的「思想資料」。「批評爲美學生產著『知識半成品』，向後者提出各種問題，而解決了這些問題就會推動理論繼續前進」〔註 71〕。茅盾也是充分認識到批評的這一重要功能的。在《論加強批評工作》一文中〔註 72〕，一方面，他充分肯定了理論駕馭批評對於指導創作、推進創作的即時性意義，認爲「批評家的任務也就在說明或指出這些『如何』也『爲什麼』，使作家們不但明白了什麼是不必要寫，並且知道了什麼是必須寫以及怎樣寫」，即就批評指導創作之「歸趨」而言，從藝術理論上引導創作者，使之知其然而又知其所以然，這是比簡單地下些「判語」式的批評更爲切實有效的。另一方面，他又看到了批評要發揮切實有效的功用，還有一個批評者自身不斷進行理論積累的問題。他認爲，這種理論積累，除了自身的「理論修養」以外，多半是從批評過程中日漸獲取的：批評家在批評實踐中把握了整個創作趨向，就會感到有待於批評的現象「實在太多了」，就會對創作者提出各種問題；而批評者自己也會覺得對此的批判理論把握不足，「與其費了時間口舌來作這樣貌如『理論』的批評」，倒不如對這些問題再作一番「切實研究分析」，「然後會發切中要害的批評」，如此相輔而進，才能推動批評理論建設的不斷發展。茅盾揭示的這一批評運動規律，不僅僅是就批評論批評，也在相當程度上涉及美學理論建設問題。

基於文藝批評對完善理論建設、促進文藝事業發展意義的認識，茅盾還對文藝批評家和文藝家的通力合作以推進批評的開展，提出了切實的要求。在《作家和批評家》〔註 73〕一文中，他把作家和批評家比之爲廚子和吃客，前者不能拒絕別人「品評好壞」，後者也不能一味「指謫」，只有「廚子和吃客通力合作」，菜才能做得好、吃得好。在這篇文章中，茅盾側重表述批評是在用理論「指引路徑」的觀點，要求被「指引」者切不可諱疾忌醫。在《關於「出題目」》〔註 74〕一文中，茅盾又把批評家的批評和作家的創作比之爲「出題目」與「做題目」，同樣提出：「出題目人與做題目人應當親密合作，不應視爲敵體。」這篇文章還進一步闡述了批評家和作家在批評理論的建樹上的通力合作：「出題目人出了題目以後應當有詳細的解釋，——在形式和內容兩

〔註 71〕鮑列夫：《美學》，第 513 頁，喬修業、謝楓常譯，中國文聯出版公司 1986 年版。
〔註 72〕茅盾：《論加強批評工作》，《抗戰文藝》第 2 卷第 1 期，1937 年 7 月。
〔註 73〕茅盾：《作家和批評家》，《申報月刊》第 2 卷第 5 期，1933 年 5 月。
〔註 74〕茅盾：《關於「出題目」》，《文學》第 6 卷第 5 號，1936 年 5 月。

方面作透闢的研究；而做題目人應當來討論題目的出得對不對，與『解釋』之是否空泛不切實用」；還以雨果、歌德、左拉等「既是作家同時又是理論家」爲例，認爲現今的作家也不妨「搶在文藝理論家之前自己先來出題目」。這些觀點對於促進批評事業的繁盛都是極有啓迪意義的。作家和批評家的互相理解，緊密配合，當然是開展正常文藝批評的基礎；而作家依據自己對文藝的獨特理解與領悟，也出而關注、參與批評事業，勢將使文藝批評開創出新生面。由此不難看成：茅盾所理解的批評事業，乃是一項眞正注重文藝批評的事業，他注目於批評的藝術經驗積累和堅持批評的深入廣泛性，是旨在透過批評以促進文學藝術的繁榮與發展。

第九章　文體美學個案：小說美學觀

在對茅盾的文藝美學思想作整體觀照後，現在可以談一談其文體美學觀。考慮到茅盾所從事的創作文體主要是小說和散文，他對這兩種文體論述最多，且常有其融合切身創作體驗的獨到見解，由此足以反映他對具體文學創作門類的審美觀念，故而這裡著重談其小說美學觀和散文美學觀。本章首先談小說美學觀。

儘管就美學思想建構而言，茅盾沒有專論小說美學的理論著述，因此也很難說他已建構了一種小說美學理論體系。但作爲一位成就卓著的小說家，茅盾基於豐富創作實踐的對小說藝術的獨特體認，自然蘊涵了這位富有藝術個性的小說家對小說這種文學樣式獨特的審美理解；而且茅盾還有大量小說理論和批評著述，其所作《小說研究 ABC》、《創作的準備》一類專論小說的著作，以及數以千計的發表於刊物、報端的小說研究、批評文字，都記錄了他審視小說的獨特視角和審美眼光，從中可以察見其小說美學思想的基本框架和主要觀點。我們這裡論茅盾的小說美學觀，便是從其小說理論著述和創作文本中發掘和歸納的，所論稱不上系統性，但其小說美學觀的基本傾向和主要思路大約是可以概見的。

談到茅盾小說美學觀的基本傾向，我以爲必須面對茅盾作爲一位現實主義小說家和這位小說家特別重視理性化創作的實際，揭示其美學思想的獨特性。現實主義作家對藝術本質、藝術美乃至藝術表現方法等都有自己的理解，對小說文體的審美認知亦然。綜觀茅盾的小說美學觀，其基本思想是納入現實主義體系範疇內的，同時又同其自覺運用理性化的藝術思維觀念並行不悖，這是其小說美學思想區別於別的作家的鮮明特質所在，也應當成爲我們研究這一問題的基本出發點。基於如此認識，本章概括茅盾小說美學觀的要點，便集中圍繞其在遵循現實主義和理性化創作原則的前提下，對小說審美創造的種種思考，諸如：小說藝術構思的殫精竭慮、重視「以人爲本」的小說創作理念以及注重小說對生活的再現、人物的形象化、情節的審美把握等。因此，這裡所論，涉及其一般的小說美學思想問題，實則也是對他諸多小說藝術獨創性經驗的一個重要側面的透視。

一、「做」小說：藝術構思的匠心經營

現實主義小說家重視小說對社會對人生的合情合理的反映，表現作家對生活的獨到思考和小說敘事的精確性、完整性以及謀篇布局的無懈可擊，構成一篇（部）堪稱完美的現實主義小說。就此而言，現實主義小說創作的藝術構思應是一種匠心經營，它同浪漫主義、現代主義創作僅憑靈感、體驗而得之的現象判然有別，藝術構思活動也常常成爲作爲藝術創造主體的小說家從事創作時最先投入也是用力最多的活動。因爲任何一部小說作品的成功，總要經歷作家對作品進行總體構思的內在認識活動和將構思外化爲具體的物質材料造成藝術品的實際製作活動這兩個階段。這是互相關聯、不可分割的統一體，而構思，則常常是製作活動的先導，也是決定製作是否成功的關鍵。作家唯有經過「靜觀默察」、「爛熟於心」和「凝神結想」的藝術構思，通過把生活中的人和事化爲活生生的審美意象的心理活動，才有可能造成「一揮兩就」的藝術製作。王充說：「實誠在胸臆，文墨著竹帛，外內表裏，自相稱副，意奮而筆縱，故文見而實露也」〔註1〕，說的也是這個意思。

這樣說來，成功的現實主義小說創作，總是離不開作家在藝術上的慘淡經營。這當中，生活的積累是基礎，而一旦把生活融化爲具體的創作，那麼從原始的生活材料中選取題材、提煉主題、鎔鑄形象的藝術構思活動，恐怕就是至關重要的了。茅盾是非常重視小說的藝術構思活動的。他一再強調小說是「做」出來的，與寫詩「靠一時的靈感」應有所不同，因此他反對「作家太把小說『詩化』」，主張「小說要努力做」，甚至不妨有「中外古今的大文豪」總是「構思幾年，修改數次而成」大傑作那樣的「做」法。〔註2〕針對某

〔註1〕王充：《論衡·超奇》。

〔註2〕茅盾：《一般的傾向——創作壇雜評》，1922年4月1日《時事新報》附刊《文學旬刊》第33期。

些青年作者「只憑一時的創作衝動」而寫作的狀況，他一再告誡說，做小說是一種匠心經營：「須得有若干時間的考慮、經營而後得之」，「如果沒有此等事前的計劃經營，貿貿然信筆寫一時的感觸，最好只能作小品文，長篇巨著則斷乎不行」。〔註3〕顯然，他的所謂「做」小說，正是指的關乎「計劃經營」一類的藝術構思活動。他自己的創作實踐正好說明了這一點。一部《子夜》，寫成是三十餘萬字，而體現藝術構思過程的《提要》和《大綱》卻三易其稿，文字至少有定稿的六分之一；以寫作時間說，構思過程用了一年，正式寫作則還不到一年。這再生動不過地說明了：茅盾確實是在「做」小說。

小說是「做」出來的，這既淺顯又明白的道理，似乎並無汁麼驚人之處，但仔細玩味，卻是深得個中三昧的精到之見。如果說，詩歌（特別是抒情詩）創作，主要是抒發詩人的一己情感，情緒傾瀉可以發而爲詩，那麼，像李白的「斗酒詩百篇」，郭沫若在「靈感襲來的時候」全身心爲「詩情」所主宰，可以一口氣寫下《女神》中的諸多詩篇，便都是可以理解的事情。郭沫若說：「詩不是『做』出來的，只是『寫』出來的」，「生底顫動，靈的喊叫，那便是眞詩，好詩」。〔註4〕由此看來，「詩化」的藝術構思活動要簡單一些，它往往存在茅盾所說的「靠一時的靈感」而得之的現象。小說則不然。這當然不是說小說創作是完全排斥情感的，作家沒有那種爲激情所感染、所支配時走筆行文奔流直下的狀況。但就總體而言，小說（尤其是現實主義小說）作爲敘事文學，藝術構思活動要遠爲複雜得多。這是因爲小說特別注重敘事狀人，就功能言更適於表現廣闊的社會生活，描寫曲折生動的故事情節，表現錯綜複雜的人物關係，這是一種有獨特效能與作用的文體。別林斯基指出：「長篇和中篇小說現在居於其他一切類別的詩的首位；它們包括了一切藝術文學，以致任何其他作品和它們比較起來，都顯得是稀見而偶然的東西了」，「和其他任何類型的詩比較起來，在這裡，虛構與現象、藝術構思與單純但須眞實的自然摹寫，可以更好地、更貼切地融滙在一起……才能在這裡感到無限的自由，其中結合了一切其他類別的詩：既有作者對所描寫的事件的感情的吐露——抒情詩，也有使人物更爲鮮明而突出地表達自己的手段——戲劇因素」。〔註5〕別林斯基談的雖是長、中篇小說，其實也應當包括短篇小說在內，

〔註 3〕茅盾：《告有志研究文學者》，《學生雜誌》第 12 卷第 7 號。
〔註 4〕郭沫若、田漢、宗白華合著之：《三葉集》。
〔註 5〕別林斯基：《一八四七年俄國文學一瞥》，《別林斯基論文學》，第 200～201 頁，新文藝出版社 1958 年版。

因爲才能表達的「無限自由」性及注重描寫事件、善於刻畫人物等特點，對不同篇幅的小說來說是完全相同的。這樣，小說的這種特殊功能，既給作家的才能發揮帶來了充分的「自由」，同時也爲作家完成小說的多功能使命提出了更高的要求。爲要使「結合了一切其他類別的詩」的特點表現無遺，即作品既有作者眞情實感的自然流露，也有人物、事件的縝密描繪，不獨生活積累要更其厚實，就是人物設置、事件安排、結構處理等謀篇布局的功夫也要花得更多。因此，小說是「做」出來的觀點，顯然是深知此中甘苦的經驗之談。事實上，任何一個小說家，他的作品的成功，都是經歷了這樣一番「做」的功夫的。在小說家中，儘管才思有敏捷與遲緩之分，落筆有快慢之別，但不管出手多快的作家，都不可能像某些詩人那樣「淡化」了構思過程，或者竟憑「靈感」一揮而就，產生出好作品來。通觀中外文學史，憑「靈感」而得之的詩作不乏其例，但以同樣的方法獲得成功的小說作品卻恐怕是很難找到的。恰恰相反，自訴構思艱難的小說家，倒是比比皆是。曹雪芹寫成《紅樓夢》，是「披閱十載，增刪五次」；列夫 ·托爾斯泰創作《戰爭與和平》，光是「大綱」就修改了七次，構思過程「經歷了長時間的折磨」。〔註 6〕這些是人們熟知的事例。由此看來，作爲詩人的郭沫若說詩不是「做」出來的，作爲小說家的茅盾說小說是「做」出來的，他們在不同的場合各個就自己所鍾愛的文學樣式談到了「做」的問題，這雖然只是偶然的巧合，但無不都是從特定的角度揭示了不同文學樣式的創作特點。

雖說「做」小說是人們的習慣用語，但意識到小說是「做」出來的，聯繫著藝術構思是一個慘淡經營過程的理解，卻是深知創作甘苦作家對小說藝術美創造艱難性的深刻揭示。在茅盾看來，藝術構思過程從本質上說是「作者把全部材料通盤籌劃精心布置」的過程，因此，所謂「做」小說，就是一種極複雜的精神勞動。就他的小說構思過程而言，這種「精心布置」的意匠經營是顯而易見的。他在談創作體會時說：即使寫短篇小說，也有一個「從原料的整理選剔到『腹稿』打好」的過程，「如果是中篇或長篇，則『構思』的時間應當更多，而且最好先寫下全篇的要點或大綱」。如果作家有寫大綱和不寫大綱兩種不同的構思習慣，那麼茅盾所採用的大抵是如他所概括的「巴爾扎克所慣用」的方法：「即是先寫好了一個詳細的幾乎等於全部小說的『縮本』那樣的『大綱』，或者是一篇記錄著那小說的『人物性格』和『故事發展』

〔註 6〕列夫 · 托爾斯泰：《〈戰爭與和平〉序和跋》，《文藝理論譯叢》第 1 輯。

的詳細的『提要』。而實際的寫作就是把這『縮本』似的『大綱』或『提要』加以大大的擴充和細描」。〔註 7〕現有的材料完全證實了這一說法，最顯著的例子自然是《子夜》，保留至今的《子夜》寫作「大綱」和「提示」〔註 8〕，簡直就是成書的一個「縮本」。其實據茅盾在回憶錄中所述，長篇《虹》、《走上崗位》、《霜葉紅似二月花》、《鍛鍊》等，乃至農村三部曲、《林家鋪子》等許多短篇，在寫作前都經過縝密構思，事先有周詳計劃，體現了他重視「做」小說的一貫性。對於茅盾這種細心琢磨、用心構思的寫作習慣，他的至友葉聖陶體會得最深切，也最爲推崇。在《略談雁冰兄的文學工作》一文中，葉聖陶對茅盾創作的構思作了如此回憶與評價：

> 他作小說一向是先定計劃的，計劃不只藏在胸中，還要寫在紙上，寫在紙上的不只是個簡單的綱要，竟是細磨細琢的詳盡的記錄。據我的回憶，他這種功夫，在寫《子夜》的時候用得最多。我有這麼個印象，他寫《子夜》是兼具文藝家寫作品與科學家寫論文的精神的。近來他寫《霜葉紅似二月花》與《走上崗位》，想來仍然是這樣。對於極端相信那可恃而未必可恃的天才的人們，他的態度該是個可取的模式。〔註 9〕

這可說是摯友的知人之論了。葉聖陶所推崇的就是茅盾構思中「細琢細磨」的「工夫」。儘管小說作家的構思可以有不同的「模式」，也不必去貶低別的「模式」所具有的價值，然而，茅盾提出的「做」小說的構思原則，體現在他身上的對待創作的嚴肅、審愼的態度，他的一絲不苟「做」小說的精神，無論如何也該是一種「可取的模式」。

從茅盾「做」小說的構思原則及其創作「模式」，人們很容易獲得他謹愼從事創作的印象。如果考察到此爲止，那麼他對小說藝術構思的要求還沒有全部顯露。因爲人們僅從一眼可以看到的現象中觀照其「做」小說的嚴謹性要求及其自己「做」小說構思活動的苦辛，而倘若深入內層去考察，認識將鍥入更深一個層次，至少將面對這樣一個不容迴避的問題：作家如此執拗地遵循著「做」小說的構思原則，是否意味著他強調的小說藝術構思活動僅僅

〔註 7〕茅盾：《創作的準備》。
〔註 8〕《子夜》「提要」見《我走過的道路》（中），第 99～107 頁，「大綱」載《茅盾研究》第 1 輯，文化藝術出版社 1984 年版，第 22～37 頁。這還只是「現在存留的部分」，並非全稿。
〔註 9〕此文載《新文學史料》，1982 年第 1 期（最初發表於 1945 年 10 月）。

是按照既定的「邏輯」程序呆板地進行的，其間不要求有任何形式的靈活展開因素，從而使藝術思維變得更爲活躍、靈動？回答當然是否定的。這裡就要談到茅盾「做」小說時並不排斥包括「想像」在內的形象思維活動的積極參與。

通常認爲重理性的作家必定同想像無緣，或至少是淡漠的。意大利 18 世紀初期的古典主義文藝理論家維柯就認爲：「推理力愈薄弱，想像愈雄厚「，因此「詩的性質決定了任何人不能既是詩人，又是大哲學家」。〔註 10〕這種對問題作非此即彼的理解，也表現在對茅盾創作的認識上。在有些人看來，重視在創作中運用理性化的茅盾，似乎只是習慣於概念的演繹，而對生活描寫的科學性、精確性追求，勢必限制他展開藝術想像的翅膀在更廣闊的思維空間翺翔。其實，這也只是想當然。藝術創作中的理性思考，畢竟不同於哲學中的純思辨方式。其參與創作的正確意義，是在於對片面強調藝術直覺現象的匡正，使創作不只是照相式地錄製生活，而能夠做出盡可能符合生活本質的反映和評判。但它不是獨此一家的唯一的思維方式，不獨把理性的思考化爲具體的形象需要有一個思維的飛躍過程，即便是對生活現象作綜合改造、提煉取捨，獲取比生活本身更能集中顯示出事物本質的東西，也需要借助活躍的藝術思維能力。在這裡，想像佔據著極重要的位置。自然，在理性作家和非理性作家之間，想像的運用是有區別的：前者仍保持著一貫的理性思索習慣，即便開展由此及彼、由表及裏的藝術想像活動，對形象的想像和虛構仍納入既定的藝術構思；後者往往不受思想束縛，想像也運用得更爲奇特和大膽。然而，這僅是方式不同而已，在運用想像這一點上兩者並無不同。在茅盾的創作中，想像的運用固然自有特色，但想像作爲一種活躍的思維活動展開，卻仍表現得相當突出，也極爲出色。最常見的現象是：當藝術創作本身向他提出了直接經驗所不能解決的任務時，想像的發揮便成爲他打破直接經驗的局限的重要手段．由此，他把握的生活領域遠比直接感知過的領域要廣泛得多，也深刻得多。《腐蝕》的創作，就是典型的例證。

在茅盾的所有小說中，《腐蝕》是一件相當獨特的藝術品，即便在整個中國現代小說中它也是相當特殊的。因爲小說完全是在作家從未涉足、非常陌生的生活領域裏展開的，同所謂小說創作要從自己最熟悉的生活經驗入手之類構文學理論根本無涉。迄今爲止的材料證明，茅盾從未蹲過監獄，也沒有

〔註 10〕《新科學》，《古典文藝理論譯叢》，1966 年第 11 期。

同特務分子打過交道。他敢於給國民黨的罪惡的特務分子生涯以藝術表現，僅憑「聽人講過」的部分材料。材料又是那樣籠統而抽象：「抗戰初期有不少熱血青年，被國民黨特務機關用戰地服務團等假招牌招募了去，加以訓練後強迫他們當特務，如果不幹，就被投入監獄甚至殺害」〔註 11〕云云，既缺少具體細節，也沒有人物模特兒。然而，當鄒韜奮主編的《大眾生活》缺稿，約茅盾寫連載小說，並限在「一周時間」內拿出小說第一章時，他居然立刻寫起了《腐蝕》。小說還寫得「十分順利，可以說是一氣呵成」，而作品描述的「狐鬼世界」是何等駭人聽聞，描寫特務間的勾心鬥角是何等有板有眼，刻畫趙惠明痛苦的內心世界又是何等鞭闢入裏，簡直就像眞人眞事的實錄，以致小說發表以後引起「不少誤會」，「一些天眞的讀者以爲當眞有趙惠明其人，來信詢問日記主人後來的下落」。這眞是一種非常奇特的現象。除了說明茅盾有非常豐富的想像能力以外，不可能得到其他解釋。茅盾「一氣呵成」地寫完這部長篇，當然是調動了他的其他生活經驗的（如他對國民黨反動政府及其爪牙的直接或間接的認識），然而，具體的人物和故事設計卻不能不取決於他的想像力，使構思得以昇華爲藝術形象化，也不能不說是以想像爲中介的。高爾基說：「有才能的文學家正是依靠這種十分發達的想像力，才能常常取得這樣的效果：他所描寫的人物在讀者面前要比創造他們的作者本人出色和鮮明得多，心理上也和諧和完整得多。」〔註 12〕茅盾重視形象塑造的豐滿性，就在於不致使理性思考成爲虛無縹緲、不可捉摸的東西，他的作品達到了高爾基所指出的那種人物描寫所能達到的藝術效果，即作家所塑造的人物比他本人感知過的還要「出色和鮮明得多」，在很大程度上也是借助於他的「十分發達的想像力」。這裡，有屬於一般的形象塑造所不能違背的規律性因素，也取決於茅盾的獨特的創作個性。從表現重大的社會主題出發，茅盾所選擇的描寫對象往往同他自己的實際生活距離較遠。他著重描寫的兩個形象系列——「時代女性」和民族資本家，很少有屬於他個人「生活圈子」以內的人物。在這種情況下，僅憑一己的生活經驗就遠不濟事了。然而，正如茅盾所說的：「生活經驗是重要的，但也不可以爲除了自己實實在在『經驗』過的範圍以外，便一字也不能寫，我們要知道『經驗』之外，還有想像，有許

〔註 11〕茅盾：《戰鬥的一九四一年——回憶錄〔二十八〕》，《新文學史料》1985 年第 8 期。

〔註 12〕高爾基：《論文學技巧》，《論文學》，第 317 頁，人民文學出版社 1978 年版。

多心理狀態，作家是沒有經過的，就要靠想像。」他還舉描寫女性爲例，「我們男人要寫各種女人的心理，當然不能去做一次女人再來寫，所以這是靠『想像』，但倘使我們生活在絕無女人的荒島上，就無從『想像』。」〔註 13〕如果把茅盾的這一經驗之談同他出色的「時代女性」形象描寫聯繫起來看，就不難理解想像在他的創作中的確起著並不比一般作家遜色的作用。其中最爲突出的，是細膩的女性心理解剖。如《虹》對梅行素打進「柳條籠」前一刻的既不打算爲貞操所左右、又懷著莫名恐懼的少女特有的複雜心情剖析；《幻滅》寫靜女士初戀時對性愛的朦朧恍惚的「異樣」感覺，以致終因「本能的驅使，和好奇心的催遣」而失身於暗探抱素；《腐蝕》寫那個「不是女人似的女人」的趙惠明的複雜心理，時而剛愎自用，時而又柔情如水：這些都是極爲傳種的筆墨。這裡，作家所涉足的都是女性最隱秘的情感區域，不但非一般男性作家所能體察，就連不身歷其境的女性也很難領略個中意味。茅盾敢於作如此的「靈魂探險」，就在於對小說創作必須仰仗於十分豐富的想像力，方能完成對形象的再造或創造。

二、「以人爲本」的小說創作理念

「人的發現」，人在文學創作中主體地位的確立。這是現代小說成熟、發展的標誌。正如人們已經指出韻，文學發展的歷史，在很大程度上，是人的觀念變遷的歷史，而演變、發展的軌迹是，作家們在尋找人在創作中的位置時，逐漸揚棄了把人降低爲物、降低爲工具和傀儡的「物本主義」，和把人變成神、實際上又把人變成理念的化身的「神本主義」，而眞正確立了「以人爲本」的觀念，即「把人當成人」，當成是活生生的充滿著血肉的實體，從而賦予「文學是人學」這個不朽的命題以豐富、深刻的歷史內容。我國現代小說的發展歷程，大體上也經歷了這樣一個人的觀念變遷的過程，雖然其間充滿著尋找「以人爲本」觀念的失落與復歸的激烈鬥爭，鬥爭有曲折與陣痛，但它的終究會被人們所普遍接受的歷史規律卻是不可逆轉的。劉再復曾闡述過「中國現代文學史上對人的三次發現」〔註 14〕，描述了這段文學歷史中「以人爲本」觀念的「升降浮沉」及其日趨深化的過程。這能給人們以深切的啓示。

對「以人爲本」的理論溉括及歷史現象的描述，富有探索精神的理論家

〔註 13〕茅盾：《「談人物描寫」》，桂林〈青年文藝〉第 1 卷第 1 期。
〔註 14〕劉再復：《性格組合論》，第 18～29 頁，上海文藝出版社 1980 年版。

已經作過了，這裡想著重談及茅盾在接受、運用「以人爲本」觀念中的態度。在中國現代文學史上，「人的發現」也是以五四新文學運動爲開端的，記載著一批目光如炬、思想敏銳的新文學先驅者在鼓吹、實踐這一文學新思潮中的勞績。周作人的「人的文學」觀念的提出，魯迅的勇於探索國民靈魂的把握人的精神主體性的創作實踐等，都是具有開山意義的對「人的發現」。茅盾的文學實踐稍稍晚於周氏兄弟，然而他一步入文壇，便以一個善於吐納「人的文學」的清新空氣的青年文學理論家而爲世矚目。由於對傳統文學只「替古哲聖賢宣傳大道」的弊病看得分明，他對新文學先驅者的理論啓迪特別敏感，很自然地成爲「人的文學」的熱心吹鼓者。他不止一次地提出，現在文學家的重大責任是要認清「文學和人的關係」，同傳統文學創作中的「不知有人類」的缺憾劃清界線。他認爲：「這樣的文學，不管它浪漫也好，寫實也好，表象神秘都也好；一言以蔽之，這總是人的文學——眞的文學。」〔註 15〕基於對文學必須著重表現「人」的藝術眞諦的把握，茅盾在十多年後回顧評述五四新文學運動的價值時，對「人的發現」這一命題作了透視歷史本質的評價：

> 人的發見，即發展個性，即個人主義，成爲「五四」時期新支學運動的主要目標，當時的文學批評和剖作都是有意識的或下意識的向著這個目標。
>
> 個人主義（它的較悅耳的代名詞，就是人的發見，或發展個性），原是資產階級的重要的意識形態之一，故在新興的資產階級意識形態對封建思想開展鬥爭的「五四」時期而言，個人主義成爲文藝創作的主要態度和過程，正是理所必然。而「五四」新文學運動的歷史的意義，亦即在此。〔註 16〕

不妨認爲，注重文學對「人的發現」，茅盾的視點是在文學觀念的更新上，即打破傳統文學的「不知」人、漠視人的狹隘觀念，以圖創建一種眞正恢復人的主體地位的「眞的文學」。這一思想是滲透在他的整個文學活動中的。

從文學表現「人」的獨特價值的發現出發，在具體的創作中，茅盾提出了以人物爲「本位」的觀點。這可以視爲對「人的文學」觀念的深層揭示。《創作的準備》這本談創作經驗的著名的小冊子中，他提出了確定不移的原則：

〔註 15〕《文學和人的關係及中國古來對於文學者身份的誤認》，《小說月報》第 12 卷第 1 期。

〔註 16〕茅盾：《關於創作》。

在文學作品「構成的要素」中，應當「把『人物』作爲本位，尊爲第一義」。這同他以前提及的「『人』——是我寫小說時的第一目標」相呼應，完整地確立了「以人爲本」的現代小說觀。今天，「以人爲本」是文學研究者樂於提及的「新名詞」，然而考究它的出處卻可以追溯到茅盾五十多年前的論著中，這不能不讓人佩服茅盾獨具只跟的識見。如果說，「人的文學」觀主要是著眼於人的個性的尊重，「人」在文學創作中應居於何等地位尚提得不十分明確，那麼，「以人爲本」、把「人」置於「第一目標」，就毫不含糊地強調了人在文學創作中的主體地位，無疑是對前此概念的強化和深化。茅盾在這本論著和其他論述中，還一再重申他的寫「活人」的主張，反對把人降格爲工具和「傀儡」，或奉之爲「神人」和「超人」，這包含了對物本主義和神本主義的批判，使人的主體性具有更深刻的內涵。從「人的發現」到「以人爲本」清晰地展現出茅盾的藝術思路：他的創作執著地實現恢復、確立人在文學中的主體地位的追求。

由於明確認識到「以人爲本」的意義，茅盾對「人」的重視是體現在創作全過程中的。在創作的準備階段，「第一目標」是研究人，投入具體創作後，「第一目標」是描寫人。茅盾認爲，研究人，應當成爲作家的一種「職業習慣」，如他所說，「把寫小說作爲一種職業」的作家，「沒有一點『研究』好像是難以繼續幹下去的，因而我不能不有一個『研究』的對象。這對象就是『人』」。〔註 17〕他不但側重於「向活人群中」研究，即通過對生動活潑的現實生活中的人的實際研究，以獲得對描寫對象的新鮮印象，也不排斥通過其他的方法去研究人，諸如在同朋友交談中獲取「第二手材料」，從報章記事中研究社會動向特別是人的動向等等。《蝕》的創作偏重於前者，《腐蝕》偏重於後者，《子夜》則可以說是兩者的結合。無論是取哪一種方式，都是在形象的「成活」以後始入創作境界。關於研究對象的確定，茅盾認爲也有兩種方式。一種是左拉式的，總是預先定了研究的目的，跑進一個「特殊的生活圈子」裏，做細膩的觀察，又經常留心報上關於特殊生活圈子裏的一切動態記載，然後即以此爲材料寫小說。另一種是契訶夫式的，不預定研究目的，走到各個生活圈子裏去，並且「老帶著草簿在身邊，隨時把所見所聞所感記錄下來」，加工而成小說。這兩種方式，茅盾也是兼而用之。他經常是帶了「要寫小說」的目的去研究人，當然要去與此目的相關聯的「特殊」生活圈子，

〔註 17〕茅盾：《談我的研究》。

然而「特殊」的生活圈子畢竟有局限，不可能據此完成對此類人的完全認識，於是就要「探頭」到特定的生活圈子以外去觀察、研究。寫《子夜》是最好的例證。他在創作前廣泛接觸各類民族資本家，還託熟人帶進了一般人難得進去的證券交易所等。由於對「人」的研究之深之廣，他才能以此爲基礎鑄造成不朽的藝術典型。

在創作過程中突出描寫人，反映在人同事的關係處理上。茅盾認爲：「構思的時候應先有人物，然後想出故事，不是先有故事再想出人物來。要使故事服從於人物，不使人物服從於故事」〔註 18〕。在小說創作中，作家的頭腦裏是先有人物還是先有故事，這曾是個爭論不休的問題。茅盾的鐵定原則，是必須「人物在先」，這反映了他把人定爲創作的「第一目標」的不可移易性。魯迅寫《阿 Q 正傳》，首先活在他腦海中的，也是阿 Q 的形象，而不是那些故事。在小說第一章《序》中就寫到，他要給阿 Q 做傳，「已經不止一兩年了」；談到這篇小說的創作經過時，明確指出：「阿 Q 的影像，在我心目中似乎確已有了好幾年」。〔註 19〕「以人爲本」的作家，目光主要盯在「人」身上，他的深思熟慮首先是在形象方面，創作大抵總是人在事先的。茅盾把人「尊爲第一義」，又有「研究人」的習慣，對此自然也不會例外。至於在人事關係的配置上突出人，則更有創作爲證。他的作品一般不以曲折離奇的故事取勝，有的甚至連故事的可讀性也不很強，但能夠深深吸引讀者，就在於作品具有描述人物性格和命運的奪人心魄的力量。像《當鋪前》這樣的作品，只寫主人公王阿大的一個浸透「生活的辛酸史」的包袱及在當鋪前經歷的悲慘的一幕，就能重重叩擊人心，正是得力於描述人物悲劇命運的深刻性。如果說，小說創作中有所謂「情節小說」和「性格小說」之分，那麼，茅盾的小說無疑應歸入「性格小說」之列。這樣看來，由於認識到文學的主要職能在於寫「人」，在於通過對人的研究去研究社會，茅盾必然把「第一目標」定在「人」的創造上。他用力最多的是在這裡，他爲文學所提供的最重要的創造也在這裡。

著名小說家老舍說過一段精闢的話：「創作的中心是人物。憑空給世界增加了幾個不朽的人物，如武松、黛玉等，才叫做創造。因此，小說的成敗，是以人物爲準，不仗著事實。世事萬千，都轉眼即逝，一時新穎，不久即歸

〔註 18〕茅盾：《談「人物描寫」》，桂林《青年文藝》第 1 卷第 1 期。
〔註 19〕魯迅：《華蓋集續編．〈阿 Q 正傳〉的成因》。

陳腐，只有人物足垂不朽。」〔註 20〕對茅盾的「以人爲本」創作的認識也可以是這樣：通讀他的作品，人們獲得的是對「社會」的百科全書式的瞭解，是他分析社會的觸目驚心的見解，是他對腐朽社會制度的切中肯綮的針砭，但給入印象最具體、最直接，因而也最深刻的，卻還是那些栩栩如生的人物形象。這種感覺，隨著時間的流逝會表現得愈益明顯。人們也許忘掉其中的故事情節，也許會記不清哪一部作品表現了一個什麼主題，然而那些「足垂不朽」的人物將長時闖停留在記憶裏，歷久彌新。像吳蓀甫、趙伯韜、老通寶、林老闆、趙惠明、梅行素、章秋柳等一長串閃耀著性格異彩的人物，莫不以鮮明、獨特的個性而獲得了久遠的藝術生命力，他（她）們將永遠刻印在人們的腦海中，存留在這個生生不息的世界上。

三、「活人」理論的多重審美要求

把「人」置於小說創作中的首要位置，茅盾的注意力必然主要集中在物形象創造上，他所追求的美學目標就是創造典型性格。按照通常人們所認爲的小說的歷史演進，大體上經歷了三個階段；「（1）生活故事化的展示階段，（2）人物性格化的展示階段，（3）以人物內心世界審美化爲主要特徵的多元化展示階段」〔註 21〕。茅盾的小說顯然是在第二階段，即人物性格化的展示階段上。注重「生活故事化」的表現模式爲茅盾所不取，這一點容易理解，因此它不可能在第一階段上；如果說「內心世界審美化」的展示方式，著重表現的是人物的「內心圖景」，即人物自己的感覺、想像、幻覺、情感拼搏、意識流動等等，這同茅盾的小說也不契合，儘管他在小說中突出描寫人，包括寫人的心理意識，但他並沒有完全打破傳統敘述體小說的格局，同「意識流」小說等相距更遙——它也不可能在第三階段上。

問題是對處在人物性格化的展示階段上的小說應作何評價。今天人們要求對小說藝術進行不斷的更新，不滿足於小說只寫故事或只寫人物的單一格調，主張小說的藝術表現應有多元化趨向，特別注重人物「內心圖景」的展示，向人物的內心世界審美化的層次突進，這是不無道理的。由此而對西方現代派小說的表現技巧表示出濃厚的興趣，也是可以理解的。但是，這些都不應當成爲貶抑甚至蔑棄人物性格化小說的理由。既然小說的藝術表現應該是多元的，那

〔註 20〕《老舍論創作》，第 88 頁，上海文藝出版社 1980 年版。
〔註 21〕劉再復：《性格組合論》，第 33 頁。

麼性格化小說作爲小說的一元也應當允許存在，並使它更趨完善和發展，此其一。其二，人物性格化同內心世界審美化，不是截然對立的，性格化小說並不排斥對人物豐富的內心世界的展示，只是表現形式同西方現代派小說有所不同罷了。倘若寫人物性格不去揭示人物的「內心圖景」，那是稱不上嚴格意義上的人物性格化的。因此，眞正的人物性格化小說，審美層次並不低。在這一點上，劉再復對處在這一展示階段上的小說的評價是適當的：

> 小說進入這個階段才跨入成熟的階段，才獲得巨大的審美價值。人類的文學，到了這些小說大師手中，才獲得了令人驚歎的成就。他們已不再像人類童年或幼年時期那樣愛講故事，而是進入人自身。這些以人爲中心的小說，在美感上，已不再像第一階段的小說那樣只限於滿足人們的好奇心，給人以離奇的刺激性的低級審美感受，它已能給人一種高級的審美感受，即滿足人們的情感需要。因此，這個階段的小說，進入了人類文化更高的層次。這個階段一直延續到今天，而且還將延續下去。〔註22〕

這一評價，可以在一大批「小說大師」的創作中得到印證。茅盾也是處於這一階段上的「小說大師」之一，其對於小說人物的審美要求及其創作中的人物性格化，在這一展示階段就具有相當的代表性。這裡，首先談及他的創造「立體的活人」的創作主張和實踐。

理想的人物性格化形象應當是怎樣一種面貌？按照黑格爾的理解，「每一個人都是一個整體，本身就是一個世界，每一個人都是一個完滿的有生氣的人，而不是某種孤立的性格特徵的寓言式的抽象品」〔註 23〕。這通常被認爲是對人物形象本質的精當概括。它的核心意義是強調性格的生動性與完滿性，要求作家塑造的形象，既是來自實際生活的富有「生氣」的人，又必須是充分表現了「完滿」性格的「整體」。茅盾在小說理論上，也有大致相似的主張。他認爲小說描寫的不應是「『標本式』的人物」或「紙剪的傀儡」；提倡「寫出來的人物是立體的複雜性的活人」。〔註 24〕這種「立體的活人」，就實現了性格的生動性與完滿性兩個方面的要求，它突破了對性格只作平面透視的單一化模式，能夠實施對有血肉、有情感的生氣勃勃的「人」的「整體」

〔註22〕劉再復：《性格組合論》，第 38 頁。
〔註23〕黑格爾：《美學》第 1 卷，303 頁。
〔註24〕茅盾：《創作的準備》。

把握。綜觀茅盾提出的「活人」理論，應有下述幾方面內涵。

1、「活人」的「立體」感效應

所謂有立體感的「活人」，是指塑造的文學形象要有具體可感性，能給人以可以逼視、可以觸摸、可以聽聞的直觀感受，使之形神俱現、栩栩如生，言談、舉止、音容、笑貌都宛如「活人」。這種用三度空間的實體性去要求文學形象的立體感效果，實際上是對文學作品提出了很高的美學要求。因爲文學傳達作家感情的信息，是通過文學形象而非採用說教來實現的，倘若塑造的形象具體、可感，使人如臨其境，如見其人，如聞其聲，從中受到強烈的藝術感染，這就既能得到心靈的陶冶，也是一種難得的藝術享受。然而，作爲語言藝術的文學，較之於其他藝術，用文字畫像而達到形象的立體感難度更大。因爲它同雕塑、實用工藝、建築等造型藝術不同，所塑造的形象怎樣也克服不了間接性。如果說，雕塑等藝術對形象的刻畫，可以用直接的物體造型存立於空間，使人在冰冷的大理石中，在突出的棱角、線條中，感到實體的存在，那麼，用文字描寫的形象，卻是通過作者的筆間接傳達給讀者，要使形象刻畫得有棱有角、有形有色，不致成爲「寓言式的抽象品」或「標本式」的人物，就決非易事。茅盾運用語言藝術的手段，塑造出有立體感的「活人」，便很有可道處。《子夜》寫吳蓀甫，人物一出場，就是一幅塑像的浮雕，人物形體的特徵是那樣分明、凸現，有色調，有形態，甚至還有臉部細微的皺褶，形象的可感性是強烈的。而形體的每一個部位似都有性格的閃光，更見得是一尊活的塑像。可見通過造型傳神，雖不完全寫出性格，性格中基本的東西卻是可以蘊含在肖像的神采之中的，成功的語言塑像就有這樣的藝術力量。

自然，造型藝術也有局限。因爲它塑造的形象是佇立不動的，只有確實捕捉住閃耀性格光彩的某一瞬間，能夠由此喚起觀賞者對事物的豐富想像，方才稱得上是一個「活人」。那些平板地刻繪狀貌的雕塑，譬如廟宇裏千神一面的泥塑菩薩，縱然有線條、有棱角，也是徒有其形體的立體感，算不得是活的形象。在這一點上，語言藝術又有造型藝術所不能企及的長處：它可以越過生活的平面，突破時空的限制，在連續性的描繪中寫出人物的動態，使性格「從運動本身，通過鬥爭，通過衝突，通過行爲，顯現出來」〔註 25〕。

〔註 25〕阿·托爾斯泰：《思想、思維、形象所引起的喜悅》，《論文學》，第 57 頁，人民文學出版社 1980 年版。

茅盾認爲，創造立體感的「活人」，更重要的還在於充分發揮語言藝術可以超越時空的特長，善於從形態的立體感寫到動作的立體感，抓住人物特有的動作，並把這種動作放在一定的情節運動當中去表現，使性格從動態中活現出來。茅盾指出，寫人物不能「只在固定的地點上去觀察他們」，因爲「活人們是到處跑的」，你的筆也「必須跟著他到處跑」，以寫商人爲例，你應當「從他的店鋪裏跟他出來，跟他到小館子裏，到朋友家裏，到他家裏，到他臥房裏，一直跟他到『夢』，裏」，如此，寫出來的人物方有「個性」，方是個「活人」。〔註 26〕

作爲一個「活人」，文學形象的立體感還表現在有靈魂有血肉上。別林斯基指出，文學塑造的形象之高於攝影師的照相，就在於它「不僅是肖像，並且是一件藝術品，不僅抓住外部的相似，並且還把握住原物的整個靈魂」〔註 27〕。這說明，要創造立體感的「活人」，只追求外觀動作上的形似是不夠的，重要的是要開掘出蘊藏在人物心靈深處的東西，寫出人物的「整個靈魂」。魯迅稱讚《儒林外史》描寫人物，不僅「現身紙上，聲態並作」，還能「洞見所謂儒者之心肝」〔註 28〕，可謂道盡了個中妙處。由此也說明，只要充分調動文學藝術的手段，畫出靈魂以表現形象的立體感，也不是難以做到的。事實上，就文學表現人物的手段而言，它的確又有較大的自由，不僅可以像造型藝術那樣借形傳神，還可以直接描寫人的精神活動，把人物細微的心理變化都形諸筆墨。正如茅盾所說的，作者的筆不僅可以追蹤到人物行動的各處，還可以「一直跟他到『夢』裏」。茅盾刻繪人物，同樣也以善於把握人物的「整個靈魂」取勝。作家的筆追蹤到人物的潛意識中去，揭示出人物行爲的動機，探察到流貫於外表的隱秘的心靈，從而使形象血肉飽滿，立體感強，成爲有思想、有情感的「活生生的人」。《子夜》第十二章寫吳蓀甫的行爲動機，以展示他紛亂的思想狀態，也有異曲同工之妙。吳蓀甫駕著小車到趙伯韜的姘婦劉玉英住的旅館和益中公司兩處活動後，一回到家中即向家人發泄無名的怒火。他從樓上跳到樓下，從客廳跑到外頭，一忽兒罵聽差，一忽兒訓老婆，活像一匹受傷的狼，不停嗥叫，到處咬人。其實，這種連他自己也無法理解的行動，正是他當時思想混亂到了極點的外表流露。而無端尋釁，使一向具

〔註 26〕茅盾：《創作的準備》。
〔註 27〕別林斯基：《一八四七年俄國文學一瞥》。
〔註 28〕魯迅：《中國小說史略・清之諷刺小說》。

有「大將風度」的吳蓀甫如此失卻常態，又強化了他當時複雜心情的表現。這種交替描述人物的行爲和心理，從動態和靜態兩個方面去表現人物的性格，對於展示「活人」的「整個靈魂」是大有助益的。

2、人物性格典型性的深層開掘

塑造「立體的活人」，顯示性格的生動性與完滿性，表明茅盾是在努力以自己獨特的創造，提供爲人們所喜愛的傳神的藝術形象。在人性格化的途程上，性格的立體展示是最足以實現這一藝術要求的有效力法。然而，人物的性格化是個涵義廣泛的概念，它不以把性格表現得充分爲終極目的，同時還要求性格具備眞實律、典型性等等。黑格爾在闡述性格的完滿性、整體性的同時又指出：「一個性格之所以能引起興趣，就在於它一方面顯出上文所說的整體性，而同時在這種豐富中它卻仍是它本身，仍是一種本身完備的主體。」〔註 29〕這就是說，性格描寫不能背離人的主體性，必須把人當作眞正的人來描寫，離開具體人的「本身」片面追求性格的豐滿性，也會失卻性格描寫的意義。這是對人物性格化所提出的眞實律的美學要求，使文學作品描寫的人物既具有傳神的性格，又還原爲眞實意義上的人，這是對人物性格的一種深層把握。在人物性格化的展示階段上，小說能達到如此效果，應當說是進入了較高的審美層次了。

茅盾的創造「活人」理論，除立體感這個側面以外，另一個重要側面就是對性格的眞實性追求——主張寫出「眞的人」，使「人的文學」成爲「眞的文學」。這種眞實性追求，是基於他對人的主體性的尊重，即把人當作有個性、有靈性的「活的人」來描寫。在對二三十年代出現的某些普羅文學作品的兩種傾向性問題的批評中，最能看出茅盾的眼光，也最能看出他的追求。一種是把人降低爲物，蔣光慈小說是突出的例證。蔣光慈描寫革命者，全憑自己的意念去驅使筆下的人物，常常是心血來潮地讓人物作出種種離奇的行動。茅盾批評說，此類小說「給讀者以最不好的印象就是這些人物不是『活』的革命者而是奉行命令的機械人」〔註 30〕。把人寫成「機械人」，就是把人當成傀儡或工具，當成順著作家筆端轉動的玩物，當然不是眞正的「活人」。另一種是把人奉爲神，寫英雄而離開了人應有的本色。茅盾批評某個歌頌群眾領袖的作品，「把首領當作一個突出的超人：他是牧者，而群眾是羊」，這也是

〔註 29〕黑格爾：《美學》第 1 卷，第 302 頁。
〔註 30〕茅盾：《〈地泉〉讀後感》。

嚴重的「拗曲」現實，不能算作無產階級「自己的」藝術。〔註 31〕原因就在此類「超人」實際上就是「怪人」，它同現實生活中的「眞人」同樣是格格不入的。茅盾的嚴肅批評，既是對文學創作中的物本主義和神本主義的批評，也是對他的「以人爲本」的文學主張的堅持。由此，也揭示了「以人爲本」的更深入一層的內涵：它實際上是同描寫「眞人」聯繫在一起的，是人物性格化把握「完備的主體」在性格眞實領域裏的突進。茅盾在闡明此類文學觀念時，正是革命文學運動聲勢甚壯之日，然而他能同魯迅站在一道，對那種違背藝術規律的現象進行不遺餘力的批評。正因爲他不隨流俗，能以藝術的眼光去審視創作，當某些堪稱爲「革命文學」的作品中多少難以避免人物描寫的抽象化、虛假性時，茅盾的同樣體現了「革命文學」特徵的作品卻見得別具一格，就是可以理解的事情了。

茅盾對藝術眞實律的遵從，突出反映在人物性格的個性化要求上。唯有寫出「個性」，「方是一個活人」，這是他對「活人」概念的又一界定。個性化何以能成爲活人、眞人？因爲個性描寫能充分揭示「這一個」人物的性格的獨特性。對人的主體性的尊重，就意味著對人的「本身」的深刻理解，它必然是從生活中實在的人出發的透闢研究，也就有可能通過具體、鮮明的個性特徵的透視，去表現人的本質。同個性化相對的，是形象的類型化、臉譜化。它往往是從作家的觀念出發的，忽視乃至抹殺個性，形成「千部一腔，千人一面」的狀況，這樣，「這一個」的自身消失了，人物形象就會一片模糊。茅盾批評蔣光慈的小說寫不出「活人」，問題就在每個人物「都戴上蔣君主觀的幻想的『臉譜』，成爲一個人了」〔註 32〕。這就是從喪失個性化的角度提出的「診斷」。這一觀點同樣表現在他對某些外國作家的評價上。他認爲「拜倫寫人物不如莎士比亞」，原因就在莎士比亞側重刻畫各具特色的「個性」，他筆下的人物，「一個個是活的人，在社會中可以找出來」，與此相反，「拜倫寫的人物，往往是他自己的化身，往往以拜倫自己性格的一部分賦予一個人物。拜倫的性格包括得很廣，他拿一部分給這個人物，又拿另一部分給那個人物，所以他的人物雖然有多種性格，然而只是拜倫之化身」。據此，他得出結論：要寫出富有「個性」的「不同性格的人物」，就要「不做拜倫，而做莎士比亞」。〔註 33〕茅盾對拜倫的批評，是引

〔註 31〕茅盾：《論無產階級藝術》。
〔註 32〕茅盾：《〈地泉〉讀後感》。
〔註 33〕茅盾：《雜談文學修養》，《中學生》第 55 期。

述普希金致友人信中的觀點，未必就是對拜倫所作的全面評價，但至少可以說明：他提倡個性化，是要求寫出符合生活本色、能從生活中「找出來」的「活人」，而不應成爲個人觀念的「化身」。這一見解非常切近馬克思提出的性格描寫的「莎士比亞化」要求，顯出其個性化理論的完備性與深刻性。

在人物形象創造上，由生動的個性描寫而達到人物性格的深層開掘，在茅盾塑造的大量人物形象中做得特別出色的則是系列形象的典型性和個性化。這裡所顯現的是一個最可以比較的形象領域，比較，將在同類形象的排列中認出「個性」，如同某些革命文學作品寫「一體」的革命者而終於看不出「個性」一樣。系列形象是以形象的類別性爲特徵的。作家著眼的是從多種角度去探察或一階級、階層人們的思想、性格面貌，因此所提供的就不只是一兩個「個別」的形象，而是完整的形象類別或形象群。從單個形象說，是反映類的一個側面；把一系列形象集合起來，就構成了對這一社會類型的總體認識。由於爲「類」的本質所規定，系列形象之間便有某種聯繫性和相似性；而從塑造形象的「這一個」性格而言，則又必須使每個形象具有相對獨立性，刻畫出屬於它自己的鮮明、獨特的個性。在刻畫系列形象的獨特個性上，茅盾是最花功夫，也最見功力的。他曾經提醒說：「假使你的『人物表』裏有一對性格相似的人物，你的警戒的目標便應當是，謹防他們混雜不清。」〔註 34〕《幻滅》、《動搖》、《追求》三部作品寫到的三個「時代女性」——慧女士、孫舞陽、章秋柳，所表現的則是同類「時代女性」的不同個性。這三個「很惹人注意」的「特異女子」，性格十分接近，都顯得輕率放縱，浮躁浪漫，都追求性的解放，而又表現得非常「出格」。然而，由於受到各自複雜環境的影響，她們的性格又存在很大的差異。一是浪漫的程度有差別，可以說一個比一個突出，尤以章秋柳爲最甚，她最後甚至企圖以自己「美豔的肉體」去創造「黑影子」史循由頹廢走向「新生」的奇迹。二是浪漫的方式不同：慧女士玩世不恭，沒有眞正玩弄男性，有時同他們「混混」，只是作爲報復社會、發泄憤恨的手段；孫舞陽放浪形骸，用「破天荒」的舉動向世俗社會發起了挑戰，章秋柳則從極其痛苦的思想狀態出發，追求官能刺激和「肉欲享樂」，既表現了頹廢情緒，也含有向社會復仇的意味。這裡著重表現的是「時代女性」在不同革命階段的不同「意識形態」，性格變態的層層深入，正是革命形勢越變越壞在人物心理上的投影。而每個人都有自己的獨特表現，都有

〔註 34〕茅盾：《創作的準備》。

動作感極強的性格外在流露，構成各自鮮明的個性，便都是能在生活中「找出來」的活人和眞人。

在人物性格的深層開掘中，還應當提到茅盾對典型性同階級性關係的正確處理。我國的左翼文藝運動，由於受到蘇聯「拉普派」的影響，主張「用唯物辯證法」指導創作，將性格描寫體現階級性特徵誇大到不適當的程度。突出的弊病是用階級模子去鑄造形象，造成一個階級只有一種典型的現象。這一度成爲一種「集團的傾向」，極大地阻礙了創作的深入。對這種創作傾向較早提出批評的，是茅盾和魯迅、瞿秋白等人。茅盾批評華漢的《地泉》三部曲寫一個階級、一種營壘的人物是「一張面孔」，便是一例。在《談「人物描寫」》一文中，茅盾闡述得更爲明確：「典型性格是階級性的，這句話有點問題，爲什麼呢？因爲在『階級性』這個術語以外，我們知道還有一個術語，就是『個性』。某一階級有其典型的性格，這是不錯的，但不能說同一階級的人物的性格就像一個模子裏鑄出來似的完全相同。」這裡所表明的仍是茅盾對人物個性化的重視，個性化，在不偏離爲階級性本質所規定、所制約的軌道呈現出來。這既是一種難處，也表明一種深入：難就難在要對同一層面上的人物加以細心的區分，分寸不易把握；如果能在同一層面上劃出不同的層次，個性將得以凸現，自然也就標誌著性格的深層開掘。茅盾刻畫各具個性的民族資產階級形象，事實上已表現出他對階級性和典型性、個性化關係的正確把握。這裡還想舉出《子夜》描寫的三個封建地主作例證，因爲在這些人物身上恰好表明作家對只有細微差別的同質人物的更其明晰的剖析。吳老太爺、曾滄海、馮雲卿，都是屬於行將就木的、同時代氣息很不合拍的老朽的封建地主。他們對農民的殘酷剝削，封建意識濃厚，思想頑固守舊等等，都體現了一般地主階級的特性。茅盾寫這三個地主，落筆各有側重，賦予了不同的個性。吳老太爺是作爲老一輩的封建地主來描寫的，是信守封建道德規範的典型，他的默念文昌帝君的「萬惡淫爲首，百善孝爲先」的「告誡」，以及一聲裂帛似的怪叫——「太上感應篇」便構成個性的主體。這種「僵屍」式的言動，一旦融會在摩登化的大都會裏，立即同「僵屍」本身一起「風化」了，是毫不足怪的。在這個形象身上，體現了未被「五四」浪潮清洗乾淨的封建垃圾到此時必然歸於死滅，因爲所謂「正統」的封建性，在殖民地化愈益加深的社會裏實在也是並不相容的。同這種性格相對照的是馮雲卿的廉恥喪盡。這位靠地租、高利貸盤剝農民發家的財主，因爲農民身上已榨不出更多的油水，就跑到上海灘希圖做公債生意發財了。他的最出色的表演，是不惜以親生女兒的肉體去換取趙伯韜的「公債情報」，封建道德所規範的「萬惡淫爲首」早被拋諸腦後。這個形象的意義，是在於說明資本主義的金錢勢力對中國封建宗法觀念、倫理道德的破壞，也體現了地主階級中的一部分正在「悄悄」地向資本主義勢力轉化。只有曾滄海才是舊中國農村最習見的地主。這個雙橋鎭有名的「土皇帝」，既以貪財、吝嗇、刻薄馳名，又以橫行鄉里、魚肉鄉民、稱霸一方著稱，十足代表了地主階級在鄉村中既是剝削者又是統治者的雙重身份。在他身上，充分暴露了這一階級的寄生性和腐朽性。這三個人物，在作品中擔負著不同的角色，各有特定的表現角度，因而就各有個性。同屬地主，彼此的面目絕不會相混。

3、走向性格塑造的更高審美層次

立體感、典型性、個性化，已經從幾個側面展示了茅盾提出的人物形象創造的獨特要求。然而，茅盾的藝術探索與追並沒有到此爲止，在小說美學觀念上，對於人物性格塑造，他是向著更高的審美層次突進的。

隨著小說觀念的深化，人們認爲只刻畫了單一化性格的人物，不能說是有很高的審美價值層次。英國評論家愛 ·莫 ·福斯特說：「十七世紀時，扁平人物稱爲『性格』人物，而現在有時被稱作類型人物或漫畫人物。他們最單純的形式，就是按照一個簡單的意念或特徵而被創造出來。如果這些人物再增多一個因素，我們開始畫的弧線即趨於圓形。」〔註35〕據此，就有所謂「圓形人物」與「扁形人物」之分。按照福斯特的觀點，所謂「圓形人物」，是在「扁形人物」身上「再增多一個因素」，就是要克服性格的單一結構傾向，造成性格的多重組合、複雜組合。描寫這種性格，將更符合現實生活中作爲複雜體存在的「活人」的實際狀況，的確有更高的審美價值。茅盾沒有使用過「圓形人物」與「扁形人物」的概念，但他提出的創造「複雜性」的「活人」的主張，卻同這種觀點頗爲接近。在《創作的準備》中，他反對「太單純」、「太直線式」地描寫人物，把由這樣描寫出來的人物稱之爲「平板人物」或「標本式」的人物，就包含了對「扁形人物」的批評。朱光潛在介紹福斯特的觀點時，就把通常翻譯的「圓形人物」與「扁形人物」譯成「圓整人物」與「平板人物」〔註 36〕。可見在反對「最單純的形式」或單一化的人物描寫傾向時，提「扁形人物」或「平板人物」，兩者是相通的。自然，實質並不在

〔註35〕福斯特：《小說面面觀》，第 59 頁，花城出版社 1984 年版。
〔註36〕朱光潛：《談美書簡》，第 75 頁，上海文藝出版社 1981 年版。

確定概念、名詞上，而在於茅盾對創造「複雜性活人」的理解，以及由此塑造的人物形象所具有的美學價值。

提出人物性格的複雜性要求，是由現實生活中的人的複雜性所決定的。茅盾指出，文學作品的描寫對象，既然是那些「造成錯綜複雜的社會現象」的「活生生的人」，作家筆下的形象也必須具有「複雜性」。他把作品中的人物比喻爲從「人生樹上」摘下來的一片「葉子」。雖然「摘下來的葉子引起你的感覺是單純的，而在枝頭的葉子所引起的，卻要複雜得多。一個『人物』雖然被寫得周到，可是倘只能引起單純的感覺，還是不行的」〔註 37〕。這裡所表述的就是人物複雜性格描寫對於揭示生活本質的意義。文學作品寫人，如果只是把它看成同整個「人生樹」無關的孤立的、單個的人，不管將他描繪得如何「周到」、如何生動，仍然只能給人們「單純的感覺」，原因就在實際生活中的人「卻要複雜得多」。高爾基說：「人是雜色的，沒有純粹黑色的，也沒有純粹白色的，在人的身上滲透著好的和壞的東西——這一點應該認識和懂得。」〔註 38〕這可說是對人的性格複雜性的最透闢、形象地闡述了。茅盾提出複雜性要求，是他對「活人」性格的更貼近生活本色的把握，也進一步豐富了「活人」性格的內涵。如果說，他要求人物的性格寫得「周到」，寫得豐滿，具有「立體」效果和充分的個性化，是從形象的生動性、直觀性和典型性而言的，那麼，他同時提出性格的複雜性要求，就既是對形象塑造的眞實性的深化，也達到了能更深入地把握生活的本質、「人」的本質這樣較高的美學標準。魯迅評價《紅樓夢》的人物描寫，認爲它「和從前的小說敘好人完全是好，壞人完全是壞的，大不相同，所以其中所敘的人物，都是眞的人物」〔註39〕，道理也與此同。

性格的複雜性，就是性格的多層次性、非單一性，就是多角度、多側面地寫出置身於複雜的社會環境中的人的性格的「雜色」。不管是使用「圓形人物」概念，還是稱之爲性格的多重組合、複雜組合，意義是大致相通的——茅盾筆下的諸多人物形象，也往往有如此豐富、複雜的性格內涵。這在很大程度上取決於作家在特殊形象領域裏的探索。由於人所處的社會環境和所承受的矛盾糾葛有比較複雜和稍顯單一之分，人身上所表現的「雜色」性也就

〔註37〕茅盾：《創作的準備》。
〔註38〕高爾基：《文學書簡》，第219頁，人民文學出版社1962年版。
〔註39〕魯迅：《中國小說的歷史的變遷》，《魯迅全集》第9卷。

有程度的差別。一般說來，遭遇曲折、命運多舛的人，「不僅擔負多方面的矛盾，而且還忍受多方面的矛盾」，性格的複雜性就特別明顯一些。茅盾所選擇的形象表現角度，往往有很大的特殊性：或者是人物所處的社會環境特殊，比如《腐蝕》寫了「狐鬼世界」；或者是人物處在特定的時代條件下，如寫了大量在時代劇變中活動的「時代女性」；或者是人物本身就是具有兩重性格的複雜體，如寫到的一批民族資產階級形象，等等。這種種複雜社會類型本身在生活中的表現就並不單純，再加上作家能給性格以多重性的表現，結果大都能夠寫成複雜性的形象。「肉體是女性，性格是男性」的章秋柳，也可算得是狂放不羈、痛快熱烈了，在生活中眞也像是「車輪一般」地飛快轉動，飛快地「追求」著一切「新奇的刺激」，「甚至於想到地獄裏，到血泊中」，然後有誰知道，在暗底裏，在沉思中，她也經常在作「悲痛的懺悔」，有時還傷心得不能自持，因爲在這「灰色的生活圖子」中打轉終究是虛擲生命。外表的熱烈和內心的隱痛，不忘有所追求，而追求終是虛空，使得這位「時代女性」的性格表現得很不單純。由於描寫了性格的多重側面，這類人大都有異於常人的舉動，都有一個隱秘、複雜的內心世界。作爲生活中「活生生的人」的再現，他們都是極有藝術感染力的。

性格複雜性的另一種表現，是寫性格的矛盾性，即把人物性格中的諸種元素置於對立的兩極——好的和壞的兩個剛好相反的側面，並使性格在對立中統一。這就是性格的二重或多重組合。這是一種比較理想的複雜性格組合方式，能充分地傳達出人的性格的複雜性程度。茅盾小說所表現的人物性格複雜性，很多帶有多重組合性，經常是好的一面和壞的一面並存，因此對形象就很難用「好人」或「壞人」的斷語作概括。吳蓀甫、林老闆等人物，都或多或少帶有這方面特點，尤以吳蓀甫的性格表現爲最充分。另一個出色的性格二重組合形象，是《腐蝕》中的趙惠明。作爲失足落入「狐鬼世界」中的特務，趙惠明幹了不少骯髒的勾當，手上還沾有革命者和無辜人們的血迹，當然是一個「壞人」；但她有痛苦的思想鬥爭，她的「天良發現」，最終救出誤入羅網的女學生，走上了一條「自新之路」，似乎又不是「壞人」了。作品細緻入微地描寫了一個有著深重負罪感的人，要脫離罪惡而去，既要同周圍的環境搏鬥，又要同自己的良心搏鬥，做著如此的複雜的心靈交戰，可說是作家對具有複雜性格的形象的深入內心堂奧的解剖了。正由於小說自始至終不放過描寫人物的多側面性，特別是對立統一性，這就把一個身處複雜社會環境中的複雜人物的性格表現無遺了。

描寫性格的複雜性、多重組合，從美學範疇說，還涉及到了表現「缺陷美」的問題。即作家不是將人作爲「完人」，而是作爲複雜的對象去解剖：寫「好人」不迴避缺點，寫「壞人」也不是一無「長處」，各顯示出主體性格以外的「缺陷」，以寫出更接近於生活眞實與藝術眞實的活生生的人。既然在現實生活中沒有絕對的好人或絕對的壞人，小說有意識地表現人物的或一「缺陷」，就不會是多餘的；也只有這樣表現，方見得是同現實生活協調、和諧、統一，人物形象充滿活力，使讀者從中獲得欣賞的美感。那種對於正面形象一律不寫缺點，反面人物又寫得不堪一擊的做法，使藝術與生活脫節，顯然是不足取的。茅盾就批評過描寫「自天外而入」的「飛將軍式」的革命者，和「把資本家或資產階級知識者描寫成天生的壞人」這兩種各自走向極端的現象。〔註40〕他的創作從不迴避寫人物的「缺陷」，正面人物固然不是神人，聖人，反面人物也不是天生的壞人。他總是嚴格按照生活的本來面目，寫出富有生活實感的「活人」。茅盾筆下的正面人物形象，大多樸實無華，「飛將軍式」的英雄找不到，十全十美的人物也談不上，總是質樸無華地貼近了生活的本色，原因之一就是不迴避表現形象的「缺陷美」。譬如，農村三部曲中的老通寶，是個勤勞、善良、正直、本分的老實農民，他那種爲改變窮困的厄運而執著奮鬥的精神，給人留下了深刻的印象。然而在這個正面形象身上，同樣給人印象深刻的是他的許多「缺陷」——迷信、落後、保守的一面。如果說，在他們家隆重舉行的討蠶花「利市」的那些繁文縟節，是「千百年相傳的儀式」，也許還只是表現出受落後風俗的影響的話，那麼，他對命運之神的繫念，就到了非常可笑的地步了。他把全部希望寄託在預卜吉凶的「『命運』的大蒜頭」上，對竈君又是那樣恭敬虔誠，「蠶花」的「翻市」只盼著它來保祐，無不反映他的迷信和無知。然而，他的「缺陷」在於此，他的「可愛」也在於此。只有如是描寫，才足以表現老一代農民的優點和弱點。「一筆並寫兩面」，形象才見得深刻、眞實而又傳神。

寫反面人物則並不專力描寫「反面」性，成爲「天生的壞人」，而同樣把人物看成是一個性格的複雜體。爲表現這種複雜性，有時甚至去寫「反面」的對立面，即貌似正確的一面，或者寫他們並非天生是混蛋，做壞事也總是經歷了痛苦複雜的思想矛盾的，或者寫出他們並非始終是笨蛋，在身上也總

〔註40〕茅盾：《論無產階級藝術》。

有不少能幹之處，因此可以造成人們對他們的錯覺，如此等等。這樣，寫出了另一種形式的「缺陷」，即反面性格的對立面，使人物的行爲眞切可信，同樣是表現「活人」所需要的。《子夜》寫腐朽地主馮雲卿，即是一例。這位在公債市場上輸紅了眼睛的小地主，爲挽回敗局，竟然唆使獨生女兒去勾引趙伯韜，以刺探公債行情，可謂天良喪盡。但茅盾在表現馮雲卿這一性格特徵時，卻並非寫他「天性」如此，而是用不少筆墨寫他痛苦的思想鬥爭，以展現人物的複雜情感。作爲父親，馮雲卿也愛自己的女兒。因此，當何愼庵最初向他提議使用「美人計」的時候，他簡直不敢相信何愼庵竟會出此言，震驚得「臉色倏然轉爲死白」，以致「撲索索落下幾點眼淚來」。其後，他內心一度有所活動，但想到女兒的可愛之處，不禁又羞愧不已，發狠打了自己的嘴巴，罵自己「比狗還下作」。即使後來思前想後，覺得捨此別無他途，決定勸說女兒上鈎時，他的心頭仍「浮起了幾乎不能自信的矛盾：一方面是唯恐女兒搖頭，一方面卻又怕看見女兒點頭答應」。女兒當眞點頭了，他又難過得不能自持。這個心靈交戰過程，眞是寫得一波三折，曲盡其妙。馮雲卿最後還是幹出了「比狗還下作」的勾當，這自然是利欲薰心的本質使然，但他終究是個「活人」，幹出如此有傷骨肉、有失體面的醜事，內心畢竟是痛苦的。作家以細緻入徽的筆觸，寫馮雲卿有「天良發現」的一面，並非往「壞人」臉上貼金，恰恰在於寫出有複雜情感的「活人」。

四、小說敘事模式的現代性追求

小說作爲一種敘事文學，敘事方式的靈活運用，多樣展開，以適應小說述事敘人、狀物繪景、寄情寫意等多方面的需要，無疑是拓寬小說藝術表達功能的有效途徑。我國傳統小說的弊病之一，是敘事模式的單一化：在敘事時間上是呆板的連貫敘述法，在敘事角度上基本採用全知視角，在敘事結構上是以情節爲基本結構中心。「五四」現代小說在積極移植外來藝術形式後，突破了傳統小說的敘事模式，促或了敘事方式向多樣化方向發展。僅以敘事結構言，就有以情節爲中心、以性格爲中心、以背景爲中心等多種敘事結構。這是現代小說在傳統小說基礎上的重大發展。有的研究者把這種發展看成是小說「現代化」的一個標誌，〔註 41〕是很有道理的。

〔註 41〕陳平原：《中國小說敍事模式的轉變》，第 14 頁，上海人民出版社 1988 年版。

在小說敘事模式的「現代化」進程上，茅盾是站在新文學第一個十年的基點上繼續前進的作家。不棄傳統，廣納新知，是他從事藝術創造的基本出發點，敘事模式的創新自然也是他追求的目標。在「五四」小說實現敘事方式多樣化的基礎上，茅盾小說理論及其創作實踐所提供的是使之日趨成熟的經驗。儘管茅盾所倡導的小說敘事模式同「五四」以後湧現的一大批具有詩化或散文化傾向的小說頗不相同，如果按照有的學者所闡述的我國小說的發展受到「史傳」傳統與「詩騷」傳統兩種傳統影響的觀點，那麼著眼於寫出一部社會編年史的茅盾，其對小說敘事模式的要求側重在繼承「史傳」傳統方面，是毫無疑義的。這同注重追求「詩意」、宣泄情感的那部分「五四」作家相比較，其對傳統敘事模式偏離的幅度可能要小一些，但這並不意味著茅盾只是沿襲傳統而無所創新。恰恰相反，突破單一的傳統敘事模式正是茅盾之所長。在敘事時間上，他基本上揚棄了傳統的連貫敘述（從頭說起，接下去說）方法，大體採用交錯敘述（如《子夜》、《鍛鍊》等），也有採用倒裝敘述（如《虹》、《創造》等）的。在敘事角度上，基於他的客觀描寫主張，不完全捨棄全知敘事，但也拓展了敘事視角，出現了第一人稱敘事（短篇小說除外）、第三人稱限制敘事等。在敘事結構上，不再以情節為中心，而是以性格為中心。所有這些都表明，茅盾所追求的小說敘事模式是具有相當的現代意識的。當然，新文學第二個十年以來的小說注重反映廣潤的社會人生，在敘事模式上也會同「五四」以後的「身邊小說」、散文化小說等有所變異。茅盾小說的敘事模式既是「現代」的，又是充分顯示這種變異的，適應了小說以開闊的視野展示現實人生的要求，特別是在敘事結構上為社會寫實小說提供了多方面的藝術創造。

在長篇創作上，他是獨步文壇的。如果說，中國現代長篇小說在敘事結構上的成熟，是經由一代作家的共同努力完成的，那麼，首先記錄著的應是茅盾的功績。誠如葉聖陶所說，在《蝕》三部曲以前，還沒有見過「寫那樣大場面」的小說。同時，他的小說還以體制完備、形式多樣為特色，不獨長、中、短篇各色俱全，而且形式活潑，樣式多變。有《子夜》式的幾十萬言的單部長篇巨著，也有《鍛鍊》、《霜葉紅似二月花》那樣的多部頭長篇組成一個整體的宏觀構想；有故事連貫、布局謹嚴，形成一氣呵成之勢的中篇《多角關係》，也有注重生活紀實，畫面流動，搖曳多姿，恰如多幅特寫鏡頭連接的中篇《劫後拾遺》；有截取生活的橫斷面的幾千字的精鍊篇什，如《夏夜一點鐘》、《第一個半天的工作》、《船上》等「短短篇」，也有筆酣墨暢地縱寫人物來龍去脈的長至三萬餘言的「長短篇」，如《林家鋪子》、《煙雲》等；在結構形式上，還有《腐蝕》的日記體，短篇《創造》的借鑒戲劇結構的「三一律」原則等等——眞可以說是呈現出千姿百態、異彩紛呈的局面。

茅盾在小說敘事藝術上作了多方面的嘗試，源於其主張的小說敘事原則及其對各類敘事技巧的嫺熟運用。茅盾曾經指出，小說的敘事結構可以因篇而異，在方式上「縱剖或橫斷」也要視具體情況而定，主要的是要看「作者從怎樣的角度去取材，以怎樣的手法去處理」，就此而言，小說的敘事結構「似乎自有其法規」〔註 42〕。那麼，其「法規」主要是指什麼呢？簡言之，是指「有機性」的小說敘事結構原則。

對於嚴謹的現實主義小說來說，由於事件的紛繁複雜，人物行動的充分展開，在敘事結構上如何做到布局合理、構造嚴密，應是頗費斟酌的；這對那些展示廣闊社會人生、多少帶有「史傳」體的小說而言尤其是如此。茅盾從他的創作實踐出發，提出了「有機性」的敘事結構原則。關於有機性，他是這樣表述的：「有機性指整個架子中的任何部分，不論大小，都是不可缺少的。少了任何一個，便損傷了整體美，好比自然界中的有機體，砍掉它的任何小部分，便使這有機體成爲畸形的怪物。」〔註 43〕這裡強調的是結構的整體統一性和有機聯繫性，使小說在各部分的緊密聯繫中滙成一個結構整體。如果說，浪漫抒情小說擅寫情緒的飄忽流動，不大看重敘事結構的嚴謹性，那麼，這恐怕正是注重敘事狀人的寫實小說對結構嚴謹性提出的嚴格要求了。從這一要求出發，茅盾認爲，同樣是我國古代優秀長篇寫實小說，「《水滸》的結構不是有機的結構」，因爲全書沒有形成一個整體，「我們可以把若干主要人物的故事分別編爲各自獨立的短篇或中篇而無割裂之感」〔註 44〕；只有像《紅樓夢》那樣，「包舉萬象的布局，旁敲側擊、前呼後應的技巧，使全書成爲巍然一整體，動一肢則傷全身」，方才稱得上是眞正「有機性」的。〔註 45〕不難看出，茅盾對結構的有機性要求，重視的是結構的嚴密性，而且還不是一般的嚴密，而是缺一不可、增一嫌多的嚴密，還不是單章結構的嚴

〔註 42〕茅盾：《對於文壇的又一風氣的看法——談短篇小說之不短及其他》。
〔註 43〕茅盾：《漫談文藝創作》。
〔註 44〕茅盾：《談〈水滸〉的人物和結構》。
〔註 45〕茅盾：《關於曹雪芹》，《文藝報》，1963 年 12 月號。

密（如《水滸》），而是整體結構的嚴密。這在小說的結構藝術上是一種較高的美學追求，反映了茅盾在總結前人創作經驗的基礎上尋求藝術創新的渴望。綜觀茅盾的小說創作，可以說他在自始至終實現著這一追求。在具體的結構方法上，有機性是他遵循的重要啄則，體現在各類小說的結構形態中。這裡，首先僅就長篇小說結構形式的變化，從長篇有機結構漸趨成熟、日益完善的過程中，來看一看他爲實現有機性——這一結構的總體原則所作出的執著的努力。

關於「有機性」的小說敘事結構原則，在長篇有機結構漸趨成熟、日益完善的過程中，最可以看出其發展的脈絡。比起中、短篇小說來，長篇作品有機結構的實現，自然是更加困難的。篇幅的浩大，人物的眾多，事件的紛雜，要做到瞻前顧後，滙成整體，使「整個架子」成爲一個「有機體」，的確並非易事。考察我國小說史，在茅盾以前的長篇的有機結構是並不成熟的。古代小說在短篇有機結構方面，已有成功的經驗，從唐人傳奇、宋元話本以還的各類小說中，都有精心構製的佳作。但長篇有機結構的成功，除《紅樓夢》等少許作品以外，確實是罕見其例。魯迅在《中國小說史略》中指出，直到清末的譴責小說，長篇的結構仍是「短製」的聚合，「其記事遂率與一人俱起，亦即與其人俱迄，若斷若續」。即使被他稱之爲諷刺小說中的「絕響」之作的清中葉的《儒林外史》，也只是「集諸碎錦，合爲帖子」，難言「巨幅」。這說明，在駕馭小說結構的能力上，已往的小說家還缺少組織長篇的經驗，而遇到要用長篇的形式去反映較爲繁複的生活畫面時，也只能是諸多短篇的連綴，如《官場現形記》等只是用一個一個小故事去暴露官場的齷齪現狀，其間沒有一線連貫的中心人物和事件，少一個或多一個故事都於整個機體無傷，這當然就很難稱得上是有機性的結構。從短篇連綴的角度而言，像《儒林外史》那樣能夠做到「集諸碎錦」，即是眞正精粹短篇的集結，那已算是上乘之作了。《水滸》和《三國演義》等優秀長篇，在結構藝術上是有所創新的，人物和事件已初具連貫的態勢，但這兩部作品被稱爲連環體式的結構形態，嚴格說來仍沒有越出中篇或短篇連綴的格局。敘事的方式是以一人引出另一人，前一人的事迹即告段落，因此《水滸》可分割爲林十回、宋十回、武十回等獨立的篇章，《三國演義》的官渡之戰、赤壁之戰、諸葛亮六出祁山、姜維九出祁山等也都是相對獨立的篇章，從全書的結構言說不上是有機性的。「五四」以後的現代小說，在內容和形式上都呈現出與前大不相同的面目，結構藝術的革新和發展也是顯而易見的。魯迅的小說尤其是如此。誠如茅盾所說：「在中國新文壇上，魯迅君常常是創造『新形式』的先鋒，《吶喊》裏的十多篇小說幾乎一篇有一篇新形式」〔註 46〕。然而同樣應當看到的是，在尚屬草創期的新文學的第一個十年裏，短篇小說創作已顯示出繁榮的局面，長篇創作卻仍然寥若晨星，像魯迅這樣的小說高手也無暇在長篇領域裏問津，所奉獻的是清一色的短篇作品，而某些號稱爲長篇的作品，如張聞天的《旅途》等，藝術上的稚嫩且不說，單就結構而言也只是中篇的規模，同長篇的有機的整體結構距離尚遙。

小說發展的趨向在呼喚作家不斷從藝術上完善它，富有開拓精神的作家則常常以此爲己任。茅盾於新文學第二個十年甫始（1927 年下半年）之際，開手小說創作，而且一出手就是長篇作品，立志在一片荒原上開掘，表現出順應文學發展潮流的意向。而反映在小說結構藝術上，則是實踐他一貫主張的有機性結構的探索，力圖爲我國現代長篇小說結構的完善作出自己的貢獻。考察他的長篇創作過程，就是不斷追求小說結構有機性的過程。在這一過程中，可說是邁出了四大步。

處女作《蝕》三部曲，是實現有機結構的第一步。這一部由《幻滅》、《動搖》、《追求》三個中篇組成的長篇小說，在我國現代小說史上屬於開山之作：不獨篇幅容量之大（26 萬字）、反映生活面之廣闊是空前的，就是用三部曲形成長篇的形式也是首創的。在這以前，有郭沫若的自傳體小說「漂流三部曲」（《歧路》、《煉獄》、《十字架》），但這只是由三個短篇組成，總計不過三萬字左右，還不及一個中篇的規模，影響力當然遠不及《蝕》。《蝕》三部曲在結構上的連貫，是主題的內在聯繫性。茅盾通過一群小資產階級知識分子在大革命時期的生活描寫，來表現他（她）們在革命以前的「幻滅」、革命既到時的「動搖」和革命失敗以後仍有所「追求」的思想狀貌，不妨說是一部完整的小資產階級革命三部曲。小說描寫的重大事件也是連續發展的，形成首尾連貫的氣勢，體現了一定程度的有機性。小說中的人物採用的是「重現法」，讓個別人物（如李克、東方明、史俊等）在三部裏不時出現，起了穿針引線的作用。茅盾說：「《蝕》是預先想好要寫三部曲，人物和故事也要有連貫」，但結果並沒有完全實現計劃。原因大概比較複雜，但有一點可以肯定，連貫性的計劃早已藏在心中，以《蝕》總其名把三部連成一個整體在意識上一直

〔註 46〕茅盾：《讀〈吶喊〉》，1923 年 10 月 8 日《時事新報》副刊《文學》，第 91 期。

是明確的，而人物和情節的缺少聯繫也並不妨礙連貫性的實際存在。因此，這一部長篇作品可以視爲有機結構的一個雛形。

《蝕》的結構爲茅盾所不滿意的，是有機性程度的不足，即三部缺少連成一氣的中心人物和中心事件，這多少削弱了整體的有機統一。第二部長篇《虹》的創作，就努力克服《蝕》的結構缺陷，在有機性結構的實踐中邁出了第二大步。如果說，《蝕》是由三個中篇組合的，各部在情節安排上尚明顯存留各自獨立的傾向，那麼，《虹》就是茅盾完成的第一部單獨成篇的長篇，人物和事件的高度集中使小說構成了嚴謹的布局。這部作品在結構上的最大特點，是故事情節緊緊圍繞主人公梅行素的性格發展來展開，人物的成長過程就是情節的推進過程，故事的進展是如此緊密相連，以至於砍去其中一節就會模糊人物性格發展的軌迹。小說寫梅行素抗婚、出走，單闖人海，到最後彙聚到集體主義的洪流中，所演示的正是情節和性格齊頭並進的趨向，情節是連續推進的，在情節的連續推進中也完成了人物性格的塑造。這部小說在人物和事件的緊密連貫上，體現了結構的有機性特徵，而且還從《蝕》的內部連貫（主題和背景的內在聯繫性）走向了外部連貫（情節外在緊密勾連）。就小說有機性結構的形成而育，它無疑是一個很大的發展。

然而，如果用長篇小說結構的有機性特徵去衡量，《虹》的結構也還有弱點。同反映生活的豐富複雜性相一致，長篇小說在結構上要求情節發展的多樣統一，除了人物和事件的連貫性以外，還要求情節開展的豐富性，並在豐富性中見出有機統一性。茅盾稱讚《紅樓夢》的有機結構，就在於它有「包舉萬象的布局，旁敲側擊、前呼後應的技巧」，而又「使全書成爲巍然一整體」。對這部小說，有人稱爲運用了「一樹千枝」式的結構方法，有一條中心線索（寶、黛的愛情意劇）貫穿始終，又延伸出許多條支線（金陵十二釵的故事，乃至四大家族的興亡史），使情節發展呈現出集中性和豐富性的統一。與此相對照，《虹》的弱點就明顯了。這部作品的情節緊密勾連，體現出有機性，但情節的安排卻呈現出單一發展趨向，故事只圍繞在梅行素身邊展開，只有縱向深入而無橫向拓展，只有線的發展而無面的勾連，這就大大影響了結構建築的整體性。因此，《虹》還不是完善的長篇有機整體結構。《子夜》成功運用了堪稱爲「一樹千枝」式的結構方法，是茅盾實踐長篇有機結構邁出的第三大步。《子夜》結構的有機性當然是表現最完整的。它既有《虹》的線索集中性和連貫性，緊緊圍繞主人公吳蓀甫的悲劇命運展開故事，中心人物和中心事件的一線到底，使全書的結構有機地串聯在一起，滙成嚴謹的布局，它又體現出情節開展的豐富複雜性，不獨吳蓀甫一人陷在「三條火線」中作戰，使情節的發展縱橫交錯、撲朔迷離，而且小說的畫面還分別牽連到都市、農村、鄉鎮，涉及到政界、軍界、商界、企業界、知識界等各色人等，從而成爲一部百科全書式的巨著，眞正描繪了一幅 30 年代時代生活的整體圖畫。這部小說結構的有機性，使它成爲現代長篇小說中運用「一樹千枝」式結構的典範之作，標誌著茅盾運用長篇有機結構的完全成熟。

當然，茅盾並未滿足於在《子夜》裏取得的成功，他此後的努力又邁出了第四大步，即在多部長篇作品裏運用「一樹千枝」式的結構方法。《子夜》以後的五部長篇，除《腐蝕》外，《第一階段的故事》、《走上崗位》、《鍛鍊》、《霜葉紅似二月花》，都是計劃中的多部頭作品。這些作品都沒有全部完成，但從已成書的部分看，它們都不同程度地透露出作家要從宏大的規模上把結構線索的集中性和反映生活的豐富複雜性有機地統一在一起的特點，結構的有機性追求同樣是十分明晰的。其中以《霜葉紅似二月花》爲最有特色。有人稱這部小說具有「紅樓風韻」，不僅在於它對日常家庭生活的細膩描繪酷似《紅樓夢》風格，尤其是指它的「一樹千枝」式的結構形態。小說以民族資本家王伯申同地主趙守義的矛盾糾葛爲貫穿全書的主線，這條線索又牽動著張、錢、黃、朱四家各色人的生活和矛盾，形成了紛繁複雜的情節發展趨向。小說沒有全部寫完，成書部分還只是理出了線頭，情節的發展高潮遠沒有到來，其結構的規模明顯超出了《子夜》。倘若後面幾部能夠完成，它可望是一部具有整體結構的鴻篇巨著。

茅盾在小說創作上所刻意追求的「有機性」敘事結構原則，是使其小說藝術不斷豐富、完善的一個重要原因，從中也體現了他獨特的小說敘事美學思想。自然，其所提倡的小說敘事美學又自有豐富的內涵，在各類創作中有不同的表現形態，從不同的側面反映出茅盾創作經驗的豐富性，這就需要作出更爲具體的剖析。

第十章　文體美學個案：散文美學

在各種門類文學的創作中，茅盾對散文的論述恐怕是最少的。他沒有專論散文美學品格的文章；在通常的文藝評論中，談及「創作」，主要是指小說，偶爾也涉及詩歌或戲劇，幾乎沒有提到作爲一種獨立的文學體裁而存在的散文。這當然不是偶然的疏忽。廣義的散文概念，是包容了相當紛雜的文體的，其中包括議論成分頗多的雜感、評論、隨筆等，就文學的「純」度而言，就不及小說、詩歌與戲劇，因此倘以文學「創作」目之，彷彿就不大夠資格似的。朱自清在論述文學體裁時，就提出過散文的文學「純」度問題。他認爲：「抒情的散文和純文學的詩、小說，戲劇相比，便可見出這種分別。我們可以說，前者是自由些，後者是謹嚴些：詩的字句、音節，小說的描寫，結構，戲劇的剪裁與對話，都有種種規律（廣義的，不限於古典派的），必須精心結撰，方能有成。散文就不同了，選材與表現，比較可隨便些；所謂『閒話』，在一種意義裏，便是他的很好的詮釋。他不能算作純藝術品，與詩，小說，戲劇，有高下之別。……我以爲眞正的文學發展，還當從純文學下手，單有散文學是不夠的。」〔註1〕這話出之一位深得個中三昧的散文大師之口，說不上是對散文的小視吧，或許正是對散文的一種基本特質的揭示。値得注意的是，茅盾本人也有類似的看法，他在論及古代散文同「偶語韻詞」（詩歌、詞賦）的區別時說：「散文的領域內本少純文藝作品，故以文藝文爲限於偶語韻詞，尙不失其時代的立足點。」〔註2〕由此看來，茅盾對散文美學價値的品衡

〔註1〕朱自清：《〈背影〉序》，載《背影》，開明書店1949年版。
〔註2〕茅盾：《中國文學不能健全發展之原因》，《文學周報》第4卷第1期，1926年11月。

顯然也不是把它放在同詩歌、小說、戲劇等所謂「純文藝作品」同一價值層次上的，兩者相較，同樣也有「高下之別」。這裡實際上已經顯示了茅盾的一種散文美學觀。

然而，不管散文的文學「純」度如何，它畢竟也是一種文學樣式，也應有它自身獨具的美學品格——儘管在審美的意義和程度上同別的文學品種相比有很大差異。茅盾對總體概念上的散文評述不多，某些觀點是散見在他的文藝論文和評論中的，把這些集中起來，倒也可以看出他散文美學的基本觀點；而他對於散文的諸多分支：諸如隨筆、雜文、小品文、報告文學等，是有不少論述的，由此可以窺見他對散文各細部的認識，對此作綜合考察，也將使他的散文美學觀念趨於完整。因此，本章闡述茅盾的散文美學觀，將對他的總體散文觀念作一番概括敘述後，再分述其對諸種散文問題的美學把握。

一、散文美學的總體把握

考察茅盾的總體散文美學觀，要而言之，表現在下述幾個方面。

其一，是確立同傳統散文觀念對立的現代散文意識。

我國素來被稱爲散文大國，散文創作可謂源遠流長。然而，由於封建的「載道」文學觀和擬古主義、形式主義之病對散文的侵襲，我國散文創作的路子越走越窄；至新文學初建，我國的舊體散文益發顯露出它的弱點，遂有先驅者們對「桐城謬種，選學妖孽」的猛烈痛擊。從某種意義上說，新文學是首先在散文領域裏向舊文學發難的。不獨當時主張「文學改良」、「文學革命」的胡適、陳獨秀等力陳舊文學之病，所指多爲舊體散文，即使是確立新文學意識、從事新文學創作實踐首先取得成功的也必在散文方面。魯迅就指出過，現代散文「原是萌於『文學革命』以至『思想革命』的」，因此「五四」時期「散文小品的成功，幾乎在小說戲曲和詩歌之上」〔註3〕。

茅盾也是對散文革命表現出極大熱忱的作家。作爲新文學的一位熱情鼓吹者，他對於建設現代散文的關注，首先表現爲用鮮明的新文學意識觀照散文革命，實現對於散文觀念的更新。具體言之：是他用現代眼光審視我國傳統散文時所顯現的清醒的現代散文意識，用「掃除貴族文學的面目，放出平民文學的精神」〔註4〕的現代文學觀念，看待現代散文建設，因而就能一針見

〔註 3〕魯迅：《南腔北調集・小品文的危機》。
〔註 4〕茅盾：《現在文學家的責任是什麼？》。

血指出傳統散文的種種弊端。他列舉傳統散文之病，都是從它同現代文學觀念對立的意義上立論的：一是誤於「文以載道」之謬見，把作文看成只「替古哲聖賢宣傳大道」，其弊就在不知道文學要表現「人類的共同情感」〔註5〕；二是使文章成爲粉飾太平裝點門面的「附屬品」，或用以表現「疏狂脫略」的「名士風流」，不能「爲平民立言」，「於全社會的健康分子」脫卻干係〔註6〕；三是「師古」、「迷古」之風盛行，如東方朔作《答客難》，便有《答客戲》、《客譏》、《客傲》等大量仿作出現，枚乘作《七發》，更有《七辯》、《七釋》、《七說》等一批「七體」擬作繼起，後起者「皆章摹句寫，使人讀未終篇」，究其原因，是不懂得作文貴在獨創，全然「蔑視了自己的創造力」〔註7〕；四是陷在形式主義、「用典主義」的泥淖中不能自拔，以爲舊體散文「所以能美」，就在「詞藻」漂亮，「可以用典」，殊不知「自從文學革命的第一槍放出之後」，「用典爲美」的舊觀念「早就打破了，應該樹立的新觀念便是：「從創造中得美」〔註8〕。凡此種種，茅盾都是在對傳統散文觀念的反撥中確立他的現代散文意識的。概括其意見，不難看出他所要求建設的現代新散文，必須是在「人的文學」觀念統率下的現代人的眞實情感的展露，必須是擴大了藝術涵量，提高了創作社會價值的藝術表現，必須是擺脫傳統習見、對作家藝術創造力的充分發揮，必須是提出較高審美要求的藝術審美創造。茅盾提出的這些觀點，對於散文的革新意義是顯而易見的；其理論闡說，正是在新文學先驅者們散文革命基礎上的一個突進。它的另一方面的意義，是體現了鮮明的現代文學意識。現代文學觀念強調文學要發現並表現「人」，改變傳統文學不知人、漠視人、扼殺人的偏見與陋習；同時也強調藝術創作要發揮創作者的主體創造精神，實現藝術對生活的審美把握。正是在這些基本觀念上，表明茅盾是從「現代」意義上實施著對散文的美學把握的。

其二，是構建有「獨立」文學意義的散文文體觀。

同散文的現代意識相關聯，茅盾還從文體意義上對散文提出美學要求，認爲被稱之爲文學的「散文」文體，必須有明確的界說，即須以有「獨立」的文學意義爲前提，不能將文學與非文學混雜，把散文的文體界限弄得漫無

〔註5〕茅盾：《文學和人的關係及中國古來對於文學者身份的誤認》。

〔註6〕茅盾：《什麼是文學——我對於現文壇的感想》，原載松江暑期演講會《學術演講錄》第2期，1924年。

〔註7〕茅盾：《中國文學不能健全發展之原因》。

〔註8〕茅盾：《雜感——美不美》。

邊際。他指出我國傳統文學觀念不「健全」之重要表現，就是「文筆不分」，即把一般文學作品同稱之爲「筆」的應用文、學術文「一鍋煮」，籠統歸入「文學」範疇；這樣，文學的概念無限止地擴大了，散文文體就被弄得紛雜不清。所謂洋洋乎大觀的傳統散文，實際上是「本少純文藝作品」的——他認爲造成如此誤解的原因，就在於「沒有明確的文學觀與文學之不獨立」〔註 9〕，因此確定界說是十分必要的。茅盾在《什麼是新文學》一文中，對此作了更具體的闡說。他指出：「道義的文學界限，說得太狹隘了。它的弊病尤在把眞實的文學棄去，而把含有重義的非純文學當做文學作品；因此以前的文人往往把經史子集，都看做文學，這眞是把我們中國文學掩沒得暗無天日了。把文學的界說縮得小些，還沒有大礙，不過把文學的範圍縮小了一些，要是把文學的界說放大，將非文學的都當做文學，那麼非但把眞正的文學埋沒了，還使人不懂文學的眞義，這才是貽害不少哩。〔註 10〕這裡，茅盾說的是整個中國文學現象，但就其列舉把經史子集之類「含有重義的非純文學」當作文學作品看待的狀況，顯然所指主要是散文。事實上，在我國傳統文學中，容易把「界說放大」的，主要也就是在「文」、「筆」不易分清的散文領域內。如此，茅盾的散文文體觀已經昭然：與其有「埋沒」文學的「眞義」之弊，倒不如將文體的「界說縮得小些」，眞正從文學的意義上去說散文——他注重散文的文學涵量，強調散文的「獨立」文學意義，是不待論證的了。茅盾側重從「文學性」上界定散文，顯然是對散文提出了美學要求：它應蘊涵文學藝術本質，應是對於生活的藝術把握而非單純的說教傳道。我國的傳統文學觀注重「傳道」，凡有「載道」的文字悉被視爲文學精粹，因而「一鍋煮」的所謂散文就被置於文學「正宗」的地位，而眞正是文學作品的小說、戲曲倒反被看成「邪宗」，難於登堂入室。這種文學觀念支配中國文學幾千年，直至「五四」新文學革命才被徹底打破，小說、戲劇的地位逐步提高，得以同詩歌、散文攜手同登文學殿堂。這裡所顯示的，正是文學觀念的巨大變革，促成人們重新審視各種文學體裁，建立新的文體意識。茅盾在新文學觀念的支配下，特別看重小說，把「歷來不爲文士所重視，只當是一種玩意兒」〔註 11〕的小說提到很重要的地位，固然體現了一種新的文體意識；他要求提高散文的文

〔註 9〕茅盾：《中國文學不能健全發展之原因》。

〔註 10〕茅盾：《什麼是文學——我對於現文壇的感想》。

〔註 11〕茅盾：《中國文學不能健全發展之原因》。

學「純」度，把那種非屬文學範圍的載道文字革出散文體裁之外，同樣也是新的文體意識的反映。

需要指出的是，茅盾注重從「文學性」上界定散文文體，並不意味著他要求於散文的是絕對的文學之「純」，是不允許某些非文學因素（如偏重議論等）介入散文的，恰恰相反，隨著文體的革新，散文的體式漸趨多樣，「特殊的時代常常會產生特殊的文體」，因而在蘊有「文學性」的前提下，他對散文採取了較爲寬容的看法，對現代散文中的多種體式是採取了兼容並蓄態度的。別的不說，單就他評述自己的散文時就說過，他寫散文「素來喜歡發點議論」，他所寫的常常是「又像隨筆又像雜感——乃至有時簡直竟像評論」，而這樣的文字是一總歸入「散文集」中的〔註12〕。由是觀之，茅盾所說的「散文」的包容面仍然是很大的——自然，這一切都應以不失卻「獨立」的文學意義爲前提。

其三，是主張散文應有多種美學功能，尤其強調散文的社會功利價值。

對於散文蘊有的美學功能，茅盾有多方面的理解。作爲同樣是「時間的記錄」的文學樣式，茅盾看重它對於展示生活眞象的意義，因爲它「雖屬一鱗一爪」，終究也記錄著「生活正在起著如何的變化」〔註13〕，自不可漠然視之。但散文展示生活的方式及其應實現的藝術要求又有別於別的文學樣式，應有不同的美學要求。茅盾是比較注重散文的抒情功能的，主張散文創作用情感渲染去感染人心。他提出，「……所謂散文，即是用優美、細緻的筆法記述平凡的事」，使作品「更增纏綿回蕩的氣氛」〔註14〕，給讀者以深切的藝術感受。在談到散文之一的小品文時，認爲小品文固可發「世道人心」的議論，但如果它「記遊山，記看花，只要情趣盎然，不像那《跋落葉樹》似的看來看去莫名其妙，也是很好」〔註15〕，同樣對散文提出了「情趣」要求。同時，茅盾也主張散文應是作者「個性」和「情緒」的記錄，這種文體比起別的創作來似乎是更偏重「主觀」一面的。比如他並不反對散文有「個人筆調」之說，「以爲『個人筆調』是有的，而且大概不能不有的」，這「個人筆調」便

〔註12〕茅盾：《〈速寫與隨筆〉「前記」》，原載《速寫與隨筆》，開明書店1935年7月初版。

〔註13〕茅盾：《〈見聞雜記〉後記》，原載《見聞雜記》第3卷第1期，文光書店，1934年版。

〔註14〕茅盾：《我走過的道路（中）》，第30頁。

〔註15〕茅盾：《小品文半月刊〈人間世〉》，《文學》月刊第3卷第1期，1934年7月。

是「各個人的環境教養所形成，所產生」〔註 16〕。說及自己的散文創作，就常常提到個人情緒在作品中留下的烙印。如談到他創作的《嚴霜下的夢》、《霧》一類象徵意味頗濃厚的作品時，指出寫這類散文是爲了「表示我對時局的看法，和我當時的情緒」〔註 17〕。這一點仔細體味，自不難把握。有的研究者就曾準確地指出過，這類散文是作者「苦悶的象徵」，而且是「象徵了一個時代的苦悶」〔註 18〕。總之，茅盾對散文的藝術蘊含、美學功能是有多樣理解的。誠如他在述及散文的一種體式——雜文的多種功能時所說的：「不要把雜文當作一朵花，要把它當作一種花」，「如果把雜文看作一種花，它就可以有好多朵花，有的色彩美麗，有的色彩不怎麼美麗，有的還帶有刺」〔註 19〕。他所認識的散文功能就是這樣多種多樣：有審美價值，有認識價值，自然也還有體現了鮮明戰鬥色彩的社會功利價值。

然而，就茅盾的總體散文觀看，在諸種價值觀念中，他還是偏重在社會功利價值一面，即強調散文的社會意義和時代意義。對於「以閒適爲格調，以自我爲中心」、完全同時代和社會脫離的「言志」派散文，無論是雜感文還是小品文，茅盾曾在多種場合表述了他的反對意見。他尤其反對散文只表現「性靈」之說，自述「我向來不大懂得『性靈』這個微妙的東西」，並以嘲諷的口氣說：「其間我也曾嘗試找找『性靈』這微妙的東西，不幸『性靈，始終不肯和我打交道」〔註 20〕，明顯表現出他對此說的鄙棄。談及他自己的散文創作，則毫不隱諱其所重是在顯示社會意義一面。如在 1936 年出版的《印象・感想・回憶》中說，這「無非是平凡人生的速寫，更說不上有『玄妙』的意境，讀者倘若看看現在社會的一角，或許尚能隱約窺見少許」。1942 年出版《見聞雜記》時也說過：這裡所錄並非「美好的風景」，也許「不值高雅人們的一顧」，但確有「一段生活的記錄」在，是「値得印出來」的。1945 年出版近三年的散文結集時，更直截了當地把作品集題名爲《時間的紀錄》，自述此乃「一個在『良心上有所不許』，以及『良心上又有所不安』的作家」對於一段逝去的時間的忠實的「紀錄」。茅盾的這些表述，再清楚不過地說明了他重視的是散文的社會價值，而他的創作實踐，更是有力地證明了這一點。郁達夫在概

〔註 16〕茅盾：《〈速寫與隨筆〉「前記」》。
〔註 17〕茅盾：《我走過的道路（中）》，第 29 頁。
〔註 18〕阿英：《茅盾小品序》，《現代六十家小品》。
〔註 19〕茅盾：《在編輯工作座談會上的發言》，《作家通訊》，1957 年第 1 期。
〔註 20〕茅盾：《〈速寫與隨筆〉「前記」》。

括茅盾的散文創作特點時就曾作如此精闢的分析：「唯其閱世深了，所以行文每不忘社會。他的觀察的周到，分析的清楚，是現代散文中最有實用的一種寫法」，「中國若要社會進步，若要使文章和現實生活發生關係，則像茅盾那樣的散文作家，多一個好一個；否則清談誤國，辭章極盛，國勢未免要趨於衰頹」〔註 21〕。這是對一個作家散文創作特點及其觀念的揭示與評價，也是對中國現代散文中一派散文特點及散文觀的概括與評價。作爲充分注意「文章和現實生活發生關係」的散文家茅盾，其散文理論與創作實踐在我國現代寫實派散文中的確是具有相當代表性的。

二、對散文分支的個體特質辨析

茅盾對散文的總體美學把握，已略如上述。但散文的種類很多，不同品種的散文就有不盡相同的美學品格，對其作細緻分析是必要的。茅盾對散文的幾個分支，諸如隨筆、小品文、雜文、報告文學等，都有過具體的闡述，所表述的意見是他散文美學觀念的具體表現，茲分別簡要述評之。

1. 隨筆　在現代散文中，隨筆一體頗爲風行，作家觸景抒懷、感事託情，常常喜用這種短小活潑、表現形式靈活自由的文體。茅盾對隨筆概念的理解，大抵採用傳統的說法。他把那一組寫於日本的緣物借事抒情的散文（如《紅葉》、《櫻花》、《賣豆腐的哨子》等）稱之爲隨筆，而對於收在《茅盾散文集》和《話匣子》中部分偏重於議論的作品則認爲「實非通常所謂隨筆而是評論體的雜感」〔註 22〕；又指出偏重於記事的那一組《故鄉雜記》亦非「正宗」隨筆，之所以將它們編入《茅盾散文集》，只是「爲湊湊熱鬧，便也編了進去」〔註 23〕。可見，茅盾對隨筆體是有明確界定的。他認爲夾敘夾議，借事、借物、借景抒情的文體中，隨筆應是偏重於抒情的一種，它與同樣也有抒情成分但明顯偏重於記事或議論的敘事散文和議論散文應有所區別。由此不難看出，茅盾對隨筆的情感涵量要求是高於其他散文文體的，在「文學性」成分上似也應更充沛一些。他寫出的那些稱之爲隨筆的散文，就滲透著自己強烈的主觀感受，且把情感融化在獨到的繪景狀物上，又多用象徵的手法表現，

〔註 21〕郁達夫：《中國新文學大系・散文二集導論》。
〔註 22〕茅盾：《〈速寫與隨筆〉「前記」》。
〔註 23〕茅盾：《茅盾散文集・自序》，原載《茅盾散文集》，上海天馬書店 1933 年 7 月版。

使全篇構成奇妙、複雜的意境。含義雋永，讀來耐人尋味。

不過，茅盾對隨筆文體的理解，並沒有太拘泥於傳統的看法，在這一點上同樣表現出他於文體意識的革新。從他把「實非通常所謂隨筆」的文章也收入散文集的例證看，他對於「通常」的隨筆概念是有意有所突破的，認爲現代散文中的隨筆在表現形式上不妨更靈活自由些。如果用一個不可移易的概念將作者死死框住，則勢將限止自由創造，因爲「一個作家有時既不能不像一個廠家似的接受外邊的『定貨』，那他也就不能不照著『定單』去製造」〔註 24〕，對於既定概念的突破是其勢不得不然。所謂隨筆，就是見之所至、聞之所至即情之所至、思之所至、筆之所至。這恐怕也就是他的隨筆散文取材較爲廣泛、形式較爲自由、品種趨於多樣的一個重要原因。

對隨筆體散文的藝術表現要求，茅盾的一個獨到見解是「大題小作」說。在《茅盾散文集・自序》一文中，他對此作過較爲透闢的論說：「從來有『小題大做』之一說。現在我們也常常看見近乎『小題大做』的文章。不過我以爲隨筆之類光景是倒過來『大題小做』的」。所謂「大題」，自然是指隨筆應表現時代、社會的大題目，要求其有充分的社會意義。所謂「小做」，顯係「大處著眼，小處落筆」之意。雖說隨筆是靈活自如，可隨興爲之的文體，但要從「小處」入手，把握好題材，寫出有眞體驗、眞感受、眞思想的文章，也委實不易，仍需有一番認眞的「做」的功夫。「就我自己的經驗而論，則隨筆產生的過程是第一得題難，第二做得恰好難。」這「做」的難，就在要把握火候，做得恰到好處難：「太尖銳，當然通不過，太含渾，就未免無聊；太嚴肅，就要流於呆板；而太幽默呢，又恐怕讀者以爲當眞是一樁笑話。」要掌握如此分寸，藝術上就需精心爲之：立意要顯豁，文字要靈動，筆調要輕鬆活潑又不流於笑談。這，恐怕就不是一種很低的藝術要求了。

2. 小品文　就文體的美學特徵而論，小品文與隨筆並沒有明確的界說，兩者都注重取材廣泛、表現形式自由、融敘事抒情議論於一體等，因此對被稱爲小品文或隨筆的作品很難作截然的區分。但考究自明、清以來盛行的小品文以至於現代小品，舉凡遊記、隨筆、筆記、尺牘、日記、序跋、題贈等均可納入小品文範疇之內，則小品包容的文體似更廣更雜。何況現代小品文中還有時事小品、諷刺小品、科學小品、歷史小品等，可見小品之取義當更爲寬泛。茅盾對小品文的理解，也是視爲包容面很廣的文體。他在《關於小

〔註 24〕茅盾：《〈速寫與隨筆〉「前記」》。

品文》一文中，把遊記、Sketch（速寫）等也看成是「小品國」裏的「一個角落」，還認爲「我們應該把『五四』時代開始的『隨感錄』、『雜感』一類的文章作爲新小品文的基礎」〔註 25〕，顯見取義也是很寬泛的。由於包容面廣而雜，包括了更多以論見長的文體，小品文的文學性涵量顯然要稍遜於那一類以抒情寫意爲重的隨筆。茅盾在《太白》上發表的 10 多篇小品文，就有《理論的基礎》、《說謊的技術》、《「自由」的推論》等針砭時弊的短論、隨感等，足可證明。

對小品文的審美情趣、美學功能的理解，茅盾同「言志」派散文作家是絕對對立的。「言志」派是強調以自我爲中心的，首倡現代小品散文的周作人就認爲小品文是「個人的文學的尖端」，「他集合敘事說理抒情的分子，都浸在自己的性情裏，用了適宜的手法調理起來」〔註 26〕；後來推廣小品文極賣力的林語堂則主張「獨抒性靈」，發自我的「一股牢騷，一把幽情」〔註 27〕。茅盾完全不同意這樣的看法，認爲這種散文主張只不過是舊名士派的翻版，在新時代裏是不應提倡的，「我們應該創造新的小品文，使得小品文擺脫名士氣味，成爲新時代的工具」；「小品文在『高人雅士』手裏是一種小玩意兒，但在『志士』手裏，未始不可以成爲『標槍』，爲『匕首』」〔註 28〕，明確表達了他對於小品文的社會功利要求。從強烈的社會功利觀出發，茅盾認爲，小品文雖屬簡製短章，但同樣立意要高，要表現社會的「大題目」。針對林語堂的「宇宙之大，蒼蠅之微，皆可取材」之說，茅盾指出，這實在是很難做到的，「因爲一個不留神，就要弄到遺卻『宇宙之大』而惟有『蒼蠅之微』，僅僅是『吟風弄月』，而實際『流爲玩物喪志』了」〔註 29〕。在茅盾看來，只要作家精心取材，則以小見大，小品文的自身負載並不會輕；有的作家把它當作「小擺設」、「小玩意兒」，「只說明了『小品文』有時被弄成了畸形，並不能證明『小品文』生來本是畸形或應該畸形」〔註 30〕。

在藝術表現上，茅盾同魯迅一樣，是反對小品文「專講幽默」的。他以爲「『幽默』是可喜的，然而針鋒稍稍一歪，就會滑進了『低級趣味』的油

〔註 25〕茅盾：《關於小品文》，《文學》第 3 卷第 1 期，1934 年 7 月。
〔註 26〕周作人：《近代散文抄・序》。
〔註 27〕林語堂：《論小品文的筆調》，載《人間世》第 6 期，1934 年 6 月。
〔註 28〕茅盾：《關於小品文》。
〔註 29〕茅盾：《小品文半月刊〈人間世〉》。
〔註 30〕茅盾：《小品文和氣運》，《小品文和漫畫》，生活書店 1935 年版。

腔」，「被『油腔』蒙混了去撞騙招搖」〔註 31〕。這種藝術主張顯然也是同他的社會要求相一致的：唯恐在我國尚不成熟的幽默筆法的運用妨礙了內容的表達，將小品文所應發表的嚴肅的議論僅僅化爲一種笑談。然而這也不意味著小品文的筆調就應當是呆板的，只能板起面孔發議論。茅盾認爲，不能把小品文「弄成了呆板板的『制藝體』」，「如果每篇『小品文』而一定要有關於『世道人心』的大議論，那就是給『小品文』帶上一副腳鐐」〔註 32〕，可見他同樣要求小品文的表現形式應當是靈活自由的，並非每篇都非有議論不可。

3. 雜文　雜文原是一種更爲紛雜文體的通稱，但在現代文體概念中，通常所說的雜文，卻主要是指帶有文藝性而又以議論爲主的雜感文字，所以有人給它下的定義是「文藝性的政論」。正由於此，雜文同小品文中一部分注重針砭時事、注重說理的文字又無殊異。茅盾對雜文的見解，就有相當部分是包含在對現代小品文的論說中的。

然而，作爲源於「五四」文學革命與思想革命，又在 30 年代階級鬥爭尖銳化時期特別興盛的一種文體，現代雜文比起別的文體來是體現出更鮮明的戰鬥色彩的，也具有更顯著的社會功利價值。茅盾把它當作又一種獨特的散文文體加以認識，所看重的也正是這一點。他在剖析 1934 年文壇特別盛行雜文的現象時就指出過：「由於社會上的毒瘡太多，『文壇』上的飛天夜叉的不斷地出現，我們的早已發展成爲顯微鏡，成爲照妖鏡似的所謂『雜文』在這一年來是特別負了重大的責任。」〔註 33〕那麼，雜文何以能擔起如此「重大的責任」呢？茅盾認爲，就在於它反映生活敏銳性和迅捷性的特徵。他指出，現代雜文是「中國新文學中的突擊隊」，這是「在尷尬的時代，從夾縫中突現的突擊隊。如神鷹一搏既剽疾而準確，還以少許勝多許」〔註 34〕。雜文之具有政論性，恰在它以提煉精闢的思想爲重，作者常常感應著時代的脈搏，以其對生活的犀利認識切入生活，故能對時弊一擊而中，發揮重大的效益，取得爲其他長篇文學作品一時無法取得的藝術效果。茅盾指出雜文能「以少許勝多許」，就是對一種短小文字蘊有豐富美學涵量的精闢揭示。

茅盾推崇魯迅的雜文是「嬉笑唾罵，既一鞭一血痕，亦且餘音悠然，耐

〔註 31〕茅盾：《小品文半月刊〈人間世〉》。
〔註 32〕茅盾：《小品文半月刊〈人間世〉》。
〔註 33〕茅盾：《一年的回顧》，《文學》第 3 卷第 6 期，1934 年 12 月。
〔註 34〕茅盾：《現實主義的道路》，《蜀報》副刊《蜀道》，1941 年 2 月。

人咀嚼」〔註 35〕，體現了思想和藝術並重的看法。在他看來，雜文固以思想敏銳、具有極大擊殺力量見長，但既然是一種文藝作品，也必須對它實行藝術把握，使之取得「耐人咀嚼」的藝術效果。從他總結魯迅雜文的藝術經驗看，他對雜文的藝術要求主要有三個方面。一是雜文的形象性。他認爲魯迅提出的「論時事不留面子，貶痼弊常取類型」，應成爲雜文創作的「座右銘」，特別是其雜文塑造各種「類型」形象，尤値得後人學習。〔註 36〕二是雜文的情感性。他從魯迅雜文中看出了豐富的情感涵量：作者雖「在人生的航海裏飽嘗了憂患」，「然而他的胸中燃著少年之火，精神上，他是一個『老孩子』」〔註 37〕，這是雜文之所以能征服人心的重要原因，可見情感滲透對於雜文創作是不可或缺的。三是藝術表現的多樣性。他稱讚魯迅多樣化的藝術表現是「回黃轉綠，掩映多姿」，其六百餘篇雜文，「包羅萬有，除了匕首、投槍，也還有發聾振聵的木鐸，有悠然發人深思的靜夜鐘聲，也有繁弦急管的縱情歡唱」〔註 38〕。對這種不拘成法的藝術樣式的推崇，正表明他要求於雜文創作的是一種藝術美感的多樣呈示，是一種充分發揮作者創造精神的藝術勞動。

4. 報告文學　茅盾對報告文學的劃界也很寬，因而在敘事類散文中，他談得最多的是報告文學，有時還把相關的文體也納入其內。例如他早年稱之爲「速寫」（sketch）的短篇敘事散文，後來也認爲「從它的性質和任務看來，大多數實在就是報告」〔註 39〕。此種劃界依據，似是據國外報告文學理論。「報告文學」概念本是「舶來品」，茅盾讀過若干「來路貨」的報告文學，「覺得他們的形式範圍頗爲寬闊，長至十萬字左右，簡直跟『小說』同其形式的，也被稱爲『報告文學，日記，印象記，書簡體，Sketch——等等形式的短篇，也是』，於是才有對報告文學文體的寬泛理解。然而，正如茅盾所說，對體裁的確認，應「不以體式爲界，而以性質爲主」，只要具備了報告文學文體特徵的，就不妨以此目之，倘一定要用某種「標本」去指示作家擠上一條「只此乃是官道」的狹路，勢必會限制報告文學文體的創造性發展。

那麼，什麼是報告文學的文體特徵呢？茅盾從新聞性（即時性）和文學性（形象化）兩個特點加以概括，同通常人們對報告文學的看法是大致相同

〔註 35〕茅盾：《魯迅——從革命民主主義到共產主義》，《文藝報》1956 年第 20 期附冊。
〔註 36〕茅盾：《研究・學習・並且發展他》，《大眾學習》新 23 期，1941 年 10 月。
〔註 37〕茅盾：《魯迅論》，《小說月報》第 18 卷第 11 期，1927 年 11 月。
〔註 38〕茅盾：《聯繫實際學習魯迅》，《文藝報》1961 年第 9 期。
〔註 39〕茅盾：《關於「報告文學」》，《中流》第 1 卷第 11 期，1937 年 2 月。

的。但在具體闡述其特徵時，注重從「報告」和「小說」的聯繫與區別上揭示其獨特性，卻又顯示出他的獨到見解。他認爲，「好的『報告』須要具備小說所有藝術上的條件，——人物的刻畫，環境的描寫，氛圍的渲染等」。這就對報告文學提出了充足的文學要求：能夠具備小說那樣的「條件」，其文學性特徵當然是毋庸置疑的。而從區別上講，他除了指出「報告」須是「眞實的事件」而「小說」則「大都是虛構」以外，特別指出兩者在創作思維方式上的不同：前者僅據「某一事件」即時「報導」，是拒絕用綜合、概括等藝術手段塑造典型的；而後者則是作家「積聚下多少的生活體驗」，借助於「創作想像之力而給以充分的形象化」，始能成功的藝術形象創造〔註40〕。這樣，具有新聞性特點的藝術創造同純粹藝術虛構的創造便有了明確的區分，報告文學自身的美學特徵也因此得以顯示。

值得指出的是，茅盾還對報告文學的美學價值給予了充分評估，這對於那種輕視報告文學的理論是一種有力的糾正。他曾作《不要誤解了報告文學》〔註41〕一文，指出了這樣兩種「誤解」的認識：一種以爲報告在藝術上「理合」比小說「低些」，是因爲作者尚缺乏「夠熟練」的寫小說技巧才來寫報告的；另一種以爲作者沒有把握到「現實的全面」，還不可能從「光怪陸離的眾生相」中「找出典型」，所以「只好先來寫報告」。茅盾認爲，產生這樣的「誤認」，既是對報告文學藝術價值的輕視，也反映出人們對報告文學駕馭生活的獨特藝術規律缺乏認識。作爲文學的一種樣式，報告並非「只是一件曾經發生過的事實的披了藝術外衣的新聞記事」，它也是對於生活的藝術把握，同樣須用藝術典型化手段，作者須「把握到現實的全面」，「努力從他們所『報告』的事件中找出各個事象的聯繫」，「說明事件的因果」；因此在精選題材、提煉主題、塑造人物等方面同樣是花功甚多的。茅盾的這一闡述，糾正了報告文學創作中的簡單化傾向，並從它同樣也是一種須精心爲之的藝術創造的高度認識提高了其藝術價值。茅盾指出：「偉大作品也可以是報告文學的傑作，正如偉大的作品可以有小說、詩歌、戲劇一樣，也將有報告文學。」這是對一種具有獨特美學價值的文學樣式的充分肯定。報告文學在當今的文學創作中已成爲一種重要的文學樣式，且越來越顯示出它在各種文學門類中的重要地位，實踐證明茅盾的估價和預見是正確的。

〔註40〕茅盾：《關於「報告文學」》。

〔註41〕茅盾：《不要誤解了報告文學》，《文藝陣地》第1卷第8期，1938年8月。

第十一章　文學思潮論：對現實主義的執著堅守

面對 20 世紀初國外各種文學思潮的蜂擁而入，每個中國新文學作家都在做著自己的選擇，茅盾亦然。從總體上說，在各種文學思潮中，茅盾選擇的是現實主義，這是沒有疑義的，儘管他一度推崇過新浪漫主義（即後來所說的現代主義），但在時間上十分短暫。同時也不妨指出：茅盾對現實主義的鍾情維護和執著堅守，並非沒有偏差，其獨尊現實主義有時到了偏執的程度，如《論無產階級藝術》中完全排斥了現代主義，特別是 1957 年發表的《夜讀偶記》把 20 世紀文學思潮僅僅看成是現實主義和反現實主義的鬥爭，獨尊現實主義的傾向就更爲明顯。然而，考慮到 20 世紀中國各種文學思潮的傳播與吸收有極爲複雜的狀況，現實主義在中國也有著獨特的命運，茅盾的執著堅守，又有其一定的合理性，尤其是其堅守的「社會批判」型現實主義切合了現代中國的特定歷史要求，在歷史合理性方面表現得更充分些。因此，對茅盾的文學思潮選擇及其認知和理解現實主義的諸多特點，必須作出合理的恰如其分的分析與評價。

一、現實主義——需要切實面對的話題

就中國新文學思潮研究而言，恐怕沒有一種文學思潮像現實主義那樣遭受如此起落不定的命運了。早先，現實主義研究在中國成爲一門「顯學」，對其所作理論研究論著之多超過其他任何一種文學思潮。這或許是由於現實主義曾一度形成一統天下的局面造成的。雷納・韋勒克在上個世紀 60 年代就指

出過由於主流意識形態主宰文學創作使現實主義在蘇聯和中國特別興盛的事實。他認爲：「關於現實主義概念的討論，一百多年前曾在法國引起辯論，如今又成了大家關心的題目。在蘇聯及其所有衛星國家，我想甚至連中國在內，『現實主義』或者確切地說『社會主義的現實主義』被官方規定爲唯一許可的文學創作方法。關於現實主義的確切含義、歷史和未來，人們進行著無盡無休的爭論，發表的文章汗牛充棟，其範圍之廣超過了我們在西方可以想像的程度。」〔註 1〕然而，同樣令這位西方文論家始料不及的是，當一種文學思潮一統天下的格局被打破後，現實主義在中國似乎又成了最不討巧的話題，如今流行的是現代主義文學思潮，汗牛充棟的研究文章是對各種形式的現代主義文學的討論，對現實主義的研究反見冷落的態勢。這也無怪。文學研究作爲對實際存在的文學現象、文學思潮的積極回應，它必須面對實際發言，20 世紀世界範圍內的文學實存狀況是多種文學思潮競相爭雄而又以現代主義一路領先，中國文學一旦走出封閉面對世界，人們以開放的姿態順同世界文學潮流，不再服膺於原先的獨尊現實主義，甚至表現出對這種「獨尊」的反感，是完全可以理解的。

不過，我們這裡想指出的是，儘管人們對現實主義有這樣那樣的議論，現實主義本身也有種種難以避免的局限（此種局限，在一種新的文學思潮參照下也許會更明顯些），但作爲一種頗有淵源且在 20 世紀依然持續發展的文學思潮，尤其是就中國 20 世紀文學的實際存在狀況而論，現實主義無論如何都應該是一個需要認眞面對的問題。

首先需要面對的一個現象是：從 20 世紀世界文學思潮走向看，現代主義思潮的興起並沒有形成一統天下的局面，世界文學思潮依然是一個多元並存的格局，現實主義自不應該消失在我們的研究視線之外。關於文學思潮的走向，歷來有一種文學「進化論」觀念，認爲一個時代有一個時代的文學，文學思潮也是循著「進化」之路行進的，一種思潮在一個歷史階段裏顯出進步性，但隨著時代的變遷便逐漸趨於「老化」，隨即被另一種新興的文學思潮所取代。如 18 世紀的浪漫主義和 19 世紀的現實主義便都是各領風騷一個世紀，20 世紀就應該是現代主義的天下。我國新文學先驅者陳獨秀、沈雁冰在其早期文學觀念中都信守過此種理論，他們不約而同描述過文學思潮的走向應是

〔註 1〕〔美〕雷納・韋勒克：《批評的概念》第 214 頁，中國美術學院出版社 1999 年版。

循著「古典主義——浪漫主義——現實主義——新浪漫主義（現代主義）」之路行進的軌迹，認爲 20 世紀最先進的文學思潮是新浪漫主義〔註 2〕。正由於此，後來成爲堅定的現實主義理論家和作家的茅盾在新文學初創階段曾對現代主義文藝思潮表現出濃厚的興趣，一度傾力宣傳與提倡，甚至斷言過「今後的新文學運動該是新浪漫主義文學」〔註 3〕。但後來的事實表明，文學思潮的演進並不如人們想像的那樣簡單，是以一種思潮「取代」另一種思潮的單一線性方式行進的，其間呈現著複雜的走勢；而一種思潮一旦形成，又往往有其穩定發展的一面，它並不因爲別的文學思潮興起而自動退出歷史舞臺，相反，因文學思潮與社會文化思潮、思想思潮的契合，它在某個時期、某個地區還會顯現出繼續張揚的勢頭。20 世紀初旬現實主義在世界文學範圍內依然不減的增長勢頭顯然給中國新文學作家以深刻的啓迪，而客觀的社會現實情勢恰恰印證了現實主義有著不竭的生命力，於是中國新文學作家對各種外來思潮的選擇偏重在現實主義一頭，便是順理成章的了。同一個茅盾，對新浪漫主義的熱情禮贊有之，將其作爲沒落的「世紀末」文學思潮予以嚴峻批判者亦有之，而且前者只持續一個極短暫時間（大約三、四年光景）〔註 4〕，後者則長時期成爲其文學思想的主導傾向。對於茅盾而言，這並非是一種隨意性的選擇，恰恰是其對各種文學思潮經過反覆比較，篩選以後做出的抉擇，其抉擇的依據正是 20 世紀現實主義文學思潮的時代適應性。正如其後來所表述的：「『五四』以來短短的文藝已經從事實上證明，有以浪漫主義出發的，有以未來主義象徵主義出發的，甚至也有以不知是什麼主義出發的，但時代的客觀的需要是寫實主義，所以寫實文學成了主潮。」〔註 5〕

從 20 世紀世界文學思潮走向看，不但在中國現實主義是主潮，即便在歐洲、在蘇聯，現實主義同樣有著強勁的發展勢頭，特別是前蘇聯，現實主義長期處於正統地位，直至 90 年代蘇聯解體後，此種狀況才有所改變。因此對於 20 世紀世界文學思潮的判斷，無視現實主義文學思潮的影響力顯然是不夠科學的。日本學者筱田一士研究 20 世紀世界文學，有一個頗爲引人注目的觀

〔註 2〕陳獨秀：《現代歐洲文藝史譚》，《青年雜誌》1915 年，第 1 卷第 3 號；沈雁冰：《新文學研究者的責任與努力》，《小說月報》第 12 卷第 1 期，1921 年 1 月。

〔註 3〕沈雁冰：《爲新文學研究者進一解》，《改造》第 3 卷第 12 號。

〔註 4〕參見拙作：《茅盾與現代主義文藝思潮論析》，《茅盾與中外文化》第 200 頁，南京大學出版社 1993 年版。

〔註 5〕茅盾：《浪漫的與寫實的》，《文藝陣地》第 1 卷第 2 期。

點：「把 20 世紀小說看成是現代主義和現實主義兩派根據小說創造的原點而針鋒相對相互競爭的文學」，爲此他排出「世界 20 世紀十大小說」，在十部小說中就既有現代主義作品又有現實主義作品，中國作家茅盾的《子夜》也赫然在列，他認爲「《子夜》在同時代的世界文學上具有先驗性的存在」，「以想像全社會的想像力而言，茅盾在同一時代的中國作家中可謂最傑出的存在」，從而「重新確定了《子夜》在 20 世紀世界文學上的輝煌的位置」〔註 6〕。這當然只是一家之言，未必具有客觀眞理性，正像中國當代學者將茅盾革出「中國 20 世紀十大小說家」之列也是一家之言一樣。然而由此可以啓引我們思考的問題是，現實主義文學思潮與文學創作作爲 20 世紀文學顯示出毋庸置疑重要性的存在，是爲許多作家理論家所認同的，不獨將其隨意輕薄並不可取，就是缺乏對其作深層次探討，從中總結出有益於文學發展的經驗與教訓，也很難說是對 20 世紀文學思潮的完整把握。

另一個需要面對的現象是中國新文學實際，這裡所展示的是中國新文學的特殊性，它在相當程度上表現出比世界範圍內現實主義文學思潮更爲突出更爲鮮明的色彩，因而這一點也許比前述有著更爲切實的意義。在中國新文學的整體框架內，若是從文學思潮、創作方法的角度定位，現實主義無疑佔據著主流地位。對此，對作家和作品做定量分析不一定能作出精確判斷，文學思潮邊界的模糊性和作家創作的複雜性使得我們對某個作家或某種文學現象作出嚴格的思潮定位是有一定困難的，但若是從中國新文學的歷史進程分析，從五四文學、30 年代文學、抗戰文學，直至建國以後的文學，現實主義顯然一直佔有主流地位。這裡顯示的便是 20 世紀中國文學同世界文學並不相同的特色。現實主義何以形成中國文學同世界文學並不相同的特色？現實主義何以成爲中國新文學的主流？我們認爲至少有下述幾個方面原因。

第一，中國的「特別國情」是滋長現實主義的適宜土壤。儘管 20 世紀世界文學是現代主義和現實主義兩種文學思潮互爭雄長，但對於中國而言，似乎並沒有爲現代主義提供足夠的生存空間。同現代主義思潮盛行的西歐相比較，雖然處在同一個世紀，但中國人面對的問題顯然同西歐各國完全不同，其間依然存在著巨大的時間落差。如果說，歐洲物質文明的高度發展，爲文學做深潛的精神探索，以至於表現人的精神「危機」提供了可能，現代主義

〔註 6〕〔日〕是永駿：《茅盾小說文體與 20 世紀現實主義》，《茅盾研究》第 5 期，文化藝術出版社 1991 年版。

就是一種可取的選擇；那麼，20 世紀的中國積貧積弱，人們的溫飽問題都沒有解決，何談精神上的「孤獨」與「荒涼」，「形而下」顯然比「形而上」更能引起人們的關注，重在對社會、對現實積極參與的現實主義自然也容易爲人們所接受。失去精神個性存在的空間，沒有階級和民族的解放，遑論個性解放？「五四」時期在啓蒙主義思想影響下形成的個性主義思潮一度佔據重要位置，但中國特殊的社會環境並沒有爲個性主義思潮的發展提供足夠的土壤，中國新文學一直是在「啓蒙」與「救亡」的雙重變奏，且不時呈現「救亡」壓倒「啓蒙」的態勢下行進的。這一方面是由於中國新文化運動鼓吹者（如陳獨秀等）的「啓蒙」意識裏本來就包含著「救亡」的成分，其啓蒙目標主要是在改造「國民」、喚起「群體」覺醒，目的仍是爲了國家、民族，從骨子裏沒有脫離中國知識分子「以天下爲己任」的固有傳統，這同西方純粹追求個體主義的「天賦人權」（民主、自由、平等、博愛）是判然有別的。另一方面則取決於內憂外患接踵而至的社會現實，它至「五四」而達到「糾亡」高潮，屢屢證明新文學作家關注「救亡」命題的合理性。當 30 年代階級矛盾、民族矛盾日益加劇、社會危機更趨尖銳化之機，新文學作家急劇向「糾亡」一面傾斜，強化了文學的社會意識與政治意識，便是順理成章的。魯迅在 30 年代「由個性主義向集體主義」轉化（瞿秋白語），重視了文學的階級性、政治性要求，成爲左翼文藝運動的一面旗幟，是最典型的例證。正如當年周作人在談到文藝思潮選擇時所指出的：「中國的特別國情與西歐稍異，與俄國卻多相同的地方，所以我們相信中國將來的新興文學，當然的又自然的也是社會的人生的文學。」〔註 7〕正是基於此點，許多新文學作家都把翻譯介紹俄國文學、弱小民族文學作爲發展中國新文學的參照，魯迅、周作人翻譯出版〈域外小說集〉，介紹東、北歐民族文學，文學研究會多次推出被壓迫民族文學專號等，都是適例。這裡顯示的便是因「國情」關係決定文學思潮的棄取。而多難的中國，在 20 世紀前半期是有增無已，20 世紀後半期是主流意識形態支配文學創作，這一些都決定了現實主義在中國有著最廣闊的「市場」。

當然，任何一種文學思潮都有一個潮起潮落的過程，其起落消長，除思潮本身的利弊以外，還受制於特定的社會關係。一種思潮在某個時期特別流行，總是同這個時期特定的社會政治環境密切相關。考察政治與文學聯姻，政治現實主義文學一度特別高漲的原因亦然。20 世紀是現實主義文學依舊得

〔註 7〕周作人：《文學上的俄國與中國》，《小說月報》第 12 卷號外，1921 年 9 月。

到繁榮發展的時期，也是政治性對文學的滲透最明顯的時期，尤其在「紅色的 30 年代」。紅色 30 年代形成的主要原因是：從 20 年代末開始，世界資本主義爆發了一場嚴重的經濟危機，百業蕭條，社會動蕩不安，而在這經濟和精神雙重危機的壓迫下，蘇聯的紅色政權因經濟復蘇政局穩定給人們帶來了希望，於是在資本主義世界引發了一股「政治朝聖」的熱潮。正如有研究者指出的，「所謂政治朝聖，主要發生於三十和六十年代，是西方文明或是陷入嚴重的經濟和社會危機，或是面臨深刻的精神和價值危機的時代，西方知識分子因而轉向其他社會尋找替代」，而社會主義體制「賦予了世俗生活以神聖的意義，使得全體人民具有了同一感和目的意識，整個社會因而凝聚成了某種共同體」〔註 8〕。這就給西方的知識分子帶來了吸引力，認同紅色的蘇聯一度形成一股潮流，許多作家也因此而紛紛「左傾」。作爲近鄰蘇聯的日本和中國受此思潮影響更其突出，不但鼓吹社會主義思潮的共產黨人在政治上獲得了重要發言資格，而且政治上的影響還延及於文學界，日本掀起了頗具規模的無產階級文學運動，中國作家直接從日本引入這股思潮，倡導無產階級文學，繼而開展在聲勢和規模上都遠遠超過日本的左翼文藝運動。而紅色蘇聯的文藝政策是獨尊現實主義的，並始終強調文學創作中的黨派性與政治傾向性，此種思潮在相當程度上蔓延到世界各地，於是在「紅色的 30 年代」現實主義的空前強化也成爲國際性的文化與文學思潮。

第二，現實主義要求的歷史使命意識、民族自省精神與中國新文學的目標及其自身發展完全對應。中國新文學開創期對文學思潮的選擇及最初設定的建設目標，主要是現實主義。陳獨秀提出的三大文學（國民文學、社會文學、寫實文學），胡適提出的「時代文學」，其基本精神都是現實主義的。這同中國新文學革命最初是從「思想革命」角度切入，目的是在用文學實現思想啓蒙，反對封建蒙昧主義，啓發人們覺醒，投入爭取人性解放和民族解放的鬥爭，是密切相關的。由此決定了在新文學開創期，文學對於社會功利性的追求要大於或重於對於藝術形式的探求。現實主義便成爲一種最可取的選擇。此後隨著中國社會問題日益嚴峻，中國新文學更顯出向現實主義急劇傾斜的走勢，由「五四」時期「人的文學」，發展到 30 年代的「階級文學」，再進而到抗戰時期的「民族文學」，作家的歷史使命意識與民族自省精神不斷強

〔註 8〕程映紅：《政治朝聖的背後》，《讀書》1998 年第 9 期。

化，文學創作所體現的現實主義精神也得到最大程度的張揚。

第三，現實主義精神與中國文學傳統及中國作家的傳統文化心理結構相契合。作爲文學思潮，現實主義在中國新文學中顯出強大聲勢，但作爲創作方法，現實主義或寫實主義卻一直存在於中國傳統文學中。用寫實的方法進行創作，在創作中體現了積極參與現實的精神，也可說是傳統文學的主導傾向。這是由中國知識分子的傳統文化心理結構決定的。中國傳統文化是儒、釋、道三家並存，而以儒家文化爲正統。傳統士人歷來就有參與現實的精神，所謂「修、齊、治、平」乃是讀書人的倫理規範。由此也便有了文學參與社會、參與現實的傳統。文章是「經國之大業。不朽之盛事」（曹丕）、「文章合爲時而著，歌詩合爲事而作」（白居易），直至梁啓超提出「小說救國」論，便都是此種精神的反映。我國的現代作家（特別是第一代作家）固然大都眼光向外，勇於接受世界文學新潮，但他們除了精通「西學」外，同樣也有深厚的「國學」根底，傳統文化對他們的滋養依然是非常突出的。對於傳統文學精神的承傳，是不自覺地內化在他們的意識深處的。涉及文學思潮的擇取，他們秉承前人遺教，重在現實主義一頭，也是勢所必然。

從社會文化背景來看，五四運動摧毀了中國傳統的政治秩序和文化秩序，知識分子賴以安身立命的精神立場崩潰了，便對新的文化精神、意識形態產生了強烈的需求，中國20世紀的文化演進過程也可以說是知識分子尋求文化秩序和精神支柱的過程。所以，中國新文學作家大抵有著開放的文化心態去吸收各種新思想。「五四」時期用取精用宏的姿態擇取世界先進文化、文學思潮，已有過一次出色的表現，其後隨著世界文學秩序的不斷調節、重建，去努力順應新的文學潮流，推進中國新文學建設，也就成爲作家們的一種自覺要求。而中國是帶著濃重的憂患情緒進入20世紀的，傳統文人「修、齊、治、平」的入世心理給中國新文學注入了功利性和政治化的因子，使這種憂患情緒成爲中國新文學的天然底色〔註9〕，因而在面對注重政治功利性的外來文藝思潮時似乎有一種天然的敏感。新文學產生前夜，文學與政治的關係就備受關注，梁啓超的理論代表了這種功利性的文學觀：「欲新一國之民，不可不先新一國之小說。故欲新道德，必新小說；欲新宗教，必新小說；欲新政治，必新小說；欲新風俗，必新小說，乃至於新人，欲新人格，必新小說。

〔註9〕參見謝冕：《輝煌而悲壯的歷程》，謝冕主編：「百年中國文學總系」之「總序一」，山東教育出版社，1998年版。

何以故！小說有不可思議之力支配人道故。」〔註10〕到了30年代階級矛盾日益尖銳化的時代，要求政治介入文學已形成一種普遍性的思潮。我們這裡說的是左翼文學，其實右翼文學亦然，而且作為一種反證，恰恰證明了強化文學的政治化色彩在當時已成為一種風氣。30 年代初在國民黨操縱下的一些文人，提倡過所謂「民族主義文學」，表示要奉行「三民主義文藝政策」，究其實質，同樣也是對文學的一種「政治闡釋」。司馬長風認為「民族主義文藝運動也無非把文藝當做政治鬥爭的手段，與「左派」的區別只在『民族主義』與『無產階級』名詞不同」〔註 11〕。這話有一定道理，但若說僅僅只是名字不同，又不夠全面，實質上這兩種政治內涵有著本質的區別。張道藩就認為「文藝為生活意識的表現」，要求「不寫無意義的作品」，「以民族的立場來寫作」，而且「要用現實的形式」，這種現實的形式就要符合「事實的需要」、「目的在輔佐革命」〔註 12〕。張道藩等人提出文學以三民主義為指導思想，剛好與馬列主義為指導思想的左翼文學針鋒相對，其強調的「民族立場」、「輔佐革命」等，實質是以民族代言人、「革命者」的資格為國民黨的一黨專政發言，同樣帶有強烈的政治傾向性，要求文學與政治聯姻的意願也一樣十分鮮明。只不過其所主張的政治，是逆歷史潮流而動的，因而所謂的「民族主義文學」在當時就沒有市場。到了抗戰時期，民族政治壓倒一切，不談政治的文藝思想同樣被認為是落伍的思想，甚至還有被指為漢奸的嫌疑。如朱光潛提倡文學創作中的「心理距離說」，當即就受到巴金的質問：「我不知道以青年導師自居的朱先生要把中國青年引到什麼樣的象牙塔裏去。」〔註 13〕梁實秋編文藝副刊向作家徵稿，表示也可以接納寫「與抗戰無關」的作品，也遭來一片聲討。可見特定歷史時期的使命要求與中國作家的傳統文化心理結構相對應，現實主義已內化為作家的一種自覺要求。

第四，中國作家強烈的現實主義使命意識，也來自馬克思主義的影響。馬克思主義的基本精神是承負改造社會、改造現實的歷史使命，這同文學思潮中的現實主義精神最為切合。堅持現實主義，可以說是馬克思主義文藝觀的核心，恩格斯的現實主義理論一直被認為是對現實主義的最經典性闡釋。

〔註10〕梁啓超：《論小説與群治之關係》。

〔註11〕司馬長風：《中國新文學史》中卷，第20頁，香港昭明出版社1978年版。

〔註12〕張道藩：《我們所需要的文藝政策》，《文藝先鋒》第1卷第1期（1942年9月1日）。

〔註13〕巴金：《向朱光潛先生進一個忠告》，《中流》第2卷第3期。

中國新文學作家對馬克思主義理論的認同，也是從新文學開創期就開始的。李大釗在《什麼是新文學》中提出新文學應以一定的「主義」和「學理」爲指導，開始將馬克思主義的理論指導引入中國新文學建設，此後許多革命文學作家也一直爲此而努力，至「左聯」時期，馬克思主義理論（包括現實主義理論）的翻譯、介紹達到高峰，解放區文藝和建國以後的文學更是將馬克思主義文藝思想規範化。由是觀之，馬克思主義文藝思想滲透在中國 20 世紀文學的全程中，必使現實主義在中國有著十分顯赫的地位。另一方面，中國新文學接受外來文藝思潮，蘇俄文學的影響不能低估。作爲堅持馬克思主義意識形態的社會主義國家，蘇聯文學對中國新文學有著極大的影響力，蘇聯的各種現實主義文學理論幾乎都被介紹到中國，特別是在蘇聯長期居於正統地位的社會主義現實主義。從 30 年代開始被引入中國後，也一直被認爲是最理想的文學思潮而接納與推行，建國以後更使之成爲一種官方意識形態要求所有的作家一體遵行。在這種情況下，現實主義就不只是一種思潮，而且還成爲一種原則、一種規範，它在中國 20 世紀文學思潮中的影響之大，是完全可以想像的。

這一切都表明，現實主義作爲 20 世紀世界文學中仍有極大影響力的文學思潮，在中國有著特殊重要的地位，的確是我們新文學研究中必須切實面對的。需要面對，並非因爲其造就了何等的豐功偉績，恰恰是因其確實有著值得面對的東西：無論是其提供的經驗還是教訓，對於中國新文學的發展都是一份極其寶貴的財富。就上述產生現實主義的諸種原因剖析，現實主義在中國長盛不衰並非都是合理的，而將現實主義「定於一尊」也不是中國新文學發達的徵候，更何況，中國新文學中的現實主義就「純度」而言也還存在不少問題，許多號稱現實主義的理論與創作同原本意義上的現實主義精神相去甚遠。但這一些不應該成爲我們不去切實面對的理由，或許正可以說，正因中國新文學中的現實主義是一種複雜性的存在，才更顯示出它獨特的研究潛力。

二、茅盾對現實主義文學思潮的理論認知

在討論了世界現實主義文學的生成背景及其在中國傳播的需要和可能後，我們就可以對茅盾堅守現實主義文學思潮以及他對現實主義的種種理解作出恰當分析了。

追溯茅盾的文學理論接受源及其對外來文學思潮的選擇、消化過程，大體

上可以看出其吸納文學思潮逐漸走向同歐洲「正宗」現實主義的認同。他最初也受到過文學進化論的影響，從他當時對歐洲文藝演進之路的描述看，同陳獨秀在《歐洲文藝史譚》中的口徑基本一致，即認爲歐洲文藝思潮的演化軌迹是：古典主義——浪漫主義——現實主義——新浪漫主義。不過，廣泛涉獵歐美文學，對歐洲最新文藝動向特別敏感和緊密追蹤，顯然不是心懸政治革命的陳獨秀所能做到的，因而分身乏術的陳獨秀對新文學思潮不可能有更深層次的探索。在這一點上，正好顯示出在中國新文學第一個十年主要做著文學理論工作的茅盾的優勢，他當時對世界文學新思潮的廣泛涉獵有可能比陳獨秀有著更爲開闊的取精用宏的眼光。茅盾對文學新潮的領悟要勝於同時代的理論家，在文論領域，可以說他早就是個「先鋒派」。他最初推崇新浪漫文學，認爲這是文學進化之路上最先進的文學，因而中國新文學應逐漸趨向新浪漫。但茅盾從來都是注重社會實際的理論家，他固然傾心於新浪漫，卻也清醒地看到，中國文壇不是缺少「浪漫」和「高蹈」，而是看不到對社會生活客觀眞實的描寫，「客觀描寫與實地觀察」才是最迫切的，這又使他很快轉向傾心於自然主義與寫實主義。而一度提倡自然主義，則恰恰顯示了他最初選擇現實主義的一個關注點：對法國現實主義文學創作方法的情有獨鍾。中國新文學現實主義的最初接受源是法、俄兩國的現實主義文學。基於傳統的積澱，中國作家有一種先天的歷史參與意識，因而對現實主義的接受更注重的是現實主義理性精神，而不是現實主義的創作方法。當時的文學作者大都有一種急切的思想啓蒙要求，只強調現實主義表現「思想」的重要性，反對創作方法上「純粹」的現實主義，所以，更能引起大家共鳴的是俄羅斯的「爲人生」的文學，卻在某種程度上故意忽視了法國現實主義作家所津津樂道的冷靜、客觀等創作方法。爲此，茅盾曾經不惜冒險抓了一劑猛藥，大力提倡自然主義來矯正新文學的弊病。他希望通過提倡自然主義的「客觀的觀察法」和「細緻的描寫法」，能夠使文學開闊地反映社會生活，尤其是用眞實貼切的寫實，細緻地描寫下層社會，而這正是自然主義的最大貢獻。茅盾提倡的新浪漫的主要作家是法國的羅曼·羅蘭、巴比塞、法朗士等人，他們當時也稱新理想主義，其實是 20 世紀歐洲「行動著」的現實主義的代表，他們的創作有鮮明的進步傾向，奮力抨擊資本主義制度，揭露社會醜惡，追求理想的人性和與生活戰鬥的積極力量。某種程度上，將自然主義與新浪漫主義這二者有機結合，也許更合茅盾的心意，這樣文學既「描寫全社會的黑暗」，又能以「理想作個骨子」，這也合乎新文學發展的客觀需要。這就決定了茅盾的選擇最終會向歐洲正宗現實主義一面傾斜。

茅盾對現實主義的初始接受主要集中在丹納等的實證美學，和對巴爾扎克、托爾斯泰等歐洲批判現實主義作家作品的研磨上，使其社會批判的現實主義理論日趨成熟。丹納以嚴密而系統的理論建構了「種族、環境、時代」三要素決定文學的理論框架，其思想源頭是 18、19 世紀的科學實證哲學——建立在經典物理學和進化論的基礎上，代表了科技革命帶來的新的「美學感覺」，這就是「力的運動」和生物體與環境關係中的「進化」概念。種族、環境、時代決定文學的理論，體現的正是這種「技術」觀和美學觀。丹納認爲「精神科學採用了自然科學的原則、方向和謹嚴的態度，就能有同樣穩固的基礎，同樣的進步。」〔註 14〕因而實證科學的細緻觀察和理性分析就成了文藝表現生活的有效的方法。巴爾扎克、福樓拜等 19 世紀現實主義作家在作品中著力描寫主人公的奮鬥「力」與生存環境之間的艱難衝突，正是這一美學觀念的藝術實踐。中國自「五四」啓蒙以後所接受的科學與文藝觀念就來自這種科學主義傳統，這一傳統在「五四」時期佔據了主導地位，從高標「賽先生」到科玄大戰中「科學」人生觀獲取全勝，從孔德、丹納、聖伯夫等的實證理論成爲宣傳新思潮繞不開的話題並被廣泛介紹，到用於實踐操刀研究文學，始終顯示出它在當時的中國思想文化界的深重影響力。

但茅盾並非丹納忠貞不二的「信徒」，他對於丹納的理論只能說是有所借鑒的吸收。錢穆認爲「中國人主通」，最主要的特質就是對外來文化「常抱一種活潑廣大的興趣，常願接受而消化之」，並盡可能「融合協調，和凝爲一」。〔註 15〕對茅盾接受現實主義也當作如是觀。丹納的理論固然在解釋現實主義時有其積極性因素，但它還有自然科學的機械決定論的桎梏，這對 19 世紀早期現實主義及自然主義也帶來了弊病。普列漢諾夫這樣批評其缺陷：「他們充滿敵意地迴避當時偉大的解放運動，因而就從他們所考察的『劍齒象』和『鱷魚』中間排除了那些具有最豐富的內在生活的最有意思的標本」，結果使現實主義「陷於絕境」，「一個藝術家如果看不見當代最重要的社會思潮，那麼他的作品中所表達的思想實質的內在價值就會大大地降低。」〔註 16〕在這方面，茅盾也有自己的獨特思考。在《文學與人生》一文中，他運用了丹納的理論，

〔註 14〕丹納：《藝術哲學》，第 44 頁，廣西師範大學出版社 2000 年版。
〔註 15〕錢穆：《現代中國學術論衡》，第 249、205 頁，嶽麓書社 1986 年版。
〔註 16〕《普列漢諾夫美學論文集》，第 237、239 頁，人民文學出版社 1983 年版。

指出文學是社會人生的綜合表現，所涉及的關係層有人種、環境、時代，但他更強調具體的社會背景，尤其是社會思潮和時代精神對文學的制約與影響；他在闡述「三要素」後又增加了「作家人格」這層要素，突出了文學創作中作家主體的作用，避免了丹納理論強調純客觀和宣揚「自然科學」的唯物主義的弊端。對文學的時代性，他後來又作了更深入的闡發，認爲文學是時代精神的縮影，強調「時代性」有兩個要義：「一是時代給予人們以怎樣的影響，二是人們的集團的活動又怎樣地將時代推進了新的方向」〔註 17〕，指出文學的社會化和時代性是緊密相連的。茅盾堅持社會科學原理，顯然使他對現實主義文學如何揭示「社會關係」和「社會思潮」有了新的認識，這有可能使他超越前人而獲得對現實主義精神的更本眞的理解。普實克肯定茅盾現實主義文學的創造性就在於：「不是從自然決定論，而是從社會現實中尋找決定個人或一群人的命運的力量」〔註 18〕，重視現實主義的「社會關係」解剖，強調了現實主義的社會批判功能。

就茅盾接受外國現實主義文學思潮而言，其特別看重現實主義的社會批判意識，也與他借鑒歐美卻傾心於俄國文學有關。胡愈之後來回憶茅盾說，他「對俄國文學和十月革命的研究，使他找到了一條以後始終不變的道路：文學是手段，而革命才是目的」〔註 19〕。1922 年，茅盾在多篇介紹、評論外國文學的文章中，以俄、匈、挪、波希米亞、保加利亞等國文學爲例，「證明文學之趨於政治的與社會的」必然性，指出它們的獨特價值是在於「都是有社會思想和社會革命觀念」〔註 20〕。由於對俄國文學包括被壓迫民族文學的濃厚興趣，這使他有可能超越丹納，而更多關注現實社會的鬥爭，包括他始終並未完全放棄新浪漫一樣，他讚賞巴比塞、羅曼・羅蘭、法朗士，因爲他們能「補救寫實主義之豐肉弱靈之弊」，「補救寫實主義之全批評而不指引」〔註 21〕。而能夠對靈與肉兩面做到較完善結合的則在俄國文學中是很普遍的，尤其是托爾斯泰和高爾基。茅盾在《托爾斯泰與今日之俄羅斯》中考察了托爾

〔註 17〕茅盾：《讀〈倪煥之〉》，《文學周報》1931 年 8 月 5 日，第 1 卷第 5 號。
〔註 18〕普實克：《論茅盾》，李岫編《茅盾研究在國外》，第 635 頁。
〔註 19〕胡愈之：《早年同茅盾在一起的日子裏》，《憶茅公》，第 8 頁，文化藝術出版社 1982 年版。
〔註 20〕茅盾：《文學與政治社會》，《小說月報》1922 年 9 月，第 13 卷第 9 期。
〔註 21〕茅盾：《〈歐美新文學最近之趨勢〉書後》，《東方雜誌》1920 年 9 月 25 日，第 17 卷第 18 期。

斯泰的現實主義文學與俄國社會革命的密切關係。他也讚歎高爾基「第一個把無產階級所受的痛苦眞切地寫出來，第一個把無產階級靈魂的偉大無僞飾無誇張地表現出來，第一個把無產階級所負的巨大使命明白地指出來給全世界人看！」〔註 22〕正由於是廣泛采擷，兼收並蓄，作爲對歐洲現實主義的多方借鑒，使茅盾的現實主義理論既有巴爾扎克、托爾斯泰一類歐洲批判現實主義作家的諸多特點，也吸納了高爾基開創的現實主義新質。

從上述粗略引證可見，茅盾借鑒國外現實主義文學思潮，側重點是在現實主義的社會批判性一面，這無疑會在他日後獨特的現實主義視角的形成並造就爲典型的「社會批判」型現實主義作家施加深層影響。在堅持社會批判方面，茅盾的現實主義理論的確形成了自己的鮮明特色。這裡我們想指出，在現實主義的命題範圍內，有明確「社會」指向的「社會批判」型同意義較爲寬泛的「人生派」現實主義有著明顯的差別。20 年代初，同是文學研究會成員，茅盾和周作人、鄭振鐸等曾一起提倡「爲人生」的寫實主義。但稍加辨析就可發現茅盾提倡的「爲人生」和周、鄭二人尤其周作人是有差異的。概括的說，周作人的「人的文學」觀理解的「人生」，是基於「個人主義的人間本位主義」，其落腳點在個人，認爲「文學始終是個人的」。茅盾強調的「人生」是「社會」，認爲「文學家所欲表現的人生，絕不是一人一家的人生，乃是一社會一民族的人生」，要研究全社會、全民族，描寫全社會的病根，「使文學成爲社會化」〔註 23〕。可見兩者所認識的「人生」內涵是不盡相同的。再則，茅盾強調的「爲人生」側重在「批判人生」，即揭示「人生」中醜惡的一面以匡正之，這種強烈的社會功利目的不僅和周不同，就是和鄭振鐸也在理論側重點上有所差異，後二者更傾向於「表現」，尤其是「情感的表現」。周提出「人的文學」後，很快就在《自己的園地》中提倡自我表現和表達閒適情趣了。提出「血」與「淚」的文學的鄭振鐸，與茅盾的文學思想較爲切近，但兩人對文學特性的強調又有不同側重點，鄭始終都強調「眞摯的情感的直覺表現」是文學的第一要素，茅盾也談到情感在文學創作中的作用，但他首先強調文學的時代特徵和社會背景，可見其理論重心落在「社會批判」上，感覺「爲人生」這個口號已過於籠統。而且在 30 年代，他於社會批判中

〔註 22〕茅盾：《論無產階級藝術》，《茅盾文藝雜論集》（上集），第 183 頁，上海文藝出版社 1980 年版。
〔註 23〕茅盾：《現在文學家的責任是什麼？》《東方雜誌》第 17 卷第 1 期。

又強化了理性批判意識，對文學只表現「個人情感」已頗爲不滿。在《致文學青年》一文中就「很反對那些沒有深切的人生意義和社會價值的個人情感的產物」，要求文學青年從深處分析社會，認清社會矛盾。注重社會批判和理性批判，正是茅盾倡導的現實主義同包括「人生派」現實主義在內的諸多現實主義很不相同的地方，由此也顯示出其獨特性所在。

三、批判與分析：現實主義理論的側重點

從上文分析中可以看出，茅盾堅守的現實主義理論實際上是有其側重點的，這就是用現實主義的批判與分析態度去觀照社會、參與社會，這顯然爲建構「社會批判」型現實主義奠定了理論基礎。

也許從 19 世紀 20 年代司湯達發表《拉辛和莎士比亞》及 1850 年法國作家桑・佛洛里首次使用「現實主義」給一種新型的文藝命名開始，「批判」就與現實主義結下了不解之緣。批判始終成爲現實主義文學的不懈追求，如果說「批判」是許多文學樣式的著眼點的話，那麼，「批判」就是現實主義文學的精氣與靈魂，失去了批判眼光的現實主義是無法想像的。從巴爾扎克的《人間喜劇》，到陀斯妥耶夫斯基的《罪與罰》，批判都是其主旨所在：通過批判達到批評社會、促進社會進步的目的，實現文學干預社會生活的功能。

現實主義的批判性往往會走向社會分析。現實主義的產生是以科學理性爲指導的，19 世紀批判現實主義的最主要的特徵之一就是崇尚科學實證，啓蒙主義以來的「科學主義」的控制，使「科學性」成爲社會存在的主要特徵，現實主義的先驅巴爾扎克、福樓拜、司湯達等都重視科學分析的作用。在《十九世紀文學主流》中，勃蘭兌斯稱「他（按：指巴爾扎克）是科學越來越深地滲透到藝術領域這個世紀的兒子。」〔註 24〕福樓拜甚至將醫學解剖學的方法用於創作。另外，要對社會進行行之有效的批判也迫使現實主義作家採取分析的方法，對所寫對象進行細緻深入的分析，這樣，才能更準確地傳達作家所要表達的意圖。因此，分析性也是批判現實主義與生俱來的特徵之一。

中國新文學現實主義多受惠於 19 世紀歐洲批判現實主義，尤其是俄國、法國及東北歐被壓迫民族的批判現實主義對中國的影響更甚。魯迅早在與其弟周作人合譯的《域外小說集》中就已經明顯地傾向於對被壓迫國家民族文

〔註 24〕勃蘭兑斯：《十九世紀文學主流》（第 5 分冊），人民文學出版社 1997 年版，第 232 頁。

學中所表現出來的對社會的批判與分析的認同。因此，中國現實主義文學走向社會批判與分析的融合就是順理成章的。不過，這裡還有中國自身的特殊原因，那就是大革命失敗後，社會政治、經濟、文化、軍事等情況的更加複雜化，就更需要作家們運用科學的知識和清醒的頭腦去分析、辨別是非，這個時期對外國社會科學知識的大量介紹就是明證，以致於 1930 年被稱爲「社會科學年」。另外，進入 30 年代，關於社會性質的大論戰也加劇了現實主義走向批判與分析綜合的趨勢。作家在對社會、政治、經濟等問題進行分析的同時，也將分析的儀器對準了人物的心理，注重人物內在心理的刻畫。在現實主義作家中，強調分析與批判職能的，當然莫過於以茅盾爲首的「社會批判」型現實主義作家。茅盾走向社會批判與分析的融合，同區域文化培養出來的敏於世變的文化心理結構有一定關聯。茅盾出生在浙西水鄉桐鄉烏鎮，浙西水性文化培養了他細膩的心理和敏於觀察分析的思維習慣，與現實主義結合就自然趨向批判分析一端。儘管茅盾立志於做巴爾扎克，當社會的書記，但正如其所言，他「更喜歡托爾斯泰」〔註 25〕，因爲托爾斯泰「以驚人的藝術力量概括了極其紛繁的社會現象，並且指示出各種複雜現象之間的內在聯繫，提出許多重大的社會問題。托爾斯泰作品的宏偉的規模、複雜的結構、細膩的分析、表現心理活動的豐富手法及其他的無情地撕毀一切假面的獨特手法，都大大提高了藝術作品反映現實的可能性，豐富和發展了現實主義的藝術創作方法。」〔註 26〕茅盾認爲「一個做小說的人不但須有廣博的生活經驗，亦必須有一個訓練過的頭腦分析那複雜的社會現象；尤其是我們這轉變中的社會，非得認眞研究過社會科學的人每每不能把它分析的正確。」〔註 27〕可見，茅盾走向社會分析不僅從他從事文學研究與創作伊始就開始了，而且貫穿其文學活動的始終。

茅盾不僅是一位文學家，同時，他還是一位出色的文藝批評家，而且是在從事了十餘年之久的文學批評工作後再從事文學創作的，這樣他就以充足的理論儲備和批評家慣有的方式參加了批判現實主義理論的建構。當 1920 年他以「佩韋」的筆名在《東方雜誌》上發表《現在文學家的責任是什麼》時，

〔註 25〕轉引自莊鍾慶：《永不消失的懷念》，《新文學史料》總 12 期，1981 年 8 月版。
〔註 26〕茅盾：《激烈的抗議者、憤怒的揭發者、偉大的批判者》，《人民日報》，1960 年 11 月 26 日。
〔註 27〕茅盾：《我的回顧》，《茅盾自選集・代序》。

他就與中國新文學發生了廣泛的聯繫。作爲一名批評家，他不遺餘力地介紹現實主義的創作方法，可以說，中國新文學現實主義思潮的形成、發展與壯大都印刻著茅盾的名字；作爲文學家，他以自己的創作爲他倡導的現實主義理論作了最好注腳，並且在中國開創了社會分析學派。

普實克認爲茅盾所用的是歐洲「正宗」的現實主義方法，但是想學巴爾扎克的茅盾並不是中國新文學史上第一個提倡現實主義的作家。梁啓超在《論小說與群治之關係》，陳獨秀在《現代歐洲文藝史譚》中都提倡過現實主義的創作方法，甚至在陳獨秀繼任北大文科學長後有人認爲「西方寫實之潮流，可灌輸以入矣」〔註 28〕。尤其是陳獨秀借助進化論的武器陳述了西方文學史的發展歷程後，指出中國現階段的文學應該是寫實主義。不過陳獨秀眞正目的在於政治，作爲政治家，他不可能過多地從文學的角度對現實主義作較細緻深入的分析。茅盾雖然也是借助於進化論以相同的方式接受並介紹了西方文學發展的歷程，但他卻是最堅定的現實主義者。儘管茅盾從文學進化論的角度一度提倡過新浪漫主義，如發表於 1920 年 9 月 15 日《改造》上的《爲新文學研究者進一解》中認爲，「今後的新文學運動該是新浪漫主義的文學」，但其最初推崇新浪漫主義，實含有藉以豐富現實主義的意義，其立足點仍在「寫實」上。他在 1920 年 9 月 25 日的《東方雜誌》上發表的《〈歐美新文學最近之趨勢〉書後》中就認爲「余以爲浪漫主義對於古學主義純乎其爲反動，而新浪漫主義之對於寫實主義則不然，非反動而爲進化。……新浪漫主義爲補救寫實主義豐靈肉之弊，爲補救寫實主義之全批評而不指引，爲補救寫實主義之不見惡中有善，與當世哲學人格唯心論之趨向，實相呼應。」可見，茅盾對新浪漫主義的推崇，目的是爲了進一步完善寫實主義。後來他的文學思潮選擇很快就從新浪漫主義完全轉向寫實，對文學「進化」的認識也同是否與「人生」相關緊緊聯在一起。在 1921 年 2 月《小說月報》第 12 卷 2 號上他發表的《新文學研究者的責任與努力》中，就認爲西洋文學進化論式的發展過程即「古典——浪漫——寫實——新浪漫」是「把文學與人生的關係束緊了一些」。需要說明的是，茅盾更多的情況下是將自然主義與現實主義、寫實主義等同的，認爲「文學上的自然主義與寫實主義實爲

〔註 28〕參見馬以鑫：《中國現代文學接受史》第 53 頁，華東師範大學出版社 1998 年版。

一物」〔註29〕。可見寫實主義（現實主義）早就在其意識中確立了牢固地位。

茅盾將分析與批判納入其現實主義視野，是同他非常重視文學的時代性、社會性密切關聯的。他是如此解釋時代性的：「所謂時代性，我以爲，在表現了時代空氣而外，還應該有兩層含義：一是時代給予人們以怎樣的影響，二是人們的集團的活力又怎樣地將時代推進了新方向，換言之，即是怎樣的催促歷史進入了必然的新時代，再換一句說，即是怎樣的由於人們的集團的活動而及早實現了歷史的必然。在這樣的含義下，方是現代的新寫實派文學所要表現的時代性！」〔註30〕可見茅盾是將時代的必然性看成是一種「歷史的必然」，重視的是文學在現代社會語境下的生存狀態和文學所描繪的現代環境下人的生存境遇，以及文學與時代之間的張力。因此他認爲「各時代的作家所以各有不同的面目，是時代精神的緣故，同一時代的作家所以必有共同一致的傾向，也是時代精神的緣故。」〔註31〕這一形成於20世紀20年代的文學理念成爲他從事文學批評和創作中的重要理論支點之一。在1929年的《讀〈倪煥之〉》一文中，則詳盡論述了他的時代性理論與文學創作的關係，顯然，他關注的不是《倪煥之》的藝術特色，「一篇小說的藝術上的功夫，最好讓讀者去領會」，他關注的是「是否具有這樣意義的時代性」。由此出發，他對這部作品作了這樣的評價：「把一篇小說的時代安放在近十年的歷史過程中的，不能不說這是第一部；而有意地要表示一個人——一個富有革命性的小資產階級知識分子，怎樣的受十年來時代的壯潮所激蕩，怎樣的從鄉村到都市，從埋頭教育到群眾運動，從自由主義到集團主義，這《倪煥之》也不能不說是第一部」，由此，《倪煥之》堪稱爲「扛鼎之作」。這裡顯示的恰恰是茅盾運用社會分析與批評對一個創作文本的具體透視，這同一般的藝術批評甚至同其他類型的現實主義批評都是相去甚遠的。

茅盾堅持「社會批判」性，還體現在對文學創作的社會背景的重視，注重宏大的敘事模式和史詩創作的風格的追求。其小說創作的一個重要特徵就是在廣闊的中國社會背景上和大時代環境下展開了他對中國社會生活的獨特把

〔註29〕茅盾：《自然主義的懷疑與解答——復呂芾南》，《小說月報》，1922年6月10日，第13卷第6號。

〔註30〕茅盾：《讀〈倪煥之〉》，《茅盾全集》第19卷，人民文學出版社，1989年版，第209～210頁。

〔註31〕茅盾：《文學與人生》，《茅盾全集》第18卷，人民文學出版社，1989年版，第271頁。

握。這些作品一個共同的特點就是追求一種宏大的敘事模式，可以說，中國新文學的宏大敘事就始於茅盾。這反映了中國現代的半殖民地半封建社會的歷史現狀，在廣闊的社會背景上展現現代中國社會的圖景和中國農村與城市走向現代的艱難歷程，從宏觀角度言說著中國追求現代性的痛苦與艱辛。由於茅盾對時代性和史詩性的追求，使得其「長短篇」小說的容量劇增，如《林家鋪子》、《春蠶》等都有一個宏大的構架，在短篇中完成了中篇甚至是長篇才能完成的任務，體現出茅盾把握現實主義的獨特能力和高超技藝。其長篇小說體制的革命更具有重大意義。一是史詩般的結構，二是社會分析（其中包括心理分析）的方式，如在《蝕》三部曲中表現革命「壯潮」的現代追求和其間所經歷的三個階段，完成了對一大批小資產階級細膩的心理分析和刻畫，達到了對大革命歷程的精細分析和把握。《子夜》中對吳蓀甫與趙伯韜鬥法及公債市場上投機前後的心理活動和內心世界的著墨，表現出這個作爲現代工業社會工業王子在現代社會中強大而又脆弱的兩面性格，折射出作家把握人物心理的高超能力。

茅盾之於「社會批判」型現實主義的另一重要貢獻就是將都市納入了現實主義的視野。新文學誕生後的現實主義文學，將主要精力都集中在農村和農民身上，即使寫知識分子也是帶著濃厚的泥土氣息的知識分子，彷彿與城市的生活不相干，大都市的生活題材一直被新文學放逐在文學的門檻之外。到茅盾手中，都市尤其是大都市開始顯現並活躍起來，填補了都市題材缺乏的空白，都市開始被納入人們的審美視野，現代都市的生活在新文學作品中表現得淋漓盡致。最典型的當然是《子夜》，儘管茅盾聲稱這部作品是爲了參加社會性質的大論戰而作，其創作動機明顯蘊涵著社會分析的成分，但文學作品一旦形成，從某種意義上就已經脫離了作者而獲得了獨立的審美價值。在這部作品中茅盾向我們展示了大都市資產階級生活的眞實狀況，小資產階級的無聊與無奈，鄉村土財主在都市競爭力衝擊下的異化，公債市場上的混亂與黑暗，軍閥、買辦資產階級與帝國主義的卑鄙無恥等等，莫不都有深刻而形象的表現。茅盾將都市與農村對照起來描寫，更映襯出大都市的特色，這部作品也因此被稱爲30年代都市文學中最早的代表作品。將現代都市納入表現視野，而且又大都是從經濟視角切入，由經濟這根敏感的社會神經牽引出複雜的社會關係，這無疑使其創作顯出更顯著的宏大敘事和社會分析色彩，「社會批判」型現實主義的特色也更鮮明、昭著。

在30年代，以茅盾領銜的「社會批判」型現實主義在中國文壇佔據重要地位，對於擴大現實主義文學影響、提升左翼文藝品位，也有著重要意義。如果說，魯迅對中國的左翼文藝有引領者之功，那麼，這一時期茅盾作爲老資格的共產黨人完全從政治走向文學，加入左翼文藝陣線，並以其顯著的現實主義創作業績強固了左翼文藝在整個文壇的地位。在左翼文藝隊伍中，茅盾的影響僅次於魯迅，甚至連當時的國民黨報刊都稱他與魯迅是左翼的「兩大臺柱」〔註 32〕。而茅盾對於左翼文藝運動的最大貢獻則體現在「社會批判」型現實主義創作成就上：早在「左聯」成立以前，他就以長篇小說《蝕》、《虹》等的成功而「轟動文壇」，成爲一個知名作家；「左聯」成立後，以更堅實的努力從事創作，發表了長篇巨著《子夜》和《林家鋪子》、「農村三部曲」等不朽短篇名作，成爲 30 年無出其右的小說大家。《子夜》出版後，朱自清評論說：「近幾年我們的長篇小說漸漸多起來了，但眞能代表時代的只有茅盾的《蝕》和《子夜》。」〔註 33〕瞿秋白認爲：《子夜》「是中國第一部寫實主義的成功的長篇小說」，「一九三三年在將來的文學史上，沒有疑問的要記錄《子夜》的出版。」〔註 34〕吳組緗更對茅盾的創作做了高度評價：「中國自有新文學運動以來，小說方面有兩位傑出的作家：魯迅在前，茅盾在後，茅盾之所以被人重視，最大緣故是在他能抓住巨大的題目來反映當時的時代與社會。他的最大的特點便在此。」〔註 35〕左翼文藝在其初始階段的明顯弱點，是理論宣傳多於創作實踐，創作中帶有顯著的公式化、概念化傾向。作爲左翼作家的茅盾的出現，並屢屢以其厚重的創作衝擊文壇，不但改變了上述傾向，而且提升了左翼文藝的價值，證明左翼文藝同樣可以有很高的品位，這對於擴大左翼文藝影響的意義無疑是巨大的。而且，茅盾建構的現實主義文學創作模式當時形成群起仿傚之勢，長時期居於主流文學的地位，更有著無可估量的意義。

〔註 32〕參見《左翼文化運動的擡頭》，上海《社會新聞》1933 年 3 月 3 日。
〔註 33〕朱自清：《〈子夜〉》，《文學季刊》1 卷 2 期，1934 年 4 月。
〔註 34〕瞿秋白：《〈子夜〉與國貨年》，《申報（自由談）》，1933 年 3 月 12 日。
〔註 35〕吳組湘：《〈子夜〉》，《文藝月報》第 1 卷創刊號，1933 年 6 月。

第十二章　文學思潮論：與現代主義的若即若離

關於文學思潮的走向，歷來有一種文學「進化論」觀念，認為一個時代有一個時代的文學，文學思潮也是循著「進化」之路行進的，一種思潮在一個歷史階段裏顯出進步性，但隨著時代的變遷便逐漸趨於「老化」，隨即被另一種新興的文學思潮所取代。如 18 世紀的浪漫主義和 19 世紀的現實主義便都是各領風騷一個世紀，20 世紀就應該是現代主義的天下。我國新文學先驅者陳獨秀、沈雁冰（茅盾）在其早期文學觀念中都信守過此種理論，他們不約而同描述過文學思潮的走向應是循著「古典主義——浪漫主義——現實主義——新浪漫主義（現代主義）」之路行進的軌迹，認為 20 世紀最先進的文學思潮是新浪漫主義。〔註 1〕正由於此，後來成為堅定的現實主義理論家和作家的茅盾在新文學初創階段曾對現代主義文藝思潮表現出濃厚的興趣，一度傾力宣傳與提倡，甚至斷言過「今後的新文學運動該是新浪漫主義文學」〔註 2〕。但後來的事實表明，文學思潮的演進並不如人們想像的那樣簡單，是以一種思潮「取代」另一種思潮的單一線性方式行進的，其間呈現著複雜的走勢；而一種思潮一旦形成，又往往有其穩定發展的一面，它並不因為別的文學思潮興起而自動退出歷史舞臺，相反，因文學思潮與社會文化思潮、思想思潮的契合，它在某個時期、某個地區還會顯現出繼續張揚的勢頭。20 世紀

〔註 1〕陳獨秀：《現代歐洲文藝史譚》，《青年雜誌》1915 年第 1 卷第 3 號；沈雁冰：《新文學研究者的責任與努力》，《小說月報》第 12 卷第 1 期，1921 年 1 月。
〔註 2〕沈雁冰：《為新文學研究者進一解》，《改造》第 3 卷第 12 號。

初旬現實主義在世界文學範圍內依然不減的增長勢頭顯然給中國新文學作家以深刻的啓迪，而客觀的社會現實情勢恰恰印證了現實主義有著不竭的生命力，於是中國新文學作家對各種外來思潮的選擇偏重在現實主義一頭，便是順理成章的了。同一個茅盾，對新浪漫主義的熱情禮贊有之，將其作爲沒落的「世紀末」文學思潮予以嚴峻批判者亦有之，而且前者只持續一個極短暫時間，後者則長時期成爲其文學思想的主導傾向。對於茅盾而言，這並非是一種隨意性的選擇，恰恰是其對各種文學思潮經過反覆比較，篩選以後作出的抉擇，其抉擇的依據正是 20 世紀現實主義文學思潮的時代適應性。正如其後來所表述的：「五四」以來的文藝已經從事實上證明，有以各種各樣主義出發的，「但時代的客觀的需要是寫實主義，所以寫實文學成了主潮。」〔註 3〕

作爲一位全方位接納世界文藝新潮的作家，茅盾與本世紀初以來的西方現代主義文藝思潮的確結下過一段不解的因緣。他始而認同終至拋棄現代主義，在其文藝思潮的衍變過程中有著特殊的意義，是值得認眞探討的。但有的研究者在評論這一現象時，往往描述爲這是其文藝思想從「開放」到「封閉」的過程，正是在這裡作家走進了一個難以擺脫的「怪圈」。我以爲這是有失偏頗的。應當看到：出現在現代文藝界的各種文藝思潮，其表現形態是紛繁複雜的，只有對它們作出恰當的具體的分析，並將其放置到中國現代文學發展的總體背景上考察，方能審視其流佈的可能性與合理性。茅盾對包括現代主義在內的諸種文藝思潮的選擇和棄取，都受制於文學發展的特定歷史要求和他本人一以貫之的藝術追求，既有其合理內核，又同他的總體文藝思想並不相悖。而茅盾同現代主義若即若離的一段因緣，恰恰爲我們今天正確認識、借鑒現代主義文藝思潮提供了有益的經驗。

一、「取精用宏」認同現代主義

茅盾對現代主義文藝思潮表現出較濃厚的興趣，並用較多的精力介紹和提倡，是集中在 1920 年初到 1922 年底的兩三年時間內。在這一時期，他傾力倡導的是實質上可納入現代主義範疇的新浪漫主義；議論所及也涉及現代派的各種流派，諸如表象派、象徵派、未來派、達達派、表現派、唯美派、頹廢派等等。對於形形色色的現代主義文學流派，茅盾並不是唯新是摹、趨

〔註 3〕茅盾：《浪漫的與寫實的》，《文藝陣地》第 1 卷第 2 期。

時盲從，而是的的確確作過一番窮本溯源的思考，本著他所強調的對「西洋文藝的最新的學說」應取何種態度首先取決於「將對象研究透徹」〔註4〕的精神，對各種文藝新說作過認眞切實的研究。從發表於那一時期的不少論文可以看出，茅盾當時對現代主義文藝思潮不僅作過理論上的研究，還注重於對現代派的創作實踐進行考察，從而使研究趨於深入。如《文學上各種新派興起的原因》一文，論及現代派的三種流派即未來派、達達派、表現派，就既有理論上的闡發，又結合具體作品剖析，使其所論往往能切中肯綮。又如翻譯、介紹、評論西洋的新浪漫主義劇作，是茅盾當時一項重要工作，對此的探索和研究每每有獨到的見地，自然也是理論和實踐兩面用力的結果。於是，茅盾在一段時間內對西方現代主義文藝思潮表現出濃厚的興趣，的確並非一時的心血來潮，而是在對「對象」作了較爲透徹的研究以後，因而是帶有較大的理論自覺性的。

從總體上說，那一時期茅盾對現代主義文學觀是持肯定、讚賞態度的。對於當時被稱爲新浪漫主義的文學創作自不待說，茅盾是盡力予以提倡的；對於其餘現代主義文學中各種「繁星似的流派」，他同樣分析了各自興起的原因，肯定了各自的存在價值。即使是爲當時許多人所不取的體現了「病的文明」的頹廢派的創作，他也認爲：「在純藝術方面來看，墮落派的作品雖『有傷風化』，卻不必定是無藝術價值的作品。我們若也承認『美』是藝術品的一個要素，我們便沒法去反對墮落派的作品」〔註5〕。特別需要指出的是，當時現代派文藝思潮在中國尚流佈不久，國人多以挑剔的眼光視之，茅盾從介紹世界文藝新潮以推進我國新文學創作的目的出發，常常能力排眾議，爲我國也能適當吸取、接納文藝新潮而呼號。比如在論列了未來派、達達派等文藝新派之興起自有其特定的時代歷史原因後，茅盾指出，「中國近十年來，人生的變幻比以前要厲害得多，文學上要有新派興起，亦是自然而且合理的事，雖然現在新派的東西亦盡有許多不滿人意的地方，但也是啓蒙時代必不可避免的現象。我希望大家能夠把公正的心去批評新派，不要以爲只是青年好奇心的表現，不值一笑。須知他們的價值實在高出一笑以上呢！」〔註6〕這表明，

〔註4〕茅盾：《對於文藝上新說應取的態度》，《時事新報・文學旬刊》第63期。
〔註5〕茅盾：《近代文明與近代文學》，《時事新報・文學旬刊》第30期。
〔註6〕茅盾：《文學上各種新派興起的原因》，1922年7月末在寧波「四明夏期講習會」上演講稿。

茅盾對於倡導包括現代派在內的各種文藝新潮是抱著一種頗爲積極的態度的。

綜合上述，稱茅盾在一段時間內對現代主義文藝思潮表現了認同、容納乃至一度熱心提倡的態度，恐不爲過。然而，這僅僅是問題的一個方面。倘若據此論定茅盾此一時期文藝思想的主導傾向是提倡現代主義（或新浪漫主義），則又與事實相去甚遠。須知，作爲熱烈倡導「文學爲人生」主張的文學研究會的一位主要理論家，茅盾大量文藝見解是在闡說、提倡寫實主義理論。而寫實主義同現代主義在文藝觀念上是截然不同，甚至是尖銳對立的。茅盾將這兩者同樣加以褒揚和提倡，看來很難得到理解。但深入探究，也不難解釋：這裡所顯示的正是茅盾早期探尋一條適於發展中國新文藝路子在行進途程中的一些特點，其間既表現出他那種廣納博收、取精用宏的可貴的探索精神，也反映出他對既定藝術目標的執著的追求，自然也包含了他早期文藝思想不夠穩定、不夠成熟的一面。

首先，他主張引進多種文藝流派，實是基於多方吸取文藝新潮以爲新文藝發展之借鑒的考慮，並無專擅現代主義思潮之意。在最初階段，茅盾對於介紹西洋文藝思潮的基本思路是：一體接收，「拿來」再說。他以爲「介紹西洋文學，要先注重源流和變遷，然後可以講到現代」〔註 7〕，因而對於不同文藝流派都不妨有所涉獵。爲此，他進而提出：「現在文學家的責任是在將西洋的東西一毫不變的介紹過來」〔註 8〕。主張對於西洋文學的「系統的經濟的介紹」，「更要注意系統二字」〔註 9〕。從這個原則出發，他認爲既然首先是一種廣收博取，就不必先拘泥於對某種文藝流派的棄取：「夫將欲取遠大之規模盡貢獻之責任，則預備研究，愈久愈博愈廣，結果愈佳，即不論如何相反之主義咸有研究之必要。故對於爲藝術的藝術與人生的藝術，兩無所袒」〔註 10〕。這種態度反映在對待現代主義思潮上，就表現爲客觀評價多於熱情倡導；即使在他看來較完美的所謂「新浪漫主義」，他也並不認爲當時就可在中國推行，而僅僅把它看作新文藝的一種理想而置諸未來。而且，在客觀評價時，其側重點是在評析一流派在西方盛行的原因及合理性，對於其藝術的優劣則

〔註 7〕茅盾：《「小說新潮」欄預告》，《小說月報》第 11 卷第 1 號。

〔註 8〕茅盾：《現代文學家的責任是什麼？》，《東方雜誌》第 17 卷第 1 號。

〔註 9〕茅盾：《對於系統的經濟的介紹西洋文學底意見》，《時事新報・學燈》1920 年 2 月。

〔註 10〕茅盾：《〈小說月報〉改革宣言》，《小說月報》第 12 卷第 1 號。

各有所論，他認爲「這樣的把各派等量齊觀，我相信才是持平方法」〔註11〕。由此不難看出，茅盾最初對現代主義流派表現出濃厚的研究興趣，是以洞悉西洋文藝思潮最終確定藝術選擇爲出發點的，「兩無所祖」的態勢明顯表現出他的選擇尚在探索之中。

茅盾雖然也是借助於進化論以相同的方式接受並介紹了西方文學發展的歷程，但他卻是最堅定的現實主義者。儘管茅盾從文學進化論的角度一度提倡過新浪漫主義，如發表於 1920 年 9 月 15 日《改造》上的《爲新文學研究者進一解》中認爲，「今後的新文學運動該是新浪漫主義的文學」〔註12〕，但其最初推崇新浪漫主義，實含有藉以豐富現實主義的意義，其立足點仍在「寫實」上。他在 1920 年 9 月 25 日的《東方雜誌》上發表的《〈歐美新文學最近之趨勢〉書後》中就認爲「余以爲浪漫主義對於古學主義純乎其爲反動，而新浪漫主義之對於寫實主義則不然，非反動而爲進化。……新浪漫主義爲補救寫實主義豐靈肉之弊，爲補救寫實主義之全批評而不指引，爲補救寫實主義之不見惡中有善，與當世哲學人格惟心論之趨向，實相呼應。」〔註13〕可見，茅盾對新浪漫主義的推崇，目的是爲了進一步完善寫實主義。後來他的文學思潮選擇很快就從新浪漫主義完全轉向寫實，對文學「進化」的認識也同是否與「人生」相關緊緊聯在一起。在 1921 年 2 月《小說月報》第 12 卷 2 號上他發表的《新文學研究者的責任與努力》中，就認爲西洋文學進化論式的發展過程〔註14〕是「把文學與人生的關係束緊了一些」〔註15〕。需要說明的是，茅盾更多的情況下是將自然主義與現實主義／寫實主義等同的，他在《自然主義的懷疑與解答——復呂芾南》中就認爲「文學上的自然主義與寫實主義實爲一物」〔註16〕。因此，我們下文提到的自然主義也將之等同於現實主義。

其次，他對現代主義的理解的推崇，從總體上說是同他的爲人生文學觀

〔註11〕茅盾：《近代文明與近代文學》。
〔註12〕茅盾：《茅盾全集》第 18 卷第 44 頁，人民文學出版社 1989 年版。
〔註13〕茅盾：《茅盾全集》第 18 卷第 48 頁，人民文學出版社 1989 年版。
〔註14〕即「古典——浪漫——寫實——新浪漫……」。見茅盾：《新文學研究者的責任與努力》，《小說月報》第 12 卷 2 號，1920 年 2 月 10 日。
〔註15〕茅盾：《新文學研究者的責任與努力》，《小說月報》，1920 年 2 月 10 日，第 12 卷 2 號。
〔註16〕茅盾：《自然主義的懷疑與解答——復呂芾南》，《小說月報》，1922 年 6 月 10 日，第 13 卷第 6 號。

並行不悖的。這首先表現在他對新浪漫主義的提倡上。「新浪漫主義」一詞在20年代頗爲流行，但用它來涵括「總稱爲『現代派』的半打多的『主義』」是不夠科學的，後來就廢置不用。茅盾對「新浪漫主義」情有獨鍾並由此及於某些現代主義流派的推崇，因素之一在於對概念的獨特理解。他認爲：「浪漫的精神常是革命的解放的創新的。19 世紀初文學上浪漫主義的興起，就是這種精神的表示。這種精神，無論在思想界在文學界都是得之則有進步有生氣」，而20世紀初的「新浪漫主義」便是這種精神的「復活」，因而可以斷言「今後的新文學運動該是新浪漫主義的文學」〔註 17〕。由此不難看出他選擇文學流派的一個獨特的審視點：注重文學的革命意義和創新精神。同時，他一度提倡新浪漫主義，還含有糾正寫實文學「太重客觀描寫」弊病之意：唯其新浪漫主義追求靈肉一致，又重理想滲透，正可以「補正」寫實文學之弊，於是在不棄自然派、寫實派的前提下又提倡「新浪漫主義」便是順理成章的了。然而，提倡後者既然是基於「補正」前者不足的考慮，則他總體上的「爲人生」的文學觀念是沒有變化的。這種現象也反映在茅盾對其他現代派文學流派的理解上。他肯定各種流派存在的合理性，著眼點都在「這種創作品也是人生的反映」：如「表現派拋棄一切舊規則而努力要創新的精神，以及變態性欲的生活，都是現在這時代的人生的縮影，既不是好新的緣故，尤其不是發昏」〔註 18〕；認爲唯美派的作者大抵是「人生底批評者」，「惟其他渴望更好的人生，更好的世界，所以詛咒現在這人生的世界」〔註 19〕。這裡，茅盾對諸如此類的現代派創作主導傾向的概括是否精當暫且不論，但他在「爲人生」的文學觀念上認同現代派思潮這一點卻是毋庸置疑的。

再次，他對現代派創作有所褒揚，還同他當初對現代主義思潮在認識上的局限不無關聯。20 年代初，現代主義在我國流播的時間尚不長，人們對於這股表現複雜、流派紛呈的文學思潮自缺乏系統的研究和認識，因而出現對各種流派「一鍋煮」的現象也並不奇怪。茅盾當時對現代主義思潮的特質就沒有做到精確把握，從而把他同其他文藝思想作準確的區分。比如他當時認爲「不論是寫實派、神秘派、表象派、唯美派……都只是在藝術上的不同」(筆者按：此處所指「藝術」還僅僅是指「整理、布局和描寫」等表現技巧)，而

〔註 17〕茅盾：《爲新文學研究者進一解》，《改造》第 3 卷第 12 號。
〔註 18〕茅盾：《文學上各種新派興起的原因》。
〔註 19〕茅盾：《唯美》，1921 年 7 月 13 日《民國日報・覺悟》。

在「用科學眼光去體察人生的各方面」，「根據科學（廣義）的原理，做這篇文學的背景」等，並無不同。〔註 20〕這種見解顯然是未中肯綮的。因爲無論是所表現的觀念、意識，還是觀照生活的視點，是注重描寫客觀現實還是只重神秘的直覺體驗等，現實主義和現代主義是有著本質的區分的。消解了兩者的截然不同，就難免會有盲目的認同。又如，現代主義從本質上說是一種非理性主義思潮，它同堅持科學原則，注重理性滲透的寫實主義也判然有別。但茅盾始而認爲現代派也本有科學眼光、科學原理，又在肯定「新浪漫主義」的優點時指出某些作家「重理想重理智」的因素〔註 21〕，顯然也有理論上的誤植。而且，正由於劃界不嚴，在評述各種文藝思潮時就難免出現觀念上的不穩定性乃至前後矛盾現象。例如他一方面認爲「人類理性之要求，隨處可見，即對於純粹藝術品如雕刻繪畫之類，尚不免合於理性，何況於文學」，因而注重理性的寫實文學是「不背乎文學之原理」〔註 22〕的；但另一方面又對持「反科學的態度」、「帶神秘性」的「新浪漫派文學」表示了讚賞，並認爲從客觀主義進入到這種「冷烈的主觀主義，實是文學的一步前進」〔註 23〕。這後一種見解顯然同他堅持理性的文學觀有悖。這都說明茅盾最初對現代主義的認識並不是很全面的，隨處可以見出在探索過程中的特點，並非在於專力倡導；如果再聯繫他一度推崇現代主義還有深化「爲人生」文學的考慮，那麼他後來沒用選擇現代主義，就不是一件不可理解的事情。

二、引入「新浪漫主義」後的憂慮

從 1923 年起，茅盾對現代主義文藝思潮的看法已經有明顯的變化。其具體表徵是：對思潮本身並沒有批評，仍認爲現代派文藝在藝術上是可取的，它在歐美各國盛行也有其合理性；但他對這種思潮引入中國後所產生的諸多不良影響卻提出了尖銳的批評，而且正是這種批評無形中淡化了他原先所具有的對這股思潮的興趣與注意力，日漸消逝了對於包括「新浪漫主義」在內的現代派文藝熱情倡導的痕迹。從這時起至 1925 年最終放棄現代主義，不妨稱之爲茅盾對現代主義文藝思潮認識的轉折期。

〔註 20〕茅盾：《對於系統的經濟的介紹西洋文學底意見》。
〔註 21〕茅盾：《對於系統的經濟的介紹西洋文學底意見》。
〔註 22〕茅盾：《〈歐美新文學最近之趨勢〉書後》，《東方雜誌》第 17 卷第 18 號。
〔註 23〕茅盾：《爲新文學研究者進一解》。

對於現代主義思潮在中國移植後可能產生的結果，茅盾早在此時的一年以前就已表現了某種隱憂。他曾認爲，「新浪漫主義在理論上或許是現在最圓滿的，但是給未經自然主義洗禮，也叨不到浪漫主義餘光的中國現代文壇，簡直是等於向瞽者誇彩色之美。彩色雖然甚美，瞽者卻一毫受用不得。」〔註 24〕這裡所述，顯然還是基於他的文藝進化論觀點：以爲文藝是循著「古典——浪漫——寫實——新浪漫」的進化之路行進的，斷不能超越階段，因而在寫實主義尚未完善的中國文壇不可能率先推行「新浪漫主義」。這一觀點也許是茅盾對現代主義的態度是評價重於倡導的重要原因。然而，一年以後他所不願意看到的現象出現了：不獨半生不熟的現代派文藝觀念已被廣泛搬用，就是在文藝創作中也湧現了大量的摹仿現代派創作傾向的作品；而這種未得現代派精髓的明顯走了樣的仿作之湧現，顯然給當時的中國文壇注入了諸多不良因素。茅盾此時對現代主義思潮的流佈有所批評，就是在這種客觀情勢下產生的。應當指出，茅盾從社會歷史背景、思想和文化環境以及文藝發展現狀出發，指出現代主義流佈後所出現的種種弊端，剖析外來思潮在中國變形的現象及其原因，絕不是浮泛之論，恰恰是他對傳播對象研究透徹以後又對接受對象做了切實研究的結果。茅盾指出，當時推行現代主義文藝思潮之弊，概而言之，有下述幾個方面：

其一，是對現代派文學生吞活剝，食而不化。一種明顯的弊病是：並沒眞正懂得現代派的精神實質，只知附庸風雅，摭拾一兩個名詞以自炫，作品表現的傾向與現代主義精神相距甚遠。以搬用唯美主義爲例。茅盾指出，當時「一般文藝的青年對於唯美主義亦僅具有一個渾樸的觀念而已」，因而有自稱「唯美派」的，竟不知「唯美」爲何物，「繪畫是大紅深黃濃綠的亂塗」；寫詩「卻是『事賦類』裏的俗豔的詞頭兒的集合品」；更有甚者，某些「自誓獻身給美」的，竟至拾古人「用典爲美」的餘唾，茅盾不客氣地把這稱爲「空幻之美的文學」，其作者「實在已經走進了『假美主義』的牛角尖裏」〔註 25〕。還指出：如此這般談論藝術美，儘管「滿口藝術，滿口自然美，滿口唯美主義，其實連何謂美，何謂藝術，都不甚明瞭呢」；學頹廢派文學也有相類情況，一些人只是學這一派「不拘小節」之類的「外面形式」，卻裝出「名士派的風流腔調」，使「文學上的頹廢主義」簡直成了著「洋裝的魔鬼」。茅盾認爲這

〔註 24〕茅盾：《自然主義與中國現代小說》，《小說月報》第 13 卷第 7 號。
〔註 25〕茅盾：《雜感——美不美》，《文學周報》第 105 期。

些都是「現代新文壇之劣點所在，幸大家注意及之」〔註26〕。

其二，是發展了現代派文學的消極面，助長了不良的思想傾向。現代主義的各種流派在歐美風行，自有其社會原因，儘管作品的思想藝術傾向都有其消極面，但在藝術上各有其獨特的創造，在思想上也含有對社會的抗爭之意，正如茅盾評價頹廢派創作時指出的，其「形式雖然消極，其實卻是積極，對於人類尚不致有壞的影響」〔註 27〕。然而，當時的文藝青年學現代派，卻只重形式不重實質，並未眞正把握現代派文學的精髓，抓住一點皮毛依樣畫瓢，就很容易發展其思想傾向中的消極一面。茅盾列舉的現象有：學感傷主義，是「熱情浮動而亢張，忽然而憂，若要自殺；忽然而樂，若已登極樂世界」，「所謂『煩悶』何嘗是眞正感到煩悶；大概是感情作用罷了」〔註 28〕；學頹廢主義，則是把文學「當作嗎啡，當作鴉片，當作燒酒，指望於此得一沉醉，把百般的憂愁拋在腦後」〔註29〕；學唯美主義，是「日日想沉醉在『象牙塔』內」，空喊些「吟風弄月的，『醉罷美呀』」的詩句，「閉了眼睛冥想他們夢中的七寶樓臺，而忘了自身實在是住在豬圈裏」〔註 30〕，如此等等。用這樣的東西附庸現代派，不獨壞了看現代派的名聲，也同文學的本質相距甚遙。

其三，是使文藝的表現路子變得狹窄了，造成了另一種形式的文藝封閉格局。茅盾早年主張引進多種文藝思潮，是包含有反對某種文藝思潮「定於一尊」的考慮的。他曾指出，「如果也承認『定於一尊』是宣告藝術的死刑，則對於近代文學裏繁星似的流派，當不反對，當以爲這些流派都是構成更美的藝術國底分子」〔註31〕。這個看法是極有道理的。在早年的新文藝創作中，寫實主義佔有明顯的優勢，倘將寫實主義「定於一尊」而排斥其他，則顯然不利於新文藝的多樣發展。然而，爲茅盾所始料不及的是，當現代主義思潮湧入後，卻出現了另一種「定於一尊」，即一切唯現代主義是摹，把現代派表現傾向奉爲時尚，有可能造成另一種文藝封閉格局。他指出：「四年前的小說，十篇裏總有九篇是攻擊社會中某種舊制度，現在的小說，十篇裏總有九篇是

〔註26〕茅盾：《什麼是文學》，1924 年松江暑期演講會《學術演講錄》第 2 期。
〔註27〕茅盾：《什麼是文學》，1924 年松江暑期演講會《學術演講錄》第 2 期。
〔註28〕茅盾：《雜感》，《時事新報・文學旬刊》第 76 期。
〔註29〕茅盾：《雜感》，《文學》周報第 90 期。
〔註30〕茅盾：《「大轉變時期」何時來呢？》，《文學》周報第 103 期。
〔註31〕茅盾：《近代文明與近代文學》。

作者自己的牢騷」，「中國純文學之所以不發達，受這兩者——文以載道和文以發牢騷——之害不淺。現在『文以載道』一說是打破了，而『文以發牢騷』這禍根卻又穿了洋裝跳出來，實在是新文學前途極大的危害」〔註 32〕。這裡所說「穿了洋裝」的「文以發牢騷」創作傾向，無疑是從現代派那裡搬出來的，而此類創作竟佔了小說創作的十分之九，使文學傾向從一個極端跳到了另一個極端，自然是極爲可慮的。

上述現象都說明，生吞活剝摹仿現代派，在當時的中國文壇的確出現了不少流弊。現代派藝術自有相當之價值，但一傳到中國立刻變形、走樣，無異於茅盾當年所說的「向瞽者誇彩色之美」，終於會「一毫受用不得」，個中原由是值得深究的。因爲作爲一股風靡世界的文藝思潮，它能在別的國度開花結果，在中國卻出現了異樣的情況，恐怕不僅僅接受者是「瞽者」的緣故，應該還有更深刻的社會歷史原因。茅盾在《「大轉變時期」何時來呢？》一文中剖析現代派文藝思潮在中國走樣和難以推廣的原因，就有頗爲精到的論說。他指出其原因有三。一是文藝思潮同社會思潮的脫節。當時的社會政治愈趨黑暗，社會要求於文藝的，是參與變革，激勵民眾，奮發向上。然而那時的文學運動卻「由社會的傾向轉入個人的傾向」，某些文藝青年在黑暗的政治潮流面前急流勇退，「意氣頹唐」，只「想在他們所謂唯美主義的文學裏求得些精神上的快慰，或求得靈魂的歸宿」，勢必會發展現代派文學中表現頹唐氣息的一面。而文學同社會要求嚴重脫節，所表現的思想觀念又同社會思潮極不合拍，那種「自謂已登極樂天堂，自欺欺人」的表現，「在大多數神經系統無病的人們」看來自然是「卑鄙可恥」的，因而難以爲人們接受，也就不可能有發展餘地。二是傳統文化心理的作用。西方現代派文學本有其獨特的思想觀念和審美意識，倘得其精髓，於豐富發展我國的新文學也不爲無益。然而，中國借鑒西方文化，總有一種傳統的文化心理習慣「潛伏於一般人的意識裏」，常常以自己的文化去比附外來文化，橫向借鑒就成了縱向反顧，用不著深入研究輕而易舉就在「傳統」裏找到了現代派的「同宗」。中國古名士派「狂放脫略」習氣與現代的頹廢派認同，即是一例。茅盾指出，「西洋的浪漫派頹廢派的文學家的思想和行事，原與中國名士派根本不相同，不知道爲什麼西洋文學上的頹廢主義，一到了中國，就被中國名士派的餘孽認了同宗」。於是，那些「穿上了外來主義的洋裝」的所謂現代派，就其實質看純粹

〔註 32〕茅盾：《雜感》，《時事新報・文學旬刊》第 74 期。

是「中國牌」的，其借鑒外來思潮焉得不走樣？三是文藝觀念的過於狹窄難於適應文藝發展需求。現代派文藝側重表現主觀情感，主張同現實保持距離，尤反對文藝的功利主義，這對於文藝功能的理解是難免於褊狹的。而在二三十年代的中國，特別需要「提倡激勵民氣的文藝」，倘若只有「那些全然脫離人生的而且濫調的中國式的唯美的作品」，就既不能適應文藝的多樣發展需求，也無法實現文藝應盡的使命。某些文藝青年只搞些「中國式」的現代派文學作品，惡性發展其表面看來同現實脫離的一面，自然已大走其樣，更何況還同文藝的使命要求相悖，這類創作很難在當時的中國推開也是完全可以理解的。茅盾當時主張應有一個「國內文壇的大轉變時期」，即把文藝從「個人傾向」轉變到「社會傾向」，以促進表現「眼前的人生為目的」的「現代的活文學」的發展，看來正是符合文藝自身發展規律之論。

三、「大轉變時期」到來後態度的逆轉

茅盾所期望的「國內文壇的大轉變時期」是在大革命高潮中到來的。其標誌是當時許多有影響的作家、文學社團為迅猛發展的大革命情勢所鼓舞，文學觀念有了明顯的變化，明確表示了文學服從於社會革命要求的傾向；即使原先帶有唯美主義傾向的創造社作家，此時也已轉向，開始倡導革命文學，倡導「表同情於無產階級的社會主義的寫實主義的文學」。其具體時間大致可界定在 1926 年。對此，茅盾在《讀〈倪煥之〉》一文中也有過分析。他指出，「五四」落潮以後，充斥文壇的是「感情主義、個人主義、享樂主義、唯美主義」的「灰色的迷霧」；「直到地下工作的第一次果實的『五卅』運動爆發時，這種迷霧還是使人窒息。但是時代的前進的輪子這一次卻推動了象牙塔裏的唯美主義者。大概是一年以後罷，創造社有了改變方向的宣言」。看來，對於文藝思潮的棄取，實在不是以個人的主觀意志為轉移的，它必定受制於整個社會思潮，這在中國現代文學史的總體背景上已得到了鮮明昭示。然而，需要特別指出的是，茅盾對現代主義思潮認識的根本轉變，卻是不待「大轉變時期」到來以後，而是在 1925 年前後。最明顯標誌著他已完全放棄了對現代主義思潮的推崇的，是開始發表於 1925 年 5 月的《論無產階級藝術》一文。如果說在前述「轉折期」，茅盾對現代主義引入中國後所出現的弊病有尖銳的批評，但對思潮本身所固有的藝術傾向還是持基本肯定態度的話，那麼在此文中他已對這股思潮作了根本的否定。就總體價值而言，他認為那些「蔓草

般的新派，什麼未來主義，意象主義等等，便是一無所用的」，這些只能稱之爲「變態的已經腐爛的『藝術之花』」。具體分析思潮產生的根源、背景，他又從內容和形式兩個方面予以否定。就內容言，「這些新派只是傳統社會將衰落時所發生的一種病象，不配視作健全的結晶」，而且終因此類藝術屬「腸肥腦滿」的資產階級「藉此等表現新的享樂與肉感的刺激之新藝術來促起將死的社會階級之已停滯的生命感覺」，「它的藝術的內容一定也要漸趨衰弱」的。就形式言，「生活呈枯燥虛空的病態，藝術的源泉將要枯竭了」，因此雖「勉強修改藝術的理論，借小巧的手法以掩飾敗落的痕迹」，也終於無法改變藝術形式「腐爛」的命運。這裡所顯示的正是茅盾批判現實主義文藝思潮觀點的鮮明性與尖銳性。應當指出，茅盾不加分析地從內容和形式兩個方面一棍子打倒「新派」（現代派）的說法，是缺乏理論依據的，他把現代主義思潮認定爲「資產階級藝術」顯然是從無產階級文學觀出發作出的判斷，而他對現代主義的各種表現藝術一概稱爲「腐爛的『藝術之花』」，則又是其堅守現實主義立場的結果，基於特定的立場與觀點，難免會對其他文學思潮產生排他性，也就難於避免偏頗之論。然而，考量特定歷史時期文學演變、發展現狀，茅盾對文學思潮認知、選擇的「大轉變」，卻又是不爲無因的。

促成茅盾對現代主義思潮認識的如此根本的轉變，是有內外兩面原因的。從內面說，這當然是他期待「大轉變」到來的合乎邏輯的發展：既然這股思潮引入後會出現如此多的「病象」，希望當今文壇轉移到另一種創作傾向上，則對它的根本否定就只是一個時間問題了。而從外面說，是由受到國際無產階級文藝思潮的影響——這也許是促成他較快實現轉變的一個更爲重要的原因。1925 年前後，茅盾對蘇俄文藝思潮表現了極大的關注，讀了不少托洛茨基、盧那察爾斯基、波格丹諾夫等人的著作，注意到了蘇俄文藝論戰的新動向。其中之一便是當時蘇聯權威的文藝批評家對未來主義的批評，他爲此翻譯了《關於「烈夫」的》譯文，並在譯者附記中寫到：「要說最近的情況，未來派在俄國的勢力已衰退。蘇聯的批評家，如盧那察爾斯基、波格丹諾夫等人對未來派進行了嚴厲的批評，把狂熱的青年引向了正確的道路」。——由此可知他對於未來派的態度的顯著變化，是直接根源於外來思潮影響的。茅盾原先就對包括未來派在內的諸種文藝「新派」表示了一定程度的反感，一旦從蘇聯理論家那裡獲得理論的啓迪，而這又同國內將欲興起的革命文藝運動的理論要求合拍，那麼其文藝思想的轉變就是順理成章的了。

自 1925 年確定對文藝思潮的選擇以後，茅盾對現代主義文藝的看法就已基本定型，此後雖仍在各種場合論及現代主義文學流派，但已基本上是把它視爲沒落的「世紀末」的文學思潮而予以否定。如 20 年代末的革命文學論爭中，把各種流派的現代主義稱爲「資產階級文藝的玩意兒」〔註 33〕；30 年代在回顧、總結新文學運動史時，稱頹廢主義、唯美主義等「資產階級的『新』文學」是「畸形社會」的產物，是「反映出沒落期的最後掙扎的文藝」〔註 34〕；40 年代論及現代派創作，更從內容和技巧方面都作了批判：既指出「『世紀末』的神秘象徵主義曾爲一些倦於正視現實的作家找到了『哲學』的論據，把『幻想』世界作爲逋逃藪」〔註 35〕，又認爲「貧血的乃至抽筋拔骨的作品如果想從技巧方面取得補救，一定也是徒勞的。世紀末的歐洲文學就不免只是塗脂抹粉的骷髏」〔註 36〕。而通過對各種文藝思潮的比較、分析，茅盾的最終選擇——堅持現實主義的文學觀，便有了充分的理論根據了：「『五四』以來短短的文藝已經從事實上證明，有以浪漫主義出發的，有以未來主義象徵主義出發的，甚至也有以不知是什麼主義出發的，但時代的客觀的需要是寫實主義，所以寫實文學成了主潮」〔註 37〕。應當說，這既是一種艱難的選擇，也是一種必然的選擇。茅盾從紛紜複雜的現代主義思潮的流變中理出一個決定棄取的頭緒來，的確也並非易事；而且他最終對現代主義採取了總體否定的態度，也未必盡爲確論。然而，從茅盾固有的現實主義視點去看取文藝思潮，這畢竟又是一種必然的選擇。「時代的客觀的需要」終究是文藝謀求發展的不可或缺的條件，現實主義成爲中國現代文學的主潮也是勢所必然，茅盾的選擇終究是有其合理性的。

〔註 33〕茅盾：《讀〈倪煥之〉》，《文學周報》第 8 卷第 20 期。
〔註 34〕茅盾：《關於「創作」》，《北斗》創刊號。
〔註 35〕茅盾：《幻想與現實》，重慶《時事新報》副刊《文林》第 1 期。
〔註 36〕茅盾：《雜談文學現象》，《青年文藝》新 1 卷第 2 期。
〔註 37〕茅盾：《浪漫的與寫實的》，《文藝陣地》第 1 卷第 2 期。

第十三章　茅盾創作範式形成的文化思想探源

當我們對作家、文學家的茅盾已廣泛涉獵且頗多論說以後，再說一說作爲文化人和文化思想家的茅盾，說一說這位文化人的自身特點及其對於中國現代文化歷史所產生的深刻影響，肯定是不無意義的。

就文化命題而言，我們感興趣的是茅盾與20世紀中國文化的話題。回眸20世紀的風雲變幻，呈示在我們面前的是20世紀中國文化的豐富景觀，而茅盾，便是爲這一豐富景觀添加濃重色彩的幾位屈指可數的作家、文學家「文化人」之一。建國以前就被譽爲「中國文化界的光榮，中國知識分子的光榮」，「在中國文壇上努力了將近二十五年的開拓者和領導者」〔註1〕；建國以後在中國文化領域建樹更多，長期擔任統領中國文化界的文化部長一職——茅盾成爲 20 世紀中國文化界的一位傑出領袖，是世所公認的。而從茅盾與 20 世紀中國文化的命題說，更重要的還在於：茅盾是我國現代進步文化的先驅者，他對推動本世紀中國進步文化的發展起過舉足輕重的作用；茅盾的文化思想內涵十分豐富，尤其在探索中國文化現代化方面建樹良多，其文化思想影響了一個時代、一個世紀，必將在今後繼續產生影響；作爲中國知識分子的一種楷模，茅盾的文化選擇在中國一代知識分子中具有極大的典型性，在中國20世紀文化思想發展史上將充分展示其獨特的意義所在。因此，說20世紀中國文化，不可不說茅盾；同樣，說茅盾的貢獻，也不能不說他同20世紀中國文化的關係。

〔註1〕王若飛：《中國文化界的光榮，中國知識分子的光榮——祝茅盾先生五十壽日》，重慶《新華日報》1945年6月24日2版。

本著上述理解，我們擬集中圍繞茅盾與20世紀中國文化的話題，探討茅盾文化思想的建構過程、基本內涵、發展軌迹，較爲系統地梳理、歸納與總結茅盾爲推動本世紀中國文化所做出的貢獻。

一、作家、文學家「文化人」和文化「綜合體」

茅盾在中國20世紀文化史上扮演過多重角色，但其首要的也是主要的應是作爲作家、文學家而成爲「文化人」的角色定位。綜觀茅盾一生，其實踐與業績的確是遠遠越出了作家、文學家這一角色範疇的。他是一位老資格的共產黨人。其後他長時期從事政治活動，專力於社會革命鬥爭，直到1927年大革命失敗才以主要精力從事文學創作活動。即便是寫作成爲他相對穩固的職業以後，他仍密切注視著現實社會鬥爭，在各個時期都以大量精力從事文學創作以外的社會活動。因此，稱茅盾是社會活動家、革命家是一點不過分的。在這一點上，比同樣稱之爲「革命家」的魯迅，其革命家的特色顯然要顯著得多。文學家的魯迅以其對中國革命的深情關注與投入，以其創作對中國革命的深刻影響，當然也是一位偉大的革命家，但在革命實踐方面比不得茅盾一度在革命鬥爭的「漩渦中心」，有更強烈的政治色彩與革命色彩。然而，就茅盾整體而言，作家、文學家的角色畢竟在其一生中佔據主導地位。這不僅有量的差別（即在從事文學活動和社會革命的時間比例上，顯然以前者爲重），同時也取決於茅盾個人的氣質、稟賦、「職業習慣」與興趣愛好。應當說，茅盾畢生是處在「文學與政治的交錯」中，這使他在兩個方面都有所用力，即使是在他專注於革命活動的大革命時期也是這樣，這就決定了他即或成爲革命家，也是一個「文人」氣質極重的革命家。茅盾在《幾句舊話》一文中曾就此作過追憶：他於青年時期離開學校以後，在書館充當編輯的「職業」使他「和文學發生了關係」；大革命高潮到來後，從事職業革命活動，「簡直的和文學暫時絕緣」。然而在緊張的革命活動期間，那和文學曾經有過的「職業關係」又使他經常產生寫小說的「創作衝動」，以致於其「思想常常爲了意念中那小說的結構而煩忙」，「『非職業』的再度和文學發生了來往」。終於在大革命失敗「大矛盾」爆發之際，先前的小說「大綱」常常在「意識上閃動」，再也抑止不住洶湧的創作熱情，於是就有了最初的創作《幻滅》和《動搖》。這段生動的自述，再也清楚不過地表明：有著深厚文學積累的茅盾，文學對他的誘惑力實在太大了，即使將自己整個兒地許身於革命，他也始終不會忘情於文學。基於如此對文學的迷戀，當他從職業的革命工作轉向職業的文學創作以後，自然會以更大的熱情投身於文學事業，並把自己牢牢地固定在文學崗位上。這就決定了作家、文學家的角色，對於茅盾來說始終是最突出的。就其一生業績看，最重要的成就無疑是在文學方面，他首先是以傑出的作家文學家而不是社會革命家馳名於世的；在他四十餘卷煌煌大著中，主要是文學創作和文藝理論著述而不是其他社會科學論著。在茅盾擔負的諸多歷史角色中，作家、文學家無疑是第一位的。

作家、文學家的角色定位，在文化的意義層面上，所顯示的是茅盾在作爲精神文化重要構成之一的文學藝術領域裏對文化的參與，他對中國文化的獨特創造，他在中國新文化建設中的極其豐富而又富有創見的文化思想，主要是體現在他的文學創作、文藝思想與文學活動中。這是我們探討茅盾與 20 世紀中國文化的關係，認識其爲中國新文化建設所做出的獨特貢獻的首要前提。

茅盾的文學創作具有豐富的文化涵量，體現出顯著的地域、時代、社會性文化意義。在具有濃重文化氛圍的吳越文化圈子走出，茅盾的創作（包括小說、散文）便帶有很濃的吳越文化色彩，特別是體現出吳越文化中同帶有「土性」的越文化有所不同的有著顯著「水性」的吳文化特色。這種文化色彩孕育出作家剛柔相濟的文化性格，創作出一大批既不無剛性又柔情如水的時代女性形象，其創作的鄉鎮、小縣城背景往往渲染出杭嘉湖水鄉的濃重氛圍。就地域文化的視角而言，吳越文化造就的人格、氣質，乃至提供的環境、背景，在茅盾創作中是鮮明昭著的，從而見出其顯著的地域文化意義。然而對於茅盾來說，強烈的社會參與意識又總是使他的創作緊緊聯繫著時代與社會的脈動，時代性與社會性是其創作的更顯著特徵。因此從文化的意義說，體現 20 世紀中國文化的時代特色，提供該時代里中國社會「全體」的文化景觀，茅盾的創作也許是更突出的。例如茅盾小說所顯示的都市文化意識，在中國現代小說中便是獨具一格的，他筆下表現的現代工業都市社會的種種情狀，體現出顯著的現代文化特徵；他的創作在經濟題材領域裏的用力開掘，特別是對 30 年代中國社會經濟的全面解剖，對於揭示本世紀中國經濟文化的現實演變有著極重要的觀照意義；其創作被人們稱之爲「二十世紀的全體小說（構建整體結構的全社會小說）」〔註 2〕，顯示出對社會整體結構的全面展

〔註 2〕〔日〕是永駿：《茅盾小說文體與 20 世紀現實主義》，《茅盾研究》第 5 期。

示，其《子夜》被日本的英國文學研究者筱田一士評價爲「二十世紀十大小說」之一，反映出其作品全面把握中國社會的宏偉氣勢，對全方位認識二十世紀中國文化有著無可替代的意義，在本世紀世界文學和文化史上也佔據著重要地位，如此等等。

作爲作家、文學家的「文化人」，茅盾在文藝領域裏所表現的文化思想及其爲中國文化所做出的貢獻，還體現在其文藝批評實踐和文藝理論著述中。茅盾在走上創作道路以前，曾有十年之久專事文學理論和批評，系統介紹國外文藝思潮，評述中外文藝作品。作爲新文學社團中最大的團體文學研究會的重要理論家和《小說月報》的主編，他爲中國新文藝的理論建設作出過重大建樹。在從事創作以後，他仍以極大的興趣與精力關注國內外文藝現狀，寫下大量的文藝研究與文藝批評文字。可以說，文藝理論家、批評家的茅盾與作家的茅盾，具有同等價值。這在中國現代作家「文化人」中是罕有其匹的。而文藝思想作爲文化思潮的一個重要構成，當更直接、更具體地顯現著作家的文化思想。20 世紀中國出現的種種文藝思潮，大而言之，都是國內外文化思潮的產物。茅盾早年倡導的「爲人生」文藝觀、現實主義文藝觀、無產階級文藝觀等，無不都是中外文化碰撞、交流以後形成的，反映了他從文藝的角度對文化的選擇與棄取。其文藝思想表現出對中國主流文化的認同，典型地反映了本世紀中國作家的文化選擇道路。從這個意義說，茅盾在 20 世紀中國作家、文學家「文化人」中是有相當代表性的。從文化的視角審視茅盾，不能不特別注重作爲作家、文學家的茅盾及其自成體系的文藝思想。

然而，當我們全面考察茅盾的文化思想和文化成就時，卻必須注意到：作家、文學家的茅盾固然是第一位的，但他又是一個「綜合體」——除文學以外，他對其他社會科學如政治、哲學、科學、教育及社會革命、社會活動也抱有濃厚興趣，在諸多領域作過認眞的理論探索與思考，留下了豐富的著述，這就使得他的文化思想大大超越了他作爲作家、文學家所能及的範圍。這是茅盾的一種獨特之處。就文化思想的開闊性而言，在中國現代作家中只有魯迅、郭沫若等少數作家可與茅盾比肩，由此顯示出茅盾對中國新文化建設的獨特貢獻。

茅盾文化思想的開闊性，淵源於他深厚的文化積累、豐富的社會經歷和廣納博取的開闊知識面。積澱甚深的吳越文化和頗有生氣的近代中國「維新」文化，無疑是造就茅盾具有豐富文化素養的不可或缺的地理條件和時代條件，使由這一獨特的時空環境中走出的「文化人」茅盾從一開始便顯出一種開闊的文化襟懷。茅盾少年時代就讀的立志小學的一副對聯：「先立乎其大，有志者竟成」，可視爲茅盾素有大志的一種預兆，由此決定了他踏上人生之路以後必會有一種開闊的胸襟。他從青年時代起即投身於社會革命，立志爲中國人民的解放事業獻其畢生精力，便顯示出志存高遠的氣魄。而社會革命所要求於革命文化人的，則是必備精深的馬克思主義修養和廣博的社會科學知識。因此，除特別鍾情於文學以外，茅盾還對馬克思主義理論以及政治、哲學、科學、教育等領域廣泛涉獵，並常常表現出濃厚的研究興趣。從茅盾的論著看，文藝理論固然佔據著最重要的部分，但同時還有大量的其他社會科學理論著述。在社會革命方面，茅盾曾參與中國共產黨的早期刊物《共產黨》的撰稿，大革命時期協助過毛澤東編輯《政治周報》，以後又擔任中國共產黨領導的《漢口民國日報》總主筆。這裡見出的就是茅盾直接投身政治、投身革命所表現的政治意識和社會革命意識。在社會科學理論方面，茅盾曾成爲《東方雜誌》、《婦女雜誌》、《學生雜誌》、《青年雜誌》、《兒童世界》等等刊物的重要撰稿人，發表大量討論社會、政治、道德、哲學、科學、婦女解放、青年問題、兒童問題等方面的文章，表現出他對社會科學各領域、對社會各階層人們面臨的各種複雜問題的廣泛關注與思考，從中見出他獨到的思想見地。即便主要成爲作家、文學家以後，他仍然沒有放棄對社會科學研究的濃厚興趣。他始終抱有如此堅執的信念：「一個做小說的人不但須有廣博的生活經驗，亦必須有一個訓練過的頭腦能夠分析那複雜的社會現象；尤其是我們這轉變中的社會，非得認眞研究過社會科學的人每每不能把它分析得正確。」〔註3〕茅盾的小說被稱之爲社會分析小說，就在於他習慣於用社會科學理論指導創作，創作中見出濃重的社會分析色彩。《子夜》的創作動因之一，是受到當時正在熱烈進行的社會性質大論戰的啓發，就是一個典型例證。這決定著茅盾必然會一如既往地表現出對社會科學理論的關注，即便是在文學創作和研究中同樣見出鮮明的社會科學意識。就這一點而言，在中國現代作家、文學家「文化人」中，茅盾恐怕是最突出的一個。

在文學以外又廣泛涉及其他社會科學，從而見出文化思想的豐富性，這是作爲作家的茅盾的獨特性所在，同時也是作爲「文化人」的茅盾的優勢所在。由於茅盾開闊的文化視野，其理論思維成爲多個精神文化層面的「綜合」，

〔註3〕《我的回顧》，《茅盾自選集》「代序」，上海天馬書店 1933 年 4 月版。

就使我們有可能去較爲完整地描述其整體文化思想。雖說就各個精神文化層面而言，茅盾所表述的文化觀念遠未構成「體系」，但細究其各類論著，從中表述的政治觀、哲學觀、道德觀、科學觀、文藝觀、教育觀等，都有其蹤迹司尋，在有些方面還表現出相當的思想豐富性。把這些文化觀念「綜合」起來，不妨說，茅盾的文化思想也是具有某種體系性的。因而，「綜合體」的茅盾，對於我們從文化視角把握其人及其爲中國 20 世紀文化所做出的貢獻，同樣是十分重要的。

二、茅盾文化思想的獨特品性與歷史貢獻

從深層透視茅盾的文化思想，我們會發現，對精神文化的諸多層面都有所關注的茅盾，其文化思想的前瞻性不僅僅止於對各種文化觀都有所「涉及」而已，更重要的還表現出他對諸多精神文化形態往往有深邃獨到的理論思考。同茅盾的文藝批評和文藝創作實踐總是習慣於作理性思索、帶有濃厚的思辨色彩一樣，關涉到文化命題，他也有那麼一種窮本溯源、尋根究底的探索思考精神。對於 20 世紀中國文化現代化的理論探尋，是茅盾文化思想的核心內容之一。這當中便包含著本世紀文化理論家所熱衷討論的許多文化問題，諸如：對我國民族文化、傳統文化的理性審視，對中西文化結合的思考（包括對「中體西用」、「西體中用」、「全盤西化」等說的評議），對改革中創造新時代新文化的論析，對建設社會主義新文化的探索等等。在這些方面，都往往表現出茅盾的清醒的理性思維和獨具的文化眼光。他對 20 世紀中國文化的各種構成都有精彩的論述，側重點放在文化的物化形態（即具體文化產品，如文學作品、藝術作品等）上，內容涉及都市文化、鄉土文化、民俗文化、民間文化、少數民族文化、藝術文化、電影文化等諸多方面，形成了文化門類研究的洋洋大觀。不能說茅盾對此的探索與研究都是臻於至善的，在許多方面恰恰只是其「一家之言」；也不能說茅盾的理論已相當成熟與完備，對某些文化形態的論述也只是有所涉及，並未充分展開。然而，僅從這些理論探索中，已不難尋見茅盾的文化思想和文化觀念的確有自成軌迹的理論發展線索，顯示出獨具一格的思想文化品性。

考察茅盾文化思想的基本特點及其演變發展軌迹，就應將其置於 20 世紀中國文化思潮發展的大背景中，審視在這大背景中中國文化思潮的整體性特徵及其生成、發展、變衍的階段性特點。

20 世紀的中國，處在曠古未有的社會思潮、文化思潮的大變動時期。這是一個中國的文化思潮由傳統向現代徹底轉型的時期：在世界科學、民主文化思潮激蕩下，持續幾千年的封建文化思想體繫日漸土崩瓦解，國人以開放性的眼光面對世界文化潮流，一種全新的具有現代意義的文化觀念、文化思想體系逐漸形成。可以說，中國人現代文化觀念的接納、形成、衍化、發展，是同 20 世紀的歷史進程相始終的。世紀之初，面臨甲午戰敗、維新運動破產、亡國滅種的危機日益深重，有識之士已痛感由閉關鎖國造成的文化封閉的嚴重危害，開始勇敢面對世界文化潮流，吸納進步文化思想，以爲變革中國社會的思想武器。梁啓超、嚴復、黃遵憲等一班有識之士，便顯出開放的眼光，介紹世界文化新潮，力圖實現對中國舊文化思想、體制的變革。當時掀起的學校與科舉之爭，新學與舊學之爭，西學與中學之爭，儘管還帶有文化改良的性質，但它確已構成了對中國封建文化思想體系的有力衝擊，卻是顯而易見的。由此顯示的正是 20 世紀初成爲中國現代文化思潮起點的特點。值得注意的是，茅盾文化思想形成的起點，正是在 19、20 世紀之交。處在中國新舊文化思想大衝撞、大變動之際，茅盾有幸接受了最初的文化教育與選擇，其選擇顯然是在促成中國文化變革的維新文化一面（這一點，下文將作重點闡述），這顯然爲他確立開放性的文化思想打下了底色基調，同時也爲他日後具有開闊的文化胸襟，主動迎受世界文化新潮，爲促進中國文化的現代化而不懈地探索、奮鬥，奠定了堅實基礎。

自然，新文化意識的完全覺醒，作爲一種接納世界文化新潮並經中國人自己選擇的全新的文化觀念的形成，又使之成爲廣泛的社會文化思潮，卻是在「五四」新文化運動以後。誠如毛澤東所指出的，只有在「五四」以後，馬克思主義廣泛傳播，無產階級登上政治舞臺，中國才造就了一支「完全嶄新的文化生力軍」，使新文化產生質變，並在文化觀念形態的各個領域產生廣泛影響：「這支生力軍在社會科學領域和文學藝術領域中，不論在哲學方面，在經濟學方面，在政治學方面，在軍事學方面，在歷史學方面，在文學方面，在藝術方面（又不論是戲劇，是電影，是音樂，是雕刻，是繪畫），都有了極大的發展。二十年來，中國文化新軍的鋒芒所向，從思想到形式（文字等），無不起了極大的革命。其聲勢之浩大，威力之猛烈，簡直是所向無敵的。其動員之廣大，超過中國任何歷史時代。」毛澤東極爲精闢地概括了「五四」新文化運動的巨大歷史貢獻，也爲我們評定誕生於「五四」的這支「文化新軍」指引了方向。「五四」對於茅盾而言，有著更爲重要更爲特殊的意義。這不獨表現在茅盾是眞正從「五四」走出的一代「文化人」，他從 1916 年開始走上文學道路，隨即躬逢「五四」新文化運動，以積極參與者的姿態投身其中，並在新文化運動的各個領域多有建樹，其文化思想的基本框架就是從「五四」開始建構的；更重要的還在於：在「五四」這支「文化新軍」中，茅盾還擔負著非常重要的角色，是當時新文化陣營中屈指可數的有影響人物之一，他不但在文學藝術領域（主要是新文學理論建設方面）建有奇功，而且在社會科學領域也廣泛參與，在政治學、經濟學、歷史學、社會學等方面都有開拓與創造，在中國現代新文化的創造上留下了不可磨滅的歷史功績。自此以後，茅盾便捲入中國現代文化運動和文化建設的中心，而且總是挺立於時代潮流之上，奮力搏擊，勇猛向前，成爲中國現代文化史上一個不可或缺的人物。

在整個新民主主義革命時期，文化運動可謂不絕如縷。從「五四」開始，新文化啓蒙運動、文學革命運動、平民教育運動、馬克思主義學說的傳播熱潮、無產階級文化運動、30 年代的左翼文藝運動、抗戰文化運動、延安整風運動等各類文化運動層出不窮，都廣泛地影響了中國文化乃至政治經濟的發展。1949 年新中國成立，標誌著我國的新民主主義文化取得歷史性勝利，開始了社會主義新文化的歷史時期。在這個時期，中國的文化思潮又發生了根本的變革，在全國範圍內確立了堅持馬克思主義的社會主義新文化的方向與道路，開創了社會主義新文化建設的新局面，終使 20 世紀的中國文化以前所未有的態勢屹立於世界優秀的民族文化之林。

在整個 20 世紀中國文化思潮史上，茅盾的文化思想、文化觀念顯然保持著與整個時代文化思潮的同一性。受到自近代以來中西文化思潮大撞擊的影響，「五四」新文化運動崇尚德、賽二先生，在民主和科學的觀念上認同西方文化，對中國封建傳統文化作了整體性批判。其後在馬克思主義指引下，進步文化人對西方文化與中國傳統文化都有所鑒別與分析，在中西文化交流中有所選擇與棄取，努力探索中國文化現代化的途徑，力求找到一條具有現代意義的文化「中國化」道路。對此，許多有眼力的文化人和文化理論家都做了卓有成效的理論探索。茅盾便是其中突出的一個，其文化思想明顯是順應著整個時代文化潮流的。

然而，20 世紀的中國文化思潮也充滿著激烈的矛盾鬥爭，文化觀念上的

「中體西用」和「全盤西化」論就從兩個極端將中國文化引向歧途，爲此曾使文化思想理論上的論辯與鬥爭一直沒有停息過。茅盾站在進步文化思潮一邊，同各種錯誤的乃至反動的文化思潮展開過堅決的鬥爭，顯示出他作爲進步文化先驅者和思想家的本色。同時，20世紀中國文化又帶有很強的政治性，無論是革命的進步的文化，還是反動的落後的文化，都體現出顯著的政治色彩，顯現著文化不是適應社會變革要求，便成爲頑固維護舊思想舊制度的嚴重阻力，很少有調和、通融的餘地。茅盾作爲有著明顯政治傾向性的革命作家，其文化思想也帶有強烈的政治色彩。這與同時代作家、文學家「文化人」相比較，是相當突出的。尤其同那些追求「純文學」、「純學術」的作家、文學家相比，更見得別具一格。毫不含糊的政治傾向性，使茅盾的文化思想富於社會的使命感、責任感，保持著同社會前進力量的一致，以致成爲社會大變革的先聲，這是那些有意疏離社會、疏離政治甚至逃避現實鬥爭的作家「文化人」無可比擬的。當然，如果是片面強調文化服務於政治的功能，當政治未能完全擺正方向時，文化也有可能出現偏差。在我國現代文化史上，左傾文化思潮常常擡頭，我國的文化逐漸由開放走向封閉，便同此不無關聯。在這樣的整體時代文化氛圍中，茅盾也自難免俗。由於同政治貼得過於緊密，其文化思想缺少寬延性，也不時留有「左」的印記，帶上了那個時代所特有的局限。不過需要指出的是，比較政治色彩濃厚的作家、文學家「文化人」，在政治和文化的關係處理上，茅盾還算得是努力避免和克服片面性的一個。基於對藝術規律的尊重，當30年代初左傾文藝思潮流行時，茅盾發表的文藝論著在一定程度上糾正了「左」的偏向。50年代末至60年代初，我國極左思潮泛濫，茅盾寫過一些跟隨流俗的文章，但同時又在力所能及的範圍內提倡尊重科學、尊重藝術，保持了較爲清醒的頭腦。在「文化大革命」這史無前例的文化大破壞中，茅盾則始終保持沉默，表示他對這種文化大破壞的無聲抗議，並不如有些文化人那樣亂了方寸。凡此都足以說明，作爲一個有一定政治主見的作家、文學家「文化人」，茅盾的確有其獨立不羈的文化品性。

綜觀茅盾的文化思想發展道路，我們看到的是一個進步的革命的文化人在本世紀文化大潮中的勇敢搏擊，看到的是這個文化人順應文化潮流不斷探索眞理尋求歸宿的歷程。就新文化思想接受而言，茅盾是幸運的：當他剛踏上人生道路不久，便接受了「五四」新文化的洗禮，這同他的前輩文化人需要經過一段時間摸索才逐步確立新文化觀念相比較，就見出時代爲他賜予了優厚的機遇，從而使得他的文化思想有較高的起點。然而，歷史的發展道路並不如人們想像的那樣筆直、平坦，文化作爲歷史活動的投影，同樣也不是一帆風順發展的。20 世紀的中國社會現實始終處在大動蕩，大變化之中，文化思潮也經受著前所未有的大調整、大裂變，於是就有本世紀中國文化史上各種文化思想、文化觀念的激烈衝撞與鬥爭。因此，對每一個文化人來說，確立新文化觀念，並不意味著文化選擇的最終完成，面對日益變化、演進的文化思潮，文化觀念仍有一個在變異中取捨、在發展中選擇的問題。茅盾的可貴是在於：他總是站在文化新潮一邊，緊跟著時代潮流的發展、衍化，不懈地探索、進取、整飭、完善自己的文化思想，逐步牢固樹立同中國革命保持密切聯繫的馬克思主義文化觀。這裡顯示的是一個不斷選擇、不斷遞進的過程。在「五四」新文化意識覺醒中，茅盾廣納博取、兼容並蓄各種外來思潮，進化論、人道主義、個性解放以及文藝上的「爲人生」文學觀、現實主義文學觀等等，都曾爲茅盾所吸納，既顯示出文化思想開闊性的一面，同時也見出其駁雜性的一面。其後他開始接受馬克思主義，對以往的文化思想有所調整，並在實際的社會革命鬥爭中逐步增長了階級意識，終於在大革命高潮期間確立了無產階級文化觀。然而，由於初期無產階級文化思想的幼稚性以及當時流行的「左派幼稚病」，使此種文化觀顯出很不成熟的特點。對此，茅盾又作了深長思索，探索文化的階級性和尊重文化自身發展規律的關係，力圖對左傾文化觀念有所匡正。此後，茅盾在馬克思主義指引下，無產階級文化思想日益成熟，又繼續探索中國文化現代化和中國化道路，探索建設社會主義新文化的途徑，爲中國新文化的發展做出了重大建樹。在文化思想的不斷選擇、調整中，茅盾牢固樹立了馬克思主義世界觀，共產主義理想成爲他矢志不渝的追求，實現了一個革命文化人的最終願望和歸宿。

作爲「中國知識分子的光榮」、「中國文化界的一位巨人」（王若飛語），茅盾的文化選擇，茅盾所走過的道路，無疑成爲中國一代知識分子的楷模。誠如張光年指出的：「如果說，一個民族的一定時代的精神文明與智慧水準，總是以這個民族與時代的精神領域、思想領域的傑出人物爲代表，那麼，茅盾同志和一些同時代的傑出的英雄志士、思想家、科學家、文化巨人、文化大師一起，毫無疑問是 20 世紀中華民族精神文明與智慧水準的當之無愧的代表。」〔註 4〕茅盾的代表性不獨表現在其文化成就與文化思想當之無愧地體現

〔註 4〕張光年：《文學家與革命家的完美結合——紀念茅盾誕辰九十週年大會上的講話》，《茅盾九十誕辰紀念論文集》，作家出版社 1987 年版。

了本世紀中華民族的精神文明與智慧水準，也表現在其文化思想、文化選擇典型地代表了中國知識分子所應走的道路。在本世紀，茅盾的文化思想對中國一代知識分子（特別是作家、文學家）的文化心理建構產生過深遠影響，許多作家都是尊茅盾爲師走上革命文學道路的，他們後來稱頌茅盾爲「中國作家的導師」、「知識分子的偉大典型」、「革命征途和文學道路」的「引路人」、「聯接著過去和未來兩個世界」的「高大的拱橋」等等〔註 5〕，就是發自肺腑的感念之言。茅盾的文化思想以其豐富、深刻的內涵，在社會主義新文化建設中仍在繼續產生深刻的影響，成爲社會主義精神文明的寶貴財富。可以預料，作爲「中華民族精神文明與智慧水準」的一種傑出代表，茅盾的文化成就與文化思想必將永放光芒，世代相傳。

三、文化溯源：茅盾文化思想的底色基調

在探討茅盾文化思想的形成因素時，有必要論及其文化思想的接受淵源問題。關於茅盾接納與吸收外來文學與文化思潮的敏銳性與超前性，過去的研究中已經作了較爲廣泛的探索與論證，此處可以不再贅述。這裡，只想集中就茅盾接受傳統文化和地域文化的影響對其文化思想的形成作一個方面的文化溯源。

就文化傳統的繼承性而言，以魯迅、茅盾爲代表的一批新文學作家造就爲一代文學大師和文化巨匠，自然與他們勇於接納近代世界文化新潮密切相關，但中國傳統文化思想對他們的深刻影響依然不能低估。誠如魯迅寫於早年的《文化偏至論》中所呼喚的「匡救」中國的「明哲之士」，應是「外之既不後於世界之思潮，內之仍弗失固有之血脈」。這內、外兩面的同樣重視，正可視爲魯迅對兩種文化傳統的同樣關注，也昭示著其獨特的思想、文化人格形成的兩種不可或缺的思想資源。因而，對「固有之血脈」即中國優秀文化傳統繼承這個內源性因素，當是考察中國現代作家思想文化人格的形成並由此及於其獨特的文化思想和文學創作品格成因的一個重要方面。

由於社會環境、時代條件不同，在同一文化圈內走出的作家有時也會呈現很不相同的文化接受狀況。同是受兩浙文化傳統的薰陶，從兩浙文化圈走出的魯迅和茅盾，就頗有些不同情狀。如果說，魯迅從 19 世紀末期就已開始

〔註 5〕參見《憶茅公》一書，文化藝術出版社 1982 年版。

文化思想探索之路，其對兩浙人文傳統的承續，可以推衍到對稍遠的「鄉先賢」遺訓的推崇與接受，文化思想中烙刻著更深邃的「固有之血脈」的印痕；那麼，比魯迅晚生十五年的茅盾，其童少年時代才趕上 20 世紀初的文化大潮，走上文學道路已在「五四」新文化運動時期，其在接受外來新思潮方面顯然會比他的前輩作家會佔有更大的比重。然而，考察茅盾的文化思想，傳統文化的積澱對其整體文化思想的形成依然有著不可忽視的影響力，其表現形態也是多面的、複雜的。這裡只想就與其早期文化思想的形成有著直接對應關係的維新文化思潮的影響，作些初步探討。由於 20 世紀中國文化思潮同近代文化思潮有著密不可分的聯繫，同時也由於承續著兩浙人文傳統的近代維新思潮在茅盾所處的地理文化環境中曾形成濃重的氛圍，對童少年茅盾產生過極大的影響力，「維新」文化無疑成爲茅盾文化思想中第一道文化底色，因此當我們從地域文化（特別是兩浙人文傳統）的繼承性探討茅盾文化思想的發展軌迹時，自不可不注意近代中國維新文化思潮對童少年時期茅盾的影響。

近代中國文化思潮已呈示出中西文化激烈衝撞的因素。一方面是清帝國的閉關自守，以儒學爲主體的傳統文化起著主宰的作用；另一方面是西方的堅船利炮轟開了中國大門，使中國面臨著日益深重的社會危機、民族危機和文化危機，西方文化不斷撞擊著中國古老的傳統文化。兩種文化的激烈碰撞，必使中國固有文化開始產生質變。主張吸收「西學」進行文化改良的維新文化思潮便是在這樣的背景下應運而生的。變法維新的代表人物之一——梁啓超的「不中不西，即中即西」，確切地道出了維新派人士的文化改良願望。儘管此種文化改良還不具備眞正的文化革命的意義，但它對 20 世紀中國文化的影響是深遠的，尤其從中西文化交流的角度來說是如此。而就近代中國維新文化思潮的流佈看，浙江地域無疑是維新文化氛圍最濃重的省份之一。這顯然是積澱深厚的兩浙人文傳統所致。宋、明以來，浙江的啓蒙文化思潮一直呈現持續發展態勢，當 19 世紀中後期，中國蹣跚著進入近代以後，浙江一批有眼光的學士仁人便率先感受到了近代化的跫跫足音，他們看到封建「衰世」的難乎爲繼，喊出了要求變革的激越呼聲，探尋著刷新中國文化之路。這爲後來浙江維新思潮的形成，奠定了堅實基礎。在甲午戰爭前後，當維新思潮在全國蔓延時，浙江便湧現一大批維新人士，他們上承黃宗羲、龔自珍等浙籍文化先驅的遺緒，又回應全國維新運動，在傳播新文化、新思潮方面曾作出過有聲有色的表演，在全國引起過較大反響。個中翹楚者，便有湯震、汪康年、章太炎、張元濟等人，他們大都是茅盾的同鄉杭嘉湖地區人。因此，在 19 世紀末、20 世紀初，處在傳統文化的浸潤之中，又置身在一個充溢著「維新」、「啓蒙」的文化氛圍裏，童少年時期的茅盾便有可能直接或間接地從兩浙人文傳統中獲得文化滋養。自然，由於時代環境已有了變化，新思潮已是源源而來，其時茅盾接受的文化教育必然是雙重的。茅盾自己統稱之爲「早期啓蒙」文化教育，便包含著中西文化兩個方面融合的因素。

就未成年時期茅盾的文化接受源看，中國傳統文化的吸納無疑是一個重要方面。有良好的家庭教育和學校教育，「秉承慈訓」而又「謹言慎行」的茅盾，從小就深受儒學文化傳統的薰染，打下了深厚的「國學」底子。關於茅盾傳統文化積累之深，這裡只要再舉出一個例子就足夠說明問題。1916 年茅盾進商務印書館編譯所，時年僅 20 歲。他對編譯所的孫毓修老先生說出的一席話，令這位自詡爲版本目錄學家的老一輩文化人也不能不大吃一驚：

> 我從中學到北京大學，耳所熟聞者，是「書不讀秦漢以下，文章以駢體爲正宗」。涉獵所及有十三經注疏，先秦諸子，四史（即《史記》、《漢書》、《後漢書》、《三國志》），《漢魏六朝百三家集》，《昭明文選》，《資治通鑒》，《昭明文選》曾通讀兩遍。至於《九通》，二十四史中其他各史，歷代名家詩文集，只是偶然抽閱其中若干章段而已。〔註 6〕

茅盾報出的這張書單，其實還是很不全面的，至少沒有包括他在少年時代就已閱讀過的大量古代文學作品。僅從這裡就可以看出，茅盾日後之成爲一個博古通今的大家，特別是對古代文化遺產的熟悉到了信手拈來即成文章的地步，實在是從小打下的底子。這種深厚的傳統文化積累，對茅盾整體文化思想的構成，影響自然是深巨的。傳統文化特別是傳統文化中的儒學文化，其核心內容是經世致用，是講究修身齊家治國平天下，這無疑對茅盾成年以後形成強烈的社會參與意識，自覺承負起崇高的歷史使命感和社會責任感，產生潛在的深刻的影響。

然而，就茅盾的文化接受源而言，尤其重要的因素是近代中國的維新文化思潮對他產生的更爲深巨的影響。這是茅盾步入成年便有開闊的文化視野，在 20 世紀初葉尚屬青年時期的茅盾就在中國文化現代化的道路上勇於探索與攀登的重要原因所在，同時也是茅盾這個文化人區別於同時代許多文化

〔註 6〕茅盾：《我走過的道路》（上），第 114 頁。

人在接受文化新潮方面往往要比茅盾慢半拍的重要標識所在。

自然，對於尚未涉世的少年茅盾來說，對近代維新文化思潮的吸納，不可能是一種自覺的追求，實在是天賜良機。從這個意義上說，並不是少年茅盾比別的有志少年更高明一些，恰恰是獨特的時代文化環境爲他創造了條件。綜觀近代維新文化思潮對少年茅盾產生特別大的影響力，大約有三種因素。其一是特殊的地理文化環境。維新文化思潮在近代中國是一股重要的文化思潮，但畢竟由於它只是一種「自上而下」的文化改良，更何況「百日維新」即遭夭折，它不可能在中國的廣袤大地上都產生深刻影響。然而，地處交通便捷的杭嘉湖地區卻有著完全不同的情狀。此地文人雲集，文化淵源深厚，崇尚實業的風氣由來已久，加以便捷的信息傳遞，以富國強兵爲號召的維新運動必然會在這裡引起熱烈的回響。上文說到，浙籍維新人士多半出於此地，恐怕同此不無關聯。而對於茅盾來說，更直接的影響還在於近在咫尺的家鄉烏鎮的濃厚維新文化氛圍。維新運動前後，在烏青鎮就曾聚集過一個由徐冠南、沈和甫、盧學溥、徐晴梅、沈鳴謙等人構成的青年維新文化群體。徐冠南、沈和甫不獨傾向新學，鼓吹維新，其後又從事實業救國、興辦教育事業，成爲烏鎮人歆羨的人物。特別是有眼力、有抱負、有才幹，日後爲國內頗有名氣的金融實業界人士的茅盾的表叔盧學溥，深受維新運動影響無心於舉業、熱衷於教育，自稱「康梁倡導新政，鳴謙獨與意合」的茅盾小學國文教師沈鳴謙，對茅盾的影響可以說是終身性的。處在這樣的特殊文化氛圍中，童少年時期的茅盾便有了對「新學」的耳濡目染。其二是充溢維新思想的家庭文化教育。在烏青鎮維新空氣的浸潤下，茅盾的家庭也帶有濃厚的維新色彩。其父沈永錫就是一個頗有抱負的維新派人士，其最愛讀的一本書便是譚嗣同的《仁學》，留意的學問不是「子曰詩云」，卻是「聲光化電」，最大的抱負是赴日本留學，學好本領走實業救國之路。他對兒子的教育，自然也重在「新學」，所以茅盾接受的學前教育不是《三字經》、《千家詩》，卻是《字課圖識》、《天文歌略》、《地理歌略》等，這在傳統教育爲主宰的年代裏，可以算得上是別具一格。沈永錫英年早逝，但給茅盾兄弟留下的遺囑仍憂憤於中國將有可能「被列強瓜分」，期盼有「第二次的變法維新」到來，囑兩個兒子長大以後成爲「理工人才」，走「振興實業」之路，這對茅盾的影響必是刻骨銘心一輩子。茅盾的母親陳愛珠爲沈永錫撰寫的輓聯道：

幼誦孔孟之言，長學聲光化電，憂國憂家，
斯人斯疾，奈何長才未展，死不瞑目；
良人亦即良師，十年互勉互勵，雹碎春紅，
百身莫贖，從今誓守遺言，管教雙雛。〔註7〕

這輓聯確切地概括了沈永錫的意願與抱負，也表達了茅盾母親決心繼承其夫遺願督勵「雙雛」成人的良苦用心。其後茅盾就在同樣有識見的「慈訓」下長大，接受其教育，在「新學」的汲取上更有長進。這種充滿維新色彩的家庭文化教育，在茅盾的文化接受層面上，也許會留下深刻的印記。其三是中西結合的校園文化影響。烏青鎮的學校教育，在一班具有維新思想人士的主持下，早就開了中西結合的先河。1902 年，即茅盾六歲那年，烏青鎮已由崇尚教育和實業的沈和甫創辦了「中西學堂」，即茅盾後來就讀的植材小學。儘管其時所謂的「西學」大都是由日本轉手而來的貨色，已是不同程度上變了形的近代西方文化，但畢竟已同傳統教育大異，人們的眼界因此而大開。僅就茅盾在植材小學學習的課程而言，國文之外就還有英文、算學（代數、幾何）、物理、化學、音樂、圖畫、體操等，教師中已有了日本留學生。其後，他在湖州、嘉興、杭州進中學，所受校園文化的影響，更是兼及中外古今的。這說明，茅盾除「家教」以外正式接受學校教育，便顯示出中西文化結合的因子，因而在其文化根基上就顯出與他的同時代人很不相同的特色。

這樣說來，茅盾未成年時期的「早期啓蒙」文化實質上有兩大塊構成：一是以儒學文化爲主體的傳統文化，一是尚未形成體系的西方文化，這兩大塊互相融合，構成一個矛盾的統一體，成爲其整體文化思想的一道底色，在其成年以後的文化實踐活動中產生或隱或顯的作用。

事實上，這種由中西文化初步撞擊所形成的文化接受，因其有很強的滲透力，加以少年茅盾聰慧好學，敏於接受新思想，因而即便是在未成年時期，茅盾對於文化思想的吸納，也不會僅僅止於被動的接受層面上，倒是會通過各種方式反映出他對此種文化思想的認同與理解。茅盾在《我的小學時代》中曾這樣回憶：「那時我們中間最大的不過十五六歲，小的十一二，照年齡而言，都還不是老气橫秋地論古評今的時期，然而每星期一篇的史論把我們變成早熟……當時這位先生（按指沈鳴謙）老叫我們做史論，也有他的用意，他是極想叫學生留心國家大事。他自己是『新派』，頗有點政治思想。」這裡

〔註 7〕茅盾：《我走過的道路》（上），第 53 頁。

透露的便是少年茅盾的文化心理特點是「早熟」，是「求新」，是對「國家大事」的關注。這些特點可以從茅盾後來的著述中得到印證，然而當茅盾故鄉發現的茅盾小學時代的兩冊作文本公開披露以後，人們從這裡直接讀出了當時尚未成年的茅盾所表露的種種「心迹」，對於少年茅盾已能對當時的文化現象作出自己的價值評判，已是毋庸置疑的了。

茅盾少年時代的作文，可以看成是「早熟」的茅盾在其未成年時的一次文化思想的接受與認同的初步展示。這裡反映的恰恰是少年茅盾初次顯示的國學功底及其吸納、融合兩種文化所表露的不同凡響的文化——文學需求。那「老气橫秋」的敘事、抒情的嫻熟筆致，那指點江山、論古評今的敏銳思維能力，體現在一個十四五歲的少年身上，堪稱奇迹，足證少年時期的茅盾已有著與眾不同的文化與文學素養。而就其文化心態看，則從兩個方面顯示出他對不同文化精神的吸納與認同。一方面是對優秀傳統文化精神的繼承與弘揚。其中最爲突出的是儒學文化思想中的積極一面：修齊治平思想和「大丈夫當以天下爲己任」的積極進取精神。《家人利女貞說》是批判男尊女卑的封建傳統觀念，但筆鋒卻轉到「唯女正而後可以治家」，「家正而後可以治國平天下」，又說到「國之先正官帷，而後天下治」，層層深入闡說了儒學所張揚的修身、齊家、治國、平天下的道理，表達了作者的襟懷。在《武侯治蜀王猛治秦論》中，直陳「大丈夫懷抱大器，當擇主輔之」；在《祖逖聞雞起舞論》中，一面爲祖逖的遭遇慨歎：「嗚呼！祖逖以蓋世之才，不能遇一明主，而建封侯之業，反湮沒於亂世，不稱其志」，一面又就「時勢」湮沒功業立論：「欲立非常之功，必待非常之人；既有非常之人矣，而無時勢之可乘，不得建非常之功；雖然時勢致矣，而無重權展其雄才大略，亦不得建非常之功。」這裡透露的便是作者對建功立業的「大丈夫」氣概的向慕，同時也爲那些「非常之人」因時勢未致終未能建「非常之功」，而憤憤不平。少年茅盾從儒學經典中汲取其有所作爲、奮發向上的精神，已在這裡表露得十分清楚。他走上社會後積極參與社會改造，「懷抱大器」而努力去建「非常之功」，是不難從這裡找到思想起點的。另一方面是對「新學」的吸收，表現出他追隨世界新潮，渴望民主自由，期望中華民族進入世界先進行列的強烈渴念。《選舉投票放假紀念》一文，是出於作者對民主自由的期待，寫出他爲諮議局投票選舉、實行預備立憲之事的激動之情，直說其「我國民可以脫離苦海，而跳出專制範圍，享自由之福」的歡愉心境，民主自由思想溢於言表。《翌日月食文武官員例行救護說》一文則是對社會愚昧混沌、民智不開，以致造成科學知識匱乏、封建迷信盛行現象的犀利批判，表達了他掌握「新學」以後獲得的現代科學觀念，表現了少年茅盾獨特的識見。而最能體現鮮明的時代特徵和現代文化觀念的，當推《西人有黃禍之說試論其然否》一文。在此文中，作者既對當時中國的日趨殖民地化而痛心疾首：「宜乎二十二行省，在彼勢力範圍中也，此正危急存亡之秋也！」又總結德、意、美於民族屈辱中崛起的歷史經驗，把「仿傚泰西，力行新政，人民智識，日漸開通」視爲「一線之光明」。他認爲救治中國之方是在於革新圖強：「如能力行新政，以圖自強，將駕歐美而上之，爲全地球之主人翁矣」，「睡獅既醒，群龍勢危，加以土廣人眾，物美氣和，將席卷歐美，雄視全球」。全文視野開闊，氣勢雄壯，展示了一個有爲少年的胸襟與氣魄。這裡顯示的正是少年茅盾在維新文化思潮的薰染下，力主革新圖強、拯救危亡的思想，以及把「仿傚泰西」作爲自強之道的獨特眼光，表現了鮮明的現代意識。少年茅盾從「西學」中獲得民主、科學意識，對西方文化思想有所認同並在相當程度上以此爲參照去觀察事物、分析現實，在這裡同樣得到了生動的體現。

由上可以得出結論：地域文化思潮對童少年時期的茅盾的確產生過不小的影響，其中顯而易見的是承繼著兩浙人文傳統、表現出顯著的變革意識和參與精神的維新文化思潮。儘管茅盾當時未及成年，對此種文化思想的接受不可能是系統性的，但點點滴滴的滲透畢竟對一個具有旺盛求知欲的童年或少年產生作用，其初次文化接受必定爲其日後文化思想的形成立下第一塊基石。正是有此文化積累，當茅盾步入成年、走進「五四」前後時，面對更爲壯闊的文化新潮，他才能迅速進入角色，作出及時而熱烈的回應。

四、地域人文傳統對茅盾文化人格形成的影響

文化作爲「一種淵源於歷史的生活結構的體系」，往往爲民族的地域的集團成員所共有，它包括這一民族、地域集團的「語言、傳統、習慣和制度，包括有激勵作用的思想、信仰和價值」〔註 8〕。正由於此，探討一個作家的文化人格和文化思想的形成，是不可切斷作家所處的歷史環境及在此環境中生成的「生活結構」體系，應充分注意在特定歷史時期本地區、本民族共同的

〔註 8〕《大英百科全書》（1973～1974），轉引自李宗桂著：《中國文化概論》，第 7 頁，中山大學出版社 1988 年版。

整體的文化（包括物質文化、制度文化、觀念文化，特別是觀念文化）的發展脈絡。前文說及的「固有之血脈」，自然也包括特定地域造就的文化血脈。考究浙江現代作家「固有之血脈」，從地域性因素考慮，最適宜的當然是從兩浙文化傳統的視角切入。兩浙文化傳統作爲中國文化傳統的重要一脈，在中國思想文化史上有著顯著的地位，而對於從這個文化圈子走出的魯迅、茅盾而言，它又具有其文化思想的「發生學」意義，對其文化人格的形成產生深巨影響，自不可不注意於此。

地域文化傳統的形成，受制於一個特定地域的「語言、傳統、習慣和制度」，也同一個地域的自然環境、民俗風情等密切相關，這一些經歷史的積澱，形成地域性的風尚、習性，對人的文化人格的養成產生潛移默化的影響。從這個意義上，討論魯迅、茅盾這兩位文化大師文化人格的形成，既可以從總體上的兩浙人文傳統中找到許多共通性的東西，又可以從地域性的風尚、習性差異中發見兩人較多的文化性格差異。

浙江地域文化傳統並不是整齊劃一的，因爲兩浙文化傳統是一個整體概念，如考慮較多地域因素，還應有兩浙之分。所謂兩浙，是指以錢塘江爲界，把浙江分隔成兩塊：江之東爲「浙東」，江之西爲「浙西」，史稱「兩浙」。若是細分「兩浙」，因區域性的生存形態（地理環境、物候氣象、民俗風情等）的不盡相同，又加以後天所形成的獨特的人文環境，便會產生質地很不相同的文化性格。浙東和浙西人秉性就有較大差異，群山環抱的浙東之堅硬勁直（土性）與水網密佈的浙西之溫婉秀美（水性）形成鮮明的對照。此種不同質地，便會衍生出不同的文化人格。《浙江潮》載匪石一文稱：「東西浙之各自殊尚而已，……浙西以文，浙東以武，浙西之人多活潑，浙東之人多厚重。浙西人好爲表面之事業，浙東人能爲實地之研究。」〔註9〕這話不一定能籠蓋全部，但就大體而言是恰切的。是故屬於「吳文化」圈的浙西獨多風流倜倘的文人學士，所謂「吳興山水發秀，人文自江右而後，清流美士，餘風遺韻相續」之說者是。而浙東以會稽爲中心的古越文化中，「銳兵任死，越之常性也」〔註10〕，其地人堅實厚重、勇武善戰，也是有史可據的。這種不同的文化人格，反映在文人身上，就會產生與之相對應的獨特思維方式、審美趣味、藝術追求乃至氣質稟賦等。一般而言，浙西文人生活在吳文化圈內，受其「儒

〔註9〕匪石：《浙風》，《浙江潮》第4期。
〔註10〕趙曄：《吳越春秋‧句踐伐吳外傳》。

雅」風尚浸淫，獨多「清流美士」，晚近的鴛鴦蝴蝶派產生吳地（主要在江蘇，也包括浙西的杭州、嘉興、湖州）絕非偶然。而浙東「尚古淳風，重節慨」〔註11〕，便多了一分剛武、厚重之氣，叛逆道統的「浙東學派」和張揚抗世文風的徐渭、王思任等出自越地，也不足怪。周作人在《地方與文藝》中論述明末以來的兩浙文風，概括出「飄逸與深刻」兩種類型：「第一種如名士清談，莊諧雜出，或清麗，或幽玄，或奔放，不必定含妙理而自覺可喜」；「第二種如老吏斷獄，下筆辛辣，其特色不在詞華，在其著眼的洞徹與措詞的犀利」。這一概括是極爲精當的。儘管其所論述的兩浙文風是從整體意義上概括的，並沒有明確的東、西浙區分，但若是細細探究兩浙作家的創作風尚與審美趣味，應該說，以清麗、幽玄取勝的「飄逸」文風多出自浙西，以辛辣、犀利見長的「深刻」文風多存於浙東，是大致不錯的。

有意思的是，這種歷史存在的文化現象竟然在新文學「浙軍」身上也得到了明顯的印證。受兩浙文化傳統的影響，東、西浙文人兩種頗不相同的文化性格在來自東、西浙兩個地域的新文學作家那裡有程度不同的傳承與延伸，於是也便有兩浙新文學作家很不相同的氣質稟賦、審美趣味乃至產生不同的文體風格。體現「水性」文化特色的作家的文風大都偏於秀婉，可以說屬「飄逸」一路。典型的作家如來自於杭嘉湖地區的郁達夫、徐志摩、戴望舒、邵詢美等。兩浙作家中傾向於浪漫主義、唯美主義的大多出於此地，五四時期以創作「情詩」著稱的「湖畔詩派」亦出於此。這些作家當然並非傳統的「清流美士」，他們的文化人格、創作風範顯然都具濃烈的「現代」特質，然而其氣質稟賦中的風流儒雅、多愁善感，藝術追求上的輕巧靈動、韻味盎然，乃至文學創作中的詩意審美化傾向等等，顯然都烙有產生在同一文化背景中的傳統浙西文人的印記。相比之下，浙東新文學作家文風的剛韌、勁直恰恰印證了素有「浙東硬氣」之稱的傳統文化品格，見出與浙西文風的極大差異。其文化性格中的「剛性」質素同傳統浙東文人是一脈相承的，其藝術思維就不如浙西人的「飄逸」，有了更多的深至與厚重，文風該歸於「深刻」一路。從浙東走出的新文學作家數量更大，如人們熟知的魯迅，具有堅硬勁直的文化人格，堪稱爲「剛性」性格的典範，此外還有耿直不阿「像地地道道的農民」的馮雪峰，對「這土地愛得深沉」的艾青，有台州人「硬氣」的柔石，喜歡表現「石骨鐵硬」性格的巴人等等，都顯出堅硬的「土性」特徵。

〔註11〕王士性：《廣志繹》卷四《江南諸省・浙江》。

正由於此，從浙東走出了兩個「土性」十足的作家群體——鄉土作家群和左翼作家群，這是浙西作家所不具備的。

從這樣的地域文化背景上審察茅盾的文化性格，便可能獲得新的意義認知，對其性格上的體現出諸多複雜矛盾的特質也許能得到合理的解釋。儘管茅盾一生中充滿著濃厚的革命色彩，政治參與意識也很強烈，其文化選擇與藝術思維習慣與上述浙西作家很不相同，但他既然也來自於杭嘉湖地區，其受水鄉文化浸淫的文化個性與文學創作風格也不可能不受浙西文化與文風的影響。就其性格特點說，茅盾一生處事謹慎，就如其一再聲言的，他秉承母教，遵行的是「謹言慎行」的處事態度，這可以在他的生活道路上找到印證。他有熱情，但並不激進，即使參與各種論爭，其爲文也並非鋒芒畢露，故作激烈之態。他經歷了大波大瀾，但似乎也沒有太多的大悲大喜，始終保持著一種平和的心態，即使遇到挫折，也只是將自己置於痛苦、矛盾的心獄中，或者乾脆保持「沉默」，並不作激烈的抗辯，更沒有「金剛怒目」式的一面，這同浙西文人的「儒雅」風尚就較爲接近。而就其創作看，儘管他將時代風雲、社會變動盡收筆底，但現實主義文學的敏於觀察、細膩分析及委婉、曲折的人物行爲、心理描寫，仍使其文風不失溫婉的品格。試看其創造大量的「時代女性」形象便可知端倪。他熱衷於將自己小說的人物選定在女性世界中，又以曲折入微的筆致表現多姿多彩的女性心理，這在現代男性作家中並不多見。這與「水性」文化特質倒是頗爲吻合。這一點，美國學者夏志清的評述對我們很有啓迪。他用中國傳統文學中「地理區分的概念」，對中國現代文學中分別代表南北兩地作家的茅盾與老舍的不同創作風格作出了比較，提出下述頗爲別致的看法：「在許多方面，他們兩人恰恰形成一種有趣的對照。茅盾用的是經過潤飾的文學詞藻；老舍擅長純粹的北京土話。借用歷來對南北兩地不同感受的說法，我們可以說，老舍代表北方，重個人，直截了當，幽默；茅盾則代表較爲女性的南方，浪漫、多情、憂鬱。茅盾以其女性畫廊而聞名；老舍的主角卻幾乎全是男子，盡可能避免浪漫的主題。」〔註 12〕夏志清的這段評述，從一個角度評論茅盾，也許並不全面（普什克對此就頗持異議），但他揭示的茅盾運用文學詞藻的精雕細刻、善於塑造女性形象以及作品往往顯露浪漫多情的色調等，倒是與茅盾的創作較爲貼合，由此證明其文化人格與創作品性體現出諸多江南文化特色是有一定說服力的。由這一點延

〔註 12〕轉引自李岫編：《茅盾研究在國外》，第 735 頁。

伸開去，可以看到，浙西水性文化培養了茅盾敏於世變、細膩委婉的文化心理結構和注重觀察、思考、分析的思維習慣，恰恰使其堅持的現實主義自然趨向批判分析一端，從而顯示出地域文化影響同形成作家獨特創作傾向、創作風格的緊密關聯性。的確，地域傳統文化有著極強的滲透力，它一旦作爲精神性的東西世代傳承，你即使想努力改變它也總是改變不了。革命作家茅盾與具有「水性」文化性格的茅盾在同一層面上顯示，可能並不是一個特例，也許正是一種值得重視的文化現象。

當然，就現代作家的文化接受而言，地域文化傳統的影響因素是應當重視的，但並非是說，他們的文化接受主要來自地域來自傳統，恰恰相反，從兩浙文化傳統中走出的新一代浙江作家，由於主動迎受世界文化新潮，便與他們的前輩作家相比，有著很多的不同，也有著得天獨厚的優勢。一方面，他們都受到過地域文化的薰陶，也都程度不等地打下過「舊學」的根基；另一方面，他們都是在鼓吹「新學」的環境中長大，頻頻襲來的歐風美雨在他們初受教育期間即施加了深層的影響。不獨出國留學者魯迅、郁達夫等是如此，走出國門接觸的是一個完全新奇的世界，在青年時期就「開始明白了近代科學——不問是形而上或形而下——的偉大與深湛」〔註 13〕；即便是或因年歲稍次或由於其他原因，那時尚來不及趕上「出國潮」者如茅盾，進的也是中西合璧的新式學堂，在既讀國文又學英語、既讀「子曰詩云」又學「聲光化電」的文化背景下開始他們的受教生涯。這樣，早早打下的底子，必造就他們知識結構的更新和意識觀念的調整，特別是近代科學精神賦予他們審視世界的全新眼光和窮根究底的運思習慣，在心理素質、文化觀念、思維方式上奠定了向現代轉型的底色基調。這種底色基調，隨著近代化進程的加速而成爲穩定發展的因素，他們迎受新潮，融通中西，因時而進，其文化思想、文學觀念在後來完成了整體性的現代轉換。對茅盾具有現代品格的文化思想的形成，也應作如是觀。因此，只有從傳統與現代的融合、地域與整體的結合上，才能對茅盾文化思想的成因做出準確的闡釋。

〔註 13〕郁達夫：《雪夜（自傳之九）》，載《宇宙風》半月刊，1936 年第 11 期。

後　記

在我的學術生涯中，茅盾研究曾是我投入較多的研究領域之一，這裡凝聚了我多年的心血，但研究成果卻難如人意。自 1989 年出版我的第一部學術專著《茅盾小說論》（上海文藝出版社，「中國現代文學研究叢書」之一），此後便無多大長進。儘管這以後還陸陸續續寫出一些茅盾研究論文，與人合著過《茅盾文藝美學思想論稿》、《茅盾與 20 世紀中國文化》之類著作，但隨著整個學術大氣候的轉變，同時也隨著個人研究興趣的轉移，對於茅盾研究既無系統的研究計劃，更說不上有突破性的學術成果，想來十分令人汗顏。

這本專論茅盾藝術範型與審美品性的小書，包含了我近年來茅盾研究的一些思考，但基本上是以往研究成果的整合，依然是新意不多。在完成《茅盾小說論》後，我集中思考的問題是，茅盾的創作作爲中國現代文學史上一種「範型」的存在意義與獨具的價值。諸如「茅盾傳統」、「茅盾範式」、「《子夜》模式」之類話題，一度爲人們所關注，我也是饒有興趣，於是陸續寫出一些文章，表達我的看法。由於思考是在一個相對集中的命題範圍內展開，這爲成書打下了較好的基礎，本書中的許多章節就是在原有論文基礎上加工整理而成，這就難免留下了不少陳舊的痕迹。本書的出版，含有對以往的研究做一個小小的總結的意味，並無別的宏圖大願。我期望在這一我所鍾愛的研究領域裏會有眞正的收穫，如果日後還有較多精力投入這項研究的話。

本書的出版，應表達我對上海文藝出版社以及責任編輯徐華龍先生的深切謝忱。

王嘉良

2006 年歲末